Sur l'auteur

Haruki Murakami, né à Kyōto en 1949 et élevé à Kōbe, a étudié le théâtre et le cinéma à l'université Waseda, avant d'ouvrir un club de jazz à Tokyo en 1974. Son premier roman, *Écoute le chant du vent* (1979), un titre emprunté à Truman Capote, lui a valu le prix Gunzo et un succès immédiat au Japon. Suivront : *La Course au mouton sauvage*, *La Fin des temps*, *La Ballade de l'impossible*, *Danse, danse, danse* et *L'éléphant s'évapore*. Exilé en Grèce en 1988, en Italie, puis aux États-Unis, où il écrit ses *Chroniques de l'oiseau à ressort* et *Au sud de la frontière, à l'ouest du soleil*, il rentre au Japon en 1995, écrit un recueil de nouvelles sur le séisme de Kōbe, *Après le tremblement de terre*, une enquête sur l'attentat de la secte Aum, *Underground*, puis suivent *Les Amants du Spoutnik*, le superbe *Kafka sur le rivage* et *1Q84* (livres 1, 2 et 3). Plusieurs fois favori pour le Nobel de littérature, Haruki Murakami a reçu le prestigieux Yomiuri Prize et le prix Kafka 2006. Après *L'Incolore Tsukuru Tazaki et ses années de pèlerinage*, il autorise la publication d'*Écoute le chant du vent* suivi de *Flipper, 1973*, ses deux premiers romans inédits. *Le Meurtre du Commandeur* (livres 1 et 2) est son dernier roman paru.

Du même auteur
aux Éditions 10/18

Après le tremblement de terre, nº 3379
Au sud de la frontière, à l'ouest du soleil, nº 3499
Les amants du Spoutnik, nº 3684
Kafka sur le rivage, nº 4048
Le passage de la nuit, nº 4136
L'éléphant s'évapore, nº 4213
La ballade de l'impossible, nº 4214
Saules aveugles, femme endormie, nº 4318
Autoportrait de l'auteur en coureur de fond, nº 4420
Sommeil, nº 4493
1Q84, Livre 1, nº 4604
1Q84, Livre 2, nº 4605
1Q84, Livre 3, nº 4645
Les attaques de la boulangerie, nº 4771
Underground, nº 4693
Chroniques de l'oiseau à ressort, nº 4819
L'incolore Tsukuru Tazaki et ses années de pèlerinage, nº 4968
L'étrange bibliothèque, nº 5134
Écoute le chant du vent *suivi de* Flipper, 1973, nº 5161
Des hommes sans femmes, nº 5349
Birthday Girl, nº 5394
Le Meurtre du Commandeur, Livre 1, nº 5486
Le Meurtre du Commandeur, Livre 2, nº 5487
De la musique, nº 5488
Profession romancier, nº 5587
Danse, danse, danse, nº 5610
La course au mouton sauvage, nº 5611
La fin des temps, nº 5612

HARUKI MURAKAMI

LA COURSE AU MOUTON SAUVAGE

Traduit du japonais
par Patrick De Vos

10/18

BELFOND

Titre original :
Hitsuji o meguru bôken
publié par Kōdansha Ltd., Tokyo

ISBN 978-2-264-07653-3
Dépôt légal : mars 2021

CHAPITRE I

25 novembre 1970

Le pique-nique du mercredi après-midi

Un ami qui avait appris sa mort, par hasard, en lisant le journal, m'annonça la nouvelle au téléphone. D'une voix lente il me lut dans l'appareil l'unique paragraphe de l'article paru dans l'édition du matin. C'était d'une platitude ! On eût dit un exercice de quelque journaliste débutant frais émoulu de l'université.

Tel jour de tel mois, dans tel quartier, le camionneur Untel avait écrasé la personne Unetelle. Une enquête était en cours au sujet d'Untel, soupçonné d'homicide involontaire, résultant d'un manque de prudence dans le cadre de sa profession.

Cela sonnait un peu comme un court poème porté au frontispice d'une revue.

« L'enterrement, où peut-il bien avoir lieu ? demandai-je.

— Ça, je n'en sais rien, fit-il. D'abord, avait-elle seulement une maison ? »

Bien sûr, elle avait une maison.

Je téléphonai le jour même à la police qui me communiqua l'adresse et le numéro de la maison des parents, et j'appelai ensuite ceux-ci pour connaître la date de l'enterrement. Comme disait je ne sais qui, on parvient toujours à savoir si on s'en donne la peine.

Sa maison était située dans les quartiers populaires de la ville. Je dépliai la carte par arrondissements de Tokyo et inscrivis une marque au stylo à bille rouge autour du numéro de sa maison. C'était un quartier de faubourg comme il en est peu. Les lignes du métro, du chemin de fer national et des autobus s'y chevauchaient, s'y enchevêtraient comme les fils d'une toile d'araignée dégingandée ; plusieurs ruisseaux boueux coulaient au milieu d'un réseau compliqué de rues se cramponnant à la surface du sol comme des rides sur un melon.

Le jour de l'enterrement, je pris le tramway à Waseda. J'en descendis non loin du terminus et ouvris mon plan qui ne me fut guère plus utile qu'un globe terrestre. Résultat : pour arriver jusque chez elle, il me fallut acheter plusieurs paquets de cigarettes et demander mon chemin à maintes reprises.

Sa maison était une vieille construction en bois ceinte d'une palissade de planches brunâtres. Le porche franchi, je trouvai sur ma gauche un étroit jardin qui attendait sans doute encore de servir à quelque chose. Dans un coin gisait, jeté au rancart, un vieux brasero de céramique au fond duquel stagnaient bien quinze centimètres d'eau de pluie. La terre du jardin était noire, gorgée d'humidité.

Elle s'était enfuie à l'âge de seize ans, ce qui expliquait ces obsèques tranquilles, célébrées dans la plus stricte intimité. Le cortège était surtout composé de parents âgés, mais c'était un homme de trente ans à peine, son frère sans doute, ou son beau-frère, qui avait pris la direction des funérailles.

Son père, un petit homme d'une bonne cinquantaine d'années portant un brassard sur sa veste noire, se tenait debout à côté du portillon, dans une immobilité quasi parfaite. Sa silhouette faisait penser à l'asphalte détrempé d'une route après le retrait des eaux d'une inondation.

Quand je m'inclinai en silence devant lui au moment de m'en aller, il s'inclina de même, sans prononcer une parole.

C'est à l'automne 1969 que je la rencontrai pour la première fois ; j'avais vingt ans, elle dix-sept. Tout près de l'université il y avait un petit bistrot où j'avais l'habitude de retrouver mes amis. C'était un endroit très ordinaire, mais on pouvait y écouter du *hard rock* tout en buvant l'indescriptible café de la maison.

Elle était toujours assise à la même place, plongée dans un livre, la tête entre les mains. Ses lunettes ressemblaient à un appareil dentaire et elle avait les mains osseuses, mais quelque chose en elle lui donnait un abord facile. Son café était toujours froid et son cendrier invariablement rempli de mégots de cigarettes. Seul le titre du bouquin changeait. Un jour c'était Mickey Spillane, un autre Kenzaburō Ōe, un autre encore un recueil de poèmes de Ginsberg. Autrement dit, tout faisait son affaire, pourvu que ce fût un bouquin. Les étudiants qui défilaient dans le café lui prêtaient ces livres qu'elle commençait par n'importe quel bout comme elle aurait grignoté un épi de maïs. C'était là le genre de livres que tout le monde aimait se passer à l'époque, aussi n'en manquait-elle jamais.

C'était aussi l'époque des Doors, des Stones,

des Byrds, de Deep Purple, des Moody Blues. L'air avait je ne sais quoi de mordant, et tout, ou presque, semblait prêt à s'effondrer comme un château de cartes, au premier coup de pied un peu senti.

On buvait du whisky bon marché, on faisait l'amour sans conviction, on se perdait en propos inutiles, on prêtait ou empruntait des livres, et ainsi passaient les jours. Sur ces années soixante mal emmanchées le rideau était à la veille de tomber en grinçant.

Son nom ? Je l'ai oublié.

Je pourrais le retrouver en ressortant la notice nécrologique que j'avais découpée, mais à quoi bon savoir son nom maintenant ? J'ai oublié son nom. Il n'y a rien à savoir de plus.

Lorsque je revois des amis de cette époque, il nous arrive incidemment de parler d'elle. Eux aussi ont oublié son nom. « Allez, tu te rappelles pas ?… Cette fille qui couchait avec tout le monde… Comment qu'elle s'appelait encore ? Ça m'échappe complètement là… Même que j'ai couché avec elle moi aussi… Qu'est-ce qu'elle peut bien faire aujourd'hui ?… Ça me ferait tout drôle de tomber sur elle par hasard dans la rue… »

Il était une fois, quelque part, une fille qui couchait avec tout le monde…

C'était cela son nom.

Évidemment, s'il avait fallu être plus rigoureux dans la définition, on n'aurait pu vraiment dire qu'elle couchait avec tout le monde. Elle devait bien avoir quelques critères à elle.

Cependant, à considérer le problème sous l'angle de la réalité, elle couchait avec la plupart des hommes.

Une seule fois, et par pure curiosité, je l'ai interrogée sur ses critères.

« Bien euh… fit-elle avant de réfléchir une trentaine de secondes. Quand même, je ne couche pas avec n'importe qui. Ça m'arrive de ne pas avoir envie. Mais, au fond, peut-être que j'ai envie de connaître toutes sortes de gens. Ou bien de savoir ce que le monde veut dire pour moi, enfin quelque chose comme ça.

— En couchant avec les hommes ?

— Hmm… »

C'était à mon tour de réfléchir.

« Et… tu sais un peu mieux maintenant ?

— Un peu, oui », dit-elle.

Entre l'hiver soixante-neuf et l'été soixante-dix, nous ne nous sommes pratiquement pas revus. À l'université, les occupations de locaux succédaient aux *lock out*, pendant que moi je me débattais avec de petits problèmes bien personnels.

Quand je retournai au bistrot à l'automne soixante-dix, je ne reconnus plus aucune tête ; le seul visage familier, c'était le sien. Le *hard rock* retentissait encore, certes, mais cet air mordant d'antan s'était totalement volatilisé. Seuls elle et l'infâme café ressemblaient encore à l'année précédente. Je me suis mis en face d'elle, et lui ai parlé des types d'autrefois.

La plupart d'entre eux avaient quitté la fac. L'un s'était suicidé, un autre avait disparu sans laisser de trace. Des histoires de ce genre.

« Qu'as-tu fait durant toute cette année ? demanda-t-elle.

— De tout, lui dis-je.

— T'es devenu plus malin ?

— Un peu, oui. »

Cette nuit-là, je couchai avec elle pour la première fois.

De son enfance, je sais bien peu de chose. Quelqu'un a dû m'en parler, mais j'ai également l'impression qu'elle m'en a parlé elle-même, au lit. Je crois me souvenir qu'à l'âge de seize ans elle s'est enfuie de chez elle (et incidemment du lycée) après s'être disputée avec son père. Personne ne savait ni où elle habitait ni de quoi elle vivait.

Elle passait ses journées assise à la table d'un bistrot pour amateurs de rock, à boire café sur café, à fumer cigarette sur cigarette, à tourner les pages de son livre, en attendant que se présente celui qui accepterait de payer l'addition et les cigarettes (pour nous à l'époque c'était déjà une somme rondelette), et avec qui généralement elle couchait ensuite.

C'est strictement tout ce que je sais d'elle.

À partir de l'automne de cette année-là, et jusqu'au printemps qui suivit, une fois par semaine, le mardi soir, elle me rendait visite dans la chambre que j'occupais au fin fond de Mitaka. Elle mangeait le modeste dîner que je lui préparais, remplissait le cendrier et puis on faisait l'amour en écoutant, volume à fond, l'émission de rock de la FEN[1]. À notre réveil, le mercredi matin, on se promenait dans les bois, en allant vers le campus de l'ICU[2] où l'on déjeunait à la cantine. L'après-midi on allait boire un café léger et s'il faisait beau, on s'allongeait sur la pelouse et on contemplait le ciel.

Elle appelait cela le pique-nique du mercredi après-midi.

1. Far East Network : station de radio à l'usage des soldats de l'armée américaine.

2. International Christian University.

« Chaque fois que je viens ici, je me crois partie à un véritable pique-nique.

— Un véritable pique-nique.

— Oui... Avec tout cet espace, cette pelouse qui s'étend à perte de vue, ces gens qui ont l'air heureux... »

Elle s'assit dans l'herbe et alluma une cigarette, grillant inutilement plusieurs allumettes.

« Le soleil monte dans le ciel, se couche, les gens viennent, puis s'en retournent, le temps passe, comme l'air... Ça fait pique-nique, tu trouves pas ? »

J'avais alors vingt et un ans, quelques semaines après j'allais en avoir vingt-deux. Il était douteux que j'obtienne avant longtemps mon diplôme de l'université, mais je n'avais pas pour autant de raison valable d'interrompre mes études. Empêtré dans une situation désespérée, je restai plusieurs mois durant sans avancer d'un pas.

Le monde poursuivit sa marche, tandis que moi j'avais l'impression de faire du surplace. Tout, en cet automne soixante-dix, était affreusement triste à mes yeux, tout semblait pâlir si rapidement.

Je rêvais souvent d'un train de nuit. C'était toujours le même rêve. Je suffoque dans une atmosphère chargée de fumée, d'odeurs humaines et de relents de cabinets. Ce train de nuit est tellement bondé que je ne sais où mettre les pieds ; de vieilles croûtes de vomi collent à la banquette. N'en pouvant plus, je me lève et descends à je ne sais quelle gare. L'endroit est désolé, je n'y vois pas la moindre lueur qui signalerait l'existence d'une habitation. Pas un seul employé de gare non plus. Il n'y avait rien, ni horloge ni horaire de chemin de fer... Tel était mon rêve.

À l'époque, j'ai dû quelquefois me montrer cruel avec elle. Je ne me souviens plus très bien en quoi j'ai pu être ainsi cruel à son égard. D'ailleurs, je n'étais peut-être cruel qu'avec moi-même. Quoi qu'il en soit, elle ne semblait pas s'en soucier le moins du monde. À la limite, elle y trouvait peut-être même du plaisir. Comment cela ? Je ne saurais le dire. Mais sans doute n'était-ce pas la tendresse qu'elle recherchait auprès de moi. Repenser à cela me procure maintenant encore une étrange impression. Cela me rend triste, comme si j'avais tout d'un coup heurté de la main un mur invisible suspendu dans les airs.

Je garde toujours un souvenir très précis de ce drôle d'après-midi du 25 novembre 1970[1]. Les feuilles de ginkgo arrachées par les fortes pluies donnaient aux sentiers qui traversaient le bois cette teinte jaunâtre des rivières asséchées. On tournait en rond en suivant ces sentiers, les mains fourrées dans les poches de nos manteaux. Il n'y avait rien, sinon le bruit des feuilles mortes écrasées sous nos chaussures et le chant aigu d'un oiseau.

« Dis-moi à la fin qu'est-ce que tu as ? demanda-t-elle subitement.

— Rien de bien grave », lui dis-je.

Elle fit encore quelques pas vers l'avant, puis s'assit sur le bord du chemin et fuma une cigarette. Je vins m'asseoir à côté d'elle.

« Ça t'arrive tout le temps de faire des cauchemars ?

— Ça m'arrive souvent, oui. En général, c'est une histoire de distributeur automatique qui ne rend pas la monnaie. »

1. C'est-à-dire le jour où Yukio Mishima commit son suicide rituel au quartier général des Forces d'autodéfense.

En riant, elle posa sa main sur mes genoux, puis la retira.

« Apparemment, t'as pas très envie de parler… ?

— C'est qu'apparemment je suis pas très doué pour. »

Elle jeta par terre la cigarette qu'elle avait fumée à moitié et l'éteignit consciencieusement sous ses chaussures de sport.

« C'est difficile de bien parler des choses dont on a vraiment envie de parler, tu ne trouves pas ?

— Je ne sais pas », lui dis-je.

Dans un battement d'ailes deux oiseaux prirent leur envol et disparurent, happés par un ciel sans nuage. Nous restâmes un moment silencieux à regarder dans la direction où les oiseaux avaient disparu. Puis, avec une branche morte, elle dessina plusieurs figures incompréhensibles sur le sol.

« Parfois, quand je fais l'amour avec toi, je me sens devenir très triste.

— Je suis désolé, vraiment, lui dis-je.

— Ce n'est pas ta faute. Ni parce que tu penses à une autre femme quand je suis dans tes bras. Je me fiche de ça, moi… » Sur ce, elle se tut subitement et traça lentement trois lignes parallèles sur le sol. « Je sais pas.

— Pourtant j'essaie de ne pas être renfermé, dis-je après un moment. C'est seulement que je ne comprends pas encore très bien moi-même ce qui se passe. J'essaie de saisir les choses aussi justement que possible. Je ne voudrais ni exagérer ni coller à la réalité plus qu'il ne faut. Mais ça prend du temps.

— Combien de temps ? »

Je secouai la tête. « J'en sais rien. Peut-être un an, peut-être dix. »

Elle jeta sa brindille par terre, se redressa et épousseta les herbes sèches qui collaient à son manteau.

« Dix ans, c'est un peu l'éternité, non ?

— C'est vrai... », lui dis-je.

À la sortie du bois, on marcha jusqu'au campus de l'ICU pour aller s'asseoir dans le *lounge*, comme d'habitude, et grignoter un hot-dog. Vers deux heures, Yukio Mishima fit des apparitions répétées sur l'écran de la télévision. Le réglage du volume était cassé, on ne percevait quasiment rien de sa voix ; du reste, c'était bien le cadet de nos soucis. Une fois nos hot-dogs ingurgités, on reprit un café. Juché sur une chaise, un étudiant tripota un moment le bouton du volume, mais il descendit bientôt de son perchoir, découragé, et disparut tout aussitôt.

« J'ai envie de toi, lui dis-je.

— Si tu veux », fit-elle. Et elle m'adressa un sourire.

Les mains fourrées dans les poches de nos manteaux, nous allâmes d'un pas lent jusqu'à ma chambre.

Quand je rouvris subitement les yeux, elle pleurait en silence. Ses fines épaules tremblotaient sous la couverture. J'allumai le poêle et regardai ma montre. Il était deux heures du matin. Une lune toute blanche flottait au milieu du ciel.

J'attendis qu'elle eût cessé de pleurer pour mettre de l'eau sur le feu et préparer du thé en sachet que nous bûmes ensemble. C'était du thé chaud, rien de plus, sans sucre ni citron ni lait. Ensuite, j'allumai deux cigarettes et lui en passai une. Elle en tira trois bouffées d'affilée avant de tousser un long moment.

« Dis..., tu n'as jamais eu envie de me tuer ? me demanda-t-elle.

— Qui ça ? Toi ?

— Hmm…

— Pourquoi tu me demandes ça ? »

La cigarette aux lèvres, elle se frotta les paupières du bout des doigts.

« Comme ça, pour savoir…

— Bien sûr que non, dis-je.

— Vraiment ?

— Vraiment. Pourquoi voudrais-tu que je te tue ?

— Au fond, c'est vrai…, acquiesça-t-elle avec lassitude. Je me disais seulement que ce serait pas mal. Finir comme ça, tuée par quelqu'un. À un moment où je dormirais profondément…

— Je ne suis pas du genre à assassiner les gens, moi.

— Ah ?

— Pour autant que je sache, en tout cas. »

Elle écrasa sa cigarette dans le cendrier en rigolant et vida d'un trait le thé qui restait. Elle alluma ensuite une autre cigarette.

« J'irai jusqu'à vingt-cinq ans, dit-elle. Puis je mourrai. »

Elle mourut en juillet 1978, à vingt-six ans.

CHAPITRE II

Juillet 1978

1. De seize pas en avant

Je fermai tranquillement les yeux, m'étant assuré que le compresseur avait bien émis son chuintement derrière moi à la fermeture des portes de l'ascenseur. Ensuite, rassemblant les morceaux épars de ma conscience, je fis seize pas dans le couloir en direction de la porte de mon appartement. Juste seize pas, les yeux clos. Pas un de plus, pas un de moins. Avec le whisky que j'avais avalé, ma tête tournait à vide comme une vis émoussée ; ma bouche était pleine d'un goût de nicotine.

Mais quel que soit le degré de mon ivresse, je peux toujours aligner mes seize pas au cordeau. C'est là le fruit de longues années d'un entraînement personnel et dénué de sens. Chaque fois que le vertige me prend, j'étire au mieux ma colonne vertébrale et, la tête levée vers le ciel, j'aspire profondément dans mes poumons l'odeur de béton du couloir et l'air du matin. Puis, les yeux clos, je fais droit devant moi seize pas dans un brouillard d'alcool.

Dans l'univers de ces seize pas, on m'a conféré le titre du « plus courtois des ivrognes ». La chose est simple. Il suffit de prendre son ivresse comme telle.

Il n'y a ni « mais », ni « cependant », ni « pourtant », ni « seulement » qui compte. Je suis ivre, un point c'est tout.

C'est ainsi que je deviens l'ivrogne le plus courtois. Que je deviens le sansonnet le plus matinal, le wagon couvert qui franchit en queue du train le pont de la voie ferrée.

Cinq, six, sept…

Au huitième pas je m'arrêtai, ouvris les yeux et respirai à pleins poumons. Un léger bourdonnement tinta dans mes oreilles. C'était un bourdonnement de brise marine soufflant à travers un grillage métallique rongé par la rouille. À ce propos, cela faisait un bout de temps que je ne l'avais vue, la mer.

Six heures du matin, un 24 juillet. C'est-à-dire la saison idéale pour voir la mer. Personne n'est encore venu souiller la plage. Sur le rivage, les oiseaux ont éparpillé l'empreinte de leurs pattes comme des aiguilles de pins dispersées par le vent.

La mer… peut-être.

Je repris ma marche en avant. Il fallait oublier la mer. Cela faisait du reste une éternité qu'elle avait disparu.

Lorsque au seizième pas je m'immobilisai et ouvris les yeux, je me trouvais très exactement, selon mon habitude, devant la poignée de la porte. Je pris les journaux des deux derniers jours et deux plis dans la boîte aux lettres, et les glissai sous mon bras. Puis, du labyrinthe de mes poches je sortis mon trousseau de clés, que je gardai en main tout le temps où je restai le front en appui sur la tôle froide de la porte. Je crus entendre un petit cliquetis derrière mes oreilles. Mon corps n'était plus qu'un tampon d'ouate imbibé d'alcool. Mais la conscience surnageait, maintenant encore honnêtement le cap.

Oh ! lala !

J'entrebâillai la porte d'un tiers et me glissai à l'intérieur avant de refermer. Un profond silence régnait dans le vestibule. Un silence excessif.

La présence d'une paire d'escarpins rouges retint alors mon attention. Ces escarpins rouges m'étaient familiers. Entre les tennis tout crottés et les sandales de plage bon marché qui les encadraient, ils avaient l'air d'un cadeau de Noël hors de saison. Le silence était posé là-dessus telle une fine poussière.

Elle était affalée sur la table de la cuisine. Son front reposait sur ses bras, de sorte que sa chevelure noire, tombant toute droite, dissimulait son profil. À travers ses cheveux perçait la blancheur d'une nuque épargnée par le soleil. Aux entournures de sa robe en tissu imprimé – une robe que je ne connaissais pas –, j'entrevis vaguement les bretelles de son soutien-gorge.

Tout le temps pendant lequel j'ôtai ma veste, dénouai ma cravate et retirai ma montre-bracelet, elle n'eut pas le plus infime mouvement. Des souvenirs me revinrent à la vue de son dos. Des souvenirs qui dataient d'avant notre rencontre.

Je me hasardai à l'appeler : « Eh ! Oh ! » Je ne reconnus pas du tout ma voix. C'était une voix venue de très loin, que l'on aurait transportée là expressément. Je n'obtins évidemment aucune réponse.

Elle semblait dormir, mais elle pouvait aussi bien être en train de pleurer, ou être morte.

Je m'assis de l'autre côté de la table et pressai mes yeux du bout des doigts. Les rayons éclatants du soleil découpaient deux zones sur la table. J'étais dans la lumière, elle dans une vague pénombre. Cette pénombre était sans couleur. Un pot de géranium fané était posé sur la table. Dehors, sous la fenêtre, quelqu'un arrosait la chaussée. On percevait le bruit de l'eau tombant sur l'asphalte. On sentait son odeur aussi.

« Tu prendras du café ? »

Toujours pas de réponse.

M'étant assuré que la réponse ne viendrait plus, je me levai, mis du café à moudre pour deux personnes dans la cuisine et allumai le transistor. Le café moulu, je m'aperçus qu'en fait c'était du thé glacé dont j'avais envie. Je me souviens toujours de toutes sortes de choses quand il est trop tard.

Le transistor distillait en enfilade des chansons anodines, parfaitement appropriées à cette heure du matin. À les entendre, j'eus l'impression que rien n'avait changé en ce monde depuis dix ans. Rien, si ce n'est le nom des chanteurs et le titre des chansons. Et moi, qui avais vieilli de dix ans entre-temps.

Je vérifiai si l'eau bouillait, éteignis le gaz, laissai tiédir durant trente secondes ; enfin je versai l'eau sur le café. La poudre, complètement imprégnée, se mit lentement à gonfler, et un chaud effluve se propagea dans la pièce. Dehors, quelques cigales chantaient déjà.

« Tu es là depuis hier soir ? » lui demandai-je, la bouilloire à la main.

Sur la table, une ondulation à peine perceptible parcourut ses cheveux de haut en bas.

« Tu m'as attendu longtemps, hein ? »

Cette question n'obtint pas davantage de réponse.

Sous l'effet de la vapeur et d'un soleil ardent, la pièce se transformait peu à peu en étuve. Je fermai la fenêtre au-dessus de l'évier et tournai le commutateur de la climatisation. Puis je posai deux tasses de café sur la table.

« Allez, bois ! lui dis-je d'une voix qui ressemblait déjà plus à la mienne.

— …

— Ça te fera du bien. »

Trente secondes au moins s'écoulèrent avant que d'un geste lent, continu, elle ne soulevât la tête au-dessus de la table, pour demeurer ensuite immobile à fixer d'un air hagard le pot de fleurs fanées. Quelques fins cheveux étaient entortillés sur ses joues mouillées. L'aura d'une vapeur légère flottait autour d'elle.

« T'en fais pas, fit-elle. C'était pas dans mes intentions de pleurer. »

Je lui tendis une boîte de mouchoirs en papier ; elle se moucha sans bruit et balaya de ses doigts les cheveux qui agaçaient ses joues.

« En fait, je voulais m'en aller avant que tu ne rentres. J'avais pas envie de te voir.

— Mais tu as changé d'avis…

— Même pas. Il y a seulement que je ne voulais plus aller nulle part… Mais rassure-toi, je m'en irai bientôt.

— En attendant, bois ton café. »

Je sirotai mon café en écoutant un flash d'informations sur la circulation routière et j'ouvris mes deux lettres avec une paire de ciseaux. Dans la première, une annonce d'un magasin de meubles. On signalait qu'une ristourne de vingt pour cent serait accordée pour tout achat effectué durant la période indiquée. La seconde provenait d'un ami dont je n'avais guère envie de me souvenir, et je n'eus pas davantage envie de la lire. Je fis de ces deux lettres une boule que je jetai dans la corbeille se trouvant à mes pieds, puis je grignotai quelques crackers au fromage qui restaient. Serrant les mains autour de son café comme pour combattre le froid, les lèvres posées délicatement sur le bord de sa tasse, elle me regardait fixement.

« Il y a de la salade dans le frigo.

— De la salade ? fis-je en levant les yeux vers elle.

— Des tomates et des haricots. C'est tout ce qu'il y avait. Les concombres n'étaient plus bons, je les ai jetés.

— Hmm… »

Je sortis du réfrigérateur le saladier bleu en verre d'Okinawa et vidai par-dessus les cinq millimètres restant au fond d'une bouteille de vinaigrette. Les tomates et les haricots étaient froids comme une ombre. Ils étaient sans goût. Comme les crackers et le café. La faute en était sans doute à la lumière du matin. Cette lumière décompose tout sur son passage. Renonçant au café, je sortis de ma poche une cigarette toute fripée et l'allumai avec une pochette d'allumettes d'un établissement dont je n'avais pas le moindre souvenir. Une fumée violette s'éleva alors, dessinant des motifs géométriques dans la lumière du matin.

« J'étais à des funérailles. Après la cérémonie, je suis allé à Shinjuku et j'y suis resté longtemps, à boire tout seul. »

Le chat, arrivant d'on ne sait où, sauta d'un bond sur ses genoux après un long bâillement. Elle le gratouilla plusieurs fois derrière les oreilles.

« Je t'ai pas demandé d'explications, dit-elle. J'ai plus rien à voir là-dedans d'ailleurs.

— Je n'explique rien. Je fais la conversation, c'est tout. »

Recroquevillant les épaules, elle ramena les bretelles de son soutien-gorge sous sa robe. Son visage n'affichait pas la moindre expression. Il me rappela cette photo d'une ville engloutie sous la mer que j'avais vue un jour.

« C'était quelqu'un que j'ai connu un peu autrefois. Quelqu'un que tu n'as jamais vu.

— Ah bon ? »

Le chat s'étira de tout son long sur ses genoux, puis expira profondément.

Je restai muet à regarder le bout de ma cigarette se consumer.

« Elle est morte comment, cette personne ?

— Dans un accident de la route. On lui a trouvé plus de treize fractures.

— Une fille ?

— Hmm. »

Le journal de sept heures et le flash sur la circulation routière terminés, la radio se mit à diffuser de la musique rock légère. Elle replaça sa tasse sur la soucoupe et me regarda.

« Si je mourais, tu boirais aussi comme ça ?

— Le fait que j'ai bu n'a rien à voir avec les obsèques. S'il y avait un rapport, ce serait juste pour le premier ou le second verre, pas plus. »

Dehors, une nouvelle journée allait commencer. Une nouvelle journée de chaleur. Par la fenêtre, au-dessus de l'évier, on apercevait le quartier des grandes tours. Elles brillaient d'un éclat aveuglant, inhabituel.

« Tu veux pas boire quelque chose de froid ? »

Elle fit non de la tête.

Je pris une canette de Coca bien fraîche dans le réfrigérateur et la vidai d'une traite, sans me servir de verre.

« Cette fille-là couchait avec n'importe qui », lui dis-je.

On aurait dit que je faisais son oraison funèbre : « La défunte était une fille qui couchait avec n'importe qui. »

« Pourquoi me dis-tu ça ? »

Sans trop savoir pourquoi, je l'ignorais moi-même.

« Bref, cette fille couchait avec n'importe qui. C'est ça ?

— Oui.

— Mais AVEC TOI c'était pas pareil, n'est-ce pas ? »

Le timbre de sa voix avait pris je ne sais quoi de particulier. Je levai les yeux au-dessus de ma salade et la regardai à travers le pot de fleurs fanées.

« Qu'est-ce qui te fait dire ça ?

— Une impression, comme ça, fit-elle faiblement. C'est tout à fait ton genre en tout cas.

— Mon genre ?

— Il y a de ça chez toi. Quelque chose comme un sablier. Quand le sable est complètement descendu, il y a forcément quelqu'un qui vient le retourner.

— Tu crois vraiment que c'est ça ? »

L'espace d'un instant, ses lèvres esquissèrent une petite moue.

« Je suis venue chercher le reste de mes affaires, manteau d'hiver, chapeaux, etc. J'ai tout mis dans une boîte en carton ; quand tu auras un peu de temps, j'aimerais bien que tu me la fasses porter.

— Je te l'apporterai chez toi, va. »

Elle secoua doucement la tête.

« C'est pas la peine. J'ai pas envie que tu viennes. Tu peux comprendre ça, non ? »

Elle avait raison, bien sûr. Je manquais décidément de perspicacité.

« Tu connais l'adresse ?

— Quand même…

— C'est tout ce que j'avais à te demander. Je te remercie de m'avoir gardée si longtemps chez toi.

— Il n'y a plus de papiers à remplir ?

— Hmm, tout est réglé.

— C'est d'une simplicité effarante. Je m'attendais à toutes sortes de tracasseries.

— C'est ce que croient les gens qui ne sont pas au courant. Pourtant, c'est vraiment facile. À condition que tout soit bien fini, fit-elle en caressant à nouveau le chat. Après deux divorces, on peut se considérer vétéran en la matière. »

Les yeux clos, le chat étira son dos et posa délicatement la tête sur son bras. Je plongeai les tasses et le saladier dans l'évier et, à l'aide d'une vieille facture, je balayai les miettes de cracker dans un coin. La lumière du soleil picota douloureusement le fond de mes yeux.

« Pour les autres détails, du genre : endroit où j'ai rangé tes papiers, jour de collecte des ordures, j'ai laissé une note sur ton bureau. S'il y a quelque chose que tu ne comprends pas, appelle-moi.

— Je te remercie.

— Tu aurais voulu avoir des enfants ?

— Non, dis-je. Les enfants, très peu pour moi.

— Moi, je me suis posé longtemps la question. Mais, vu ce qui s'est passé, c'était sans doute mieux ainsi. Quoique… On n'en serait peut-être pas là autrement.

— Des couples qui ont des enfants et qui divorcent, c'est pas ce qui manque.

— C'est vrai, dit-elle avant de jouer un moment avec mon briquet. Moi je t'aime encore, mais le problème n'est pas là, c'est entendu. Je le sais parfaitement. »

2. Elle disparaît, ses photos et sa combinaison aussi

Après son départ, je bus une autre canette de Coca, pris une douche bien chaude et me rasai. Savon, shampooing, mousse à raser : tout était sur le point de manquer.

Sortant de la douche, je me peignai, me mis une lotion sur les cheveux et me curai les oreilles. Puis j'allai dans la cuisine me réchauffer un reste de café. Plus personne n'était assis de l'autre côté de la table. En regardant la chaise vide en face de moi, je me vis en petit enfant, laissé tout seul au milieu d'une de ces villes mystérieuses, inconnues, que l'on voit dans les toiles de Chirico. Mais je n'étais plus un enfant, bien sûr. Sans plus penser à rien, je sirotai mon café et, quand je l'eus terminé, au bout d'un long moment, je restai à rêvasser et allumai une cigarette.

Je n'avais pas fermé l'œil pendant plus de vingt-quatre heures mais, étrangement, je ne sentais aucune fatigue. Si mon corps n'était qu'une masse molle, mon esprit, lui, tournait sans fin dans le dédale des canaux de ma conscience avec l'aisance d'un animal aquatique.

À regarder distraitement cette chaise vide, le souvenir me revint d'un roman américain que j'avais lu autrefois. C'était l'histoire d'un mari abandonné par sa femme, qui durant plusieurs mois avait laissé, posée sur la chaise en face de la sienne dans la salle à manger, une combinaison. Après un temps de réflexion, je commençai à me dire que ce n'était pas là une mauvaise idée. Non pas que j'imaginais une quelconque utilité à la chose, mais j'aurais sans aucun doute fait preuve d'à-propos en laissant en place le pot de géranium complètement fané. D'ailleurs, le chat lui-même aurait sans doute été rassuré d'avoir à proximité une chose qui avait été à elle.

L'un après l'autre, j'ouvris ses tiroirs dans la chambre à coucher : ils étaient vides. Une vieille écharpe rongée par les insectes, trois cintres et un sachet d'antimite, c'est tout ce qui restait. Elle était partie en faisant place nette. Les petits pots et autres produits de beauté qui traînaient pêle-mêle dans l'exigu cabinet de toilette, les bigoudis, la brosse à dents, le sèche-cheveux, les médicaments pour Dieu sait quoi, les protections hygiéniques, toutes les espèces de chaussures, des bottillons aux pantoufles en passant par les sandales, la boîte à chapeaux, les accessoires de fantaisie dont on aurait pu remplir un tiroir entier, les sacs à main, sacs à bandoulière et pochettes, les sous-vêtements et chaussettes qu'elle rangeait toujours avec tant de soin, sa correspondance, rien, absolument rien de ce qui pouvait garder encore son odeur n'avait été épargné. À croire qu'elle avait même essuyé ses empreintes digitales avant de s'en aller. Un tiers de la bibliothèque et de la discothèque s'était volatilisé. C'étaient les livres ou les disques qu'elle s'était achetés ou que je lui avais offerts.

En ouvrant les albums de photos, je constatai que les clichés sur lesquels elle figurait avaient été arrachés. Ceux où nous étions ensemble avaient été soigneusement amputés de la partie où elle apparaissait. Les photos où j'étais seul, de même que les photos de paysage et d'animaux, étaient intactes. Les trois albums ne renfermaient plus qu'un passé corrigé, sans la moindre bavure. Je m'y retrouvais tout seul, abandonné au milieu de photos de montagnes, de rivières, de daims et de chats. J'eus l'impression d'être né seul, d'avoir grandi seul et de devoir encore continuer mon chemin tout seul. Je refermai les albums et fumai deux cigarettes.

Tout de même, me disais-je, elle aurait pu laisser une combinaison ou quelque chose ; c'était évidemment son problème à elle, et je ne pouvais le lui reprocher. Elle avait décidé de ne rien laisser. Je devais m'incliner. Ou me persuader, comme elle l'avait souhaité, que depuis le tout début elle n'avait jamais existé.

Je plongeai le cendrier dans l'eau, coupai la radio et la climatisation et, après avoir laissé une dernière fois mes pensées errer sur sa combinaison, je me glissai dans mon lit, résigné.

Un mois s'était déjà écoulé depuis que j'avais consenti au divorce et qu'elle avait quitté l'appartement. Ce fut à peu de chose près un mois passé en vain. Un mois aux contours vagues, sans substance, comme de la gelée tiédie. Je fus incapable de me dire que quelque chose avait changé, car en vérité rien n'avait changé.

Je me levais le matin à sept heures, préparais le café, grillais mes toasts, partais au travail ; le soir je mangeais dehors, buvais quelques verres, rentrais à la maison, lisais une heure environ dans mon lit, éteignais les lumières et m'endormais. Le samedi et le dimanche, faute de travail, pour tuer le temps, je faisais le tour des cinémas dès le matin. Après quoi je dînais seul, buvais mon coup, lisais mon livre et m'endormais, fidèle à la routine. Ainsi ai-je vécu ce mois, un peu comme d'autres noircissent les unes après les autres les dates sur un calendrier.

Le sentiment me vint que sa disparition était en quelque sorte une affaire à classer. Ce qui avait eu lieu avait eu lieu, un point c'est tout. Quelle qu'ait été l'aisance avec laquelle nous avions mené ces quatre années, c'était désormais sans importance. Il en allait comme des albums aux photos arrachées.

De même qu'il avait été sans importance que longtemps et régulièrement elle ait couché avec un de mes amis, et qu'un beau jour elle se soit installée chez lui. Ce sont des choses qui avaient toutes les chances de se produire, et qui se produisaient d'ailleurs fréquemment ; aussi avais-je été absolument incapable de voir dans ce qu'elle avait fait quelque événement particulier. À bien y réfléchir, cela ne concernait qu'elle seule. Je le lui avais dit :

« Tout ça ne concerne que toi, au fond. »

C'était cet après-midi d'un dimanche de juin, quand elle m'avait annoncé son intention de divorcer, et que moi je m'amusais à enfiler au bout d'un doigt la bague d'une canette de bière.

« Tu veux dire que ça t'est égal ? » demanda-t-elle. Elle avait dit cela avec une extrême lenteur.

« Ce n'est pas que ça me soit égal. Je dis seulement que c'est ton problème.

— Si tu veux savoir la vérité, je n'ai pas envie de te quitter, me dit-elle quelques instants plus tard.

— C'est pas la peine de se séparer alors…

— Oui, mais si je reste avec toi, je n'irai plus nulle part. »

Elle ne m'en dit pas plus, mais je crus comprendre ce dont elle voulait parler. J'allais avoir trente ans dans quelques mois. Elle allait en avoir vingt-six. À côté du vaste avenir qui nous attendait, ce que nous avions construit ensemble n'était vraiment que broutilles. C'était nul. Ces quatre années, on les avait vécues comme on dilapide des économies.

La responsabilité m'en incombait pour la plus grande part. Sans doute n'aurais-je jamais dû me marier, que ce soit avec elle ou avec une autre, d'ailleurs. À tout le moins, elle n'aurait pas dû m'épouser, elle.

Dès le début, elle considérait qu'elle était un être inadapté à la société et que j'étais le contraire. Et chacun remplissait relativement bien son rôle. Mais, au moment où l'on pensait pouvoir continuer sur ce modèle, quelque chose se brisa. Quelque chose d'infime sans doute, mais d'irréversible. On se retrouva dans une impasse, une impasse tranquille, comme étirée en longueur. On était condamnés.

À ses yeux, j'étais déjà quelqu'un de perdu. Elle m'aimait peut-être encore un peu, mais la question n'était plus là. Nous nous étions trop habitués à nos rôles respectifs. Je ne pouvais rien lui donner. Nous le savions, elle d'instinct, moi d'expérience. Dans tous les cas, c'était sans appel.

Ainsi donc disparut-elle à jamais de mes yeux, emportant ses quelques combinaisons. Il y a des choses qui s'en vont avec l'oubli, d'autres en se volatilisant, d'autres encore dans la mort. Rien de tragique là-dedans, ou si peu.

Le 24 juillet, huit heures vingt-cinq du matin.

Je fermai les yeux, après avoir vérifié les quatre chiffres de l'affichage digital de ma montre, puis je m'endormis.

CHAPITRE III

Septembre 1978

1. Le pénis de la baleine, la fille aux trois métiers

On pourra penser que coucher avec les filles est une chose tout à fait essentielle, on pourra aussi bien se dire le contraire. S'il y a l'amour comme acte d'hygiène personnelle, il y a aussi l'amour pratiqué en dilettante.

Ici on n'en a que pour l'un, là-bas c'est l'autre qui domine. Tantôt l'hygiène préférée au début finit en acte de dilettante, tantôt c'est l'inverse. Que dire enfin, sinon que notre vie sexuelle est foncièrement différente de celle des baleines.

Pour ce qui concerne ma vie sexuelle, la thèse importante est bien : « Nous ne sommes pas des baleines. »

Quand j'étais enfant, à trente minutes à bicyclette de la maison, il y avait un aquarium. Il y régnait toujours ce silence froid des aquariums, que troublait de temps à autre le flic-flac d'un remuement d'eau venu de nulle part. On aurait cru que, dans la demi-pénombre d'un angle du couloir, une sirène était là qui respirait à la dérobée.

Un banc de thons tournait en rond dans une gigantesque

piscine, des esturgeons remontaient un étroit couloir d'eau, les piranhas plantaient leurs dents effilées dans des morceaux de viande, les gymnotes allumaient ici et là leurs minuscules et dérisoires ampoules électriques.

L'aquarium comptait une infinité de poissons. Ils avaient tous des noms différents, des écailles différentes, des branchies différentes. Je ne comprenais absolument pas pourquoi les poissons devaient exister en un si grand nombre d'espèces.

Bien sûr, il n'y avait pas de baleine dans l'aquarium. Une baleine, c'est tellement grand qu'il aurait fallu raser l'ensemble de l'aquarium et lui réserver au même endroit un seul et unique bassin. À défaut de baleine, l'aquarium exposait un pénis de l'espèce. Un ersatz en quelque sorte. Ainsi donc, durant toutes les délicates années de mon adolescence, il me fut donné de contempler, en lieu et place d'une baleine, son pénis. Quand j'étais las de me promener dans les froides allées de l'aquarium, je venais m'asseoir sur le sofa, sous le haut plafond de la salle d'exposition où régnait maintenant un profond silence, et je restais là des heures entières, perdu dans mes pensées, devant le pénis de la baleine.

Il m'apparaissait tantôt comme une sorte de petit palmier tout desséché, tantôt comme un gigantesque épi de maïs. Sans l'écriteau portant la mention « Organe reproducteur du mâle de la baleine », personne n'aurait pu deviner de quoi il s'agissait. C'était, plutôt qu'à l'océan Antarctique et à l'un de ses produits, à quelque vestige déterré dans un désert du centre de l'Asie qu'il faisait penser. Il ne ressemblait ni à mon propre pénis ni à aucun de ceux que j'avais pu voir jusque-là. Comment dire ? Il s'en dégageait quelque chose de difficile à exprimer, de triste, qui n'appartenait qu'à un pénis coupé.

Quand j'eus ma première relation sexuelle avec une fille, c'est encore à cet immense pénis de baleine que je songeai. Cela me faisait de la peine de m'imaginer par quelle fatalité, par quel enchaînement de circonstances il avait abouti dans la salle déserte de cet aquarium. Je ne voyais pas la moindre issue là-dedans. Mais je n'avais que dix-sept ans, et c'était encore trop tôt pour se désespérer de tout. C'est depuis lors que je me fis cette opinion. À savoir que nous n'étions pas des baleines.

Dans le lit, tout en tripotant du bout des doigts les cheveux de ma nouvelle *girlfriend*, je songeais longuement à ma baleine. Comme d'habitude, je me souvenais de l'aquarium dans un décor de fin d'automne. Les vitres des bassins étaient froides comme de la glace et je portais un gros chandail. La mer, que j'apercevais à travers la grande baie vitrée de la salle d'exposition, était de plomb et ses innombrables vagues rappelaient la dentelle blanche que les filles portaient sur le col de leur maillot de bain une pièce.

« À quoi tu penses ? demanda-t-elle.

— Des souvenirs… », lui dis-je.

Elle avait vingt et un ans, un corps splendide, tout élancé, et deux oreilles d'une perfection ensorcelante. Elle avait un job de correctrice dans une modeste maison d'édition, posait comme mannequin spécialisé dans les oreilles pour la publicité, et faisait également partie d'un petit club de call-girls triées sur le volet. Je ne savais laquelle de ces trois activités était son véritable métier. Elle-même ne le savait pas non plus.

À la considérer néanmoins du point de vue de sa nature première, c'était à l'évidence le mannequin spécialisé dans les oreilles qui s'imposait. Ce n'était pas seulement mon avis, elle le pensait aussi. Il reste que le champ d'action d'un mannequin de publicité spécialisé dans les oreilles est extrêmement restreint, et que son rang parmi ses semblables était affreusement faible, au moins autant que ses cachets. Pour les publicistes, photographes, maquilleuses et autres journalistes de périodiques, elle n'était ni plus ni moins qu'une « propriétaire d'oreilles ». Le reste de son corps et son esprit étaient complètement négligés, passés à l'as.

« Ce n'est pas comme ça que je suis en réalité, disait-elle. Mes oreilles c'est moi. Et moi je suis mes oreilles. »

Sous aucun prétexte la correctrice et la call-girl qu'elle pouvait être n'aurait montré le moindre bout d'oreilles aux autres.

« Parce que je ne suis pas vraiment moi-même comme ça », expliquait-elle.

Les bureaux du club de call-girls auquel elle était attachée (club qui, pour la forme, se faisait passer pour un « club de futures étoiles du show-biz ») étaient installés à Akasaka et dirigés par une Anglaise grisonnante que tout le monde appelait Mrs. X. Elle vivait au Japon depuis plus de trente ans, parlait couramment la langue et pouvait écrire la plupart des caractères chinois de base.

À moins de cinq cents mètres de ses bureaux, Mrs. X avait ouvert une école de conversation anglaise pour jeunes filles où elle enrôlait les éléments les plus doués dans son agence de call-girls. Il y avait aussi, inversement, des call-girls qui fréquentaient son école de conversation. Elles avaient bien entendu droit à une ristourne sur les frais de scolarité.

Pour Mrs. X toutes ses call-girls s'appelaient « Dear ».

Il y avait dans le « Dear » de Mrs. X quelque chose d'aussi moelleux qu'un début d'après-midi au printemps.

« Mets-toi comme il faut, Dear, avec des sous-vêtements de guipure. Surtout pas de collants ! » ou bien « N'oublie pas que tu prends du lait avec ton thé », tel était le genre. Elle connaissait dans les moindres détails sa clientèle qui, pour la plupart, était composée de riches hommes d'affaires vers la quarantaine et la cinquantaine. Des étrangers pour les deux tiers, les autres étant japonais. Mrs. X avait les politiciens, les vieillards, les pervers et les pauvres en horreur.

Au milieu de la douzaine de superbes call-girls, ma nouvelle *girlfriend* ne faisait guère d'effet, et sa mise semblait de toutes la plus ordinaire. Au fond, à cacher ses oreilles, elle ne donnait qu'une impression de très grande banalité. J'en étais à me demander pourquoi Mrs. X l'avait remarquée et recrutée dans son club. Lui trouvait-elle, au fond de sa banalité, quelque éclat particulier ? Ou bien pensait-elle simplement qu'une fille ordinaire n'était pas en trop au milieu des autres ? Toujours est-il que le calcul de Mrs. X était juste, et qu'elle avait fini par s'attacher quelques clients très fidèles. Banalement mise, banalement maquillée, vêtue de banals sous-vêtements et embaumant l'odeur d'un banal savon, elle fréquentait le Hilton, l'Okura et le Prince, y couchait une ou deux fois par semaine avec des hommes, ce qui lui rapportait mensuellement au moins assez pour manger à sa faim.

Les nuits qu'il lui restait, elle les passait pour moitié à coucher avec moi, gratuitement. De l'autre moitié, je ne sais ce qu'elle faisait.

Plus banale encore était sa vie de correctrice occasionnelle dans une petite maison d'édition. Trois fois par semaine, elle se rendait à un bureau situé au troisième étage d'un petit immeuble de Kanda, y corrigeait des épreuves de neuf heures du matin à cinq heures du soir, servait le thé aux employés, descendait l'escalier (il n'y avait pas d'ascenseur) pour acheter des gommes. Elle y était l'unique jeune fille célibataire, mais personne ne cherchait particulièrement à l'entreprendre. Tel le caméléon, elle était capable d'accentuer ou de ternir son éclat selon le lieu ou les circonstances.

Ma rencontre avec elle (ou avec ses oreilles) se produisit juste après ma séparation d'avec ma femme, au début du mois d'août. Je me trouvai pour la première fois confronté à ses oreilles alors que je travaillais comme *copywriter* sous-traitant pour un fabricant de *software* en informatique.

Le directeur de l'agence de publicité avait posé sur son bureau une étude et trois photos grand format en noir et blanc, et m'avait demandé de préparer dans la semaine trois messages à adapter à ces photos. Toutes les trois représentaient de gigantesques oreilles.

Des oreilles !?

« Pourquoi des oreilles ? demandai-je.

— Qu'est-ce que j'en sais, moi. Ce que je peux te dire c'est que c'est des oreilles. Ton boulot c'est de réfléchir là-dessus pendant une semaine. »

C'est ainsi que je vécus une semaine durant dans la contemplation d'énormes oreilles. Avec du ruban adhésif j'avais collé les trois clichés devant ma table, et je les regardais en fumant mes cigarettes, en buvant mon café, en mangeant mes sandwiches, en me coupant les ongles.

Je me débrouillai pour achever le travail en une semaine, mais les photos étaient restées fixées au mur.

Sans doute parce que je ne voulais pas me donner la peine de les décrocher, et que les regarder était entré dans mes petites habitudes quotidiennes. La vraie raison, cependant, pour laquelle je ne les avais pas jetées au fond d'un tiroir, était qu'à tout point de vue ces oreilles me séduisaient. Elles étaient d'une perfection formelle, à en rêver. Des oreilles à cent pour cent, en quelque sorte. C'était bien la première fois que je me trouvais aussi irrésistiblement attiré par une partie agrandie d'un corps humain (parties sexuelles comprises, naturellement). Comment dire, je voyais là comme un fatal, un énorme tourbillon.

Une courbe traversait d'un trait la photographie avec une audace défiant l'imagination ; une autre créait un filet de petites ombres d'une mystérieuse minutie ; une autre encore, telle une fresque antique, décrivait une infinité de légendes. Le galbe du lobe dépassait en douceur toutes les courbes de la terre, le volume de sa chair potelée transcendait la vie.

Quelques jours plus tard, je décidai d'appeler le photographe qui avait pris les clichés pour lui demander le nom et le numéro de téléphone de la propriétaire des oreilles.

« Mais pour quoi faire ? questionna le photographe.

— Ça m'intéresse. Elles sont tout à fait ravissantes, ces oreilles.

— Ouais, ces oreilles, ça oui…, marmonna-t-il. Parce que la fille elle-même, elle casse pas grand-chose. Si c'est pour donner un rencard à une minette, je peux te présenter le modèle qui a posé pour des maillots de bain l'autre jour.

— Merci », lui dis-je et je raccrochai.

Je l'ai appelée à deux heures, à six heures, à dix heures,

mais personne ne répondit au téléphone. Sa vie devait être bien remplie.

Il était dix heures, le lendemain matin, quand je réussis enfin à la joindre. Après m'être brièvement présenté, je lui proposai de dîner ensemble, lui expliquant que je voulais lui parler de ce boulot de publicité de l'autre jour.

« Mais on m'a dit que tout était terminé ! fit-elle.

— Le travail, oui, il est fini », dis-je.

Elle avait l'air quelque peu déroutée, mais ne posa pas davantage de questions. On convint de se voir le lendemain soir dans un café sur l'avenue Aoyama.

Je décrochai le téléphone et réservai une table dans le plus chic de tous les restaurants français que j'avais pu fréquenter jusqu'alors. J'étrennai une nouvelle chemise, pris mon temps pour choisir une cravate et enfilai un veston que je n'avais mis que deux fois.

Le photographe m'avait prévenu avec raison : elle ne cassait vraiment rien. Avec sa façon de s'habiller aussi quelconque que les traits de son visage, elle avait tout de l'étudiante inscrite au club des choristes d'une insignifiante université pour jeunes filles. Cela n'avait évidemment aucune importance pour moi. Ce qui me décevait, en revanche, c'était qu'elle dissimulait totalement ses oreilles sous ses cheveux tombant tout droit.

« Tu les caches, tes oreilles, hein ? dis-je comme si de rien n'était.

— Mais oui… », fit-elle, comme si de rien n'était, elle aussi.

Sans doute parce que nous avions pris un peu d'avance sur notre programme, nous étions les premiers clients du *dinner time*. On baissa l'intensité des lumières, un garçon craqua une grande allumette et fit le tour des tables pour allumer les chandelles rouges tandis que, roulant des yeux de hareng, le maître d'hôtel vérifiait méticuleusement la disposition des nappes, des couverts et des assiettes. Le parquet de chêne en point de Hongrie était impeccablement ciré et résonnait agréablement sous les semelles des chaussures du garçon, à l'évidence bien plus chères que les miennes. Les fleurs dans les vases étaient fraîches et les murs ornés de toiles modernes dont on comprenait au premier coup d'œil qu'il s'agissait d'originaux.

Sur la carte des vins je choisis le blanc qui me semblait le plus léger et, pour les hors-d'œuvre, pris un pâté de canard, une terrine de dorade et du foie de baudroie à la crème. Elle commanda ensuite, après avoir étudié la carte avec soin, une soupe de tortue de mer, une salade verte et une mousse de sole. Pour moi, ce fut un potage aux oursins, un rôti de veau au persil et une salade de tomates. Je voyais déjà s'envoler la moitié de mon budget alimentaire mensuel.

« Il n'est pas mal du tout ce restaurant, dit-elle. Tu viens souvent ici ?

— De temps à autre, pour les affaires. Quand je suis seul, je suis plutôt du genre à grignoter un morceau en buvant un coup dans un bar. Je trouve ça plus simple. Je n'aime pas me casser la tête.

— Et qu'est-ce que tu manges dans ton bar ?

— Ça dépend. Souvent une omelette avec des sandwiches.

— Une omelette et des sandwiches ? dit-elle. Comme ça tous les jours tu manges une omelette et des sandwiches dans un bar ?

— Non, pas tous les jours. Je fais ma cuisine moi-même un jour sur trois.

— Donc tu manges de l'omelette et des sandwiches deux jours sur trois…

— Mais oui, lui dis-je.

— Pourquoi une omelette et des sandwiches ?

— Dans un bon bar les omelettes et les sandwiches sont généralement remarquables.

— Ah ? dit-elle. T'es un drôle de type.

— Pas du tout. »

Ne voyant vraiment pas comment me déclarer, je me tus un moment et me plongeai dans la contemplation des mégots du cendrier posé sur la table.

« Tu voulais me parler boulot ? dit-elle pour m'intéresser.

— Comme je te l'ai dit hier, ce travail est totalement terminé. Je n'ai pas rencontré de problèmes. En fait, je n'ai rien de particulier à te dire. »

Elle tira de la poche de son sac une menthol très fine, l'alluma avec les allumettes du restaurant, puis me regarda l'air de vouloir des explications.

J'allais prendre la parole quand le maître d'hôtel approcha de notre table d'un pas qui emplissait la salle de sa belle assurance. Avec un léger sourire, comme s'il m'avait montré la photo de son fils unique, il me présenta l'étiquette de la bouteille, puis, sur mon acquiescement, il en ôta le bouchon qui partit avec un petit bruit agréable et remplit nos verres, gorgée par gorgée. Le vin avait un goût de dépense alimentaire condensée.

Relayant le maître d'hôtel, deux garçons survinrent qui alignèrent trois grands plats et deux assiettes sur la table. Quand ils se retirèrent, nous nous retrouvâmes à nouveau seuls.

« J'avais une folle envie de voir tes oreilles », lui annonçai-je en toute franchise.

Elle prit sans mot dire du pâté et du foie de baudroie dans son assiette et but une gorgée de vin.

« Je t'ai dérangée pour rien peut-être ? »

Elle eut un petit sourire. « Ça me dérange pas de manger de la cuisine française.

— Ça te gêne qu'on parle de tes oreilles ?

— Même pas. Enfin, ça dépend de la manière…

— Ça sera de la manière que tu préfères. »

Elle hocha la tête tout en portant sa fourchette à la bouche. « Avec sincérité alors. C'est ça la manière que je préfère. »

Pendant un moment, nous bûmes et poursuivîmes notre repas en silence.

« Je négocie un virage, lui dis-je. Et je vois que la personne qui était devant moi est déjà dans le virage suivant. Je ne la vois pas. C'est à peine si j'entrevois par moments une trace blanche. Mais cette blancheur s'est imprimée au fond de mes yeux et n'en bouge plus. Tu peux imaginer ce genre de sensation ?

— Je crois, oui.

— C'est un peu ça la sensation que me procurent tes oreilles. »

Nous revînmes à notre silencieux repas. Je versai du vin dans son verre, puis dans le mien.

« Tu ne vois pas vraiment cette scène dans ta tête, mais c'est le genre d'impression que tu as, c'est ça ? demanda-t-elle.

— C'est ça.

— Et cette sorte d'impression, tu l'as déjà éprouvée auparavant ? »

Après un temps de réflexion, je hochai la tête.

« Non.

— En d'autres termes, c'est à cause de mes oreilles, hein ?

— J'oserais pas l'affirmer avec certitude. Comment pourrait-on avoir une quelconque certitude là-dessus ? Je n'ai jamais entendu dire que la forme d'une oreille puisse susciter un sentiment particulier.

— Moi, j'ai bien connu quelqu'un qui éternuait chaque fois qu'il voyait le nez de Farrah Fawcett Majors. Les facteurs psychologiques de ce genre sont importants dans l'éternuement. Une fois que la cause et l'effet sont liés, il est difficile de les séparer.

— Je ne connais pas bien cette histoire du nez de Farrah Fawcett Majors », lui dis-je, et je bus une gorgée de vin. J'avais oublié ce que je voulais lui dire ensuite.

« Mais ce n'est pas tout à fait la même chose, n'est-ce pas ? dit-elle.

— Hmm. C'est pas tout à fait la même chose, dis-je. Le sentiment que j'éprouve est très confus, ce qui ne veut pas dire vaporeux. C'est au contraire une sorte de corps solide. » Écartant mes mains d'un mètre environ, je les rapprochai jusqu'à une distance de cinq centimètres.

« Je sais pas comment t'expliquer.

— Un phénomène condensé fondé sur de confuses motivations.

— Exactement, dis-je. Tu es au moins sept fois plus intelligente que moi.

— J'ai suivi des cours par correspondance.

— Des cours par correspondance ?

— Oui, en psychologie. »

Nous partageâmes le morceau de pâté qui restait sur la table. J'avais à nouveau oublié ce que je voulais dire.

« Si je comprends bien, tu ne saisis pas bien encore la corrélation entre mes oreilles et tes émotions.

— En effet, je ne saisis pas très bien si ce sont tes

oreilles qui m'interpellent directement ou autre chose par leur truchement. »

Sans déplacer ses mains posées sur la table, elle eut un léger mouvement d'épaules.

« L'émotion que tu ressens est-elle plutôt positive ou négative ?

— Ni l'un ni l'autre. Ou les deux à la fois. J'en sais rien. »

Serrant son verre de vin entre ses mains, elle me dévisagea un moment.

« Tu sais, je crois que tu devrais apprendre à mieux exprimer tes sentiments.

— Les descriptions, c'est pas mon fort », dis-je.

Elle sourit. « Comme tu voudras. Mais j'ai à peu près compris ce que tu voulais dire.

— Et qu'est-ce que je dois faire, tu crois ? »

Elle me laissa longtemps sans réponse. Elle avait l'air de penser à autre chose. Sur la table s'alignaient cinq assiettes vides. Qui ressemblaient à des planètes anéanties.

« Dis…, fit-elle rompant enfin son silence. Je crois qu'on ferait bien de devenir amis. Pour ça, il faut évidemment que tu sois d'accord…

— Sûr que je suis d'accord, dis-je.

— Mais il faudra qu'on devienne de très, très grands amis », dit-elle.

J'acquiesçai.

Ainsi sommes-nous devenus de très très grands amis. Trente minutes ne s'étaient pas écoulées depuis que nous nous étions rencontrés.

« Il y a une ou deux questions que ton grand ami voudrait te poser, lui dis-je.

— Je t'écoute.

— D'abord, pourquoi ne montres-tu pas tes oreilles ? Ensuite, ont-elles déjà exercé un pouvoir particulier sur une autre personne que moi ? »

Elle regardait sans mot dire ses mains posées sur la table.

« C'est pas si simple, fit-elle calmement.

— Pas si simple ?

— Non. Mais, pour aller vite, je dirai que je me suis habituée à me voir comme celle de moi-même qui ne montre pas ses oreilles.

— Autrement dit, celle qui montre ses oreilles et celle qui ne les montre pas ne sont pas la même.

— Si tu veux. »

Les deux garçons vinrent débarrasser nos assiettes et nous apportèrent le potage.

« Tu voudrais pas me parler de celle qui montre ses oreilles ?

— C'est tellement loin maintenant que j'aurais bien du mal. En fait, ça fait depuis l'âge de douze ans que je ne les ai plus montrées une seule fois.

— Mais quand tu travailles comme modèle, il faut bien que tu les montres, non ?

— Oui, dit-elle. Mais celles-là, ce sont pas les vraies.

— Pas les vraies ?

— Elles sont murées celles-là. »

J'avalai deux cuillères de potage, relevai la tête et regardai son visage.

« Tu ne voudrais pas m'en dire un peu plus sur ces oreilles murées ?

— Les oreilles murées sont des oreilles mortes. Car je neutralise moi-même mes oreilles. C'est-à-dire que je divise consciemment le passage… Tu me suis ? »

Je ne la suivais pas très bien.

« Interroge-moi alors, dit-elle.

— Quand tu dis que tu les neutralises, tu veux dire que tes oreilles n'entendent plus ?

— Non, non. Elles entendent parfaitement. Mais elles sont mortes. Toi aussi tu dois pouvoir faire ça. »

Déposant sa cuillère à soupe sur la table, elle étira toute droite sa colonne vertébrale, puis elle souleva ses épaules d'environ cinq centimètres, lança son menton vers l'avant et demeura dix secondes dans cette position avant de subitement laisser retomber ses épaules.

« Voilà, comme ça mes oreilles sont mortes. Essaie voir un peu. »

Lentement, et par trois fois, je répétai les gestes qu'elle avait faits, mais jamais je n'eus l'impression de quelque chose de mort. C'est tout juste si le vin me tournait un peu plus vite la tête.

« Eh bien, je crois que mes oreilles ne veulent pas mourir », fis-je, découragé.

Elle hocha la tête.

« Peu importe. Si tu n'en as aucun besoin, qu'est-ce que ça fait que tu ne parviennes pas à les faire mourir ?

— Je peux te poser d'autres questions ?

— Je t'écoute.

— Je vais essayer de faire la synthèse de tout ce que tu m'as dit. Jusqu'à douze ans, tu montres tes oreilles. Puis, un jour, tu les caches. Et, depuis lors, jusqu'à aujourd'hui, tu ne les as pas montrées une seule fois. Quand tu ne peux pas faire autrement que de les montrer, à ce moment-là, tu emmures le passage entre tes oreilles et ta conscience. C'est bien ça ? »

Un sourire éclaira son visage. « C'est bien ça.

— Que s'est-il passé quand tu avais douze ans ?

— Pas trop vite. » Là-dessus, elle allongea sa main droite au-dessus de la table et vint effleurer les doigts de ma main gauche : « Je t'en prie. »

Je versai le fond de la bouteille dans nos deux verres et vidai lentement le mien.

« J'aimerais d'abord savoir des choses sur toi, dit-elle.

— Quelles choses ?

— Tout. Comment tu as été élevé, ton âge, ce que tu fais, ce genre de choses.

— C'est une histoire très quelconque. Je parie que tu t'endormiras en m'écoutant.

— J'aime les histoires quelconques.

— Oui, mais la mienne d'histoire quelconque est d'un genre que personne n'apprécie.

— Ça fait rien. Parle-m'en dix minutes seulement.

— Je suis né le 24 décembre 1948, la veille de Noël. C'est pas drôle de naître ce jour-là. Parce que les cadeaux d'anniversaire finissent toujours par compter aussi pour Noël. Tout le monde veut s'en tirer à bon compte. Je suis du signe du Capricorne, du groupe sanguin A, un genre de combinaison qui vous destine à devenir employé de banque ou de mairie d'arrondissement. J'aurais peu d'affinités avec les Sagittaires, les Balances et les Verseaux. En somme, un destin bien monotone, n'est-ce pas ?

— C'est passionnant !

— J'ai été élevé dans une ville quelconque où je fréquentais une école tout aussi quelconque. J'étais un enfant taciturne et en grandissant je suis devenu un enfant ennuyeux. J'ai connu ensuite une fille quelconque, et mon premier amour fut quelconque. À dix-huit ans, je monte à Tokyo et entre à l'université. Quand j'en sors, je crée une petite agence de traduction avec un ami et j'assure ainsi ma subsistance. Il y a trois ans, on a étendu nos activités à la communication d'entreprise et à la publicité. C'est une affaire qui se développe comme il se doit. J'ai fait la connaissance d'une fille qui travaille dans la société : nous nous sommes mariés il y a quatre ans et avons divorcé voici deux mois. Difficile de t'expliquer pourquoi en quelques mots. J'ai un vieux matou. Je fume quarante cigarettes par jour. Impossible d'arrêter. J'ai trois costumes, six cravates et cinq cents disques démodés. Je me souviens de tous les assassins dans les romans d'Ellery Queen. Je possède l'édition complète d'*À la recherche du temps perdu* de Proust, mais je n'en ai lu que la moitié. L'été je bois de la bière, l'hiver du whisky.

— Et deux jours sur trois tu manges une omelette et des sandwiches dans un bar…

— Hmm, fis-je.

— Quelle vie passionnante !

— Ça a été l'ennui jusqu'ici, ce le sera encore pour la suite. Mais ça ne veut pas dire que ça me déplaît. Bref, je n'y peux rien. »

Je regardai ma montre. Neuf minutes et vingt secondes s'étaient écoulées.

« Mais avec ce que tu viens de dire, tu n'as pas encore tout dit sur toi tout de même, non ? »

Je contemplai un instant mes mains sur la table.

« Non, c'est pas tout, bien sûr. Une vie ne se raconte pas en dix minutes, même la plus ennuyeuse du monde.

— Je peux te dire mes impressions ?

— Je t'en prie.

— Aux gens que je rencontre pour la première fois, je demande toujours de me parler dix minutes. Puis j'essaie de cerner mon interlocuteur en partant d'un point de vue diamétralement opposé à tout ce qu'il m'a dit. Tu trouves ça idiot peut-être ?

— Non, dis-je en hochant la tête. Ta façon de procéder est sans doute la bonne. »

Un garçon arriva qui posa nos assiettes sur la table, un autre vint à sa suite les remplir de nos mets sur lesquels un troisième versa la sauce. Ç'aurait pu être des passes au base-ball, d'un joueur volant à la base deux, puis de la base deux à la base un.

« Si j'applique cette méthode à ton cas, voilà ce que ça donne, me dit-elle tout en plongeant sa fourchette dans sa mousse de sole. Ce n'est pas que ta vie soit ennuyeuse, c'est toi qui voudrais qu'elle le soit. Je me trompe ?

— T'as peut-être raison. Peut-être bien que ma vie n'est pas ennuyeuse et que c'est moi qui la voudrais ainsi. Mais le résultat est le même. Car j'ai déjà obtenu ce que je voulais. Tout le monde cherche à échapper à l'ennui, moi j'aspire à m'y installer. Comme si j'allais à contre-courant dans la foule au moment des heures de pointe. Je comprendrais d'ailleurs parfaitement qu'on me le reproche. Ou qu'on me fuie, comme a fait ma femme.

— C'est pour ça que vous vous êtes séparés ?

— Je te l'ai dit tout à l'heure : c'est difficile à expliquer en deux mots. Mais, comme disait Nietzsche, même les dieux baissent pavillon devant l'ennui. Il y a de ça, je crois. »

Nous mangeâmes lentement. Elle redemanda de la sauce, moi je mangeai trop de pain. Nous étions chacun perdus dans nos pensées jusqu'à la fin de notre plat principal. On vint enlever nos assiettes, nous prîmes un sorbet aux myrtilles et, quand on nous apporta les espressos, j'allumai une cigarette. La fumée flotta un très court instant dans l'air avant d'être discrètement happée par une bouche de ventilation tout à fait silencieuse. Plusieurs tables étaient occupées. Les haut-parleurs logés dans le plafond distillaient un concerto de Mozart.

« J'aimerais que tu me parles encore de tes oreilles, dis-je.

— Ce qui t'intéresse c'est de savoir si elles ont un pouvoir particulier, non ? »

J'approuvai d'un signe de tête.

« Ça, j'aimerais que tu le vérifies toi-même, dit-elle. J'aurais beau t'en parler, je ne pourrais le faire que d'une manière très limitée, et ça ne te servirait à rien, je pense. »

J'approuvai par un nouveau signe de tête.

« Pour toi, je veux bien montrer mes oreilles, dit-elle après avoir vidé sa tasse de café. Mais je ne suis pas sûre que cela te profitera. Peut-être même que tu le regretteras.

— Pourquoi ?

— Je veux dire que ton ennui n'est peut-être pas aussi inébranlable que tu le penses.

— Eh bien ! tant pis », dis-je.

Elle allongea le bras au-dessus de la table et posa sa main sur la mienne. « Je te demanderai encore une chose : de rester pendant un temps, quelques mois, à mes côtés. D'accord ? »

Elle fit tenir dans sa bouche un élastique noir qu'elle avait sorti de son sac, releva ses cheveux des deux mains, les ramassa vers l'arrière et les noua prestement en leur imprimant une torsade.

« Comment tu trouves ? »

Je la regardais bouche bée, le souffle coupé. Ma gorge était désespérément sèche, mon corps se retrouva sans voix. Un instant je crus voir onduler les murs en crépi blanc. La rumeur des conversations à l'intérieur du restaurant et le cliquetis des couverts se muèrent un instant en une sorte de pâle et trouble nuage. J'attendais un ressac de vague, respirais une bonne vieille odeur de crépuscule. Et ce n'était encore là qu'une infime partie de tout ce que je ressentis pendant ces quelques petits centièmes de seconde.

« Exquis ! éructai-je du fin fond de la gorge. Je ne peux pas croire que c'est la même personne.

— Exact », dit-elle.

2. *De la libération des oreilles*

« Exact », dit-elle.

Elle était irréellement belle. D'une beauté que je n'avais jamais ni vue ni imaginée jusqu'alors. Tout s'y dilatait comme l'univers, et tout s'y condensait comme dans un profond glacier. Tout y était exagéré jusqu'à l'arrogance, tout n'y était en même temps que dépouillement. Cela transcendait tous les concepts que pouvait former mon entendement. Elle et ses oreilles ne faisaient qu'une seule et unique chose qui, tel un antique rayon de lumière, glissait le long de la pente du temps.

« Tu es géniale ! dis-je, retrouvant enfin mon souffle.

— Je sais, dit-elle. Voilà comment je suis quand je libère mes oreilles. »

Plusieurs clients se retournèrent et regardèrent notre table d'un air égaré. Le garçon venu nous resservir versa très laborieusement son café. Personne ne prononça le moindre mot. Seule la bande du magnétophone poursuivait sa lente rotation.

Elle prit une menthol dans son sac et la porta à la bouche. Je m'empressai de l'allumer avec mon briquet.

« J'aimerais bien coucher avec toi », dit-elle.

Et nous couchâmes ensemble.

3. De la libération des oreilles (suite)

Cependant, sa vraie grande heure n'était pas encore venue. Durant les deux ou trois jours qui suivirent, elle ne les découvrit que par intermittence, avant de dissimuler à nouveau ces éblouissantes, ces miraculeuses œuvres plastiques sous sa chevelure, et de redevenir la fille ordinaire qu'elle était. C'était un peu comme on se hasarde à sortir sans manteau au début du mois de mars.

« Il n'était pas temps encore pour que je les montre, dit-elle. J'évalue mal encore mes capacités.

— Ce n'est pas grave », dis-je. Car avec ses oreilles cachées, elle n'était pas mal non plus.

Ainsi donc, de temps à autre elle montrait ses oreilles, la plupart du temps quand il était question d'amour. Il y avait quelque chose d'étrange à faire l'amour avec elle, les oreilles découvertes. Quand il pleuvait, l'odeur de la pluie était là, claire et ponctuelle. Quand les oiseaux gazouillaient, j'entendais très précisément leur gazouillement. Je ne sais comment bien le dire, mais c'était à peu près cela.

À un moment donné, je lui demandai : « Quand tu couches avec d'autres hommes, tu ne les montres pas, tes oreilles ?

— Bien sûr que non, dit-elle. Je me demande même s'ils savent que j'en ai.

— Comment c'est, l'amour, quand tu ne les montres pas ?

— Une espèce de devoir. Je ne sens strictement rien, comme si je mordais dans une feuille de papier journal. Mais je m'en moque. C'est pas plus mal de s'acquitter d'un devoir.

— Mais c'est tout de même drôlement plus génial quand tu les montres, non ?

— Sûr.

— Montre-les alors, dis-je.

— Est-ce bien la peine de dire de telles sottises ? »

Elle me dévisagea sévèrement, puis elle poussa un soupir : « Tu n'as vraiment rien compris, à ce que je vois. »

C'était un fait que bien des choses me demeuraient pour ainsi dire incompréhensibles.

D'abord, je ne comprenais pas les raisons de ce traitement de faveur qu'elle me réservait. J'avais beau chercher, je ne voyais sincèrement pas en quoi je pouvais être plus brillant ou plus original que d'autres.

Quand je le lui dis, elle se mit à rire.

« C'est très simple, dit-elle. C'est que toi, tu me désires. Voilà la grande raison.

— Et si quelqu'un d'autre te désirait ?

— Oui, mais, en attendant, c'est toi qui me désires. Et puis t'es bien plus chouette que tu ne penses.

— Qu'est-ce qui te fait croire ça ? lui demandai-je.

— Le fait que tu ne vis que la moitié de toi-même, dit-elle tout net. Une autre moitié reste quelque part intacte.

— Ah… ? fis-je.

— En ce sens, on n'est pas sans ressemblance. Moi je me bouche les oreilles, toi tu ne vis qu'une moitié de toi-même. Tu ne trouves pas ?

— Admettons. Mais ma moitié restante n'a rien d'aussi éblouissant que tes oreilles.

— Peut-être, dit-elle en souriant. Je vois que tu ne comprends rien à rien, en fait. »

Le sourire toujours sur les lèvres, elle releva ses cheveux et déboutonna son corsage.

En cette fin d'été, par un début d'après-midi de septembre où, m'étant octroyé un congé, je jouais avec ses cheveux au fond de mon lit, je ne cessais de penser au pénis de la baleine. La mer avait une teinte foncée de plomb, un vent brutal venait battre les carreaux des fenêtres. Sous les plafonds élevés de la salle d'exposition, il n'y avait d'autres silhouettes humaines que la mienne. Le pénis, séparé pour l'éternité de sa baleine, avait totalement perdu sa signification de « pénis de baleine ».

Je me mis à repenser à la combinaison de ma femme. Mais je ne me rappelais déjà plus si elle en possédait une. Seul restait, collé dans un recoin de mon esprit, le tableau flou, sans consistance, de cette combinaison jetée sur la chaise de la cuisine. Je ne me souvins pas davantage du sens que cela pouvait avoir. J'avais l'impression d'avoir vécu pendant très longtemps la vie de quelqu'un d'autre.

« Dis, tu ne mets pas de combinaison, toi ? » interrogeai-je, sans intention précise, ma *girlfriend*.

Soulevant sa tête de mes épaules, elle me regarda d'un œil distrait.

« Je n'en ai pas.

— Ah bon ? fis-je.

— Mais si tu penses que ça marcherait mieux si j'en avais…

— Non, c'est pas ça, m'empressai-je de dire. C'est pas pour ça que je te le demande.

— Mais sincèrement, te gêne pas pour le dire, surtout. Avec le boulot, je suis plutôt habituée à ce genre de choses. Ça ne me fait pas honte pour un sou.

— Je n'ai besoin de rien, dis-je. Toi et tes oreilles, c'est bien plus qu'il ne m'en faut. Je n'ai besoin de rien d'autre. »

Elle secoua la tête d'un air ennuyé et coucha son visage sur mon épaule. Moins de quinze secondes plus tard, elle le releva.

« Tu sais, dans à peu près dix minutes on va recevoir un coup de téléphone important.

— Un coup de téléphone ? »

Je jetai un coup d'œil sur le récepteur noir qui se trouvait à côté du lit.

« Oui. Ça va sonner…

— Tu sais ce que c'est ?

— Je sais. »

La tête toujours posée sur ma poitrine nue, elle fuma une menthol. Quelques instants plus tard, de la cendre tomba dans mon nombril, et elle, la bouche en cul de poule, la souffla hors du lit. Je pinçai ses oreilles entre mes doigts. C'était une sensation formidable. Toutes sortes d'images informes traversèrent mon esprit embué et s'en furent aussitôt.

« C'est pour les moutons, dit-elle. Tout un troupeau, et puis un seul mouton.

— Les moutons ?

— Hmm. »

Ce disant, elle me passa la cigarette qu'elle avait fumée à moitié. J'en tirai une bouffée et l'écrasai dans le cendrier. « C'est ici que l'aventure commence. »

Peu après, le téléphone retentit à notre chevet. Je lorgnai vers elle : elle dormait à poings fermés contre ma poitrine. Je laissai sonner quatre fois, puis décrochai.

« Tu peux venir tout de suite ? me dit mon associé d'une voix stridente. C'est pour une affaire très importante.

— Quel degré d'importance ?

— Tu le sauras si tu viens, dit-il.

— C'est encore pour cette histoire de moutons ? » lançai-je pour voir. J'aurais pas dû. Le récepteur devint froid comme un glacier.

« Comment tu sais ? » dit mon camarade.

C'est pourtant ainsi que débutèrent mes tribulations sur la piste d'un mouton.

CHAPITRE IV

La Course au mouton sauvage

1. L'étrange individu (préambule)

Les raisons pour lesquelles un homme se met à boire régulièrement de grandes quantités d'alcool peuvent être très diverses. Le résultat, lui, est généralement le même.

En 1973, mon associé était un ivrogne heureux. En 1976, l'ivrogne devint un rien grincheux et, durant l'été 1978, il posa une main maladroite sur la poignée de cette porte qui ouvre sur le premier stade de l'alcoolisme. Comme c'est le cas d'un grand nombre de buveurs invétérés, il était, quand il n'avait pas bu, quelqu'un de régulier et de sympathique, quoique manquant sans doute de finesse. Et tout le monde le trouvait ainsi : pas très fin, mais régulier et sympathique. Lui-même pensait cela de lui. Et c'est pour cela qu'il buvait. Car il lui semblait pouvoir être, quand il avait bu, en parfaite harmonie avec cette opinion qu'il était un homme régulier et sympathique.

Il y parvenait certes très bien, au début tout au moins. Mais avec le temps, à mesure qu'augmentait la quantité d'alcool, un léger écart se glissa, qui devint bientôt un abîme. Son caractère régulier et sympathique le devançait tellement que lui-même n'arrivait plus à le rattraper.

Le cas est fréquent. Mais dans leur majorité les gens sont loin d'imaginer qu'ils appartiennent à cette catégorie du « cas fréquent ». À plus forte raison quand ils ne sont pas très fins. Pour retrouver ce qu'il avait perdu de vue, il se mit à dériver au milieu de brumes d'alcool toujours plus épaisses. Et la situation empira.

Pour l'heure, néanmoins, il demeurait régulier jusqu'à la tombée du jour. Dans la mesure où, depuis des années déjà, je m'arrangeais pour ne pas le rencontrer après le début de soirée, il était toujours correct avec moi. Car je savais parfaitement ce qu'il devenait la nuit venue, et lui aussi. Mais, par une sorte de pacte tacite, jamais nous n'abordions ce sujet. Tout se passait bien entre nous, comme d'habitude, mais il n'était plus l'ami d'autrefois.

Si l'on peut difficilement dire que notre entente était alors de cent pour cent (soixante-dix pour cent me paraîtrait déjà très douteux), il n'en restait pas moins le seul ami que j'avais eu à l'université, et le spectacle tout proche de sa dégradation m'était pénible à voir. C'était cela, au fond, que vieillir voulait dire.

Quand j'arrivai au bureau, il en était à son premier whisky. Peut-être était-ce une preuve de sérieux de sa part de s'en être tenu à un seul verre, mais ça ne changeait rien au fait qu'il buvait. Sans doute en serait-il un jour au deuxième verre. Ce jour-là, je quitterais probablement la société et chercherais du boulot ailleurs.

Debout à éponger ma sueur devant la bouche de la climatisation, je buvais le thé froid que la fille m'avait servi. Il ne dit mot, ni moi non plus. Les rayons ardents de l'après-midi se déversaient sur le linoléum en de féeriques jaillissements de vagues. Mon regard surplombait l'étendue verte du jardin public et les silhouettes minuscules de gens qui se doraient nonchalamment au soleil, vautrés sur la pelouse. Mon camarade tapait la paume de sa main gauche du bout de son stylo à bille.

« Paraît que t'as divorcé ? commença-t-il.

— Il y a déjà deux mois de ça, mon vieux », dis-je, le regard toujours rivé sur l'autre côté de la fenêtre. Quand j'ôtai mes lunettes de soleil, les yeux me brûlèrent.

« Pourquoi t'as divorcé ?

— C'est une affaire personnelle.

— Je sais, dit-il d'un ton patient. A-t-on déjà entendu parler d'un divorce qui ne soit pas une affaire personnelle ? »

Je ne répondis pas. Qu'on ne parlât pas de notre vie privée était de longue date l'objet d'une convention implicite.

« Je ne vais pas fourrer mon nez dans tes affaires, se justifia-t-il. Mais j'étais aussi son ami, moi, alors ça m'a fait un petit choc. Et puis, je pensais que tout allait bien entre vous, tu vois.

— Oui, ça s'est toujours bien passé. Pas une bagarre, même quand on s'est quittés. »

L'air embarrassé, mon camarade se tut, sans cesser de se taper la paume de la main avec le bout de son stylo à bille. Il portait une cravate noire sur une chemise bleu foncé et l'on voyait le coup de peigne méticuleux qu'il avait passé dans ses cheveux. L'odeur de son eau de Cologne était assortie à celle de sa lotion capillaire. Moi je portais un tee-shirt arborant un Snoopy tenant une planche de surf dans les bras, un vieux Levi's si souvent lavé qu'il en était devenu complètement blanc et des chaussures de tennis toutes boueuses. De quelque point de vue que l'on se plaçât, c'est lui qui avait l'air le plus régulier.

« Tu te souviens quand on travaillait ensemble tous les trois ?

— Très bien, oui, dis-je.

— Ce qu'on s'amusait à l'époque », dit-il.

M'écartant du climatiseur, j'allai m'asseoir sur le canapé moelleux, couleur bleu ciel et *made in Sweden*, qui se trouvait au centre de la pièce, pris dans l'étui à cigarettes destiné à la clientèle une Pall Mall que j'allumai avec un lourd briquet de table.

« Et alors ?

— Eh bien, je me demande si au fond on n'a pas voulu trop en faire.

— Tu parles de la pub et des revues ? »

Mon camarade opina. J'imaginais les tourments que cet aveu avait dû lui coûter. Je soupesai le poids du briquet de table dans mes mains et en ajustai la flamme en faisant tourner la vis de réglage. Je me sentais désolé pour lui.

« Je vois ce que tu veux dire, lui dis-je avant de replacer le briquet sur la table. Mais souviens-toi bien. C'est pas moi qui suis arrivé le premier avec ce boulot-là et qui ai proposé de tenter l'expérience. C'est toi qui es venu avec ça, c'est toi qui as voulu le faire. Pas vrai ?

— Des circonstances nous y obligeaient, et puis on avait le temps justement à cette époque…

— Ça rapportait aussi…

— Et comment si ça a rapporté ! C'est grâce à ça qu'on a pu s'installer dans de grands locaux et engager du monde. J'ai pu remplacer ma voiture, acheter un appartement, mettre mes deux gosses dans une école privée qui coûte cher. Je m'estime plutôt riche pour mes trente ans.

— Tu as bien gagné ta vie. Il n'y a pas de honte à ça.

— Mais je n'ai pas honte du tout », dit mon camarade. Il s'empara du stylo à bille qu'il avait jeté sur son bureau pour s'en donner quelques légers coups au centre de la paume de la main. « Quand je repense au passé, je me demande si je ne rêve pas. Toute cette époque où, criblés de dettes, on courait partout à la recherche de travaux de traduction, où l'on allait distribuer nos petits tracts dans les gares…

— J'y retourne maintenant si tu veux, distribuer des tracts. »

Mon camarade releva la tête et me regarda : « Je dis pas ça pour plaisanter.

— Moi non plus », dis-je.

On garda le silence un moment.

« Trop de choses ont changé, dit-il. Notre train de vie, notre vision des choses. D'abord, nous ne savons plus nous-mêmes combien nous gagnons d'argent. On a des conseillers en fiscalité qui passent leur temps à manipuler d'invraisemblables formulaires pour nous inventer des stratégies fiscales, des abattements, des amortissements, et que sais-je encore ?

— Ça se pratique partout, ce genre de choses.

— Je sais. Je sais aussi qu'on ne peut pas passer outre. N'empêche qu'on le fait. Et qu'autrefois c'était plus drôle.

— *Plus nous grandirons, et plus profondes seront les ténèbres du cachot qui nous entoure*, récitai-je à mi-voix, me souvenant d'un vieux poème.

— Qu'est-ce que tu veux dire encore ?

— Oh rien, fis-je. Alors, tu disais ?

— Qu'aujourd'hui, j'ai parfois l'impression de verser dans l'exploitation.

— L'exploitation… ? » Je relevai la tête, éberlué. Nous étions à une distance de deux mètres l'un de l'autre, et en raison d'une différence de hauteur de chaise, sa tête me dominait d'une vingtaine de centimètres. Une lithographie était accrochée au mur derrière lui. Je n'avais jamais vu cette nouvelle lithographie qui représentait un poisson ailé. Le poisson n'avait pas l'air très satisfait de ces ailes qui lui avaient poussé dans le dos. Sans doute ne savait-il pas bien comment s'en servir. « L'exploitation ? répétai-je une fois encore, comme pour m'interpeller moi-même.

— Parfaitement, l'exploitation.

— Quelle exploitation ?

— Par divers aspects, à petites doses. »

Je m'assis en tailleur sur le canapé bleu ciel et regardai fixement sa main, qui se trouvait exactement à la hauteur de mes yeux, et le stylo à bille qu'il tenait entre ses doigts.

« Quoi qu'il en soit, tu ne trouves pas, toi, que nous avons changé ? dit-il.

— Rien ni personne n'a changé. On est les mêmes.

— Tu penses vraiment ça ?

— Je le pense. L'exploitation, ça n'existe pas. C'est des contes de fées. Je suppose que toi non plus tu ne crois pas que les trompettes de l'Armée du Salut vont sauver le monde, non ? Tu réfléchis trop, mon vieux.

— Soit. Je réfléchis trop, dit mon camarade. La semaine dernière, tu as, ou plutôt nous avons conçu un message publicitaire pour de la margarine. En fait, il n'était pas mal ce message. Même qu'il a beaucoup plu. Mais toi, ces dernières années, combien en as-tu mangé de la margarine ?

— Pas un gramme. J'ai horreur de ça.

— Moi, c'est pareil. Tu vois, c'est ça que je veux dire. Autrefois on n'acceptait que les boulots dans lesquels on croyait, et c'était notre fierté. C'est fini tout ça, maintenant. Semer au vent des mots vides de substance, c'est tout ce que nous faisons.

— La margarine, c'est bon pour la santé. C'est une

graisse végétale faible en cholestérol. Qui n'entraîne aucune maladie chez les vieillards, et qui a même bon goût, par les temps qui courent. En plus, c'est pas cher et ça se conserve bien.

— Manges-en alors ! »

Je m'abîmai au fond de mon canapé et étirai lentement mes jambes et mes bras.

« Qu'est-ce que ça change ? Qu'on en mange ou pas, de la margarine, au bout du compte, ça revient au même. Entre l'austère travail de la traduction et l'imposture de messages publicitaires pour de la margarine, je ne vois au fond aucune différence. Tu as raison de dire qu'on sème au vent des mots vides de substance. Mais, dis-moi, où sont les mots qui en ont, de la substance ? Tu veux que je te dise, il n'y a nulle part de travail qui soit sincère. De la même façon qu'on ne respire, qu'on ne pisse jamais avec sincérité.

— T'étais drôlement plus candide autrefois.

— Peut-être, dis-je avant d'écraser consciencieusement ma cigarette au fond du cendrier. On trouvera certainement quelque part une ville candide, où un boucher candide nous découpera de candides tranches de jambon premier choix. Et si l'on juge candide de boire du whisky dès le matin, et bien on pourra en boire tout son content. »

La pièce demeura longtemps sous l'emprise du martèlement de son stylo à bille sur la table.

« Pardon, m'excusai-je. J'aurais pas dû dire ça ainsi.

— C'est rien, dit-il. Tu as certainement raison. »

Le thermostat du climatiseur émit un retentissant bruit d'enclenchement. C'était un après-midi terriblement calme.

« Ne doute pas comme ça, dis-je. N'a-t-on pas fait tout ce chemin jusqu'ici par nos propres moyens ?

On est quittes envers tout le monde. Et on n'a rien à voir avec tous ces mecs qui se gargarisent de leur *background* et de leurs titres.

— Avant, nous étions des copains, dit mon camarade.

— On l'est toujours, dis-je. On a tout fait ensemble.

— J'aurais préféré que tu ne divorces pas.

— Je sais, dis-je. Mais tu ne crois pas qu'il faudrait parler mouton ? »

Acquiesçant de la tête, il replaça son stylo à bille dans le plumier et se frotta les paupières du bout des doigts.

« C'est à onze heures ce matin que le bonhomme est venu », dit-il.

2. L'étrange individu

C'était à onze heures du matin que le bonhomme était venu. Dans une boîte de petite envergure comme la nôtre, on connaissait deux sortes de onze heures. Celui d'un terrible affairement ou celui d'un terrible désœuvrement. Il n'y avait pas de demi-mesure. Autrement dit, à cette heure-là, soit on s'agitait en tous sens, sans penser à rien, soit on imaginait distraitement la suite des rêves de la veille, sans penser à rien non plus. Les tâches relevant de la « demi-mesure » (quand il y en avait), on se les réservait pour l'après-midi.

Quand l'homme apparut, c'était un « onze heures du matin » de la seconde espèce. Un onze heures à marquer d'une stèle tant on n'avait rien à faire. Durant les deux premières semaines de septembre, des jours d'activité quasi démente s'étaient encore succédé, à la suite de quoi on s'était brusquement retrouvé sans commande. Trois d'entre nous, moi y compris, avaient pris leurs vacances d'été avec un mois de retard et, malgré cela, ceux qui étaient restés n'avaient guère eu mieux à faire que de tailler des crayons. Pendant que mon associé était parti tirer un chèque à la banque, qu'un autre employé tuait le temps à écouter une brassée de nouveaux disques dans le showroom d'un magasin de hi-fi des environs, la fille restée seule au bureau pour répondre au téléphone lisait les pages consacrées au « *hairstyle* de l'automne » d'une revue féminine.

Sans un bruit, l'homme ouvrit la porte du bureau ; sans un bruit, il la referma. Non qu'il cherchât volontairement à passer inaperçu. C'était là quelque chose de naturel chez lui, comme une habitude. À tel point que la fille ne se rendit pas bien compte que quelqu'un était entré. Quand elle s'en aperçut, l'homme était debout devant son bureau, la dominant du regard.

« Conduisez-moi auprès de votre responsable », dit-il. Il prononça ces mots comme s'il eût balayé la poussière posée sur le bureau avec son gant.

La fille ne comprenait rien à ce qui se passait. Elle releva la tête et dévisagea l'homme. Le regard était trop perçant pour appartenir à quelqu'un de la clientèle, la tenue trop élégante pour être celle d'un inspecteur des impôts, et il avait un air trop intellectuel pour être de la police. Aucune autre profession ne lui vint à l'esprit. L'homme avait surgi devant elle comme une nouvelle d'allure sophistiquée et de mauvais augure, et se dressait là, bloquant toutes les issues.

« Il est sorti pour l'instant, dit-elle en refermant précipitamment sa revue. Il a dit qu'il reviendrait dans une demi-heure.

— J'attendrai », dit-il sans hésiter une seule seconde, comme s'il énonçait une conclusion tirée depuis toujours.

Elle se demanda si elle devait s'enquérir du nom de

son interlocuteur, mais elle se contenta de le conduire au salon. L'homme s'assit sur le canapé bleu ciel, croisa les jambes et s'immobilisa, les yeux rivés sur la pendule électrique accrochée au mur qui lui faisait face. Pas un seul de ses gestes n'était superflu. Quand elle revint un peu plus tard avec un thé au riz grillé, il était toujours dans la même position, au millimètre près.

« Il était exactement assis là où tu te trouves en ce moment, dit mon camarade. Il a regardé la pendule sans bouger pendant trente bonnes minutes. »

Je contemplai le creux laissé sur le canapé où j'étais moi-même assis et levai les yeux vers la pendule électrique sur le mur. Puis je regardai à nouveau mon camarade.

En dépit de l'exceptionnelle chaleur qui régnait au-dehors en cette fin de septembre, l'homme était habillé avec un soin extrême. Sa chemise blanche dépassait très exactement d'un centimètre et demi au bout des manches de son complet gris de bonne coupe, sa cravate dont les tons délicats formaient un motif à rayures avait été ajustée avec beaucoup d'attention de manière à créer une très légère dissymétrie entre la gauche et la droite ; ses souliers en maroquin noir étincelaient.

Il devait avoir entre trente-cinq et quarante ans, faire un mètre soixante-quinze, et n'avoir pas un gramme de chair superflue. Ses mains fines ne portaient pas la moindre ride, et ses dix longs doigts effilés faisaient penser à un troupeau d'animaux dont chaque individu, dressé durant de longues années et parfaitement maîtrisé, gardait encore vivante en son cœur la mémoire primitive des origines. Les ongles manucurés à la perfection, laissaient deviner le temps et les patients efforts qui leur avaient été consacrés et dessinaient au bout des doigts dix superbes ellipses. C'étaient de très belles mains en vérité, même si elles avaient je ne sais quoi d'inquiétant. Elles évoquaient une spécialisation de haut niveau dans un domaine très précis, sans qu'on eût pu dire lequel.

Sa physionomie n'était pas aussi éloquente que ses mains. Les traits en étaient nobles et réguliers, mais le visage était plat et sans expression. Le nez et les yeux étaient rectilignes, comme tracés au cutter, les lèvres minces et sèches. Sa peau, partout brunie par un léger hâle, n'avait, à l'évidence, rien à voir avec une séance de bronzage faussement désinvolte sous le soleil d'une plage ou d'un court de tennis. Un tel hâle ne pouvait venir que d'un soleil d'une espèce inconnue, brillant dans un ciel tout aussi inconnu.

Le temps s'était écoulé avec une lenteur surprenante. Trente minutes qui avaient été aussi froides, aussi rigides qu'un boulon bien serré au cœur d'une machinerie gigantesque se dressant dans le ciel. À son retour de la banque, mon camarade pénétra dans une atmosphère terriblement pesante. En exagérant à peine, on eût dit que tout y avait été fixé au sol avec des clous.

« Bien entendu, ce n'était qu'une impression, dit mon camarade.

— Bien entendu », dis-je.

La tension régnante avait mis la fille de la permanence téléphonique à bout de forces. Mon camarade était entré dans le salon sans bien saisir la situation. Quand il se présenta comme étant le directeur, l'homme quitta enfin son attitude figée, sortit de sa poche intérieure une fine cigarette qu'il alluma et dont il souffla la fumée dans l'air avec une mine dégoûtée. L'atmosphère s'était alors imperceptiblement détendue.

« J'ai peu de temps, aussi serai-je bref », dit-il

calmement. D'une pochette il sortit une carte de visite flambant neuve qu'il posa sur la table. La carte, d'une blancheur invraisemblable, était faite dans un papier spécial ressemblant à du plastique, et un nom s'y détachait, imprimé en petits caractères bien noirs. Nulle mention, ni de la qualité, ni d'une adresse, ni d'un numéro de téléphone. S'y trouvaient seulement quatre caractères formant un nom. Juste ce qu'il fallait pour que sa vue vous blesse les yeux. Après avoir vérifié que le verso de la carte était parfaitement vierge, mon camarade examina à nouveau le recto, puis leva les yeux vers l'homme.

« Vous connaissez ce nom, n'est-ce pas ? dit l'homme.

— Oui. »

Déplaçant la pointe de son menton de quelques millimètres, l'homme esquissa un bref hochement de tête. Son regard, lui, demeurait d'une immobilité absolue.

« Brûlez-la !

— La brûler ? »

Mon camarade, bouche bée, fixa son interlocuteur dans les yeux.

« Détruisez cette carte immédiatement ! » dit l'homme d'un ton coupant.

Mon camarade se précipita sur le briquet de table et mit le feu à un coin de la carte de visite. Il la laissa flamber jusqu'à la moitié entre ses doigts, avant de la jeter dans un grand cendrier de cristal autour duquel, face à face, ils la regardèrent tomber en cendres blanches. Quand elle fut complètement consumée, un silence de plomb, comme si l'on venait d'assister à une énorme tuerie, prit possession de la pièce.

« Cette personne m'a donné pleins pouvoirs pour agir. » Un moment s'était écoulé avant qu'il n'eût repris la parole. « Comprenez, en d'autres termes, que tout ce que je vais vous dire à partir de maintenant exprime la volonté et le souhait de cette personne.

— Le souhait…, murmura mon camarade.

— J'entends, bien évidemment, par "souhait" ce très beau mot servant à exprimer une attitude fondamentale relative à un but déterminé, dit l'homme. Il y a d'autres façons de dire cela. Vous me suivez, n'est-ce pas ? »

Mon camarade s'essaya mentalement à traduire cette réplique en langage courant.

« Je vous suis.

— Cela dit, ce que j'ai à vous dire n'a rien à voir avec des concepts ni avec la politique, mais uniquement avec le business. » Il prononçait très correctement *bizness*, et non *bijness*. Peut-être était-il américain, fils d'un émigré japonais.

« Vous êtes un businessman, je le suis également. Sur le plan du réel nous n'avons rien à nous dire qui ne relève pas des affaires. Laissons aux autres le soin de s'occuper de l'irréel. Sommes-nous bien d'accord ?

— Parfaitement ! répondit mon camarade.

— Notre rôle est de substituer des formes sophistiquées aux facteurs de l'irréel et d'intégrer ceux-ci dans le continent du réel. Les gens ont souvent tendance à s'évader dans l'irréel. Pourquoi ? interrogea-t-il rhétoriquement, tout en tripotant de sa main droite la bague en pierre verdâtre qu'il portait au majeur de l'autre main. Parce que cela semble plus facile. De même, il arrive fréquemment que l'irréel donne l'impression de régir le réel. Or le business n'existe pas dans ce monde de l'irréel. Cela signifie que nous représentons une race encline à la difficulté. C'est pour cette raison…, s'interrompit-il pour tripoter à nouveau sa bague, … que je vous demanderais la chose suivante, à savoir de me pardonner si jamais ce que je vais vous dire exigeait de vous quelque opération ou décision difficile. »

Mon camarade opina en silence, sans bien comprendre.

« Voici ce que souhaite ladite personne. *Primo*, que vous suspendiez sur-le-champ la parution de la revue de communication d'entreprise des Assurances P dont la rédaction vous incombe.

— Mais…

— *Secundo*, reprit l'homme en coupant la parole à mon camarade, d'avoir un entretien en tête à tête avec le responsable de cette page-ci. »

L'homme tira une enveloppe blanche de la poche intérieure de son costume, en sortit un bout de papier plié en quatre qu'il remit à mon camarade. Celui-ci le déplia et le considéra. Il s'agissait d'une page de publicité en photogravure que nous avions effectivement conçue au bureau pour le compte d'une compagnie d'assurances sur la vie. Ce n'était rien d'autre qu'une photo assez banale représentant un paysage de Hokkaidō – avec nuages, montagnes, moutons et prairies – sur laquelle nous avions mis un poème bucolique plutôt insignifiant qu'on avait déniché je ne sais où.

« Tels sont nos deux souhaits. Pour ce qui concerne le premier point, je parlerais moins d'un souhait à proprement parler que d'un fait d'ores et déjà acquis. Plus précisément, une décision a déjà été prise conformément à notre souhait. Si vous aviez quelque doute à ce sujet, il vous suffira de téléphoner tout à l'heure au directeur des relations publiques pour vous en convaincre.

— Soit, dit mon camarade.

— Il nous est cependant facile d'imaginer que ce

genre d'ennuis expose une entreprise de la taille de la vôtre à de très graves préjudices. Par chance, ainsi que vous devez le savoir, notre influence dans le domaine d'activités qui vous occupe est loin d'être négligeable. Par conséquent, si vous combliez notre second souhait, c'est-à-dire si le responsable de cette page nous transmettait des informations qui nous satisfassent, nous sommes prêts à vous dédommager largement des préjudices encourus. Nous vous dédommagerions même grassement. »

Le silence reprit possession de la pièce.

« Si toutefois notre souhait devait demeurer insatisfait, dit l'homme, alors, quoi que vous entrepreniez désormais, vous seriez *out*. Vous ne trouveriez jamais plus de place en ce monde. »

Nouveau silence.

« Avez-vous des questions ?

— En somme, c'est cette photo qui fait problème ? s'enquit craintivement mon camarade.

— Oui », dit l'homme. Et triant prudemment les mots sur la paume de sa main, il ajouta : « C'est exact. Mais je ne peux vous en dire davantage. Je ne suis pas autorisé à le faire.

— Je vais contacter la personne responsable par téléphone. Il devrait être là à trois heures, dit mon camarade.

— Très bien, fit l'homme en jetant un coup d'œil sur sa montre. J'enverrai une voiture à quatre heures. Une chose importante encore : inutile de parler de tout ceci à qui que ce soit. Vous me comprenez ? »

Ils s'étaient ensuite quittés, comme deux parfaits businessmen.

3. Le « Maître »

« Tu sais tout, fit mon camarade.

— C'est à n'y rien piger, dis-je, une cigarette non allumée à la bouche. D'abord, je ne vois pas qui est le bonhomme de la carte de visite. Ni ce qui peut bien le tracasser dans cette photo de moutons. Ni enfin comment il a pu faire cesser la parution d'une de nos publications.

— Le bonhomme de la carte de visite est un gros bonnet de l'extrême droite. La plupart des gens ne le connaissent pas parce que ni lui ni son nom n'apparaissent pour ainsi dire jamais en public, mais dans notre milieu nul n'ignore son existence. Sauf toi sans doute.

— Ignorant des choses de ce bas monde, je suis, me justifiai-je.

— Quand je dis l'extrême droite, ce n'est pas ce qu'on entend d'ordinaire par ce terme. Ou, si tu veux, à son niveau ce n'est même plus de l'extrême droite.

— J'y comprends de moins en moins.

— En fait, personne ne sait ce que pense ce type. Il n'a jamais publié une ligne ni n'a jamais fait de discours public. Il refuse toute interview, toute prise de vues. C'est à peine si l'on sait qu'il est encore vivant. Il y a cinq ans, un journaliste d'un mensuel avait fait un scoop avec une affaire de malversations dans laquelle il était impliqué. L'affaire a tout de suite été étouffée.

— T'es drôlement bien renseigné, dis donc.

— Je connaissais indirectement ce journaliste. »

J'allumai la cigarette que j'avais en bouche avec le briquet.

« Que fait-il maintenant, ton journaliste ?

— Il a été muté dans un service commercial où il

trie des factures du matin au soir. C'est que le monde des mass media est beaucoup plus petit qu'on ne le croit, et son cas pouvait faire un assez bel exemple. Un peu comme ces squelettes que l'on voit à l'entrée des villages chez certains indigènes d'Afrique.

— Je vois, dis-je.

— Mais je connais les grandes lignes de son *curriculum vitae*, au moins pour ce qui concerne l'avant-guerre. Il est né en 1913 dans l'île de Hokkaidō. Après l'école primaire, il est monté à Tokyo où il a pratiqué toutes sortes de métiers avant de virer vers l'extrême droite. Il a dû faire alors un séjour en prison. À sa sortie, il part pour la Mandchourie, se fait des copains dans l'état-major de l'armée du Kantō et met sur pied une organisation parallèle qui intrigue en coulisses. Je connais mal les tenants et aboutissants de cette organisation. À cette époque, l'énigme s'épaissit subitement autour du personnage. Selon certaines rumeurs, il aurait touché à la drogue, ce qui n'est pas impossible. Ensuite, après moult ravages à travers le continent chinois, et deux semaines avant que les Russes n'entrent en guerre, il regagne la métropole à bord d'un contre-torpilleur. Ses valises sont pleines à craquer de métal précieux.

— On peut dire qu'il a l'art de bien choisir son moment, le bonhomme.

— Je te le fais pas dire. Il est très fort pour ça. Il sait quand il faut passer à l'attaque et quand il faut battre en retraite. Et puis, il a le coup d'œil comme pas deux. Alors que les armées d'occupation l'avaient arrêté comme criminel de guerre de catégorie A, l'enquête a tourné court et on a prononcé un non-lieu. On a argué de sa maladie, mais tout ça reste fumeux. Il y a dû y avoir un marché passé avec les militaires américains. Parce que MacArthur avait ses visées sur la Chine. »

Mon camarade s'empara à nouveau de son stylo à bille dans le plumier pour le faire tournoyer entre ses doigts.

« Et puis, quand il sort de la prison de Sugamo, il s'en va partager en deux le trésor qu'il planquait pour, d'un côté, mettre dans sa poche une faction entière du parti conservateur et, de l'autre, acheter l'industrie de la publicité. Et ça, à une époque où la publicité passait à peu de chose près pour une ridicule affaire de tracts.

— C'est ce qui s'appelle avoir le don de double vue. Mais personne n'a porté plainte contre lui pour recel ?

— Tu veux rire ? Il avait toute une faction du parti conservateur à sa botte.

— Évidemment, dis-je.

— Toujours est-il qu'il se servait de sa fortune pour contrôler les partis politiques et les milieux de la pub, et ça fonctionne toujours aussi bien aujourd'hui. S'il ne se montre jamais, c'est tout bonnement parce qu'il n'y trouve rien à gagner. Quand on tient le noyau du monde de la pub et de la politique, plus rien n'est impossible. T'as une petite idée de ce que ça veut dire, contrôler la pub ?

— Non.

— Ça veut dire que tu contrôles finalement tout le secteur de l'édition, de la radio et de la télévision. Un secteur qui n'est rien sans la pub. Un aquarium sans eau. Quatre-vingt-quinze pour cent des informations sont triées et achetées avant de tomber sous tes yeux.

— Je vois toujours pas, dis-je. Que l'individu tienne en main l'industrie de l'information, ça, je peux comprendre. Mais je ne vois pas comment il peut jouer de son pouvoir dans le cas d'une revue de communication qui ne regarde qu'une compagnie d'assurances sur la vie. D'autant que cette compagnie a passé directement contrat avec nous, sans l'entremise d'une grosse agence, non ? »

Après s'être éclairci la gorge, mon camarade vida le fond tout refroidi de son thé au riz grillé.

« Qu'est-ce que tu fais des titres ? Tout le capital du bonhomme tient en un portefeuille d'actions. Et en opérations boursières, spéculations, mainmises sur le capital de sociétés, etc. Ses organes de renseignements lui fournissent les informations nécessaires, et lui, il fait le tri. Une partie de ces informations passent ensuite dans la presse, les autres il se les garde pour lui. S'il le faut, il use de la menace, même si, bien entendu, il ne le fait jamais directement. Et quand les menaces ne suffisent pas, il vend la mèche aux politiques qui exercent alors leur pression.

— C'est vrai qu'il n'y a pas de société qui ne présente pas au moins un point faible.

— De même qu'il n'y a pas de société où l'on apprécie les déclarations fracassantes au moment d'une assemblée générale des actionnaires. Alors, on écoute généralement ce qu'il dit. Bref, le Maître trône au-dessus de la trinité des politiciens, des médias et des valeurs boursières. Et tu comprendras maintenant que rayer de la carte une revue de communication d'entreprise et nous envoyer au chômage est pour lui aussi facile que de peler un œuf dur.

— Oh oh ! m'écriai-je. Mais pourquoi un type de son envergure se fait tant de souci pour une photo d'un paysage de Hokkaidō ?

— Excellente question, fit mon camarade sans vraiment s'émouvoir. J'allais justement te la poser. »

Nous nous tûmes.

« Au fait, comment tu savais pour les moutons ? dit-il. Quelque chose s'est passé derrière mon dos, hein ?

— Dans la véranda, un nain inconnu fait tourner son rouet.

— Tu pourrais pas être un peu plus clair ?

— Le sixième sens, mon vieux.

— Et quoi encore, dit-il en poussant un soupir. Quoi qu'il en soit, j'ai deux autres informations récentes. Je me suis renseigné en téléphonant au journaliste du mensuel dont je te parlais tout à l'heure. D'abord, le Maître aurait été terrassé par une embolie cérébrale et serait condamné. Mais rien n'est officiel. Le deuxième point concerne l'homme qui est venu ici. Il s'agirait du premier secrétaire du Maître, responsable du fonctionnement réel de l'organisation, autrement dit du *number two*. Il est né dans une famille d'émigrés japonais aux États-Unis, a fait Stanford, et il travaille depuis douze ans auprès du Maître. On ne sait pas quel genre de type c'est, mais il est diaboliquement intelligent. Je n'en sais pas plus.

— Je te remercie, dis-je poliment.

— Il n'y a pas de quoi », fit mon camarade sans m'accorder un regard.

Pour autant qu'il n'ait pas trop bu, il était manifestement bien plus sérieux que moi. Bien plus aimable, bien plus candide aussi, et bien plus capable que moi d'ordonner un raisonnement. Mais, tôt ou tard, il allait s'enivrer. Cette pensée m'attristait. La plupart des gens plus sérieux que moi tournaient mal avant moi.

Lorsque mon camarade eut quitté la pièce, je partis en quête de son whisky dans ses tiroirs et me mis à boire tout seul.

4. Compter les moutons

Errer sans but sur le grand continent du hasard est une autre possibilité qui nous est laissée. Exactement comme les graines ailées de certains végétaux qu'emporte le vent printanier au gré de ses caprices.

On pourra cependant affirmer dans le même temps que le hasard n'existe pas : « Ce qui est accompli l'est indubitablement, ce qui ne l'est pas encore, l'est tout aussi indubitablement. » Bref, on dira que nous ne sommes rien, sinon des existences instantanées, coincées entre le « Tout » qui est derrière nous et le « Zéro » qu'on a sous les yeux, et qu'il n'y a là nulle place ni pour le hasard ni pour le possible.

Mais entre ces deux façons de voir, il n'y a en fait pas de grande différence. Il en va ici – et c'est le cas de la plupart des points de vue antagonistes – comme de ces préparations culinaires qui portent deux noms différents mais qui n'en sont pas moins une seule et même chose.

Ceci est une comparaison.

Soit on se place du point de vue « a », et le fait que j'ai choisi cette photo de moutons pour la page couleurs de la revue est un pur hasard ; soit on se place du point de vue « b », et le même fait n'est pas un hasard.

a) J'étais à la recherche d'une photo pour la page couleurs de la revue. Une photo de moutons se trouvait par hasard au fond d'un de mes tiroirs. Et je m'en suis servi. Hasard paisible dans un monde paisible.

b) Au fond du tiroir, la photo des moutons m'attendait

depuis longtemps. À supposer que je ne m'en fusse pas servi pour la page couleurs de ladite revue, tôt ou tard j'en aurais fait un autre usage.

À la réflexion, c'est là une formule que je pourrais fort bien appliquer à toutes les facettes de l'existence que j'ai menée jusqu'ici. Avec un peu d'entraînement, je pourrais peut-être arriver à manœuvrer de ma main droite les facettes « a » de ma vie, et de ma main gauche les facettes « b ». Mais, finalement, cela n'aurait pas grand intérêt. Pas plus que les trous dans les beignets. Considérer ceux-ci comme du vide ou comme de la substance est un problème métaphysique qui ne change strictement rien à la saveur des beignets.

Mon camarade sortit pour régler quelque affaire, et la pièce se retrouva subitement déserte. L'aiguille de la pendule électrique poursuivait sa ronde sans faire de bruit. Il me restait encore un peu de temps jusqu'à ce que la voiture vienne me prendre, à quatre heures, et aucun travail urgent ne me requérait. Un profond silence régnait également dans l'atelier d'à côté.

Buvant mon whisky affalé sur le canapé bleu ciel, caressé telle la graine vaporeuse du pissenlit par le vent rafraîchissant de la climatisation, je contemplais l'aiguille de la pendule électrique. Aussi longtemps que ma contemplation dura, le monde poursuivait son branle. Un monde pas si formidable, mais en branle tout de même. Et, dans la mesure où je percevais le branle de ce monde, moi j'existais. Pas si formidablement, mais j'existais quand même. Il me semblait curieux que l'on ne puisse s'assurer de son existence qu'au moyen d'une aiguille de pendule électrique. Il devait bien y avoir sur terre une tout autre façon de s'assurer de la chose.

J'avais beau me creuser la tête, rien de bien convenable ne me vint à l'esprit.

Je renonçai et bus une nouvelle gorgée de whisky. Une sensation brûlante me traversa la gorge, longea les parois de mon œsophage et descendit avec adresse jusqu'au fond de l'estomac. De l'autre côté de la fenêtre, s'étendait le bleu pur du ciel et ses blancs nuages. C'était beau, quoique ce ciel eût quelque chose d'usé, comme de seconde main. C'était bien cela, un ciel de seconde main, auquel on avait donné un charmant éclat en le faisant reluire avec de l'alcool à quatre-vingt-dix degrés. Je bus une nouvelle gorgée à la santé de ce ciel, et du ciel d'été tout neuf qu'il avait dû être un jour. Il n'était pas mal, le scotch. Et, à la longue, le ciel n'était pas mal non plus. Un Jumbo Jet traversa sans se hâter le cadre de la fenêtre, de la gauche vers la droite. Tel un insecte couvert d'une carapace dure et rutilante.

Quand j'eus vidé mon second verre, je fus assailli par un doute : qu'est-ce que je pouvais bien faire là ?

À quoi pouvais-je donc bien penser ?

Aux moutons.

Je me levai du canapé, m'emparai de la page publicitaire qui se trouvait sur le bureau de mon camarade, pour revenir à mon canapé. Puis, tout en suçant un glaçon encore imprégné de whisky, je fixai du regard la photo durant vingt secondes au moins et me lançai dans une patiente réflexion sur ce qu'elle pouvait signifier.

La photo représentait un troupeau de moutons et une prairie. À certains endroits, la prairie était interrompue par un bois de bouleaux. C'étaient ces immenses bouleaux typiques de l'île de Hokkaidō. Rien à voir avec l'arbre minable que le dentiste du quartier avait planté, faute de mieux, à l'entrée de sa maison. Quatre ours auraient pu se faire les griffes en même temps sur leurs troncs massifs. L'épaisseur du feuillage semblait indiquer le printemps. Les sommets à l'arrière-plan étaient encore couverts de neige. Il en restait même dans les vallons sur les flancs des montagnes. On devait être en avril ou en mai. À l'époque où la fonte des neiges transforme le sol en boue. Le ciel était bleu – vraisemblablement : la photo étant en noir et blanc, on ne pouvait avoir de certitude absolue sur la couleur : c'était peut-être du rose saumon – et de longues et fines traînées de nuages blancs s'étendaient au-dessus des montagnes. J'aurais pu passer des jours à me casser la tête, le troupeau de moutons ne voulait rien dire, si ce n'est qu'il était un troupeau de moutons, les bois de bouleaux n'étaient rien que des bois de bouleaux et les blancs nuages rien que de blancs nuages. Ni plus ni moins. Il n'y avait rien d'autre là-dedans.

Je jetai la photo sur la table, fumai une cigarette en bâillant. Puis je repris la photo entre les mains et m'essayai à compter les moutons. Mais la prairie était si vaste et les moutons si dispersés, telle une scène de pique-nique à l'heure du déjeuner, qu'à mesure où je progressais vers le lointain les moutons se confondaient avec de simples points blancs, ces points blancs se confondant à leur tour avec des illusions oculaires, et ces illusions oculaires se confondant avec le néant. En désespoir de cause, je me résolus à compter avec la pointe de mon stylo à bille ce qui me paraissait être d'indubitables moutons. J'arrivai au nombre de trente-deux. Trente-deux moutons. Une photographie tout à fait quelconque. Sans recherche dans la composition, et sans charme particulier.

Mais il y avait quelque chose dans cette photo, assurément : ça sentait le roussi. J'avais perçu cela dès la première fois que je l'avais vue, et cette impression ne m'avait pas quitté durant les trois derniers mois.

Vautré cette fois sur le canapé, la photo suspendue au-dessus du visage, je refis mon compte : trente-trois têtes.

Trente-trois ?

Les yeux clos, secouant la tête, je fis le vide dans mon esprit. Et puis zut, me dis-je. Si quelque chose devait m'arriver, elle n'était toujours pas advenue. Et si elle s'était déjà produite, je ne pouvais de toute façon plus rien y faire.

Toujours allongé au fond de mon canapé, je recomptai une fois encore mes moutons. Ainsi sombrai-je dans un profond sommeil façon deux-whiskies-en-début-d'après-midi. Avant de m'endormir, j'eus une brève pensée pour les oreilles de ma nouvelle *girlfriend*.

5. La limousine et son chauffeur

À quatre heures, comme annoncé, la voiture vint me prendre. Aussi ponctuelle qu'un coucou. La fille du bureau voulut bien m'extraire du puits profond de ma sieste. Je me lavai grossièrement le visage, ce qui ne suffit cependant pas à m'ôter toute envie de dormir. Je bâillai trois fois durant la course de l'ascenseur jusqu'au rez-de-chaussée. C'était comme autant d'appels dont j'étais moi-même l'auteur et le destinataire.

Devant l'entrée de l'immeuble, une énorme limousine flottait sur la chaussée, tel un sous-marin. Elle était si énorme qu'on aurait pu loger une famille entière, à condition qu'elle fût frugale, sous le capot. Les vitres étaient teintes en bleu fumé, de sorte que du dehors on ne pouvait voir l'intérieur. La carrosserie était d'un noir étincelant et, des pare-chocs aux enjoliveurs, on y aurait en vain cherché la plus petite tache.

Le chauffeur, un homme dans la cinquantaine portant une cravate orange sur une chemise d'une blancheur impeccable, se tenait debout, en une station parfaitement verticale, à côté de la voiture. Un chauffeur tout ce qu'il y avait de plus authentique. Lorsque je m'approchai, il ouvrit sans un mot la portière et la referma derrière moi après avoir soigneusement vérifié que j'étais bien installé. Puis il prit place au volant et referma la portière. Tout était exécuté sans faire plus de bruit que si l'on feuilletait une à une des cartes à jouer toutes neuves. Il régnait un tel calme, comparé à la Coccinelle vieille de quinze ans qu'un ami m'avait revendue, que je me croyais assis au fond d'un lac avec du coton dans les oreilles.

La décoration intérieure était remarquable. Certes, comme dans la plupart des voitures de prestige, les accessoires n'étaient pas nécessairement du meilleur goût ; il n'empêche qu'ils impressionnaient. Au milieu de la spacieuse banquette arrière était intégré un téléphone à touches d'un design très chic, à côté duquel on trouvait briquet, cendrier et étui à cigarettes, le tout assorti en argent. Le dossier du siège conducteur était équipé d'une table rabattable et d'une petite étagère permettant d'y faire des travaux d'écriture ou un repas léger. L'air conditionné coulait en silence, naturellement, et la moquette tapissant le plancher était moelleuse à souhait.

Je ne me rendis pas compte que la voiture roulait déjà. J'avais l'impression de me trouver à bord d'une cuve en or glissant à la surface d'un lac de mercure. J'essayai de me représenter les sommes dépensées pour cette limousine, mais c'était peine perdue. Tout y transcendait les catégories de mon imagination.

« Vous aimeriez un peu de musique ? dit le chauffeur.

— De préférence quelque chose de soporifique, dis-je.

— Je suis à vos ordres. »

Le chauffeur tâtonna sous son siège à la recherche d'une cassette et poussa sur un bouton du tableau de bord. Une sonate pour violoncelle seul commença à s'échapper doucement de haut-parleurs ingénieusement dissimulés. Une exécution et une acoustique d'une qualité irréprochable.

« Vous vous servez toujours de cette voiture pour véhiculer vos hôtes ? demandai-je.

— Comme vous le dites, répondit-il précautionneusement. C'est ainsi depuis quelque temps.

— Ah bon ? dis-je.

— En principe, c'est la voiture personnelle du Maître », dit-il après un bon moment. Le chauffeur se révélait bien plus liant qu'il n'en avait l'air. « Mais comme il ne sort plus depuis que sa santé s'est détériorée au printemps dernier, et qu'il serait fâcheux de laisser la voiture au garage, voyez-vous... Vous n'êtes peut-être pas sans savoir qu'une automobile perd de ses qualités si on ne la fait pas rouler régulièrement.

— En effet », dis-je. J'en déduisis que l'état de santé du Maître n'était pas matière à secret. Je pris une cigarette dans l'étui et la considérai. Elle n'avait ni filtre ni marque, et en l'approchant de mon nez, je lui trouvai une odeur de tabac russe. Au bout d'un moment d'hésitation à me demander si j'allais la fumer ou la mettre dans ma poche, je la remis à sa place. Le briquet et l'étui portaient, gravés en leur centre, un blason au dessin particulièrement fignolé. Un mouton y était figuré.

Un mouton ?

Je sentis que je perdrais mon temps à tenter la moindre réflexion, aussi secouai-je la tête et fermai-je les yeux. Depuis l'après-midi où cette photo d'oreilles était tombée sous mes yeux, j'avais commencé à perdre prise sur bien des choses.

« C'est loin notre destination ? demandai-je.

— Entre trente et quarante minutes. Mais cela dépend de l'encombrement.

— Dans ce cas, pourriez-vous baisser un peu la climatisation. Je voudrais poursuivre ma sieste.

— Entendu. »

Après avoir réglé l'air conditionné, le chauffeur appuya sur un bouton du tableau de bord. Une épaisse vitre s'éleva d'un coup séparant le conducteur des sièges arrière. Exception faite de la musique de Bach, le silence qui envahit alors mon habitacle était pour ainsi dire complet. Mais rien ne m'étonnait déjà plus vraiment à cette époque. La joue enfouie dans la banquette, je m'endormis.

Une vache laitière m'apparut en rêve. Elle était plutôt propre et du genre à avoir eu sa part de corvée dans la vie. Nous nous étions croisés en traversant un large pont. C'était au printemps, par un agréable début d'après-midi. Elle portait un vieux ventilateur au bout d'une de ses pattes antérieures et proposait de me le vendre à bon prix. Je lui dis que je n'avais pas d'argent. C'était la stricte vérité.

« Dans ce cas, me dit-elle, je l'échangerais bien contre une tenaille. » C'était une proposition honnête. Je rentrai à la maison en compagnie de ma vache laitière et me mis d'arrache-pied en quête de ma tenaille. Je ne la trouvai nulle part.

« C'est bizarre, dis-je. Hier encore je l'avais. »

J'en étais à transporter une chaise pour aller inspecter

une étagère quand le chauffeur me réveilla en me tapant l'épaule.

« Nous y sommes », dit-il laconiquement.

La porte s'ouvrit et le soleil déclinant de cette fin d'après-midi d'été illumina mon visage. Des milliers de cigales chantaient en un concert de montres dont on remonterait le mécanisme. Une odeur de terre s'élevait.

Je descendis de la voiture et respirai profondément en m'étirant. Puis je priai afin que ce rêve n'eût rien de symbolique.

6. *De l'univers du lombric*

Il y a des rêves symboliques, puis il y a la réalité que ces rêves symbolisent. Ou bien il y a une réalité symbolique, puis les rêves que cette réalité symbolise. Le symbole est ce que l'on pourrait appeler le maire honoraire de l'univers du lombric. Au sein d'un tel univers, il n'y a rien d'étrange à ce qu'une vache laitière soit à la recherche d'une tenaille. Sans doute viendra-t-il un moment où la vache mettra la main sur sa tenaille. Moi, je n'ai rien à voir là-dedans.

Mais les choses prendraient une tournure toute différente si, pour trouver sa tenaille, la vache se servait de moi. Je me retrouverais plongé dans un univers répondant à une autre logique. Avec pour principal inconvénient que mon histoire languirait. Je demanderais à ma vache laitière : « Pourquoi veux-tu une tenaille ? » Elle répondrait : « Parce que j'ai très faim, tiens ! » Je lui demanderais : « Pourquoi te faut-il une tenaille quand tu as faim ? » Elle dirait : « Mais pour m'attacher à une branche du pêcher, voyons ! » Je demanderais :

« Et pourquoi un pêcher ? » Elle répondrait : « N'ai-je donc pas cédé mon ventilateur ? » On n'en sortirait jamais. Ce faisant, je commencerais à détester cette vache laitière, et elle me le rendrait bien. C'est cela, l'univers du lombric. Pour y échapper, il n'y a pas d'autre moyen que de faire un autre rêve symbolique.

C'était précisément au cœur de l'univers du lombric qu'en cet après-midi de septembre 1978 le gigantesque véhicule à quatre roues m'avait entraîné. Autrement dit, ma prière avait été rejetée.

Ayant scruté les alentours, je soupirai inconsciemment. En somme, seul ce soupir valait la peine.

La voiture était arrêtée à mi-chemin d'une petite colline. Derrière elle se déroulait un chemin de gravier que la voiture semblait avoir emprunté, et qui menait, à travers des sinuosités trop nombreuses pour ne pas avoir été préméditées, jusqu'à un lointain portail. De chaque côté du chemin s'alignaient à intervalles réguliers, plantés comme sur un porte-crayon, des cyprès dorés et des lampes à vapeur de mercure. En marchant d'un pas tranquille, il eût sans doute fallu quinze minutes pour rejoindre le portail. Accrochées aux troncs des cyprès, d'innombrables cigales criaient comme si le monde avait amorcé sa chute.

De part et d'autre de l'allée de cyprès s'étendait une pelouse soigneusement tondue et, sur ses pentes, azalées du Japon, hortensias et d'autres plantes qui n'avaient pas de nom pour moi s'éparpillaient sans rime ni raison. Une bande d'étourneaux se déplaçait sur cette pelouse, de la droite vers la gauche, comme une coulée capricieuse de sable mouvant.

De chaque côté de la colline, il y avait un escalier de pierre qui descendait, à droite vers un jardin de style japonais, avec étang et lanternes de pierre, à gauche vers un petit terrain de golf. À proximité de ce terrain, s'élevaient un kiosque couleur de glace rhum-raisin et, derrière, une statue genre mythologie grecque. Plus loin encore se trouvait un énorme garage et l'on voyait un autre chauffeur asperger une autre voiture à l'aide d'un tuyau d'arrosage. On ne pouvait distinguer le type de la voiture. Ce qui était sûr, c'est que ce n'était pas une Volkswagen d'occasion.

Sans décroiser les bras, je parcourus une fois encore le jardin du regard. On ne pouvait rien y objecter, pourtant ma tête me faisait légèrement mal.

« Et la boîte aux lettres, où est-elle ? » demandai-je au chauffeur.

C'était l'évidence même. Il y avait bien sûr une porte de derrière.

Mon inspection du jardin terminée, je me tournai face au chemin et regardai le bâtiment qui se dressait là.

Comment dire, c'était une bâtisse terriblement esseulée. Imaginez par exemple un concept. Il y aura bien quelques exceptions pour lui échapper. Or, avec le temps, ces exceptions font tache d'huile, pour finalement former un autre concept. Et d'autres exceptions apparaissent à leur tour – telle était, en un mot, l'impression que donnait cette bâtisse. On pouvait y voir un être antique qui aurait évolué à l'aveuglette, sans rien savoir de sa destination.

Il m'apparut au début comme une construction dans le style occidental de l'ère Meiji[1]. Une entrée classique, très élevée, desservant un bâtiment d'un étage couleur crème. De hautes fenêtres à guillotine ancienne façon, maintes fois repeintes. Le toit, cela va sans dire, était

1. Ère Meiji : 1868-1912.

de cuivre. Les gouttières étaient aussi robustes que des aqueducs romains. Dans l'ensemble, le bâtiment n'était pas si mal. Il avait cette distinction du bon vieux temps.

Mais je ne sais quel architecte facétieux avait eu l'idée d'accoler à droite du corps principal une autre construction qui témoignait, par le choix d'un style et d'un coloris identiques, d'une volonté d'harmonie. L'intention n'était pas mauvaise, mais le fait est que les deux bâtiments n'allaient vraiment pas ensemble. Un peu comme des sorbets servis en même temps que des brocolis sur un plat en argent. Plusieurs dizaines d'années s'étaient ainsi vainement passées, lorsqu'on ajouta encore sur le côté une sorte de tour en pierre surmontée d'un paratonnerre décoratif. C'était là l'erreur. Il eût été préférable que la foudre y mît le feu.

Une passerelle recouverte d'une majestueuse toiture reliait en ligne droite la tour à l'annexe. Ladite annexe constituait elle aussi une bizarre affaire, mais on y percevait comme une unité thématique. Quelque chose qui méritait le nom d'« antinomie de la raison pure ». La tristesse hantait le lieu, une tristesse comparable à l'agonie d'un âne mourant de faim entre deux tas de foin identiques dont il ne saurait lequel manger en premier.

À gauche du corps principal s'étirait au contraire une maison toute en longueur et de style japonais, avec une haie, des pins soigneusement entretenus, et un couloir de belle façon qui filait tout droit telle une piste de bowling.

Toujours est-il que tous ces bâtiments rassemblés au sommet de la colline, comme les trois films plus bandes-annonces d'une séance de cinéma de quartier, offraient un spectacle qui valait la peine. La chose eût-elle été conçue selon un projet de longue haleine visant à pulvériser l'ivresse et l'ensommeillement d'un individu, qu'on eût pas plus certainement atteint cet objectif. Mais ce n'était évidemment pas le cas. Un tel spectacle ne pouvait résulter que d'une rencontre entre divers petits talents nés d'époques tout aussi diverses, et une fortune colossale.

Je dus rester très longtemps plongé dans la contemplation de cette résidence et de son jardin. Quand je m'en aperçus, le chauffeur se tenait juste à mes côtés à regarder sa montre. Son geste avait je ne sais quoi d'accoutumé. Sans doute les gens qu'il transportait devaient-ils tous rester plantés là comme moi à considérer bouche bée le spectacle ambiant.

« Prenez donc votre temps, si vous voulez regarder, dit-il. Nous avons encore huit minutes devant nous.

— C'est drôlement grand, fis-je, n'ayant rien trouvé de plus brillant à dire.

— Un hectare et sept ares et demi, dit le chauffeur.

— Un volcan en activité par là-dessus, ça ne déparerait pas le paysage », m'essayai-je à plaisanter. Mais ma boutade n'eut aucun écho. Ici, on ne plaisantait pas.

Ainsi donc huit minutes s'écoulèrent.

Je fus introduit dans une pièce de style occidental de huit tatamis[1] située juste à droite de l'entrée. Le plafond, terriblement haut, était bordé d'une moulure décorée de pâtisseries. Un canapé et une table ancienne aux formes simples et heureuses y trouvaient place ; sur un mur était accrochée une nature morte dont le réalisme devait être qualifié de consommé. Pomme, vase et coupe-papier. Peut-être fallait-il partager la pomme d'un coup de vase avant de la peler avec le coupe-papier, le

1. La superficie des pièces se compte, au Japon, en nombre de nattes, équivalent chacune à environ un mètre carré et demi.

cœur de la pomme et les pépins pouvant ensuite être rangés dans le vase. Aux fenêtres pendaient de lourdes tentures doublées de rideaux en dentelle, et tous retenus par des embrasses bien assorties. Entre les retombées des tentures, on apercevait ce qui constituait encore le meilleur du jardin. Un parquet en chêne du Japon, brillant d'un bel éclat, était pour moitié recouvert par un tapis dont le poil était bien plus solide que ne le laissait supposer ses tons délavés.

Elle n'était pas mal, cette pièce. Pas mal du tout.

Une domestique d'un certain âge, vêtue à la japonaise, fit son apparition, posa un verre de jus de pamplemousse sur la table et se retira sans dire un mot. La porte se referma derrière elle avec un bruit métallique. Puis tout retomba dans le silence.

Sur la table étaient posés un cendrier, un briquet et un étui à cigarettes identiques à ceux que j'avais vus dans la voiture. Le même blason figurant un mouton y était gravé. Je sortis une cigarette filtre de ma poche, l'allumai avec le briquet d'argent et soufflai la fumée vers les hauteurs du plafond. Puis je bus le jus de pamplemousse.

Dix minutes plus tard, la porte s'ouvrit à nouveau et un homme entra, de haute stature et vêtu d'un costume noir. Il ne m'adressa pas un mot, ni pour me souhaiter la bienvenue ni pour s'excuser de m'avoir fait attendre. Je ne parlai pas davantage. Il s'assit en silence en face de moi et me dévisagea un long moment, l'air de me juger. Comme mon camarade me l'avait dit, cet homme n'avait aucune expression digne de ce nom.

Il y eut un laps de temps.

CHAPITRE V

Lettres du Rat
et nouvelles péripéties

1. Première lettre du Rat, cachetée à la date du 21 décembre 1977

Ça va ?

Ça fait une éternité, non, qu'on ne s'est vus ? Combien d'années, au juste ?

Oui, combien d'années ça peut faire ?

Ma perception du temps s'est émoussée à grands pas. Je ne suis plus capable de compter les choses au-delà de trois, un peu comme si des oiseaux noirs tout plats battaient des ailes au-dessus de ma tête. Navré, mais j'aimerais que tu fasses le compte toi-même.

Peut-être t'ai-je causé pas mal de soucis en quittant la ville sans rien annoncer à personne. Ou bien, peut-être, t'es-tu offensé que je ne t'en aie pas parlé à toi. J'ai souvent pensé te rendre des comptes, mais je n'ai vraiment pas pu. J'ai écrit tant de lettres que chaque fois j'ai déchirées. Je vais dire une évidence, mais il est impossible d'expliquer à autrui ce qu'on est incapable de s'expliquer à soi-même.

Je crois.

Je n'ai jamais été très fortiche pour la correspondance. Les idées me viennent sens dessus dessous, et il m'arrive d'employer les mots dans un sens exactement opposé. Au bout du compte, écrire une lettre me jette dans le désordre. Sans compter que mon manque d'humour finit par me dégoûter de moi-même.

N'empêche que ceux qui savent écrire des lettres ne doivent pas avoir besoin de le faire. Car vivre à l'intérieur de leur propre contexte leur suffit amplement. Bien sûr, ce n'est qu'un avis personnel. Parce qu'il est peut-être impossible de vivre dans son seul contexte.

Il fait terriblement froid en ce moment, j'en ai les mains tout engourdies. Même que j'ai l'impression que ces mains ne sont plus mes mains. Et que ma cervelle n'est plus ma cervelle. Il neige en ce moment. Une neige qui ressemble à la cervelle des gens. Et qui s'amoncelle sans relâche, comme la cervelle des gens (cette phrase ne veut rien dire).

Le froid excepté, je vis et me porte bien. Et toi ? Je ne te donne pas mon adresse, et te demande de ne pas y prêter attention. Ce n'est pas que je veuille te cacher des choses. Je veux que tu comprennes bien cela. C'est pour moi une question très délicate. Si je te donnais cette adresse, je crois qu'au moment même quelque chose changerait radicalement en moi. Je ne sais pas comment te dire.

Tu comprends toujours très bien ce que je n'arrive pas très bien, moi, à expliquer. Il semblerait même que si toi tu comprends de mieux en mieux, moi je suis de moins en moins capable de dire les choses. Quelque part, je dois souffrir d'une déficience congénitale.

Il y a des déficiences chez tout le monde, bien entendu.

Mais ma plus grande déficience à moi, c'est que, les années passant, cette déficience ne cesse de grossir. Comme si, à l'intérieur de mon corps, j'élevais des poules. Une poule y a pondu un œuf, qui a donné une poule, qui a pondu un œuf à son tour. Un être humain peut-il vivre ainsi, avec une telle déficience sur les bras ? Bien sûr qu'il peut. C'est justement ça le problème.

Bref, je ne te donne pas mon adresse. Ça vaut mieux, je crois. Et pour moi et pour toi.

Sans doute on aurait mieux fait tous les deux de naître au XIXe siècle, quelque part en Russie. Moi dans le rôle du duc Machin, toi du comte Truc, on serait allés ensemble à la chasse, on se serait provoqués en duel, on aurait été rivaux en amour, on aurait eu des peines métaphysiques, on aurait bu de la bière en contemplant le coucher du soleil sur le bord de la mer Noire. Dans nos dernières années, on aurait été impliqués dans je ne sais quelle insurrection et exilés en Sibérie, où l'on aurait fini nos jours. Ç'aurait été génial, non ? Moi, si j'étais né au XIXe siècle, j'aurais écrit des romans autrement plus beaux. Sans aller jusqu'à Dostoïevski, j'aurais fait un bon petit écrivain de second plan. Et toi là-dedans ? T'aurais peut-être été simplement le comte Machin toute ta vie. C'est pas mal non plus ça, être simplement le comte Machin. Je sais pas pourquoi, mais ça fait très XIXe.

Mais, bon, oublions ça. Revenons au XXe siècle.

Parlons de la ville.

Pas de la nôtre, celle où on est nés, mais d'autres, de différentes villes.

Il y a vraiment toutes sortes de villes en ce monde. Chacune a son côté absurde, et c'est ce qui m'attire.

C'est ainsi que j'ai traversé tant de villes durant toutes ces années.

Quand je descends l'escalier d'une gare où je débarque au hasard, je trouve un petit rond-point, un plan du quartier, une rue commerçante. Ça, c'est partout pareil. Même les chiens ont la même tête. Après un petit tour de reconnaissance dans la ville, j'entre dans une agence touristique où l'on me propose une pension pas chère. Évidemment, comme dans ces petites villes on a tendance à exclure l'étranger, on ne me fait pas tout de suite confiance, mais tu sais comme je peux être sociable, si ça me chante, et devenir copain d'à peu près n'importe qui au bout d'un quart d'heure. J'ai donc le gîte assuré, et toutes sortes d'informations sur la ville.

L'étape suivante est de trouver du boulot. Là, encore une fois, tout commence en se faisant des copains. Toi, ça te ferait certainement suer (moi aussi d'ailleurs, dans une certaine mesure), mais je sais que de toute façon je n'habiterai pas là plus de quatre mois. Être bien avec tout le monde, ça n'a vraiment rien de bien compliqué. Je cherche le café ou le bar où les jeunes ont leurs habitudes (ça, il y en a dans toutes les villes, c'est comme leur nombril), j'en deviens un pilier, me fais des connaissances qui me mettent sur la piste d'un boulot. Je m'invente bien sûr pour la circonstance un nom et une histoire. Tu n'imagineras jamais le nombre que cela m'en fait aujourd'hui. Au point que je suis parfois près d'oublier qui j'étais à l'origine.

Les boulots aussi, j'en ai pratiqué de toutes sortes. Des boulots ennuyeux pour la plupart, quoique j'aie eu plaisir à travailler. Le plus souvent, c'était dans des pompes à essence. Ou derrière un bar ringard. J'ai été vendeur dans des librairies, j'ai travaillé pour une station de radio. J'ai fait le terrassier aussi. Et le représentant en cosmétiques. Ma réputation dans ce domaine était même redoutable. Et j'ai couché avec quantité de filles. Chaque fois avec un nom et une histoire différents, c'était pas mal du tout.

Bref, une routine.

Puis j'ai eu vingt-neuf ans. Dans neuf mois, ça m'en fera trente.

Je ne suis pas encore sûr que ce genre de vie me convienne tout à fait. Pas plus que je ne suis sûr que le tempérament nomade ait quelque chose d'universel. Je ne sais plus qui a écrit que, pour mener durablement une vie nomade, il fallait avoir ou bien un penchant religieux, ou bien un penchant artiste, ou bien encore un penchant intellectuel. Pas de vie nomade durable sans un de ces trois penchants. Soit, mais en ce qui me concerne, je ne crois pas qu'aucun me corresponde (encore qu'à la rigueur… mais non, taisons-nous).

À moins peut-être que je n'aie ouvert une mauvaise porte et que je ne puisse plus reculer. Reste qu'elle est ouverte maintenant, cette porte, et que je suis bien obligé de me débrouiller le mieux possible avec. Je ne vais quand même pas passer toute ma vie à acheter à crédit.

Voilà le topo.

Comme je l'ai dit au début (l'ai-je vraiment dit ?), penser à toi, ça me met un peu en danger. Sans doute parce que tu me rappelles cette époque où j'étais encore relativement sérieux.

P.-S. : Tu trouveras ci-joint un roman que j'ai écrit. Je n'ai plus rien à voir avec ce roman, fais-en ce que tu voudras.

Je t'envoie cette lettre par exprès, en espérant qu'elle

te parvienne le 24 décembre. Pourvu qu'elle arrive à temps.

Bon anniversaire, en tout cas.

Et

Bon *White Christmas*.

J'avais trouvé la lettre du Rat, jetée toute chiffonnée au fond de la boîte aux lettres de mon appartement, dans les tout derniers jours de l'année, le 29 décembre. Deux avis de « prière de faire suivre » étaient collés sur l'enveloppe. Car la lettre avait été expédiée à mon ancienne adresse. Rien à redire à cela, puisque je n'avais jamais eu l'occasion de lui faire connaître mes nouvelles coordonnées.

Après avoir relu trois fois les quatre feuillets d'un papier à lettres vert pâle remplis d'une écriture serrée, je pris l'enveloppe et vérifiai le cachet à demi effacé de la poste. C'était le cachet d'une ville dont je n'avais jamais entendu parler. Je pris un atlas sur les rayons de ma bibliothèque et me mis en quête du nom de cette localité. En lisant entre les lignes j'avais pu deviner que ce devait être quelque part tout au nord de Honshū, et j'avais visé juste car l'endroit se trouvait dans la préfecture de Aomori. Il s'agissait d'un petit bourg situé à une heure de train environ de la ville d'Aomori. D'après l'indicateur des chemins de fer, cinq trains s'y arrêtaient par jour. Deux le matin, un l'après-midi et deux le soir. Je connaissais Aomori en décembre pour y être allé plusieurs fois à cette époque. Il y fait un froid terrible. Tout gèle, même les feux de circulation.

J'avais ensuite montré la lettre à ma femme. « Le pauvre », s'était-elle contentée de dire. Peut-être avait-elle voulu dire : « les pauvres ». Bien évidemment, quelle importance cela a-t-il encore aujourd'hui ?

Les deux cents pages du manuscrit du roman, je les jetai au fond d'un tiroir sans même accorder un regard au titre. Je ne sais pourquoi, l'envie ne me venait pas de le lire. La lettre m'avait suffi.

Puis je m'assis sur une chaise devant le poêle et fumai trois cigarettes.

C'est en mai de l'année suivante que me parvint cette seconde lettre du Rat.

2. Deuxième lettre du Rat, cachetée à la date du ? mai 1978

Je me demande si je n'ai pas été un peu trop bavard dans ma précédente lettre. Pourtant, je ne me souviens plus du tout de ce que j'y disais.

J'ai encore bougé. L'endroit où je me trouve cette fois n'a strictement rien à voir avec ce que j'ai connu jusqu'ici. C'est un endroit très calme. Trop pour moi, peut-être.

Mais, en un sens, cet endroit est un aboutissement. J'y suis parce qu'il fallait que j'y vienne, mais je me dis aussi bien que j'y suis parvenu en nageant à contre-courant. Je suis bien incapable de faire la part des choses à ce sujet.

Quel verbiage ! C'est tellement vague que tu ne dois rien y comprendre. Et peut-être penses-tu que je cherche à donner à mon destin plus d'importance qu'il n'en a. L'entière responsabilité m'en incomberait, cela va de soi.

Cependant, j'aimerais que tu voies ceci : mon discours tombe d'autant plus en miettes que je cherche à t'expliquer le noyau de la situation dans laquelle je me trouve. Mais je suis honnête avec moi-même. Comme personne ne l'a jamais été.

Parlons de choses concrètes.

Je le disais tout à l'heure, il fait terriblement calme dans ce coin. J'y passe mes journées – puisque je n'ai rien d'autre à faire – à lire (dix années ne suffiraient pas pour lire tous les livres qu'il y a ici), à écouter des programmes musicaux sur la FM, des disques (ça aussi, j'en ai ici une bonne quantité). Ça fait bien dix ans que je n'ai plus écouté autant de musique d'un coup. Ça me laisse pantois de voir que des Rolling Stones ou des Beach Boys sont toujours sur la brèche. Le temps est une chose désespérément continue, on dirait. Avec notre habitude d'y tailler chacun selon ses mensurations, on finit par être la proie d'illusions, mais le temps est d'une continuité à toute épreuve.

Ici, pas de mensuration personnelle qui compte. Personne pour louer ou blâmer les mensurations des autres à l'aune des siennes propres. Le temps coule tel qu'il vient, comme un fleuve limpide. Ici, j'ai parfois l'impression que tout se libère en moi, jusqu'à ma nature originelle. Par exemple, quand il m'arrive de voir une automobile, il me faut plusieurs secondes avant de reconnaître qu'il s'agit d'une automobile. Je dispose bien sûr d'une sorte de connaissance essentielle des choses, mais l'échange ne fonctionne plus bien avec la conscience empirique. Ce genre de phénomène se fait peu à peu plus fréquent ces temps derniers. Peut-être que je vis tout seul depuis trop longtemps.

Il y a bien une heure et demie de voiture jusqu'à la ville la plus proche. Si on peut appeler ça une ville. C'est terriblement minuscule, et encore ce n'est qu'une sorte de squelette. Tu ne peux pas imaginer. Enfin bref, disons une ville. On y trouve des vêtements, de la nourriture, de l'essence. Et, si l'on y tient, on peut même y voir des visages.

Les routes étant gelées durant l'hiver, pratiquement aucune voiture ne roule. Les abords des routes étant couverts de terrains marécageux, le sol lui-même est aussi gelé qu'un sorbet. Et, comme il neige par-dessus, on ne sait plus où commence la route ni où elle finit. Un vrai paysage de bout du monde.

Je suis arrivé ici au début de mars. J'ai traversé ce paysage à bord d'une Jeep équipée de chaînes. Je me serais cru parti en exil en Sibérie. Nous sommes maintenant en mai, et la neige a complètement fondu. Au mois d'avril, on entendait, venant des plis entre les montagnes, le bruit ininterrompu des avalanches. As-tu déjà entendu ça ? À l'avalanche succède un silence. Un vrai, un parfait silence. Un silence cent pour cent, à ce point que je ne suis pas loin de ne plus savoir du tout où je suis. C'est un très grand calme.

Cloîtré dans ces montagnes, je n'ai plus couché avec une fille depuis à peu près trois mois. En soi, ce n'est pas si mal que ça, mais à continuer ainsi, je crois que je finirai par perdre tout intérêt pour les humains, et je n'en ai pas très envie. Donc, je me dis que, dès qu'il fera un peu plus chaud, je me dérouillerai un peu les jambes et irai me trouver une fille quelque part. Ce n'est pas pour me vanter, mais trouver une fille n'a rien de très compliqué pour moi. Si ça me chante – à croire que mon univers est celui du « si ça me chante » – je suis capable d'un peu de sex-appeal. Les filles me tombent donc dans les bras relativement facilement. Le problème, dirais-je, est que je ne parviens pas à me faire à cette faculté. Je veux dire que, arrivé à un certain point, je ne sais plus si c'est moi-même ou si c'est mon sex-appeal qui est en jeu. Un peu comme on ne sait plus où finit Laurence

Olivier et où commence Othello. À mi-chemin, j'ai le sentiment de ne plus pouvoir retrouver ma monnaie, alors je bazarde tout. En causant des ennuis à toutes sortes de gens. Ma vie jusqu'ici n'a été pour ainsi dire que l'interminable répétition de cette même chose.

Heureusement (et c'est vraiment heureux), je n'ai plus rien à bazarder aujourd'hui. Et ça c'est une sensation formidable. S'il me restait encore une chose à bazarder, ce ne pourrait être que moi-même. Me bazarder, voilà une idée assez séduisante. Non… il y a un peu trop de pathos dans cette phrase. Quoiqu'il n'y ait absolument rien de pathétique dans l'idée elle-même ; c'est la phrase qui la rend telle.

Voilà qui est gênant.

De quoi parlais-je donc ?

Des filles.

Toutes sont inséparables d'un joli tiroir plein à ras bords d'un bric-à-brac insensé. J'aime beaucoup ce genre de choses. Je peux aller cueillir une à une toutes les vieilleries de ce bric-à-brac, les dépoussiérer et leur trouver une manière de signification. L'essence du sex-appeal, au fond, c'est cela. Mais qu'on ne me demande pas où ça me mène, parce que ça ne mène à rien. Ou alors, il ne me resterait qu'à cesser d'être moi-même.

C'est qu'en ce moment, moi je ne pense purement qu'à l'amour. Quand on concentre le plus pur de son intérêt sur cet unique point, ce n'est plus la peine de se demander si c'est pathétique ou non.

Comme quand on boit de la bière sur le rivage de la mer Noire.

J'ai relu pour voir ce que j'ai écrit. Il y a bien quelques petites incohérences mais, me connaissant, je me suis trouvé plutôt sincère. Les passages ennuyeux sont de loin les meilleurs.

D'ailleurs, je ne vois pas comment ceci pourrait être une lettre qui t'est adressée. Cette lettre n'est probablement adressée qu'à la poste. Mais, de grâce, ne trouve pas là prétexte à reproches. Sache qu'il me faut bien une heure et demie en Jeep pour arriver jusqu'au premier bureau de poste.

À partir d'ici, cette lettre ne s'adresse vraiment qu'à toi.

J'ai deux services à te demander. Aucun n'a de caractère urgent, et tu t'en débarrasseras quand bon te semblera. Tu m'aiderais grandement en acceptant. Il y a trois mois, je crois, j'aurais été incapable de te demander quoi que ce soit. Aujourd'hui, je peux. C'est déjà un progrès.

La première demande est d'ordre plutôt sentimental. Autrement dit, elle concerne le « passé ». Quand j'ai quitté notre ville, il y a cinq ans, j'étais dans un tel trouble et dans une telle urgence que j'ai oublié de faire mes adieux à plusieurs personnes. En clair, il s'agit de toi, de J. et d'une fille que tu ne connais pas. Toi, je crois que je pourrais encore te revoir et te faire des adieux en bonne et due forme, mais pour ce qui concerne les deux autres personnes, je crois que je n'en aurai plus l'occasion. Je te demanderais donc de leur transmettre mes adieux quand tu retourneras à l'occasion dans notre quartier.

Il faut avoir un sacré toupet pour te demander ça, j'en ai bien conscience. C'est à moi de leur écrire en vérité. Mais, pour parler franc, j'aimerais que tu retournes là-bas et que tu ailles les trouver en personne. Je crois que mes intentions passeront bien mieux ainsi qu'à travers une lettre de moi. Je joins à cette lettre l'adresse de la fille et son numéro de téléphone. Si elle devait avoir déménagé, ou s'être mariée, eh bien, ce sera tant pis. Je préfère alors que tu rentres chez toi sans la voir. Mais si elle habitait toujours à la même adresse, va lui remettre mes salutations.

Remets également mon bonjour à J. Et profites-en pour boire ma part de bière.

Voilà pour ma première requête.

La seconde est un peu farfelue.

Je glisse une photo dans l'enveloppe. Une photo de moutons. Je voudrais que tu la places quelque part, n'importe où, ça m'est égal, mais qu'on la voie bien. C'est un affreux caprice que je fais, mais il n'y a que toi à qui je peux demander une chose pareille. Je veux bien te céder tout ce que j'ai de sex-appeal, mais, je t'en prie, exauce au moins cette prière. Je ne peux cependant pas te dire mes raisons. Cette photo est quelque chose de très important pour moi. Un jour, plus tard, je pourrai t'expliquer, je crois.

Je joins un chèque. Tu l'emploieras pour tes frais. Ne t'inquiète pas pour l'argent. Là où je suis, j'en suis plutôt à me soucier de ne savoir qu'en faire, et puis, de toute façon, il me semble que c'est la seule chose que je puisse faire en ce moment.

Surtout, n'oublie pas de boire ma part de bière !

En voulant ôter la colle de l'étiquette du « faire suivre », je rendis le cachet illisible. L'enveloppe contenait un chèque de cent mille yens, une feuille de papier où étaient écrits le nom et l'adresse de la fille, et une photo de moutons en noir et blanc.

Je l'avais prise dans la boîte aux lettres au moment de sortir pour la lire finalement derrière mon bureau. Le papier vert pâle était le même que la fois précédente et le chèque était émis par une banque de Sapporo. Ce qui laissait supposer que le Rat était dans l'île de Hokkaidō.

Le passage décrivant les avalanches me laissait un peu perplexe, mais, dans l'ensemble, comme il l'écrivait lui-même, c'était une lettre tout à fait sincère. J'ouvris un tiroir de mon bureau au fond duquel je jetai l'enveloppe avec son contenu.

C'était un printemps plutôt morose pour moi, notamment parce que mes rapports avec ma femme commençaient à se détériorer. Cela faisait déjà quatre jours qu'elle n'était pas rentrée à la maison. Le lait dégageait une odeur insupportable à l'intérieur du frigo, et le chat était toujours affamé. Sur le lavabo, sa brosse à dents était toute desséchée, racornie comme un fossile. Le printemps déversait une lumière indécise sur ce décor. Le soleil, lui au moins, on l'a toujours à l'œil.

Une impasse à rallonge… Peut-être avait-elle raison.

3. La chanson est finie

C'est en juin que je retournai dans notre ville.

J'avais trouvé un prétexte pour prendre trois jours de congé et, un mardi matin, je montai dans le *Shinkansen*. Je portais une chemise de sport blanche à manches courtes, un pantalon en coton vert dont les trous laissaient dépasser quelque peu mes genoux, et des tennis blancs ; j'étais sans bagage et j'avais même oublié de me raser en me levant le matin. Les semelles éculées de ces tennis que je n'avais plus chaussés depuis longtemps montraient une déformation à peine croyable. Je devais avoir, à mon insu, une démarche très peu naturelle.

C'était une sensation formidable de monter les mains libres dans un train de grande ligne. La sensation de se trouver, au détour d'une promenade nonchalante, à bord d'un avion lance-torpilles entraîné dans les torsions de l'espace-temps. Là, il n'y avait plus rien. Ni le rendez-vous chez le dentiste ni le dossier croupissant au fond d'un tiroir dans l'attente d'être réglé. Ni les inextricables rapports humains d'où l'on ne revient jamais. Ni ce soupçon de bienveillance auquel la confiance mutuelle oblige. J'avais précipité tout cela dans un abîme provisoire. Il ne me restait que mes vieux tennis et la forme déjetée de leurs semelles en caoutchouc. Certes, ils se tenaient solidement cramponnés à mes pieds, comme pour rappeler confusément l'autre espace-temps, mais c'était sans véritable importance. Quelques canettes de bière et un sandwich au jambon bien rassis me débarrasseraient vite de cela.

Cela faisait quatre ans que je n'étais plus revenu dans ma ville. J'y étais rentré à l'époque pour régler, disons, des formalités administratives relatives à notre mariage. Mais ce voyage fut inutile – les gens n'ayant pas vu de la même façon ce que je considérais comme des démarches administratives. Bref, on ne pensait pas de la même manière. Quand une chose est terminée pour un homme, elle ne l'est pas forcément pour un autre. Ce n'est pas plus compliqué que cela. Un « cela » qui, à l'autre bout du rail, peut donner une différence de taille.

Depuis lors, je n'avais plus de « pays natal ». Il n'y avait plus nulle part d'endroit où je dusse revenir. Cette pensée me soulagea jusqu'au fond de l'âme. Personne ne désirait plus me voir. Personne ne me voulait plus rien ni ne voulait que moi je leur veuille quelque chose.

Après avoir bu deux canettes de bière, je dormis durant une demi-heure. Quand je rouvris les yeux, ce sentiment de légèreté, de libération que j'éprouvais au début s'était volatilisé sans laisser la moindre trace. À mesure que le train progressait, le ciel se couvrait de cette vague couleur grisâtre de la saison des pluies. Au-dessous s'étendait toujours le même et ennuyeux paysage. Et la vitesse, fût-elle maximale, n'y changeait rien. On ne pouvait échapper à cet ennui. Bien au contraire, plus la vitesse augmentait, plus on s'enfonçait pieds joints au cœur de l'ennui. Car ainsi va l'ennui.

À côté de moi était assis un col blanc d'environ vingt-cinq ans, qui lisait, dans une immobilité presque parfaite, un quotidien d'information économique. Complet bleu marine, sans un pli, souliers noirs. Chemise blanche sortant de chez le teinturier. Je tirais sur une cigarette tout en contemplant le plafond de la voiture. Puis, pour tuer le temps, j'essayai de me rappeler l'un après l'autre tous les titres que les Beatles avaient enregistrés. Je calai au soixante-treizième et j'en restai là. Je me demandai jusqu'à quel chiffre pouvait aller la mémoire de Paul McCartney.

J'avais vingt-neuf ans et, six mois plus tard, le rideau allait tomber sur dix années de ma vie. Dix années qui ne furent rien, rien du tout. Tout ce que j'avais engrangé était sans valeur, tout ce que j'avais accompli était dénué de sens. Le seul acquis dans tout cela, c'était l'ennui.

Qu'y avait-il au départ ? Je ne m'en souvenais déjà plus. Certainement y avait-il eu quelque chose. Quelque chose qui ébranlait mon cœur et qui à travers mon cœur ébranlait ceux des autres. Au bout du compte, tout avait été perdu. Parce que tout devait l'être. Hormis cela, hormis tout abandonner, qu'aurais-je pu faire ?

À tout le moins, j'ai survécu. Même si un bon Indien est un Indien mort, moi j'étais donc obligé de survivre.

Dans quel but ?

Pour conter des légendes aux murailles ?

Allons donc !

« Pourquoi tu loges à l'hôtel ? »

C'est ce que J. me dit d'un air intrigué quand je lui remis le numéro de téléphone de l'hôtel que j'avais écrit au dos d'une pochette d'allumettes en papier.

« Tu pourrais coucher chez toi, non ? Tu as quand même une maison.

— Ce n'est plus ma maison », dis-je.

J. n'en rajouta pas.

J'alignai trois assiettes d'amuse-gueules devant moi, bus la moitié d'une bière, puis je sortis les lettres du Rat et les donnai à J. Il s'essuya les mains avec une serviette, parcourut rapidement les deux lettres du regard, avant d'en reprendre la lecture lentement, mot après mot.

« Pfft, fit-il admiratif. Il vit donc encore.

— Et comment ! dis-je en reprenant ma bière. À propos, je voudrais me raser. Tu pourrais pas me prêter un rasoir et de la mousse à raser ?

— Sûr, fit-il, et il me sortit de sous le comptoir un petit nécessaire portatif. Tu peux te servir du cabinet de toilette, mais il n'y a pas d'eau chaude.

— La froide suffira, dis-je. Du moment que je n'y trouve pas une fille saoule vautrée par terre… J'aurais du mal à me raser autrement. »

Le J's Bar avait totalement changé. Autrefois, c'était un petit bar situé au sous-sol d'un immeuble délabré des abords de la nationale. Il y faisait si humide que les nuits d'été l'air du climatiseur se transformait en un fin brouillard. On y mouillait sa chemise pour peu qu'on s'éternise derrière sa bouteille.

Le vrai nom de J. était un nom chinois aussi long qu'imprononçable. Des soldats américains l'avaient surnommé J. lorsqu'il travaillait dans une base américaine de l'après-guerre. Entre-temps, son vrai nom était tombé dans l'oubli.

D'après ce qu'il m'avait raconté autrefois, il avait quitté la base en 1954 pour ouvrir un petit bar dans les environs. Ce fut le premier J's Bar. Ça marchait assez fort. La moitié des clients étaient des officiers de l'armée de l'air, et il y avait pas mal d'ambiance. Quand sa boutique trouva un rythme plus tranquille, il se maria, mais sa compagne mourut cinq ans après. Jamais J. ne nous parla des causes de ce décès.

En 1963, quand la guerre du Viêtnam s'intensifia, il vendit la boutique et vint s'installer bien loin de là, dans mon quartier. Là, il ouvrit le second J's Bar.

C'est tout ce que je savais de lui. Il avait un chat, fumait un paquet de cigarettes par jour, ne buvait pas une goutte d'alcool.

Jusqu'à ce que je fisse la connaissance du Rat, je venais toujours seul au J's Bar. Je sirotais ma bière, fumais mes cigarettes, écoutais des disques en mettant des pièces dans le juke-box. Le J's Bar était plutôt désert à cette époque, et à deux nous nous racontions toutes sortes d'histoires par-dessus le comptoir. Je suis incapable de me souvenir de ce dont nous parlions... Que pouvaient bien se dire un lycéen taciturne de dix-sept ans et un veuf chinois ?

Quand, à dix-huit ans, je quittai la ville, c'est le Rat qui prit la relève et vint boire sa bière. Quand, en 1973, le Rat quitta l'endroit à son tour, il n'y eut personne pour lui succéder. Six mois plus tard, c'est le bar qui dut se déplacer, pour cause de travaux d'élargissement de la chaussée. Ainsi prit fin la légende de nos aventures dans le J's Bar II.

Le troisième bar se situait au bord d'une rivière, à

cinq cents mètres de l'ancien building. Il n'était pas bien grand, au deuxième étage d'un nouvel immeuble qui en comptait trois et qui était équipé d'un ascenseur. Ça faisait un drôle d'effet d'emprunter un ascenseur pour aller au J's. Autant que de regarder le paysage nocturne de la ville du haut d'un tabouret au comptoir.

Par les grandes fenêtres ouvertes sur les côtés ouest et sud du bar, on avait vue sur les montagnes et sur une zone autrefois occupée par la mer. Quelques années auparavant, on avait remblayé et construit à cet endroit un alignement serré de hauts buildings semblables à des stèles funéraires. Je restai un moment debout devant la fenêtre à contempler le paysage enveloppé par la nuit, puis je revins vers le comptoir.

« Autrefois, on aurait pu voir la mer, dis-je.

— Eh oui, dit J.

— On allait souvent se baigner là-bas.

— Oui, fit-il, avant de mettre une cigarette en bouche et de l'allumer au moyen d'un lourd briquet.

— Je sais bien ce que tu ressens. Ils ont nivelé la montagne, construit à la place, transporté la terre jusqu'à la mer, qu'ils ont remblayée pour encore construire. Et il y a des gens pour s'exclamer d'admiration devant ça ! »

Je buvais ma bière en silence. Des haut-parleurs logés dans le plafond filtraient le dernier hit de Boz Scaggs. Le juke-box avait disparu. La salle se composait essentiellement de couples d'étudiants propres et bien élevés qui savaient mettre des formes pour siroter à petites gorgées cocktails et whisky-soda. Ni fille en train de chavirer ivre morte ni vacarme électrique des fins de semaine. De retour à la maison, tout ce petit monde allait sans doute enfiler son pyjama et se mettre au lit, les dents soigneusement brossées. Et c'était bien ainsi. C'est formidable d'être propret. Dans le monde, autant que dans ce bar, les choses n'ont jamais été ce qu'elles auraient dû être.

Pendant tout ce temps, J. avait suivi mon regard.

« Alors, je parie que tu te sens mal à l'aise dans ma nouvelle boutique, pas vrai ?

— Même pas, dis-je. Le chaos n'a fait que changer de forme. La girafe a échangé son chapeau avec celui de l'ours qui a échangé son foulard avec celui du zèbre.

— Toujours le même, hein ? s'esclaffa-t-il.

— Les temps ont changé, dis-je. Et quand les temps changent, toutes sortes de choses changent aussi. C'est pas plus mal en fin de compte. On cède sa place et on en prend une autre. Rien à redire. »

J. se taisait.

Je bus une autre bière et lui fuma une autre cigarette.

« Tu vis bien ? me demanda-t-il.

— Ça va, répondis-je simplement.

— Et avec ta femme, ça marche ?

— Je sais pas. Tu sais ce que c'est quand les choses se font à deux... Il y a des jours où je me dis que ça devrait bien se passer, d'autres non. C'est ça, non, la vie de couple ?

— Tu crois ? » dit-il. Il se gratta le nez avec le bout de son petit doigt, l'air gêné. « Je ne me souviens plus du tout de ce qu'était la vie à deux. Ça remonte à si longtemps...

— Ton chat, il va bien ?

— Il est mort il y a quatre ans. Peu après ton mariage, je crois. Les intestins malades... À vrai dire, il avait l'âge. Douze ans qu'il avait vécu. Plus que je n'en ai vécu avec ma femme. C'est déjà pas mal de vivre douze ans, non ?

— C'est vrai.

— Il y a un cimetière pour animaux sur la montagne,

c'est là que je l'ai enterré. Tu domines les tours de là-haut. Parce que, dans ce coin, tu ne vois que ça, des tours, où que tu te trouves. Quoique mon chat, il s'en fiche pas mal.

— T'es pas triste ?

— Hmm, ça oui, je suis triste. Ç'aurait été n'importe quel être humain que je l'aurais pas été autant. Bizarre, non ? »

Je secouai la tête.

Pendant qu'il allait préparer un cocktail sophistiqué et une salade César pour un client, je jouai avec le puzzle de fabrication scandinave qui se trouvait sur le comptoir. Il s'agissait d'assembler dans une boîte de verre une figure représentant trois papillons voltigeant au-dessus d'un champ de trèfle, mais au bout de dix minutes je renonçai à mes tentatives et laissai tout en plan.

« Tu veux pas d'enfants ? me demanda J. quand il revint. T'as tout doucement l'âge d'en avoir, non ?

— Ça me dit rien.

— Ah ?

— Que veux-tu, je suis sûr que je ne saurais pas quoi faire si j'avais un enfant comme moi. »

J. pouffa, amusé, et versa de la bière dans mon verre.

« Tu anticipes quand même un peu trop.

— Non, c'est pas le problème. Je veux dire que je me demande si vraiment il est correct ou non d'engendrer la vie. Les enfants grandissent, les générations se succèdent. D'accord, et puis quoi ? On nivellera plus de montagnes encore, on remblaiera toujours plus la mer. On inventera des voitures qui rouleront encore plus vite, on écrasera plus de chats encore. Qu'est-ce qu'on aura de plus ?

— Ça c'est le côté noir des choses. Il y aura aussi de bonnes choses, comme il y aura des gens bien.

— Eh bien donne-moi trois exemples de chaque et je te croirai », dis-je.

Il réfléchit un moment, puis il se mit à rire.

« Oui, mais ceux qui pourront juger de ça, c'est la génération de nos enfants, pas toi. Ta génération à toi...

— Elle est finie, c'est ça ?

— En un sens, dit-il.

— La chanson est finie. Mais la mélodie continue à résonner.

— T'as toujours le fin mot, hein ?

— Je suis un poseur », dis-je.

Lorsque le J's Bar commença à se remplir, je souhaitai la bonne nuit à J. et me retirai. Il était neuf heures. Ma barbe que j'avais rasée à l'eau froide me picotait encore. Probablement à cause de la vodka dont je m'étais servi en guise d'after-shave. Selon J., ça revenait au même ; n'empêche que tout mon visage puait la vodka.

La nuit était étrangement douce, tandis que le ciel demeurait de plomb. Un vent humide du sud soufflait tranquillement. Comme d'habitude. Une odeur de mer se mêlait à un pressentiment de pluie. Les alentours étaient plongés dans une languissante nostalgie. L'herbe drue des berges aménagées résonnait du chant des insectes. À tout moment, la pluie semblait vouloir se mettre à tomber. Une pluie si fine qu'on se demandait s'il pleuvait vraiment, et qui pourtant vous détrempait de pied en cap sous vos vêtements.

Dans la lumière blanche et incertaine des lanternes, on voyait courir l'eau de la rivière. Une eau peu profonde qui vous arrivait à peine aux chevilles. Elle était aussi claire qu'autrefois. Comme elle provenait directement de la montagne, il n'y avait aucune raison pour qu'elle fût polluée. Petits cailloux et terres sablonneuses roulaient au fond du lit de la rivière où, çà et là, de petits barrages étaient destinés à arrêter les sables mouvants. Au bas de ces barrages, dans des trous d'eaux profondes, nageaient des petits poissons.

Durant les périodes de sécheresse, le flux est littéralement bu par le fond sablonneux, ne laissant qu'un chemin de sable blanc légèrement humide. En guise de promenade, je décidai de suivre ce chemin en direction de l'amont et de chercher le point où la rivière était absorbée par son lit. Je finis par m'arrêter, croyant avoir découvert quelque chose, comme l'ultime filet du cours d'eau, puis, l'instant d'après, tout avait disparu. Les ténèbres des profondeurs de la Terre l'avaient avalé furtivement.

J'aimais les chemins en bordure des fleuves. Aller avec le courant de leur eau. Et sentir leur respiration au gré de la marche. Les fleuves vivaient. Ils avaient fait les villes. Au cours des dizaines de milliers d'années, ils avaient usé les montagnes, transporté les terres, comblé les mers, puis fait pousser les arbres. Depuis le début des temps, les villes leur appartenaient, et sans doute ne cesseront-elles jamais de leur appartenir.

En cette saison des pluies, les eaux coulaient dans leur lit, tout du long, jusqu'à la mer. Les arbres plantés en bordure de la rivière embaumaient la jeune pousse. Ce verdoiement imprégnait l'air en profondeur. Quelques couples étaient allongés sur l'herbe, épaule contre épaule, des vieux promenaient leur chien. Des lycéens fumaient une cigarette à côté de leur moto. Une nuit de début d'été comme tant d'autres.

En chemin, j'achetai deux bières chez un marchand de spiritueux qui me les emballa dans un sac en papier, et, mon paquet à la main, je marchai jusqu'à la mer.

La rivière s'y déversait dans ce qui ressemblait à une petite crique ou à un canal à moitié enseveli. C'était tout ce qui restait du littoral d'autrefois, une découpure de cinquante mètres de largeur. La plage de sable était restée la même. Il y avait de petites vagues, qui rejetaient des morceaux de bois tout arrondis. On sentait l'odeur de la mer. Sur la digue en béton, les graffitis tracés au moyen de clous et de bombes de peinture étaient intacts. Cinquante mètres avaient été épargnés de ce bon vieux littoral. Cinquante mètres solidement coincés entre des murs de béton hauts d'au moins dix mètres et qui se prolongeaient tout droit, pendant des kilomètres, enserrant une mer étroite. Cinquante mètres, c'était tout ce qu'on avait laissé de la mer. Le reste avait été biffé d'un trait.

Suivant ce qui était jadis la route du littoral, je m'éloignai du fleuve et marchai vers l'est. Curieusement, les anciennes digues étaient restées en place. C'était une chose étrange, ces digues ayant perdu leur océan. M'arrêtant à l'endroit où souvent, autrefois, je stoppais ma voiture pour regarder la mer, je m'assis sur la digue et bus ma bière. Devant mes yeux se déployaient désormais des terres de remblais et leurs hautes piles d'appartements. Une forêt de tours lisses qui ressemblaient aussi bien à la carcasse malheureuse d'une ville aérienne abandonnée en plein chantier, qu'à des enfants encore trop petits qui réclament avec impatience le retour de leur père.

Le ruban circulaire d'une route asphaltée se faufilait entre les tours, jonché çà et là de gigantesques parkings ou de gares d'autobus. Il y avait des supermarchés, des stations-service, de vastes jardins publics, de luxueuses salles de réunion. Tout était flambant neuf, plaqué sur le paysage. La terre apportée de la montagne avait cette couleur maussade caractéristique des polders, tandis que les zones qui n'avaient pas encore été aménagées en ville étaient recouvertes par un foisonnement d'herbes transportées par le vent. À une vitesse surprenante, l'herbe folle avait pris racine sur ce nouveau sol. Elle était en train de tout envahir, comme pour ridiculiser la pelouse et les arbres plantés artificiellement en bordure des routes.

Un bien affligeant spectacle.

Mais que dire ? Un nouveau jeu se jouait déjà ici, avec ses nouvelles règles. Personne ne pouvait plus l'arrêter.

Quand j'eus vidé mes bières, je lançai de toutes mes forces les deux canettes vides en direction des terrains qui s'étaient substitués à la mer. Elles disparurent, englouties par l'océan d'herbes qui ondulaient sous le vent. J'allumai alors une cigarette.

J'étais en train de la finir quand je vis quelqu'un muni d'une lampe de poche marcher lentement à ma rencontre. C'était un homme d'une quarantaine d'années, vêtu d'une chemise grise, d'un pantalon gris et coiffé d'un chapeau gris. Sans doute un employé de la surveillance des aménagements.

« Vous avez lancé quelque chose tout à l'heure, n'est-ce pas ? dit-il, debout à mes côtés.

— En effet, dis-je.

— Qu'est-ce que vous avez lancé ?

— Quelque chose de rond, en métal et portant un couvercle », dis-je.

Le gardien était quelque peu désarçonné.

« Pourquoi avez-vous fait ça ?

— Sans aucune raison. Ça fait douze ans, sans interruption, que je les balance comme ça. Un jour, j'en ai même lancé une demi-douzaine d'affilée, et personne n'a jamais rien dit.

— Ça, c'est du passé, fit le gardien. Ce terrain appartient aujourd'hui à la municipalité, et il est interdit de jeter des ordures sans autorisation sur un terrain municipal ! »

Je restai muet quelques instants. Je ne sais quoi trembla un moment en moi, puis cela cessa.

« Le vrai problème, dis-je, c'est que ce que vous dites a un sens.

— C'est ce que dit le règlement », dit l'homme.

Je sortis mes cigarettes de ma poche en soupirant.

« Qu'est-ce qu'on va faire ?

— Je ne vais tout de même pas vous demander d'aller ramasser ce que vous avez jeté. Il fait noir et il commence même à pleuvoir. Alors ne recommencez plus.

— Je recommencerai plus, dis-je. Bonne nuit.

— Bonne nuit », fit le gardien et il s'en alla.

Allongé sur la digue, je contemplai le ciel. Le gardien l'avait bien dit, un petit crachin se mettait doucement à tomber. Une nouvelle cigarette à la bouche, j'essayai de me remémorer mon échange de tout à l'heure avec le gardien. J'avais l'impression d'avoir été plus solide dix ans auparavant. Mais ce n'était sans doute qu'une impression. Peu importait.

Revenu sur la route du littoral, j'attrapai un taxi : la pluie s'était transformée en une espèce de brouillard. Je demandai qu'on me conduise à l'hôtel.

« En voyage ? demanda le chauffeur, un homme sur le retour.

— Hmm.

— C'est la première fois que vous venez par ici ?

— La deuxième », dis-je.

4. Elle me raconte le bruit des vagues en buvant un salty dog

« J'ai une lettre pour vous, dis-je.

— Pour moi ? » dit-elle.

On s'entendait très mal au téléphone, et comme par-dessus le marché il y avait des interférences, on devait hurler plus qu'il ne fallait dans le combiné, ruinant ainsi les délicates nuances de nos propos réciproques. On se serait cru en train de parler, cols de manteaux relevés, au sommet d'une colline exposée à tous les vents.

« À vrai dire, cette lettre m'a été adressée, mais quelque chose me fait croire que c'est à vous qu'elle est destinée.

— Quelque chose vous fait croire ça…

— Oui », dis-je. J'eus l'impression, après avoir dit cela, de faire une chose parfaitement absurde.

Elle demeura muette. Entre-temps, les interférences avaient cessé.

« J'ignore ce qu'il y a entre vous et le Rat. Mais il m'a demandé de vous rencontrer, et c'est pour cela que je vous téléphone. D'ailleurs, je crois qu'il serait préférable que vous lisiez sa lettre.

— Vous êtes venu spécialement de Tokyo pour ça ?

— En effet. »

Elle s'éclaircit la gorge, puis s'en excusa.

« Parce que vous êtes son ami ?

— Je crois, oui.

— Pourquoi ne m'écrit-il pas directement ? »

Ses propos étaient assurément plus cohérents que les miens.

« Je ne sais pas, dis-je sincèrement.

— Moi non plus. Je pensais que certaines choses étaient terminées. À moins qu'elles ne le soient pas ? »

Je ne savais rien de cela. Je le lui dis. Étendu sur mon lit, le récepteur dans les mains, je contemplais le plafond de ma chambre d'hôtel. J'avais le sentiment d'être allongé au fond de la mer en train de compter des silhouettes de poissons. Je n'avais pas la moindre idée du nombre que je devais atteindre pour arriver au bout de mon compte.

« Il y a cinq ans qu'il a disparu je ne sais où. J'avais vingt-sept ans à l'époque. »

Sa voix, très douce pourtant, semblait venir des profondeurs d'un puits.

« Après cinq ans, les choses ne sont plus du tout les mêmes.

— Oui, dis-je.

— La vérité est que, même si rien n'avait changé, je ne pourrais le croire. Je ne veux pas le croire. Je serais incapable de ne plus aller nulle part. C'est pourquoi j'ai décidé de penser que tout a changé, une fois pour toutes.

— Je crois comprendre », dis-je.

Nous nous tûmes pendant un moment. C'est elle qui ouvrit la bouche la première :

« Quand l'avez-vous vu pour la dernière fois ?

— Il y a cinq ans, au printemps, un peu avant qu'il ne s'éclipse.

— Il vous a dit quelque chose ? Je veux dire, pourquoi il quittait la ville, par exemple… ?

— Non, dis-je.

— Il a disparu sans rien dire, quoi.

— En effet.

— Qu'est-ce que ça vous a fait ?

— Qu'il soit parti sans rien dire ?

— Oui. »

Je me redressai sur mon lit et m'adossai au mur.

« Eh bien… Je me suis dit qu'il en aurait marre au bout de six mois et qu'il reviendrait. Pour moi, il n'était pas du genre à poursuivre la même chose très longtemps.

— Mais il n'est pas revenu.

— Effectivement. »

Elle hésita un moment à l'autre bout de la ligne. Dans le creux de mon oreille, son souffle tranquille continua de retentir.

« Où logez-vous en ce moment ? » demanda-t-elle.

Je lui donnai le nom de mon hôtel.

« Je serai au *coffee house* de l'hôtel demain à cinq heures. C'est au huitième, n'est-ce pas ? D'accord ?

— Entendu, dis-je. J'aurai une chemise de sport blanche et un pantalon de coton vert. J'ai les cheveux coupés court et…

— Pas la peine, je saurai vous reconnaître », m'interrompit-elle d'un ton paisible.

Puis la communication fut coupée.

Après avoir reposé le combiné, j'essayai de m'expliquer ce « je saurai vous reconnaître ». Je ne comprenais pas. Il y avait bien des choses que je ne comprenais pas. On ne pourra pas dire que l'âge m'ait rendu plus intelligent. Un écrivain russe disait que, si le caractère pouvait s'altérer quelque peu, la médiocrité demeurait identique pour l'éternité. Ils sont quelquefois très avisés, ces Russes. C'est sans doute qu'ils ont tout l'hiver pour gamberger.

Sous la douche, je lavai mes cheveux qui avaient pris la pluie, puis, une serviette nouée autour de la taille, je regardai à la télé un vieux film américain, dans la série des histoires de sous-marin. Un capitaine qui s'entend comme chien et chat avec son second, un sous-marin tout décrépit, avec, pour couronner le tout, un passager claustrophobe à bord ; bref, un scénario minable, mais où tout finit bien. Le genre de film qui vous laisse cette impression que, si finalement tout se passe si bien, la guerre ce n'est pas si mal. Un de ces jours, on verra sans doute un film où le genre humain disparaît dans une guerre atomique, mais où, finalement, tout se passe bien.

Je coupai la télé, plongeai sous mes couvertures et, au bout de dix secondes, je dormais.

Le lendemain à cinq heures, le crachin n'avait toujours pas cessé de tomber. C'était ce genre de pluie qui se déclare au moment même où, plusieurs jours s'étant succédé sous un ciel pur de début d'été, on commence à espérer que la saison des pluies a pris fin. Du haut de mon huitième étage, le sol détrempé semblait noir jusque dans ses moindres recoins. Sur l'autoroute surélevée, les voitures étaient bloquées sur plusieurs kilomètres en direction de l'est. À m'absorber dans leur contemplation, elles me semblaient se dissoudre peu à peu dans la pluie. En vérité, c'était la ville entière qui commençait à se dissoudre. La jetée sur le port, les grues, les alignements d'immeubles, les gens sous leurs parapluies noirs, tout était en train de se dissoudre. Même la verdure se dissolvait et s'affaissait silencieusement au pied de la montagne. Mais quand je rouvris les yeux après les avoir maintenus clos plusieurs secondes, la ville était identique à elle-même. Les six grues s'élançaient dans le ciel assombri par la pluie, les files de voitures glissaient vers l'est, par à-coups, comme en de soudains retours de la mémoire, la nuée de parapluies noirs traversait la chaussée, la végétation buvait tout son content de cette pluie de juin.

Au centre de l'immense hall de l'hôtel, légèrement en

contrebas, se dressait un piano à queue bleu marine, sur lequel une fille vêtue d'une robe d'un rose criard interprétait une musique truffée d'arpèges et de syncopes, dans le plus pur style des *coffee house* d'hôtel. La fille ne jouait pas mal, mais quand la dernière note d'un morceau se perdait dans l'atmosphère, il n'en restait plus rien.

Comme à cinq heures passées elle ne se montrait toujours pas, et que je n'avais rien d'autre à faire, je bus un second café tout en regardant distraitement ma pianiste. Elle avait une vingtaine d'années et une chevelure dense, tombant jusqu'aux épaules, dont la mise en plis était aussi bien ordonnée qu'une crème fouettée surmontant un gâteau. Ses cheveux balançaient allègrement de gauche à droite au gré du rythme, pour s'immobiliser dans l'axe à la fin du morceau. Puis ça repartait avec un nouveau morceau.

Sa silhouette me rappelait une fille que j'avais connue autrefois. Ça remontait à l'époque où je prenais encore des leçons de piano. Étant à peu près du même âge et du même niveau, il nous était souvent arrivé de jouer à quatre mains. Je n'ai pas le moindre souvenir ni de son nom ni de son visage. Mais je garde en mémoire ses doigts blancs et effilés, ses jolis cheveux et sa robe vaporeuse. Je ne me souviens de rien d'autre.

Sans savoir pourquoi, cette pensée me laissa tout drôle. N'avais-je pas arraché ses doigts, ses cheveux et sa robe à cette fille, et ne devait-elle pas vivre encore aujourd'hui avec ce qui lui restait ? Bien sûr, c'était impossible. Indifférent à ma personne, le monde poursuivait son mouvement. Indifférents à ma personne, les gens traversaient les rues, taillaient leurs crayons, se déplaçaient d'ouest en est à la vitesse de cinquante mètres à la minute, déversaient dans les *coffee house* une musique d'une nullité parfaitement peaufinée.

Le monde... Ce mot me faisait toujours penser à un gigantesque disque soutenu avec une énergie désespérée par un éléphant et une tortue. L'éléphant n'entend rien au rôle de la tortue, la tortue n'entend rien à celui de l'éléphant, et tous deux n'entendent rien à cette chose qu'on appelle le monde.

« Je vous ai fait attendre, je suis navrée, fit une voix féminine derrière moi. Le travail traînait en longueur et je n'ai vraiment pas pu m'échapper.

— C'est sans importance. De toute façon, je n'avais strictement rien à faire aujourd'hui. »

Elle posa une clé de consigne de parapluie sur la table et commanda un jus d'orange, sans même regarder la carte.

Je fus incapable de lui donner un âge quand je la vis. Si elle ne me l'avait pas dit au téléphone, je ne l'aurais probablement jamais su.

Mais puisqu'elle me disait avoir trente-trois ans, elle devait sans doute les avoir, et, à la réflexion, elle les faisait. À supposer qu'elle m'eût dit en avoir vingt-sept, elle les aurait certainement faits aussi.

Ses goûts vestimentaires, très simples, me mirent à l'aise. Elle portait, sur un ample pantalon de coton blanc, une chemise à carreaux orange et jaune dont elle retroussait les manches jusqu'aux coudes, et un sac en cuir pendait en bandoulière à son épaule. Rien n'était neuf, mais tout était soigneusement entretenu. Elle n'avait ni bague, ni collier, ni bracelet, ni boucles d'oreilles. Une courte frange tombait sur son front, qu'elle ramenait négligemment sur le côté.

Les petites pattes d'oie qui naissaient aux coins de ses yeux semblaient être là depuis toujours bien plus qu'elles ne trahissaient un âge, subtilement suggéré par sa nuque blanche et fine que découvraient les deux boutons défaits de son col de chemise, et par le dos de ses mains posées sur la table. C'est à ces petites choses, ces minuscules petites choses, que l'âge des gens commence à se marquer. Puis la tache qu'on ne parvient plus à essuyer gagne peu à peu tout le corps.

« Quel genre de travail faites-vous ? hasardai-je.

— Une agence d'architecture. Ça fait longtemps que je fais ça. » On n'alla pas plus loin sur le sujet. D'un geste lent je sortis une cigarette, que j'allumai ensuite tout aussi lentement. La pianiste referma le couvercle de son instrument, se leva et se retira pour prendre sa pause. Je l'enviai un tantinet.

« Depuis quand êtes-vous ami avec lui ? demanda-t-elle.

— Ça fait bien onze ans déjà. Et vous ?

— Deux mois et dix jours, répondit-elle sur-le-champ. Je veux dire entre le moment où je l'ai rencontré et le moment où il a disparu. Deux mois et dix jours. Je m'en souviens parce que je l'ai noté dans mon journal. »

On lui apporta son jus d'orange et on débarrassa ma tasse vide.

« J'ai attendu trois mois après qu'il eut disparu. Décembre, janvier, février. L'époque la plus froide de l'année. Mais avait-il fait si froid cet hiver-là ?

— Je ne me rappelle plus », dis-je. Elle me parlait de l'hiver d'il y avait cinq ans comme du temps qu'il avait fait la veille.

« Vous est-il arrivé d'attendre ainsi une femme ?

— Non, dis-je.

— Quand, pendant un certain temps, on n'a fait qu'attendre, on finit par se moquer de ce qui peut arriver après. Que cela ait duré cinq ans, dix ans ou un mois, c'est pareil. »

J'acquiesçai.

Elle but la moitié de son jus d'orange.

« Au début, quand je me suis mariée, c'était comme ça. J'attendais, puis j'en ai eu assez d'attendre, et tout a fini par m'être indifférent. Je me suis mariée à vingt et un ans, j'en avais vingt-deux quand j'ai divorcé, et après je suis venue ici.

— Ma femme, c'est pareil.

— Comment ça ?

— Elle s'est mariée à vingt et un ans et elle a divorcé à vingt-deux. »

Elle me dévisagea. Puis elle touilla son jus d'orange en agitant un bâtonnet. C'était pas une chose à lui confier, me dis-je.

« Quand on est jeune, c'est plutôt dur de se marier pour divorcer tout de suite après, dit-elle. En un mot, on se réfugie alors dans des choses tout à fait plates, hors de la réalité. Mais ça ne dure jamais longtemps, la vie hors de la réalité. N'est-ce pas ?

— Non, sans doute.

— Pendant cinq ans, entre mon divorce et le jour où je l'ai rencontré, j'ai mené dans cette ville une vie de solitaire et, disons-le, sans consistance. Je n'ai pratiquement fait la connaissance de personne, je n'avais jamais très envie de sortir, je n'avais pas d'amant. Je me levais le matin, allais au bureau, traçais mes plans, faisais mes courses au supermarché sur le chemin du retour et je mangeais toute seule à la maison. La radio était une fois pour toutes réglée en FM, je bouquinais, tenais mon journal, lavais mes bas dans la salle de bains. Comme mon appartement se trouvait en bordure de mer, j'entendais en permanence le bruit des vagues. C'était une vie bien maussade. »

Elle but le reste de son jus d'orange.

« Je vous ennuie avec mes histoires. »

Je me contentai de secouer la tête.

Le salon de thé passant au *cocktail hour* après six heures, on baissa l'intensité des plafonniers. La ville commençait à briller de ses feux. Même en haut des grues, où des lumières rouges s'allumèrent. Une pluie de fines aiguilles continuait à tomber dans le crépuscule blafard.

« Vous ne voulez pas boire un alcool ? demandai-je.

— Comment appelle-t-on de la vodka avec du jus de pamplemousse ?

— Un *salty dog.* »

J'appelai le garçon et commandai un *salty dog* ainsi qu'un Cutty Sark *on the rocks*.

« Où en étais-je ?

— Vous me parliez de votre vie maussade…

— À vrai dire elle n'était pas si maussade que ça, dit-elle. C'était seulement le bruit des vagues qui était un peu maussade. Quand je suis entrée dans cet appartement, le concierge de l'immeuble m'a dit qu'on s'y habituait très vite, mais, en fait non, je n'ai pas pu.

— Mais il n'y a plus la mer maintenant. »

Elle eut un sourire radieux. Un petit frémissement parcourut ses pattes d'oie.

« C'est vrai. Vous avez raison. Il n'y a plus la mer. Mais parfois il me semble entendre encore les vagues. Sans doute, à la longue, se sont-elles gravées au fond de mes oreilles.

— Et c'est là que le Rat est donc apparu…

— Exact. Mais je ne l'appelais pas de cette façon.

— Comment l'appeliez-vous ?

— Par son nom. Comme tout le monde. »

À la réflexion, elle n'avait pas tort. « Le Rat » : même pour un surnom, c'était un peu puéril.

On nous apporta nos boissons. Après avoir bu une gorgée de son *salty dog*, elle essuya le sel qui collait à ses lèvres avec une serviette en papier. Son rouge à lèvres y laissa une très légère marque. D'un geste agile de deux doigts, elle plia la serviette.

« Comment dire ? C'était quelqu'un de... spécialement irréaliste. Vous voyez ce que je veux dire ?

— Je crois, oui.

— Je me suis dit que son irréalisme m'était nécessaire pour briser mon propre irréalisme. Je me suis dit ça dès notre première rencontre. Et je suis donc tombée amoureuse. À moins que je ne me sois dit cela seulement après être tombée amoureuse. Ça revient au même, d'ailleurs. »

La pianiste revint de sa pause et commença à jouer quelques vieux airs de musiques de film. Cela sonnait comme une musique d'ambiance déplacée par rapport à la scène, une scène elle-même déplacée.

« Je me dis parfois ceci. Que finalement je me suis servie de lui. Et que lui l'avait peut-être compris depuis le début. Vous ne pensez pas ?

— Je ne sais pas, dis-je. C'est un problème entre vous et lui. »

Elle ne répondit pas.

Au bout de vingt secondes de silence, je m'aperçus qu'elle avait déjà terminé son histoire. Quand j'eus avalé la dernière gorgée de mon whisky, je sortis de ma poche les lettres du Rat et les posai au milieu de la table. Les deux lettres restèrent ainsi un moment sur la table.

« Je dois les lire ici ?

— Prenez-les et lisez-les chez vous. Si vous ne voulez pas les lire, jetez-les. »

Elle acquiesça et rangea les lettres dans son sac. La fermeture émit un cliquetis métallique bien agréable. J'allumai une deuxième cigarette et commandai un deuxième whisky. C'est toujours ce deuxième verre que je préfère. Le premier m'apporte le soulagement, le deuxième me remet les idées en place. Les verres suivants n'ont plus de goût particulier. Ils viennent remplir mon estomac, c'est tout.

« Vous vous êtes déplacé de Tokyo spécialement pour ça ? demanda-t-elle.

— Pour ainsi dire, oui.

— C'est gentil de votre part.

— Cette pensée ne m'avait pas effleuré. C'est une question d'habitude. Si j'avais été à sa place, je crois qu'il en aurait fait autant.

— Il l'a déjà fait pour vous ? »

Je hochai la tête. « Nous avons passé tant de temps à nous embarrasser mutuellement pour des choses complètement irréelles. Que l'on règle ou non cela au niveau de la réalité, c'est un autre problème.

— Il y a très peu de gens qui pensent comme vous.

— Sans doute. »

Elle se leva en souriant et s'empara de l'addition.

« Laissez-moi vous inviter. D'ailleurs, je vous ai fait attendre trois quarts d'heure.

— C'est comme vous voulez, dis-je. Mais puis-je encore vous poser une question ?

— Bien sûr, allez-y.

— Vous avez dit au téléphone que vous saviez à quoi je ressemble.

— Oui, je voulais parler d'une certaine atmosphère.

— Et vous m'avez tout de suite reconnu ?

— Oh oui, tout de suite », dit-elle.

La pluie continuait à tomber avec la même intensité. Par les fenêtres de l'hôtel, on apercevait les enseignes lumineuses de l'immeuble voisin. D'innombrables traits de pluie se précipitaient vers le sol à travers cette lumière verdâtre et artificielle. Debout à côté d'une fenêtre, je laissais plonger mon regard et j'avais l'impression que tous ces traits tombaient en convergeant vers un seul point du sol.

Après avoir fumé deux cigarettes, allongé sur mon lit, je téléphonai à la réception pour qu'on me prît une réservation dans un train le lendemain matin. Je n'avais strictement plus rien à faire dans cette ville.

Il restait la pluie, qui continua à tomber jusqu'au cœur de la nuit.

CHAPITRE VI

La Course au mouton sauvage (II)

1. Un homme étrange aux propos étranges

Une fois qu'il se fut calé sur sa chaise, le secrétaire vêtu de noir me regarda sans mot dire. Son regard n'était pas de ceux qui fouillent le détail, ni de ceux qui scrutent l'adversaire de part en part, encore moins de ceux qui s'enfoncent au cœur de la chair. Rien de glacial ni de chaleureux, rien de tiède non plus dans ce regard-là. Il ne contenait aucun des sentiments que je connaissais. L'homme me regardait, sans plus. Peut-être, d'ailleurs, regardait-il le mur derrière moi, mais étant donné que je me trouvais devant ce mur, c'était donc moi seul qu'il regardait.

L'homme s'empara de l'étui à cigarettes posé sur la table, l'ouvrit, y prit du bout des doigts une cigarette sans filtre, tapota chacune de ses extrémités de plusieurs petits coups d'ongle et, après l'avoir allumée avec le briquet, il expira la fumée qui monta légèrement devant lui. Puis il replaça le briquet sur la table et croisa les jambes. Son regard n'avait pas dévié d'un pouce.

L'homme était tel que me l'avait décrit mon camarade. Mise trop soignée, physionomie trop régulière, doigts beaucoup trop effilés. Sans ses paupières fendues d'un trait net, sans ses yeux froids comme du verre, il eût passé à coup sûr pour un parfait homosexuel. Mais aussi bien pour autre chose. Il ne ressemblait à rien ni à personne.

À bien les considérer, ses yeux avaient une curieuse couleur. Une légère pointe de bleu se mêlait à du noir brunâtre dans chacune des deux prunelles, quoique selon une proportion différente. On eût dit que l'œil gauche ne pensait pas à la même chose que l'œil droit. Je vis que ses doigts remuaient imperceptiblement sur son genou. J'étais en proie à l'illusion que ces doigts se détachaient de sa main et se dirigeaient vers moi. Des doigts bizarres. Qui se tendirent au-dessus de la table pour écraser une cigarette dont un tiers seulement était consumé. La glace fondait dans mon verre, diluant une eau claire au milieu du jus de pamplemousse. Un mélange hétérogène.

Il régnait une espèce d'énigmatique silence dans la pièce. Un silence comme on en rencontre parfois en pénétrant dans une vaste demeure, et qui naît d'une disproportion entre la faible présence humaine et l'étendue du lieu. Mais la qualité de ce silence était encore différente. C'était un silence éminemment pesant, d'une insistance sournoise. Il me semblait avoir connu quelque chose de semblable un jour, mais il me fallut du temps avant qu'un souvenir précis ne me revienne. Je dévidai le fil de ma mémoire, comme on feuillette les pages d'un vieil album. C'était ce silence qui entourait un malade incurable. Un silence habité par le pressentiment d'une mort inévitable. Où l'atmosphère poussiéreuse en disait long.

« Nous sommes tous mortels », dit paisiblement l'homme, les yeux toujours posés sur moi.

On eût cru qu'il percevait les moindres remous de mon âme.

« Nous devons tous mourir un jour. »

Il n'en dit pas plus, sombrant à nouveau dans l'étouffant silence. Les cigales chantaient sans discontinuer. Elles se limaient désespérément le corps, comme pour rappeler une saison approchant de sa fin.

« Je m'efforcerai de parler avec la plus grande franchise », dit l'homme.

Le ton était celui d'un document officiel en traduction littérale. Le choix des mots et la syntaxe étaient corrects, mais la phrase manquait totalement d'expression.

« Cependant, entre parler avec franchise et dire la vérité il y a un monde – comme la distance entre la proue et la poupe d'un bateau. La franchise apparaît d'abord, la vérité vient en dernier. L'écart temporel entre les deux est directement proportionnel à la dimension du navire. La vérité d'un fait gigantesque advient difficilement. De même, il arrive parfois qu'elle advienne seulement après que l'on a touché au terme de ses jours. C'est pourquoi ce ne sera ni ma faute ni la tienne, si d'aventure je ne t'ai pas dit toute la vérité. »

Ne sachant que répondre, je demeurai muet. Il s'assura de la permanence du silence, puis il poursuivit :

« Si je t'ai demandé de prendre la peine de venir jusqu'ici, c'est dans le but de faire avancer le navire. Nous le ferons avancer ensemble, toi et moi. Nous parlerons avec franchise. Ainsi nous rapprocherons-nous, ne serait-ce que d'un seul pas, de la vérité. »

L'homme toussota et jeta un coup d'œil furtif vers la main qu'il tenait posée sur l'accoudoir du canapé.

« Mais tout ceci n'est qu'abstraction. Partons donc d'un problème concret. À savoir du problème de cette revue de communication dont tu as la charge. Tu es au courant déjà, n'est-ce pas ?

— Je suis au courant. »

L'homme hocha la tête. Au bout d'un moment, il reprit :

« La chose a dû te surprendre. Cela ne fait plaisir à personne de voir réduite à néant une chose pour laquelle on s'est donné tant de mal. Surtout quand elle constitue un moyen de subsistance. Cela implique aussi des pertes réelles, qui sont importantes. Je me trompe ?

— Non, vous avez raison, dis-je.

— J'aimerais t'entendre sur cette question des pertes réelles.

— Il s'agit en effet d'une préoccupation qui accompagne chacune des affaires que nous traitons. Il peut toujours arriver que, sur un simple coup d'humeur, un client refuse notre travail. Ce qui serait fatal pour une petite entreprise comme la nôtre. Pour éviter cela, nous nous efforçons de suivre à cent pour cent les volontés du client. À la limite, on fait un bilan complet avec lui, en relisant ensemble chaque ligne rédigée pour sa revue. C'est une manière de prévenir les risques. Ce n'est pas très gai, mais les loups solitaires et démunis dans notre genre n'ont pas le choix.

— Tout le monde fait son chemin de la même manière, dit l'homme pour me consoler. Enfin soit. Dois-je conclure de ces propos qu'en jetant au panier tous les exemplaires de cette revue, j'ai mis ta société en état de choc financier ?

— Certainement. À partir du moment où tout est imprimé et relié, il faudra bien payer le papier et les frais de fabrication dans le mois. Sans compter les droits d'auteur sur les articles commandés à l'extérieur. Soit, au total, un montant d'environ cinq millions de yens, ce qui tombe mal parce que c'est justement ce que nous sommes censés rembourser de notre endettement. L'an dernier, on n'a pas lésiné pour investir en équipements.

— Je sais, dit l'homme.

— L'autre problème est celui de notre contrat avec ce client. Nous ne sommes pas en position de force, et un client se méfie toujours d'une agence de promotion qui lui a valu des ennuis. Avec cette compagnie d'assurances sur la vie, nous avons signé un contrat d'un an pour l'édition d'une revue d'entreprise, mais si ce contrat devait être révoqué à cause de l'actuel problème, matériellement, notre société touche le fond. Nous n'avons guère de relations, et notre petite société s'est développée grâce à notre seule réputation et au bouche-à-oreille. Si de mauvaises rumeurs commençaient à courir sur nous, on serait fichus. »

Bien après que j'eus terminé, l'homme continua à me dévisager, toujours fixement et sans dire un mot. Puis il reprit la parole :

« J'apprécie ta grande franchise. Tout ce que tu me dis correspond à mes vérifications. Mais, voyons... Que se passerait-il si, sans condition, je remboursais la compagnie d'assurances d'un montant équivalent aux revues envoyées au pilon, et si je donnais à ladite compagnie le conseil de poursuivre votre contrat ?

— Rien du tout. On retournerait à l'ennui du quotidien, en nous demandant naïvement comment tout cela a bien pu arriver.

— Par-dessus le marché, j'ajouterais même une prime. Il me suffit d'écrire quelques mots au dos d'une carte de visite et le carnet de commandes de ta société est rempli pour dix ans. Et je ne parle pas de minables prospectus !

— En somme, c'est un marché que vous me proposez.

— Non, un échange de bons offices. Comme c'était pure bienveillance de ma part d'avoir annoncé à ton associé que la publication de la revue avait été suspendue. Si tu sais à ton tour montrer quelque bienveillance à mon égard, je saurai te la rendre. Tu vois ce que je veux dire ? Ma bienveillance peut t'être très utile... Tu ne vas tout de même pas travailler toute ta vie avec un ivrogne à l'esprit épais en guise d'associé !

— Nous sommes amis », dis-je.

Un silence s'installa, comme si l'on venait de jeter un caillou dans un puits insondable. Trente secondes plus tard, la pierre heurta le fond.

« Soit, dit l'homme. C'est ton problème. J'ai fait un examen assez détaillé de tes antécédents, et cela m'a paru avoir son intérêt. De manière générale on peut diviser les humains en deux catégories : les médiocres au regard du réel, et les médiocres au regard de l'irréel. Tu fais à l'évidence partie des seconds. Retiens bien cela. La destinée qui te guide est aussi celle de la médiocrité dans l'irréel.

— Je m'en souviendrai », dis-je.

L'homme opina de la tête. Je bus la moitié du jus de pamplemousse où la glace avait complètement fondu.

« Mais venons au fait, dit l'homme. Le mouton. »

L'homme mit son corps en mouvement et sortit d'une enveloppe un cliché noir et blanc de grand format qu'il posa sur la table, tourné dans ma direction. J'eus la sensation qu'un petit souffle de réalité s'insinuait dans la pièce.

« C'est la photo que tu as fait passer dans ta revue. »

La photo avait été agrandie à partir de la page couleurs de la revue, et non du négatif, mais elle n'en était pas moins d'une netteté surprenante. On avait dû recourir à un procédé spécial.

« Pour autant que je sache, c'est à titre personnel que tu t'es procuré cette photo et que tu l'as utilisée pour la revue. Je ne me trompe pas ?

— C'est exact.

— D'après notre enquête, elle aurait été prise durant ces six derniers mois par un simple amateur. L'appareil photo est du type bon marché. Ce n'est pas toi qui l'as prise. D'abord parce que tu possèdes un Nikon SLR et que tu es plus doué, ensuite parce que tu n'es plus allé à Hokkaidō depuis cinq ans. N'est-ce pas ?

— C'est vous qui le dites », dis-je.

Il maugréa et se tut un moment. Il avait une manière de rester muet comme s'il jaugeait la qualité du silence.

« Soit. Ce que nous voulons, c'est trois renseignements. À savoir : qui t'a fourni cette photo ? Où te l'a-t-on donnée ? Pour quelles raisons t'es-tu servi d'une aussi piètre photo dans ta revue ?

— Je ne peux rien dire, rétorquai-je avec une audace qui me surprit moi-même. Un journaliste a le droit de garder secrètes ses sources d'informations. »

Le regard fixé sur moi, l'homme passa l'extrémité du majeur de sa main droite sur ses lèvres. Il répéta plusieurs fois ce geste avant de ramener la main sur son genou. Le silence persistait. Ah ! me disais-je, si seulement un coucou pouvait se mettre à chanter ! Mais, bien entendu, aucun coucou ne commença à chanter. Les coucous ne chantent pas au crépuscule.

« Tu es un drôle de gars, dit l'homme. Tu sais que, si je le voulais, je pourrais tirer un trait sur tes activités. Et c'en serait fini de tes prétentions de journaliste ! Si toutefois on peut qualifier de journalisme le rédactionnel pour prospectus et dépliants minables. »

Mes pensées revenaient au coucou. Pourquoi les coucous ne chantent-ils pas au crépuscule ?

« Au reste, ce ne sont pas les moyens qui manquent pour faire parler des gens comme toi.

— Je n'en doute pas, dis-je. Mais cela prendra du temps et entre-temps je ne dirai rien. Et à supposer que je parle quand même, je ne dirais pas tout. Mais comme ce *tout*-là, vous ne saurez pas jusqu'où il va... Je me trompe ? »

Je bluffais de bout en bout, mais je tenais le bon bout. L'incertitude du silence qui s'ensuivit démontrait que j'avais marqué des points.

« C'est amusant de parler avec toi, dit l'homme. Il y a quelque chose de pathétique dans ton irréalisme. Enfin, soit. Parlons d'autre chose. »

Il sortit un verre grossissant de sa poche et le posa sur la table.

« Prends ceci et examine attentivement cette photo. »

La photo dans la main gauche et la loupe dans la main droite, j'examinai lentement le cliché. Certains moutons me faisaient face, d'autres étaient tournés dans une autre direction, d'autres encore broutaient en toute innocence. On eût cru une photo-souvenir prise lors de quelque languissante réunion d'anciens élèves. Je passai en revue chaque mouton, observai l'état de l'herbage, les bois de bouleaux à l'arrière-plan, les montagnes se dressant tout au fond, et le nuage suspendu tout seul dans le ciel. Il n'y avait rien de particulier. Je levai les yeux au-dessus de la photo et de la loupe et regardai l'homme.

« Tu ne remarques rien de bizarre, s'enquit-il.

— Rien », dis-je.

Il n'avait même pas l'air déçu.

« Tu étais bien en biologie à l'université, non ?

demanda-t-il. Quelles sont tes connaissances en matière de moutons ?

— Quasi nulles. Je n'ai appris que des choses très spécialisées et inutiles.

— Dis-moi ce que tu sais.

— Artiodactyle, herbivore, d'instinct grégaire, introduit au Japon au début de l'ère Meiji si j'ai bonne mémoire, élevé pour sa laine et sa viande. C'est tout.

— Très bien, dit l'homme. Je me permettrai toutefois de rectifier un détail, à savoir que ce n'est pas au début de l'ère Meiji, mais durant l'ère Ansei[1] qu'il a été introduit au Japon. Reste qu'avant cette date, tu as raison, il n'y avait pas de moutons au Japon. Il existe une thèse selon laquelle il aurait été importé de Chine à l'époque de Heian[2], mais cela se vérifierait-il qu'il n'en aurait pas moins disparu par la suite. On peut donc conclure que jusqu'à Meiji, les Japonais dans leur quasi-totalité n'avaient jamais vu de mouton ni ne savaient ce que c'était. Bien que relativement populaire, puisqu'il figure parmi les douze signes du zodiaque chinois, personne ne pouvait dire de quel genre d'animal il s'agissait exactement. C'était en somme un être imaginaire, à l'instar du tigre ou du tapir. De fait, toutes les représentations qui ont pu en être faites par les Japonais d'avant Meiji relèvent de la plus pure fantaisie. Elles reflètent une connaissance qui ne dépasse pas celle de H. G. Wells sur les Martiens.

» Aujourd'hui encore, la perception qu'ont les Japonais du mouton est terriblement pauvre. C'est qu'historiquement, ils n'ont pas une seule fois eu affaire à cet animal dans leur vie quotidienne. C'est au niveau de

1. Ère Ansei : 1854-1860.
2. Époque de Heian : 794-1185.

l'État qu'il a été décidé de l'importer des États-Unis et qu'on en a développé l'élevage, avant qu'il ne tombe rapidement dans l'oubli. Voilà ce qu'est le mouton. Après la guerre, le commerce de la viande et de la laine étant devenu libre avec l'Australie et la Nouvelle-Zélande, l'élevage ovin a perdu tout intérêt au Japon. Une pauvre bête, n'est-ce pas ? Elle résume en quelque sorte toute la modernisation du Japon.

» Mais ce n'est évidemment pas mon intention de te raconter la vanité de la modernité japonaise. Je voulais seulement mettre en évidence ces deux points : que, d'une part, jusqu'à la fin de l'Ancien Régime, il n'existait probablement pas un seul mouton au Japon, et que, d'autre part, les moutons qui ont été importés par la suite ne l'ont été que sous un sévère contrôle gouvernemental, tête par tête. Que conclure de ces deux points ? »

C'est à moi que la question s'adressait.

« Que l'on connaît sans exception toutes les races de moutons existant au Japon.

— Exactement. Bien plus, de même que pour l'élevage des chevaux de course, la saillie étant ici un point fondamental, on peut facilement remonter jusqu'à plusieurs générations pour chacun des moutons vivant au Japon. En d'autres termes, cet animal est contrôlé au dernier degré. Les croisements sont également tous vérifiables. D'autant qu'il n'y a pas d'importation clandestine. Car il n'y a évidemment personne d'assez dingue pour se livrer à ce genre de pratique. Quant aux races, il s'agit en gros de southdown, de mérinos espagnol, de cotswold, de chinois, de shropshire, de corriedale, de cheviot, de romanovsky, de l'east friesian, de border leicester, de romney marsh, de lincoln, de dorset horn et de suffolk. Maintenant, dit l'homme, reviens à la photo. »

Je m'emparai à nouveau de la photo et de la loupe.

« Regarde bien le troisième mouton à partir de la droite au premier rang. »

J'amenai la loupe sur ce troisième mouton à partir de la droite au premier rang. Puis je regardai les moutons qui se trouvaient à côté avant de revenir une fois encore à mon troisième mouton à partir de la droite.

« Vois-tu quelque chose à présent ? questionna-t-il.

— Il n'est pas de la même race, dis-je.

— Juste. Ce sont tous de simples suffolk, sauf ce troisième mouton à partir de la droite. C'est le seul qui soit différent. Il est beaucoup plus trapu que les suffolk, et la couleur de sa toison n'est pas la même. Il n'a pas la tête noire. Comment dire… il donne une impression de grande puissance. J'ai montré cette photo à plusieurs spécialistes des ovins. Leur conclusion est que ce genre de mouton n'existe pas au Japon. Ni ailleurs sans doute. Ce qui voudrait dire que tu es en train de regarder un mouton qui n'existe pas. »

La loupe à la main, je repris mon observation du troisième mouton à partir de la droite. À y regarder de plus près je discernai vers le milieu de son dos une tache vaguement colorée, comme si l'on y avait renversé du café. C'était extrêmement imprécis, au point que l'on pouvait croire à un défaut sur le négatif, ou à quelque légère illusion d'optique. À moins que quelqu'un eût réellement renversé du café sur le dos du mouton.

« Je vois comme une vague tache sur son dos.

— Ce n'est pas une tache, dit l'homme. Mais un motif en forme d'étoile. Compare avec ceci. »

Il me mit dans les mains une photocopie qu'il avait tirée d'une enveloppe. Elle reproduisait le dessin d'un mouton. On avait de toute évidence utilisé un crayon gras, car les marges portaient des traces de doigts noires.

C'était dans l'ensemble un dessin gauche et enfantin, mais qui ne laissait pas indifférent. Les détails y étaient exécutés avec une minutie exceptionnelle. Je comparai le dessin et la photo. C'était indéniablement le même mouton. Le mouton du dessin portait sur le dos un motif en forme d'étoile qui correspondait à la « tache » du mouton de la photo.

« Il y a encore ceci », dit-il en me tendant le briquet qu'il avait extrait de la poche de son pantalon. C'était un Dupont bien lourd, en argent et de facture spéciale, sur lequel était gravé le même blason que celui que j'avais vu dans la voiture. Sur le dos du mouton de ce blason, on distinguait très nettement un motif en forme d'étoile.

Le mal de tête me guettait.

2. Un homme étrange aux propos étranges (II)

« Je te parlais de médiocrité tout à l'heure, dit l'homme. Ce n'était pas pour blâmer ta propre médiocrité. En un mot, je voulais dire que, si tu es médiocre, c'est parce que le monde lui-même est médiocre. Tu n'es pas d'accord ?

— Je ne vois pas ce que vous voulez dire.

— Le monde est médiocre. Aucun doute à avoir là-dessus. Mais la question est de savoir s'il en a toujours été ainsi ? Eh bien, non. Au commencement du monde, il y avait le chaos, et le chaos n'est pas la médiocrité. La médiocrité est apparue à partir du moment où les hommes ont fait une distinction entre moyens de production et vie quotidienne. En posant l'existence du prolétariat, Karl Marx a par la suite figé cette médiocrité. C'est bien pour cette raison que le stalinisme est directement relié au marxisme. Cependant, j'affirme la valeur de Marx. Il est l'un de ces rares génies qui se souviennent du chaos originel. J'affirme sa valeur, au même titre que j'affirme celle de Dostoïevski. Mais le marxisme, lui, je ne le reconnais pas. Il y a trop de médiocrité là-dedans. »

Un faible son monta du fond de sa gorge.

« Je te parle avec la plus grande franchise. C'est une politesse qu'à ma façon je veux rendre à ta franchise de tout à l'heure. Je vais maintenant répondre à ces questions prétendument naïves que tu te poses. Mais il faut que tu comprennes bien que, lorsque j'aurai fini de parler, ta marge de manœuvre se sera considérablement rétrécie. Autrement dit, tu joues ta mise. C'est d'accord ?

— Je suppose que je n'ai pas le choix », dis-je.

« Au moment même où je te parle, un vieillard est en train de mourir dans cette demeure, dit-il. Les causes sont parfaitement connues. On a trouvé une énorme tumeur sanguine à l'intérieur de son cerveau. La tumeur est si grosse qu'il en a le cerveau déformé. Tu y connais quelque chose en médecine du cerveau ?

— Pas grand-chose, non.

— Si tu veux, il s'agit d'une véritable bombe de sang. La circulation sanguine étant entravée, les artères ont gonflé à un degré anormal. À la façon d'un serpent qui aurait avalé une balle de golf. Si cela devait exploser, les fonctions du cerveau s'arrêteraient immédiatement. Aucune opération chirurgicale ne peut néanmoins être envisagée. Au moindre choc, tout sauterait. Bref, on attend qu'il meure pour le dire plus crûment. Cela peut encore durer une semaine, comme cela peut durer un mois. Personne ne sait. »

La bouche en cul de poule, il expira lentement.

« Sa mort n'aurait rien de bizarre. Il est vieux, et on connaît la maladie. Plus bizarre est en revanche le fait qu'il ait vécu jusqu'ici. »

Je ne voyais absolument pas où il voulait en venir.

« En vérité, il serait mort il y a trente-deux ans, on n'aurait pas davantage trouvé cela bizarre, poursuivit-il. Voire il y a quarante-deux ans. C'est un médecin américain qui a découvert le premier cette tumeur lors d'un contrôle médical effectué sur les criminels de guerre de classe A. C'était à l'automne 1946, peu avant le procès de Tokyo. À la vue des radiographies, le médecin en question a eu un véritable choc. C'est que l'existence d'un être humain survivant – en déployant, qui plus est, une activité supérieure à la normale – avec une tumeur aussi énorme au cerveau défiait totalement le sens commun médical. On l'a alors transféré de la prison de Sugamo à l'hôpital Seiroka, alors réquisitionné et devenu le Army Hospital, et il y a subi des examens plus détaillés.

» Ces examens ont duré une année, mais, au bout du compte, on n'a jamais rien compris. Sauf qu'il pouvait mourir d'un moment à l'autre, et que le fait qu'il restait en vie était une bizarrerie. Il a cependant survécu par la suite sans le moindre inconvénient, et même avec une belle vigueur. Le fonctionnement de son cerveau était tout ce qu'il y avait de plus normal. Les raisons en demeuraient obscures. Le cul-de-sac, comme on dit. Cet homme, qui était un homme mort sur le papier, circulait bel et bien dans le monde.

» On a néanmoins mis en évidence quelques petits symptômes. Tous les quarante jours, une migraine se déclarait qui durait trois jours. Selon ses propres dires, ces migraines auraient commencé à se manifester en

1936, date supposée de l'apparition de la tumeur. Ces migraines étaient tellement violentes qu'on lui administrait des sédatifs durant cette période. Bref, des drogues. Or, si ces drogues soulageaient effectivement la douleur, elles entraînaient aussi de curieuses hallucinations. Des hallucinations d'une densité extrême. Lui seul pourrait nous dire de quoi il s'agissait, mais il est à peu près certain que ce ne devait pas être très agréable. L'armée américaine conserve encore dans ses archives l'ensemble des rapports qui ont été écrits sur ces états hallucinatoires. Les médecins en ont donné des descriptions tout à fait minutieuses. Me les étant procurées par des voies illicites, je les ai moi-même lues plusieurs fois, et je peux dire que le style administratif dans lequel tout cela était exprimé n'enlevait rien au caractère terrifiant de la chose. Il en est peu, je crois, qui auraient pu endurer, comme il l'a fait, l'expérience répétée de telles hallucinations.

» On ne connaît pas mieux l'origine de ces hallucinations. On a émis l'hypothèse d'une sorte d'énergie que libérerait périodiquement la tumeur, et contre laquelle le corps réagirait par des migraines. Quand on supprimait le mécanisme de défense de ces migraines, l'énergie devait stimuler directement une partie du cerveau, provoquant les phénomènes hallucinatoires. Ce ne sont bien sûr que des suppositions, mais les autorités militaires américaines y portaient de l'intérêt. Une enquête très approfondie a alors commencé, une enquête ultrasecrète menée par les services de renseignements ! Je ne suis toujours pas arrivé à savoir exactement en quoi une simple tumeur chez un individu pouvait intéresser les services de renseignements américains, mais on peut envisager plusieurs possibilités.

» La première serait que l'enquête médicale n'était

qu'un prétexte pour recueillir des informations de nature plus délicate. À savoir : mettre la main sur des réseaux de renseignements et les filières de l'opium. C'est qu'avec la perspective d'une défaite de Tchang Kaï-chek, les Américains étaient sur le point de perdre leur "connexion" chinoise. Ils mouraient d'envie de s'emparer du réseau que contrôlait le Maître. Seulement, ce genre d'interrogatoire ne pouvait se faire à un niveau officiel. En réalité, après cette série d'enquêtes, le Maître a été libéré sans même être traduit en justice. Il y a fort à parier qu'il y a eu des tractations en sous-main. Sa liberté a été échangée contre des informations.

» Deuxième possibilité : on voulait élucider une éventuelle corrélation entre la tumeur et l'excentricité d'un personnage que l'on savait être le leader de l'extrême droite. Je t'expliquerai plus tard pourquoi, mais l'idée était intéressante. Je crois cependant qu'ils n'ont rien élucidé du tout. Comment d'ailleurs auraient-ils pu, si le fait même qu'il soit vivant échappait totalement à leur compréhension ? Il aurait au moins fallu le disséquer pour apprendre quelque chose. Résultat : le cul-de-sac, une fois de plus.

» La troisième hypothèse serait celle du "lavage de cerveau". L'idée était qu'en stimulant le cerveau avec une onde déterminée, on pouvait obtenir une réaction particulière. C'était à la mode à l'époque. On sait, en effet, qu'un groupe de recherches sur les lavages de cerveau avait alors été mis sur pied aux États-Unis.

» Difficile de dire laquelle de ces trois possibilités était visée en premier chef par les services de renseignements. Leurs conclusions sont tout aussi inconnues. L'Histoire a d'ores et déjà tout enterré. Seuls une poignée de gens dans les hautes sphères de l'armée américaine et le Maître lui-même savent la vérité. Le Maître n'a jamais parlé de tout cela, ni à moi ni à personne, et sans doute ne le fera-t-il pas davantage dans l'avenir. C'est pour cette raison que tout ce que je te raconte n'est que conjectures. »

Parvenu à cet endroit de son exposé, l'homme s'éclaircit tranquillement la gorge. J'avais perdu toute notion du temps écoulé depuis le moment où j'étais entré dans la pièce.

« En revanche, on connaît mieux le contexte de l'époque où la tumeur est apparue, c'est-à-dire l'année 1936. À l'hiver de cette année, le Maître qui était impliqué dans une tentative d'assassinat contre une personnalité importante a été mis en prison. Il y est resté jusqu'en juin 1936. Les rapports officiels de la prison et les rapports d'infirmerie existent pour en témoigner, et lui-même nous en a parlé à différentes occasions. Peu après son emprisonnement, le Maître a été pris d'insomnies chroniques. Il ne s'agissait pas d'un cas banal, mais d'un degré d'insomnie particulièrement dangereux. Il pouvait rester trois ou quatre jours, voire plus quelquefois, sans fermer l'œil. À l'époque, la police forçait les criminels politiques aux aveux en les privant de sommeil. Dans le cas du Maître, l'interrogatoire a dû être d'autant plus rude qu'il était lié aux rivalités opposant la faction de la Voie impériale et les partisans du dirigisme militaire. On découpait le sommeil du prisonnier en tout petits fragments, lui balançant de l'eau froide, le tabassant avec un sabre de bambou, le mettant sous une lampe aveuglante, dès qu'il faisait mine de s'endormir. Au bout de quelques mois à ce régime, un être humain est généralement fichu. Le système nerveux réglant le sommeil est détruit. Ou bien on meurt, ou bien on devient fou, ou bien encore on devient un insomniaque chronique. C'est cette dernière voie que le Maître a prise. Au printemps 1936, il était complètement guéri de ses insomnies. Exactement à l'époque où la tumeur est apparue. Comment expliques-tu cela ?

— Peut-être ces insomnies démesurées ont-elles entravé, pour je ne sais quelle raison, la circulation sanguine et provoqué conséquemment la formation de la tumeur…

— C'est l'hypothèse la plus plausible, en effet. Si elle peut venir à l'esprit de n'importe quel amateur, à plus forte raison les médecins de l'armée américaine l'ont-ils envisagée. Mais elle ne suffit pas à tout expliquer. À mon sens, il doit y avoir un autre facteur, un facteur essentiel dont la tumeur ne serait qu'un phénomène subordonné. Car, tout de même, d'autres gens ont eu cette sorte de tumeur sans présenter de tels symptômes. Et puis cela n'explique toujours pas pourquoi le Maître est toujours vivant. »

Ce que l'homme disait semblait extrêmement cohérent.

« Mais il y a un fait curieux en rapport avec cette tumeur. À savoir qu'à partir de cet automne 1936, le Maître a connu en quelque sorte une nouvelle naissance. Jusqu'alors il n'était, disons, qu'un médiocre petit activiste de l'extrême droite. Il était le troisième fils d'une famille de pauvres paysans de Hokkaidō, il avait quitté la maison à l'âge de douze ans pour partir en Corée, et comme cela n'avait pas marché très fort là-bas, il était revenu en métropole où il était entré dans un groupe d'extrême droite. Il était du genre à avoir le sang chaud et à faire des moulinets à tout propos avec son sabre. Sans doute n'était-il pas loin d'être analphabète. Cependant, dès sa sortie de prison à l'été 1936, il s'est mis à caracoler partout au sommet de l'extrême droite. Il avait un charisme qui lui permettait d'apprivoiser le cœur de n'importe qui, un sens minutieux de la logique, un talent d'orateur qui soulevait tous les enthousiasmes, une prescience politique, une grande force de décision et puis, surtout, une capacité à jouer des faiblesses des masses pour manipuler la société. »

L'homme reprit sa respiration et toussota faiblement.

« Certes, ses théories, sa vision du monde d'idéologue de l'extrême droite étaient infantiles. Mais là n'est pas le problème. Le problème est de savoir jusqu'où ces théories peuvent être transformées en appareil de pouvoir. Un peu comme Hitler a réussi à transformer des notions aussi puériles que celles de *Lebensraum* ou de “race supérieure” en appareil d'État. Le Maître a cependant emprunté une autre voie. Une voie plus secrète, la voie de l'ombre. Il manipule la société depuis les coulisses, sans paraître au grand jour. C'est à cette fin qu'il est parti pour la Chine en 37… Mais laissons cela et revenons à notre histoire de tumeur. Je voulais simplement te faire remarquer cette coïncidence entre le moment où la tumeur apparaît et celui où s'accomplit une miraculeuse transformation de sa personnalité.

— Votre hypothèse à vous, dis-je, serait qu'entre ces deux phénomènes il n'y aurait pas de relation de cause à effet mais une simple situation de parallélisme derrière laquelle il y aurait un autre et mystérieux facteur.

— Tu comprends vite, dit-il. Ta formulation est aussi précise que concise.

— Et que vient faire le mouton là-dedans ? »

Il tira une seconde cigarette de l'étui, en tassa les extrémités du dos de l'ongle et la coinça entre les lèvres. Il ne l'alluma pas.

« Chaque chose en son temps », fit-il.

Un silence pesant s'installa.

« Nous avons créé un royaume, reprit-il. Un immense

royaume souterrain. Nous contrôlons les milieux politiques, financiers, les mass media, la bureaucratie, la culture et mille choses encore que tu ne peux imaginer. Nous contrôlons même ceux qui nous résistent. Bref, nous contrôlons tout, le pouvoir aussi bien que ses opposants. La plupart des gens ne s'en rendent même pas compte. Cela veut dire que notre organisation est redoutablement sophistiquée. Cette organisation, le Maître l'a bâtie de ses propres mains après la guerre. En somme, il règne en maître dans les cales de ce gigantesque bateau qu'on appelle l'État. Il suffirait qu'il tire la bonde pour que le bateau soit envoyé par le fond et que les passagers soient jetés à la mer avant de s'être aperçus de quoi que ce soit. »

Il alluma enfin sa cigarette.

« Mais ce royaume a une limite : la mort du roi. Si le roi meurt, le royaume s'effondre. Car il a été bâti et s'est maintenu grâce au génie d'un seul homme. Ou, pour le dire dans les termes de mon hypothèse, grâce à un mystérieux facteur. Quand le Maître mourra, tout disparaîtra. Parce que notre organisation n'est pas un appareil de bureaucrates, mais une machine totale dont le sommet est une seule intelligence. Elle trouve là – devrais-je dire : trouvait là ? – son sens, aussi bien que sa faiblesse. Tôt ou tard, après sa mort, l'organisation éclatera et, tel le Walhalla devenu la proie des flammes, elle sombrera dans l'océan de la médiocrité. Personne ne pouvant lui succéder, l'organisation sera démembrée – comme on démolit un vaste palais pour laisser place à des blocs de HLM. C'est-à-dire à un univers homogène, statique. Où la volonté n'existe plus. Peut-être d'ailleurs trouves-tu cela légitime. Je veux dire : le démembrement. Mais réfléchis bien. Crois-tu qu'il serait légitime de mettre à bas le Japon tout entier, de raser ses montagnes, ses rivages, ses lacs, pour y planter partout des rangs homogènes de HLM ?

— Je ne sais pas, dis-je. Je ne suis pas sûr que ce soit là la bonne manière de poser le problème.

— Réponse intelligente », dit-il en croisant sur son genou des doigts qui se mirent à battre un rythme très lent.

« Les blocs de HLM, c'est bien sûr une métaphore. Pour être plus précis, je dirais que notre organisation se divise en deux parties : une partie pour aller de l'avant, une autre pour faire aller de l'avant. Il y a certes d'autres parties qui remplissent toutes sortes de fonctions, mais pour l'essentiel l'organisation repose sur ces deux parties. Les autres ne servent pas à grand-chose. La partie qui va de l'avant, c'est la "Volonté" ; la partie qui fait aller de l'avant, ce sont les "Revenus". C'est toujours de cette dernière que l'on se préoccupe quand on met le Maître en question. Et à sa mort, c'est également autour des Revenus que l'on va s'attrouper, c'est cette partie que l'on va démembrer. De la Volonté, personne ne voudra, parce que personne ne la comprend. C'est en ce sens que je parlais de démembrement. La Volonté, elle ne peut l'être. C'est en totalité qu'elle se transmet, comme c'est en totalité qu'elle se perd. »

Ses doigts continuaient de battre le même rythme lent sur son genou. Pour le reste, rien n'avait changé depuis le début. Toujours ce regard indéfinissable, ces pupilles de glace, ces traits réguliers et inexpressifs. L'inclinaison de son visage tourné vers moi n'avait pas varié non plus.

« Qu'entendez-vous par "Volonté" ? hasardai-je.

— L'idée qui gouverne l'espace, le temps et le possible.

— Je ne vous suis pas.

— Évidemment. Qui le pourrait ? Sauf lui, qui en avait une compréhension pour ainsi dire instinctive. En poussant le raisonnement, je dirais que cela revient à une négation de la connaissance de soi. C'est à cette condition qu'une révolution radicale devient possible. Une révolution qui, si tu veux, ferait du capital un élément intégrant du travail, et du travail un élément intégrant du capital.

— Je me demande si vous ne fantasmez pas un peu.

— C'est tout le contraire. Le fantasme, c'est la connaissance, rétorqua-t-il sur-le-champ. Il va sans dire que tout ce que je te dis ne sont que des mots. Et ce n'est pas en alignant des mots que j'arriverai à cerner pour toi les contours de cette Volonté que détient le Maître. Mes explications n'expriment rien de plus que mon propre rapport à cette Volonté, et ce à travers un autre rapport encore, d'ordre linguistique. Or, la négation de la connaissance n'est pas sans rapport avec une négation du langage. Quand les deux piliers de l'humanisme occidental, connaissance de soi et continuité évolutive, perdent leur sens, le langage à son tour perd son sens. L'être n'est pas sous le mode de l'individu, mais du chaos. L'être que tu es n'est pas un être original et autonome, mais simplement un chaos. Mon chaos est le tien, comme ton chaos est aussi le mien. L'être est de communication, et la communication c'est l'être. »

Je sentis un froid terrible tomber subitement dans la pièce et j'eus cette impression qu'on avait préparé un lit bien chaud à côté de moi. Quelqu'un m'y invitait. C'était naturellement une illusion. On était en septembre et au-dehors les innombrables cigales continuaient à chanter.

« Si l'élargissement des consciences auquel vous avez procédé, ou tenté de procéder, à la fin des années soixante, a été un total échec, c'est précisément parce qu'il était enraciné dans l'individu. En somme, à élargir indéfiniment les consciences, alors que dans sa masse l'individu ne varie pas, on ne trouve au bout du chemin que le désespoir. C'est dans ce sens que je parlais tout à l'heure de médiocrité. Enfin… je crois que mes explications ne suffiront jamais à te faire comprendre cela. Au reste, je n'en attends pas autant de toi. Mon unique souci est d'être *fair-play*.

» J'en viens à ce dessin que je t'ai remis tout à l'heure, poursuivit-il, et qui est une copie tirée des rapports de l'administration médicale de l'hôpital de l'armée de terre américaine. Le dessin est daté du 27 juillet 1946. Il est de la main même du Maître qui l'a exécuté à la demande des médecins. Histoire de compléter leur travail de description des hallucinations. En fait, ces rapports montraient que ce mouton apparaissait avec une extrême fréquence dans ces hallucinations. Une fréquence d'environ quatre-vingts pour cent, c'est-à-dire qu'il apparaissait dans quatre hallucinations sur cinq. Ce n'était pas non plus un mouton ordinaire, mais de couleur marron, et portant une étoile sur le dos.

» Quant à ce blason à figure de mouton gravé sur le briquet, le Maître l'a utilisé sa vie durant, depuis 1936, comme marque personnelle. Tu as dû remarquer que le mouton du blason est absolument identique à celui du dessin. Et que tous deux sont à leur tour identiques au mouton de la photo que tu tiens dans tes mains. Curieux tout cela, n'est-ce pas ?

— Un pur hasard, sans doute », dis-je. Je m'étais efforcé de dire cela sur le ton le plus détaché possible, mais c'était raté.

« Ce n'est pas tout, continua-t-il. Le Maître collectionnait avec passion tous les documents et toutes les informations, japonais et étrangers, concernant les moutons. Une fois par semaine, il consacrait de longues heures à passer en revue tous les articles parlant de moutons qui avaient pu paraître dans les journaux et périodiques du pays. Je l'ai toujours aidé dans cette tâche. Il y mettait une véritable ferveur. Comme s'il était à la recherche de quelque chose. Depuis qu'il a dû s'aliter, j'ai pris la relève, à titre tout à fait personnel. Cela m'intriguait trop. Qu'est-ce qui pouvait bien surgir de tout cela. C'est là que toi tu as surgi. Toi et ton mouton… On pourra retourner l'affaire de toutes les façons que l'on veut, ce ne saurait être un hasard. »

Je soupesai le briquet dans le creux de la main. Il était d'un poids vraiment agréable. Ni trop lourd ni trop léger. Cette sorte de perfection dans le poids existait donc bien en ce monde.

« Pourquoi crois-tu que le Maître cherchait ce mouton avec autant d'ardeur ?

— Pas la moindre idée, dis-je. Vous auriez plus vite fait de le lui demander.

— Si je le pouvais, je l'aurais déjà fait. Le Maître a perdu connaissance il y a deux semaines. Il ne la recouvrera probablement plus. Et quand la mort l'emportera, le secret du mouton au dos marqué d'une étoile sera sans doute enseveli à jamais dans les ténèbres de l'éternité. Et cela, je suis incapable de m'y résigner. Non pas pour des questions d'intérêt personnel, mais au nom d'une grande cause. »

Je soulevai le capuchon du briquet, fis tourner la molette, et le refermai quand la flamme jaillit.

« Tu dois trouver tout cela grotesque. Et peut-être auras-tu raison. Tout cela est peut-être réellement grotesque. Mais comprends bien que c'est là tout ce qui nous est laissé. Le Maître meurt. Une Volonté s'éteint.

Et tout ce qui l'entoure disparaît dans la mort. Reste seulement ce que les chiffres peuvent dénombrer. Rien d'autre. Je veux donc trouver ce mouton. »

Pour la première fois il fermait les yeux, et plusieurs secondes s'écoulèrent ainsi durant lesquelles il se tut.

« Je te dis mon hypothèse. Ce n'est vraiment qu'une hypothèse. Si elle ne te plaît pas, oublie-la. Pour moi, ce mouton constitue la matrice de la Volonté du Maître.

— Comme il y a des moules pour les biscuits en forme d'animaux, n'est-ce pas ? » dis-je.

L'homme ignora totalement cette remarque.

« Le mouton s'est probablement introduit à l'intérieur du Maître. Ce serait donc en 1936. Il s'y serait installé depuis, pour y vivre durant quarante années. Il devait y avoir là une prairie, un bois de bouleaux. Comme sur la photo. As-tu une idée là-dessus ?

— Je pense que c'est une hypothèse tout à fait excitante, dis-je.

— Ce mouton n'est pas comme les autres. Il s'agit d'un mouton-tout-à-fait-spécial. Il me faut le trouver, mais j'ai besoin de ta collaboration pour cela.

— Et que ferez-vous quand vous l'aurez découvert ?

— Rien. Que pourrait faire un homme comme moi ? Je serai toujours dépassé par l'envergure des choses. Je regarderai simplement mes espoirs s'envoler. En revanche, si ce mouton manifestait quelque souhait, je ferais l'impossible pour le satisfaire. Car lorsque le Maître sera mort, ma vie n'aura pour ainsi dire plus aucun sens. »

L'homme se tut. Je ne disais rien non plus. Seules les cigales chantaient inlassablement dans le jardin. Les feuilles des arbres froufroutaient dans le vent à l'approche du crépuscule. La demeure restait plongée dans un grand silence. On aurait cru qu'il y flottait partout des particules de mort, comme une épidémie incontrôlable. J'essayai d'imaginer cette prairie logée à l'intérieur de la tête du Maître. Une prairie à l'herbe jaunie, désertée par son mouton, et qui en était toute pantoise.

« Une fois encore je te demande de me dire comment tu t'es procuré cette photo, dit l'homme.

— Je ne peux pas », dis-je.

Il soupira.

« Je pense avoir été *fair-play* avec toi. À toi de l'être maintenant.

— Je n'ai pas le droit de parler. Je risque de causer des ennuis à la personne qui m'a donné cette photo.

— Cela veut dire, dit-il, que tu as de bonnes raisons de penser que cette histoire de mouton risque de valoir des ennuis à cette personne ?

— Aucune raison proprement dite. Je dis seulement que j'ai cette impression, c'est tout. Il y a quelque chose qui coince. C'est ce que je me suis dit en vous écoutant. Une sorte d'intuition.

— C'est pour cela que tu ne veux rien dire.

— Oui, répondis-je... Pour ce qui est de causer des embarras aux gens, repris-je après un court moment de réflexion, je peux me vanter d'avoir quelques lettres de noblesse. Et pour ce qui est des moyens à y employer, je n'ai plus rien à apprendre de personne. J'essaie donc de m'en garder. Ce qui finalement gêne plus encore mon entourage. C'est du pareil au même, dans tous les cas de figure. Mais il n'empêche, j'ai beau le savoir, je ne saurais en tenir compte d'entrée de jeu. Question de principe.

— Je n'entends pas grand-chose à cette logique.

— Autrement dit, la médiocrité peut apparaître sous différentes formes. »

Je portai une cigarette à la bouche, l'allumai avec le briquet que je tenais en main et avalai la fumée. Je me sentis quelque peu plus léger.

« Si tu ne veux rien dire, eh bien à ta guise, dit l'homme. En revanche, c'est toi qui me dénicheras le mouton. C'est ma dernière proposition. Si tu trouves le mouton dans un délai de deux mois à compter d'aujourd'hui, nous t'offrirons la récompense que tu voudras. En cas d'échec, c'en est fait de toi et de ta société. C'est d'accord ?

— Vous ne me laissez pas le choix, dis-je. Mais si tout n'était qu'un vaste malentendu, que ce mouton n'ait jamais existé ?

— Cela ne changerait rien au résultat. Pour toi comme pour moi, il n'y a que deux éventualités : ou bien on trouve le mouton, ou bien on ne le trouve pas. Il n'y a pas de moyen terme. Désolé pour toi, mais comme je te l'ai dit tout à l'heure, tu as joué ta mise. Quand on a la balle dans les pieds, il faut courir au but. Même s'il n'y en a pas.

— Évidemment. »

L'homme tira de la poche de sa veste une épaisse enveloppe qu'il posa devant moi.

« Voici pour tes frais. Téléphone-moi quand tu n'en auras plus assez. Je suppléerai immédiatement. Pas d'autres questions ?

— De questions, non, mais quelques impressions.

— C'est-à-dire ?

— Toute votre histoire est à dormir debout, tant elle est absurde, mais à l'entendre de votre bouche elle a comme un goût de vrai. Personne ne me croirait si je devais raconter ce que j'ai entendu aujourd'hui. »

Ses lèvres se tordirent imperceptiblement. On aurait pu croire qu'il riait.

« Il faudra te mettre à l'ouvrage dès demain. Je pense t'avoir dit que les deux mois sont à compter d'aujourd'hui.

— Le travail est difficile. Deux mois ne suffiront sans doute pas. Vous savez, c'est pas rien d'aller dénicher un mouton sur un aussi vaste territoire. »

Il me dévisagea fixement sans mot dire. J'avais la sensation que ce regard me transformait en piscine vide. Une piscine sale, fissurée, qui allait probablement être mise hors d'usage l'année suivante. Il me dévisagea sans cligner une seule fois des yeux pendant bien trente secondes. Puis il ouvrit lentement la bouche :

« Il vaudrait mieux que tu y ailles maintenant. »

C'était effectivement mon impression.

3. *La limousine et son chauffeur (II)*

« Vous rentrez à votre bureau ? Ou je vous conduis ailleurs ? » demanda le chauffeur.

C'était le même chauffeur qu'à l'aller, mais avec une très légère touche d'amabilité en plus. Ce devait être un tempérament liant.

Les jambes étendues sans vergogne sur la confortable banquette arrière, je réfléchis à ma destination. Je ne voulais pas rentrer au bureau. Rien que de penser aux explications qu'il me faudrait fournir à mon camarade – par quel bout commencer ? – j'avais la migraine, et de toute façon j'étais en vacances. Je n'avais pas pour autant envie de rentrer directement à la maison. Je me sentais plutôt le besoin de revoir un monde raisonnable, avec des gens raisonnables, marchant raisonnablement sur leurs deux jambes.

« À la gare de Shinjuku, sortie ouest », dis-je.

Le jour tombait, ce qui pouvait expliquer la circulation affreusement encombrée en direction de Shinjuku. Au-delà d'un certain point, on n'avançait pour ainsi dire plus, à croire que les voitures avaient jeté l'ancre. De temps à autre, balançant au gré d'une vague, on bougeait de quelques centimètres. Je me mis à songer à la vitesse de rotation de la Terre. À combien de kilomètres à l'heure la surface de notre route pouvait bien tourner dans l'espace du cosmos. Au bout d'un bref calcul mental, j'arrivai à un chiffre approximatif, mais j'étais bien incapable de dire si cette vitesse était supérieure à celle des tasses à café d'un carrousel de foire d'attractions. C'est dire qu'il y a bien des choses que l'on ne connaît qu'à peu près. On sait les choses comme ça, sans trop savoir pourquoi, et pas beaucoup plus. Si des extraterrestres venaient un jour me dire : « Dis donc mon gars, à quelle vitesse la Terre tourne autour de l'équateur ? », je serais vraiment bien embêté. Peut-être même que je serais incapable de leur expliquer pourquoi le mercredi vient après le mardi. Se paieront-ils ma tête ? Moi qui ai lu trois fois *Les Frères Karamazov* et *Le Don paisible*. Et même *L'Idéologie allemande*, une fois. Moi qui peux donner jusqu'à la seizième décimale du nombre π. Oseront-ils donc se payer ma tête ? Sans doute, oui. À en crever.

« Vous aimeriez un peu de musique ? demanda le chauffeur.

— Excellente idée », dis-je.

Une ballade de Chopin commença à filtrer dans la voiture. Je me croyais transporté dans l'antichambre d'un banquet de mariage.

« Dites donc, demandai-je au chauffeur, vous connaissez le nombre π ?

— Le fameux 3,14 ?

— C'est bien ça. Jusqu'où vous pouvez aller dans les décimales ?

— J'en connais les trente-deux premières, dit-il comme si de rien n'était, mais pour ce qui est de la suite…

— Trente-deux ?

— Oui, il y a un petit truc mnémotechnique. Pourquoi vous me demandez cela ?

— Comme ça…, dis-je découragé, pour rien. »

Nous restâmes ensuite à écouter Chopin, tandis que la voiture progressait d'une dizaine de mètres. Autour de nous, les gens dans les bus ou au volant de leur voiture écarquillaient de grands yeux en voyant notre monstrueuse voiture. J'avais beau savoir que les fenêtres étaient équipées d'un verre spécial et que l'on ne pouvait nous voir de l'extérieur, ce n'était pas très agréable d'être inspectés de la sorte de la tête aux pieds.

« Ça bouchonne drôlement ! dis-je.

— Eh oui, fit le chauffeur. Mais de la même manière que le jour toujours se lève au bout de la nuit, l'encombrement de la circulation n'est jamais sans fin.

— C'est vrai, dis-je, mais il ne vous arrive jamais de vous énerver ?

— Bien sûr, il m'arrive de trouver cela parfaitement désagréable. Mais je considère que tout cela constitue des épreuves qui nous sont infligées, et que, par conséquent, s'énerver signifierait une défaite personnelle.

— C'est une interprétation des bouchons qui n'est pas sans quelques accents religieux…

— Je suis chrétien. Je ne vais pas à la messe, mais j'ai toujours été croyant.

— Tiens, tiens. Et ça ne vous semble pas contradictoire d'être à la fois chrétien et chauffeur d'un gros bonnet de l'extrême droite ?

— Le Maître est une personne remarquable. Certainement la plus remarquable, après Dieu, parmi toutes celles que j'ai pu rencontrer jusqu'à ce jour.

— Parce que vous avez rencontré Dieu ?

— Bien sûr. Je lui téléphone tous les soirs.

— Mais… » Un léger doute m'arrêta. Ma tête recommençait à perdre le fil. « Heu…, mais si tout le monde se met à téléphoner à Dieu, la ligne doit être drôlement encombrée et ça doit sonner tout le temps occupé… Pire que les renseignements aux alentours de midi, non ?

— Aucune inquiétude à avoir à ce sujet. Dieu est un être de la simultanéité. Cela veut dire que si un million de personnes l'appelaient au même moment, eh bien il parlerait en même temps à un million de personnes.

— Je n'y connais rien personnellement, mais vous croyez que c'est là une interprétation orthodoxe ? Je veux dire, au plan théologique ?

— Il est vrai que je suis un "radicaliste". C'est d'ailleurs pour cela que je ne peux pas me faire à l'Église.

— Je vois », dis-je.

La limousine progressa d'une cinquantaine de mètres. Je glissai une cigarette entre mes lèvres et, au moment où j'allais l'allumer, je m'aperçus que j'avais un briquet en main. C'était le Dupont à emblème de mouton que l'homme avait mis dans ma main, et que j'avais donc emporté sans y prendre garde. Il semblait fait pour la paume de ma main, comme si j'étais né avec. Son poids, la sensation qu'il donnait au toucher, tout était irréprochable. Après un instant de réflexion, je décidai de me l'approprier. Un briquet en moins n'a jamais embarrassé personne. Je jouai à ouvrir plusieurs fois le couvercle avant d'allumer ma cigarette et de le ranger au fond de ma poche. En contrepartie je fourrai mon Bic jetable dans le vide-poches de la portière.

« Le Maître me l'a donné il y a quelques années, dit soudainement le chauffeur.

— Quoi donc ?

— Le numéro de téléphone de Dieu. »

Je laissai échapper un soupir à peine perceptible. Étais-je devenu fou ? Ou bien était-ce lui qui l'était ?

« Vous êtes le seul à avoir été mis dans la confidence ?

— Oui, le seul. C'est une personne très estimable. Vous voulez le connaître ?

— Si c'est possible..., dis-je.

— Eh bien, appelez à Tokyo, le 945...

— Une seconde », dis-je, et sortant mon carnet et mon stylo, je pris note.

« Vous êtes sûr que vous pouvez me le donner ?

— Sans problème. Je ne le donne pas à tout le monde, mais vous me semblez quelqu'un de bien.

— Merci, vraiment, dis-je. Mais, dites-moi, de quoi faut-il lui parler, à Dieu ? C'est que je ne suis pas chrétien et...

— Je ne pense pas que ce soit un problème. Il suffit de lui parler sincèrement de ce que vous pensez, de vos soucis. N'ayez pas peur de lui dire des choses tout à fait insignifiantes, il ne s'ennuiera ni ne se moquera de vous.

— Eh bien merci. Je l'appellerai.

— Vous ne le regretterez pas », dit le chauffeur.

La circulation devenait plus fluide et les tours de Shinjuku étaient déjà en vue devant nous. Jusqu'au bout du trajet, nous ne dîmes plus un mot.

4. Fin de l'été, début de l'automne

Quand la voiture parvint à destination, la ville baignait dans l'indigo blafard du crépuscule. Une brise, annonçant la fin de l'été, se glissait lestement entre les immeubles et venait remuer les jupes des filles qui rentraient du travail. Le carrelage des trottoirs résonnait sous les semelles de leurs sandales.

Je montai au dernier étage de la tour d'un hôtel, pénétrai dans un vaste bar et commandai une Heineken. Ma bière mit dix minutes à venir. J'attendis tout ce temps, les yeux clos, le menton sur la main, le bras en appui sur l'accoudoir de mon fauteuil. Je ne pensais à rien. J'entendais seulement un bruit comme si des centaines de nains balayaient l'intérieur de ma tête. Le temps avait beau passer, ils ne lâchaient pas leur balai. Aucun d'eux n'avait cependant l'idée de se servir d'une pelle.

Je ne fis que deux gorgées de la bière qu'on m'apporta. Je vidai aussi l'assiette de *peanuts* qui l'accompagnait. Le bruit des balais avait cessé. J'entrai dans la cabine téléphonique située à côté de la caisse et essayai d'appeler ma petite amie aux superbes oreilles. Elle n'était ni chez elle ni chez moi. Elle mangeait sans doute dehors. Elle ne mangeait jamais à la maison.

Je composai ensuite le numéro du nouvel appartement de mon ex-femme, mais je raccrochai après la seconde sonnerie. Réflexion faite, je n'avais pas grand-chose à lui dire et je ne voulais pas non plus passer pour un mufle.

Il n'y avait personne d'autre que je pouvais appeler. Au milieu de cette ville hantée de plus de dix millions d'individus, il n'y en avait que deux à qui je pusse téléphoner. Dont l'un était, de surcroît, l'épouse que j'avais quittée. Je rangeai avec résignation ma pièce de dix yens dans ma poche et sortis de la cabine. Puis je commandai deux Heineken au garçon que je croisai sur mon chemin.

Une journée allait ainsi prendre fin. De ma vie je n'en avais connu de plus dénuée de sens. J'aurais pu espérer quelque chose qui ressemblât un peu plus à un dernier jour d'été. Mais on avait tiré cette journée à hue et à dia, on l'avait maltraitée. Au-delà des fenêtres s'étendaient les ténèbres froides d'un nouvel automne. Au sol, tout en bas, c'était le chapelet infini des petites lumières jaunes de la ville. Vu d'en haut, on aurait juré qu'elles attendaient de se faire écraser sous un pied.

Mes bières arrivèrent. Quand j'eus vidé la première, je versai mes deux assiettes de *peanuts* dans la paume de ma main et les mangeai une à une. À la table voisine, quatre femmes d'âge mûr qui revenaient d'une leçon de natation à la piscine de l'hôtel sirotaient en jacassant des « tropical cocktails » multicolores. Immobile comme un piquet, tête penchée, le garçon bâillait. Un autre garçon détaillait la carte des consommations à un couple de quinquagénaires américains. J'avais mangé toutes mes *peanuts*, et ma troisième bière était vide. Tout était accompli, je n'avais plus rien à faire.

Je tirai l'enveloppe de la poche revolver de mon Levi's, la déchirai et commençai à compter un à un les billets de dix mille yens qu'elle contenait. La liasse, ceinte d'un ruban de papier, ressemblait à un jeu de cartes. À mi-chemin de mon compte, les doigts me cuisaient. Au quatre-vingt-seizième billet, le garçon surgit pour me débarrasser de mes bouteilles vides et me demander s'il me servait à nouveau la même chose. J'acquiesçai d'un signe de tête tout en comptant mes billets.

Ce que je faisais le laissait à l'évidence totalement indifférent.

Mon opération de comptage achevée, je remis les cent cinquante billets dans leur enveloppe et, au moment où je replaçai celle-ci dans ma poche revolver, ma nouvelle bière arriva. Je mangeai derechef toute l'assiette de *peanuts*. Quand j'eus fini, je me demandai comment il se faisait que je pouvais en manger autant. La réponse était simple. Parce que j'avais faim. Depuis le matin je n'avais avalé en tout et pour tout qu'un morceau de cake.

J'appelai le garçon qui me montra la carte. Il n'y avait pas d'omelette. En revanche, il y avait des sandwiches. J'en commandai un au fromage et aux concombres. On le servait avec des pommes chips et des pickles, mais je demandai de remplacer les chips par une deuxième portion de pickles. Je m'enquis au passage s'il y avait un coupe-ongles. Bien sûr qu'il y en avait. On trouve vraiment de tout dans un bar d'hôtel. Il m'est même arrivé un jour d'y emprunter un dictionnaire français-japonais.

Je pris mon temps pour boire ma bière, pour contempler le paysage nocturne, pour me couper les ongles au-dessus du cendrier, pour contempler à nouveau la nuit, et pour me limer les ongles. La nuit avançait. J'étais bien parti pour passer maître dans l'art de tuer le temps en milieu urbain.

Les haut-parleurs logés dans le plafond prononcèrent mon nom. Je ne le reconnus pas tout de suite. Il lui fallut un long moment pour retrouver une à une ses caractéristiques, et retentir finalement, clair et pur, à l'intérieur de ma tête. Au signe que je fis de la main, le garçon vint déposer sur ma table un récepteur sans fil.

« Il y a un petit changement au programme, fit une

voix que je connaissais. L'état du Maître a brusquement empiré. Il ne nous reste que peu de temps. Ton délai est par conséquent raccourci.

— De combien ?

— D'un mois. Je ne peux pas attendre au-delà. Si tu n'as pas trouvé le mouton dans un mois, tu es fichu. Tu n'auras plus nulle part où aller. »

Un mois, me répétais-je en moi-même. Mais mon cerveau avait définitivement perdu la notion du temps. Un mois en plus ou en moins, je n'y voyais pas grande différence. Comment en aurait-il été autrement, puisqu'il n'existait aucune mesure de référence quant au temps que l'on met en moyenne pour trouver un mouton ?

« Bravo de m'avoir trouvé ici, dis-je.

— Peu de chose nous échappe, dit l'homme.

— Exception faite de l'endroit où se niche le mouton…

— Exactement, dit-il. Tu as intérêt à te secouer en tout cas. Tu gaspilles trop de temps. Pense un peu à ta situation et rappelle-toi que c'est aussi ta faute si cette situation est la tienne aujourd'hui. »

Il avait raison. Je payai l'addition, en soustrayant un premier billet de dix mille yens à mon enveloppe, et redescendis sur terre en ascenseur. Les gens raisonnables y marchaient toujours raisonnablement sur leurs deux jambes, mais la vue de ce spectacle ne me soulagea pas outre mesure.

5. 1 sur 5 000

À mon retour à la maison, je trouvai dans ma boîte aux lettres l'édition du soir du journal ainsi que trois lettres. La première contenait le relevé de mon compte bancaire, la deuxième était une invitation à une party qui s'annonçait d'avance ennuyeuse, la troisième était une publicité venant d'un magasin de voitures d'occasion. Le texte disait en gros que changer de voiture pour une autre d'une classe juste au-dessus, c'était promouvoir sensiblement son existence. De quoi se mêle-t-on ? me dis-je. Je déchirai les trois lettres ensemble par le milieu et les jetai au panier.

Je pris du jus de fruit dans le frigo, m'en versai un verre que je bus assis à la table de la cuisine. Mon amie y avait posé un mot. Il y était écrit : « Suis sortie manger. Rentrerai à neuf heures et demie au plus tard. » La montre digitale qui se trouvait sur la table affichait précisément neuf heures trente. Le chiffre passa bientôt à trente et un sous mes yeux, puis un peu plus tard à trente-deux.

Quand j'en eus marre de regarder la montre, je me déshabillai, me mis sous la douche et me lavai les cheveux. Dans la salle d'eau, il y avait quatre flacons de shampooing, trois de produit de rinçage pour cheveux, tous différents. Il lui fallait toujours acheter une nouvelle bricole quand elle allait au supermarché. Chaque fois que je prenais un bain, j'en trouvais davantage. J'aurais pu continuer l'inventaire : quatre crèmes à raser, cinq tubes de dentifrice…, ce qui aurait donné, en combinaisons possibles, un nombre tout à fait impressionnant. Après avoir enfilé un pantalon de jogging et un tee-shirt propre, je me sentis enfin plus dispos, débarrassé de cette désagréable sensation qui me collait à la peau.

Elle rentra à dix heures vingt, un sac du supermarché à la main. Elle y allait toujours la nuit. Le sac en papier contenait trois brosses de ménage, une boîte de trombones et un pack de six bières bien frappées. Je repris donc de la bière.

« C'était pour cette histoire de mouton, dis-je.

— Je te l'avais bien dit, non ? » dit-elle.

Je pris une boîte de saucisses dans le réfrigérateur et les fis revenir dans une poêle. J'en mangeai trois, elle deux. L'air frais de la nuit entrait par la fenêtre de la cuisine.

Je lui parlai de ce qui s'était passé au bureau, de la limousine, de la propriété, de l'étrange secrétaire, de la tumeur, du mouton trapu marqué d'une étoile sur le dos. Cela prit tant de temps que la montre affichait déjà onze heures quand j'eus terminé.

« Voilà, tu sais tout », lui dis-je.

Ce que je lui avais raconté n'avait pas l'air de la surprendre particulièrement. Du début à la fin de mon récit, elle s'était curé les oreilles, non sans bâiller plusieurs fois.

« Et tu pars quand ?

— Comment ça, partir ?

— Mais tu vas chercher ce mouton, non ? »

Le doigt dans la bague d'ouverture d'une deuxième canette de bière, je levai les yeux et la regardai.

« Je n'irai nulle part, dis-je.

— Tu es sûr que tu n'auras pas de pépins en n'y allant pas ?

— Mais non, pourquoi donc ? De toute façon, j'avais l'intention de me retirer de cette société, et puis personne ne pourra jamais m'empêcher de trouver un petit boulot qui me permette de manger à ma faim. Tu ne crois tout de même pas qu'on va me descendre pour si peu… »

Elle tira de sa boîte un nouveau coton-tige qu'elle fit jouer quelques instants entre ses doigts. « C'est tout bête ton histoire, non ? Finalement il te suffit de trouver un mouton. Ça risque même d'être très amusant !

— Comment veux-tu que je trouve ce mouton ? Hokkaidō c'est autrement plus grand que tu ne le penses, et des moutons il y en a des centaines de milliers. Va-t'en dénicher un mouton là-dedans, c'est même pas la peine d'y penser. Quand bien même le mouton en question porterait une étoile sur le dos.

— Disons plutôt cinq mille.

— Quoi, cinq mille ?

— C'est le nombre de moutons qu'il y a à Hokkaidō. En 1947, il y en avait deux cent soixante-dix mille, mais il n'y en a plus que cinq mille aujourd'hui.

— Comment sais-tu ça ?

— Pendant que tu étais parti, je suis allée faire quelques recherches en bibliothèque.

— Tu en sais des choses..., soupirai-je.

— Mais non, il y en a beaucoup plus que je ne sais pas.

— Hmm », grommelai-je, ouvrant cette bière que j'avais en main et la partageant équitablement dans nos deux verres.

« Toujours est-il qu'il n'y a que cinq mille moutons à Hokkaidō à l'heure actuelle. Si l'on en croit, bien sûr, les statistiques du gouvernement. Déjà plus rassurant, non ?

— Du pareil au même, dis-je. Cinq mille têtes ou deux cent soixante-dix mille têtes, ça fait pas une grosse différence. Parce que le problème, tu vois, c'est de dénicher un seul et unique mouton au milieu d'un immense territoire. Et sans la moindre piste, pour ne rien gâcher.

— Mais si, tu as des pistes. D'abord tu as cette photo, et puis il y a ton ami. L'une de ces deux pistes te mènera sûrement quelque part.

— Beaucoup trop vague tout ça. Un paysage comme celui de la photo, tu en trouveras à la pelle. Quant à la lettre du Rat, le cachet en est totalement illisible. »

Elle but et je fis de même.

« Tu n'aimes pas les moutons ? demanda-t-elle.

— Si, j'aime bien les moutons. »

J'avais la tête à nouveau sens dessus dessous.

« En tout cas, ma décision est prise. Je ne partirai pas », dis-je pour me convaincre moi-même, sans toutefois obtenir l'effet escompté.

« Tu veux du café ?

— Bonne idée », répondis-je.

Elle débarrassa nos verres et les canettes vides, puis mit de l'eau à bouillir. Pendant que l'eau chauffait, elle alla écouter des cassettes dans la pièce à côté. Après *Midnight Special*, Johnny Rivers enchaîna sur *Roll over Beethoven*, avant d'entonner *Secret Agent Man*. Quand l'eau se mit à chanter, elle revint passer le café en fredonnant *Johnny B. Goode* à l'unisson avec la cassette. J'étais, pendant ce temps, plongé dans ma lecture du journal du soir. C'était une charmante scène domestique. Cette histoire de mouton en moins, je me serais presque senti heureux.

Jusqu'à ce que retentît le bruyant déclic signalant la fin de la cassette, nous bûmes notre café en silence en grignotant quelques crackers. Je repris mon journal. Quand je n'y trouvai plus rien à lire, je le lus une seconde fois. Il y était question d'un coup d'État, de la mort d'un acteur de cinéma, d'un chat acrobate : rien finalement qui me concernât. Entre-temps, Johnny Rivers poursuivait sur son vieux rock and roll. À la fin de la bande, je repliai le journal et levai les yeux vers elle.

« Je n'y vois pas encore très clair. Je me dis bien,

quelque part, qu'il vaudrait mieux partir chasser ce mouton plutôt que de ne rien faire, même si ça devait s'avérer inutile. Mais, d'un autre côté, je n'ai pas envie qu'on me donne des ordres, qu'on me fasse chanter, qu'on me harcèle constamment.

— Tu sais, tout le monde vit plus ou moins comme ça. Tout le monde reçoit des ordres, subit des chantages, est constamment harcelé. Peut-être même que la plupart n'ont aucun autre but à poursuivre.

— Peut-être... », dis-je après une pause.

Elle continua à faire le ménage de ses oreilles sans plus rien dire. De temps à autre, j'apercevais le galbe potelé d'un lobe entre deux mèches de cheveux.

« Hokkaidō à cette époque c'est plutôt super ! Très peu de touristes, du beau temps, et tous les moutons sont dehors. C'est la meilleure saison, tu sais.

— Sans doute.

— Si tu veux, commença-t-elle en attaquant le dernier cracker, si tu veux bien m'emmener, je pourrai sûrement te servir à quelque chose.

— Qu'est-ce que tu as à te fixer sur cette chasse au mouton ?

— J'ai envie de le voir, moi, ce mouton.

— Moi, je vois d'ici que j'en serai pour mes frais avec ce stupide mouton, et que toi aussi tu finiras par avoir des histoires à cause de ça...

— Ça m'est parfaitement égal. Tes histoires sont aussi les miennes. » Un petit sourire affleura sur ses lèvres. « Et puis j'en pince pas mal pour toi, tu sais.

— Merci.

— C'est tout ? »

Je poussai mon édition du soir vers le coin de la table. La légère brise qui entrait par la fenêtre emportait Dieu sait où la fumée de ma cigarette.

« Franchement, cette histoire ne me plaît pas. Ça sent le roussi.

— Quoi, par exemple ?

— D'un bout à l'autre, ça sent le roussi, dis-je. Parce que si dans son ensemble cette histoire est d'une absurdité incroyable, dans le détail tout y est terriblement net et s'enchaîne à la perfection. Ça ne me dit rien qui vaille. »

Elle jouait en silence avec un élastique qu'elle faisait rouler sur la table.

« Et puis que se passera-t-il quand je l'aurai trouvé ? Si ce mouton est vraiment un mouton pas comme les autres, c'est peut-être alors que les vrais ennuis commenceront.

— Les vrais ennuis n'ont-ils pas déjà commencé pour ton copain ? Sans ça, il ne se serait pas donné la peine d'envoyer cette photo. »

Elle voyait juste. Mes cartes étaient étalées sur la table, et toutes perdantes. Comme si tout le monde avait pu lire dans mon jeu.

« Je n'ai pas le choix apparemment. Il faudra bien y aller, dis-je avec résignation.

— C'est certainement ce que tu as de mieux à faire, dit-elle, souriante. On le trouvera, ton mouton. Tu verras. »

Elle avait terminé l'entretien de ses oreilles et jeta à la poubelle un bouquet de coton-tiges roulé dans un mouchoir en papier. Elle saisit ensuite son élastique et, nouant ses cheveux en arrière, elle découvrit ses oreilles. L'atmosphère de la pièce en fut comme renouvelée.

« Allons au lit », dit-elle.

6. Le pique-nique du dimanche après-midi

À mon réveil, à neuf heures du matin, le lit était vide à côté de moi. Sans doute était-elle sortie prendre son petit déjeuner avant de rentrer chez elle. Elle n'avait laissé aucun mot. Juste un mouchoir et des sous-vêtements qui séchaient à côté du lavabo.

Je pris du jus d'orange dans le réfrigérateur et mis du pain vieux de trois jours dans le *toaster*. Il avait un goût de torchis. Par la fenêtre de la cuisine, je voyais le laurier-rose du jardin voisin. Au loin quelqu'un s'exerçait au piano. C'était exécuté comme on descendrait un escalator montant. Trois pigeons bien dodus perchés sur un poteau électrique poussaient des roucoulements dénués de sens. À moins que ces roucoulements ne voulussent au contraire dire bien des choses. Que leurs cors aux pieds leur faisaient mal, qui sait ? Ce qui ne voulait rien dire, c'était vraisemblablement moi, pour peu que l'on se plaçât de leur point de vue.

Quand j'eus enfourné mon deuxième toast au fond de ma gorge, les pigeons avaient disparu et il ne restait que le poteau électrique et le laurier-rose. Toujours est-il que c'était un dimanche matin. L'édition dominicale du journal reproduisait une photo en couleur d'un cheval sautant une haie. Le cheval était monté par un cavalier coiffé d'une bombe noire, affublé d'une bien mauvaise mine et qui jetait un regard torve sur la page d'à côté. Cette page décrivait en long en large la culture des orchidées et ses techniques. Il y en avait des centaines d'espèces et chacune avait son histoire. Les rois de je ne sais quel pays auraient perdu leur vie pour des orchidées. La fatalité rôde autour d'elles, disait l'article. Toute chose a sa philosophie, sa fatalité à elle.

Quoi qu'il en soit, je me sentais tout ragaillardi de m'être décidé à partir sur les traces du mouton. La vie bouillonnait en moi jusqu'au bout de chaque doigt. C'était bien la première fois que cela m'arrivait depuis que j'avais franchi la ligne de partage des eaux de mes vingt ans. Je jetai la vaisselle au fond de l'évier, donnai sa pâtée du matin au chat et composai le numéro de téléphone de l'homme en noir. Il décrocha après la sixième sonnerie.

« Je ne vous réveille pas, j'espère, dis-je.

— Ne t'inquiète pas, je suis matinal, dit-il.

— Quel journal lisez-vous ?

— Tous les journaux nationaux et huit journaux provinciaux, bien que ceux-ci n'arrivent que le soir.

— Et vous lisez tout, n'est-ce pas ?

— C'est mon boulot, dit-il d'un ton trahissant l'impatience. Quoi d'autre ?

— Vous lisez donc aussi les éditions du dimanche ?

— Je les lis, dit-il.

— Vous avez vu la photo du cheval ce matin ?

— Je l'ai vue, dit-il.

— Vous ne trouvez pas que le cheval et son cavalier ont l'air de penser à des choses radicalement différentes ? »

De l'écouteur un silence s'insinua dans la pièce tel l'éclat d'une nouvelle lune. Pas le moindre souffle d'une respiration. Un silence absolu qui n'était pas loin de me déchirer le tympan.

« C'est cela l'objet de ton appel ? dit l'homme.

— Plutôt pour faire un peu la conversation. Il n'y a rien de mal à échanger nos vues sur un sujet qui nous intéresse l'un et l'autre, n'est-ce pas ?

— De sujets qui nous intéressent, il y en a d'autres. Le mouton par exemple… » Il toussota. « Navré mais je n'ai pas autant de loisirs que toi. Je te saurais gré de m'exposer succinctement ton affaire.

— C'est bien là le problème, dis-je. En clair, je pense partir demain à la recherche du mouton. Je suis enfin parvenu à m'y résoudre après moult hésitations. Cependant, j'entends conduire cette affaire à mon rythme. Et bavarder quand j'en aurai envie. J'estime avoir le droit de tailler une bavette comme tout le monde. Je ne tiens ni à être épié du matin au soir ni à me faire harceler par quelqu'un dont je ne connais pas même le nom. Voilà ce qui m'amène.

— Tu te trompes manifestement sur ta situation.

— Vous vous trompez aussi sur la mienne. Écoutez, j'ai passé la nuit à réfléchir et je sais maintenant de quoi je parle. À savoir que je n'ai vraiment pas grand-chose à perdre. J'ai divorcé d'avec ma femme et je quitte mon boulot aujourd'hui. L'appartement que j'occupe, je le loue. Quant aux meubles, je n'ai rien de bien fameux. Ma fortune tient en une épargne de deux millions de yens, une bagnole d'occasion et un vieux matou. Mes vêtements sont tous démodés et mes disques sont pour la plupart des antiquités sans valeur. Je n'ai pas de réputation à défendre, ni de crédit social, encore moins de *sex-appeal*. Je suis sans talent, et déjà plus de la prime jeunesse. Je passe mon temps à raconter des idioties que je regrette toujours après coup. Bref, pour reprendre votre expression, je suis un médiocre. Qu'est-ce que j'ai d'autre à perdre ? Dites-le-moi si vous voyez quelque chose. »

Il se passa ensuite un temps pendant lequel je défis un nœud de fils emmêlés sur un bouton de ma chemise et griffonnai treize étoiles sur une feuille de bloc-notes.

« Tout le monde a au moins une chose qu'il ne souhaite perdre à aucun prix. Toi y compris, dit-il. Pour ce qui est de découvrir cette chose, nous sommes des "pros". Un être humain possède nécessairement un moyen terme entre ses désirs et son amour-propre. De la même manière que tout corps a un centre de gravité. Nous arrivons toujours à le trouver, ce moyen terme. Un jour, tu comprendras ce que je veux dire. C'est toujours quand il est trop tard qu'on s'aperçoit que cette chose existait. » Nouvelle petite pause. « Mais disons que c'est là un problème qui ne se posera que dans une phase ultérieure. Pour l'heure, je ne resterai pas sourd aux motifs de ton discours. J'accepte tes exigences. Je n'irai pas fourrer mon nez dans tes affaires. Fais à ta guise. Tout au moins pendant un mois, c'est clair ?

— Suffisamment, dis-je.

— Alors, à plus tard », dit l'homme.

Et il raccrocha, d'une façon qui me laissa un arrière-goût désagréable. Pour m'en débarrasser, je fis une trentaine de pompes, une vingtaine d'abdominaux, la vaisselle et une lessive de trois jours. Après cela, j'avais à peu de chose près retrouvé ma première humeur. C'était un agréable dimanche de septembre. L'été était déjà aussi loin qu'un vieux souvenir à moitié perdu dans la mémoire.

J'enfilai un tee-shirt tout neuf, celui de mes Levi's qui n'avait pas de tache de ketchup, une paire de chaussettes de couleurs assorties, et je me brossai les cheveux. Il s'en fallait cependant de beaucoup que me revienne la sensation des dimanches matin du temps de mes dix-sept ans. Évidemment. J'avais pris mon lot d'années, on avait beau dire.

Je sortis ensuite ma Volkswagen bonne pour la casse et me rendis au supermarché où j'achetai une douzaine de boîtes de pâtée pour chat, de la litière et un nécessaire à raser pour le voyage. Je pris ensuite un café sans goût avec un beignet à la cannelle au comptoir du *doughnut shop*. Le miroir qui faisait face au comptoir renvoyait l'image de mon visage en train de mordre un beignet. Je me considérai un instant, mon beignet entamé à la main. Je me demandai ce que les gens pouvaient bien se dire en voyant ce visage. Je n'avais naturellement aucun moyen de le savoir. Je finis mon beignet et mon café, après quoi je m'en allai.

Je profitai de ce qu'il y avait une agence de voyages en face de la gare pour y réserver deux places sur un vol du lendemain à destination de Sapporo. J'entrai ensuite dans les galeries commerçantes de la gare et achetai un sac de voyage à bandoulière en toile et un chapeau pour la pluie. J'avais beau payer chaque fois en sortant un beau billet de dix mille yens bien empesé, mon enveloppe ne donnait aucun signe d'amoindrissement. Il n'y avait que moi qui diminuais quelque peu. De l'argent de cette espèce existait donc en ce monde. Le simple fait d'en avoir exaspère, on se sent malheureux à le dépenser, et quand on n'en a plus, on est pris de dégoût pour soi-même. Et quand on est dégoûté de soi, on a envie d'en dépenser. Mais on n'en a plus. Et on n'a plus alors la moindre chance de salut.

Assis sur un banc devant la gare, je fumai deux cigarettes et décidai de renoncer à mes réflexions sur l'argent. Les environs de la gare, en ce dimanche matin, étaient peuplés de familles et de jeunes couples. J'étais là à regarder distraitement ce spectacle quand le souvenir me revint subitement de ce que ma femme m'avait dit au moment de nous quitter : « On aurait dû avoir des enfants. » J'avais certes l'âge d'en avoir, et même plusieurs. Mais cela me déprimait atrocement de m'imaginer en père. J'avais le sentiment que si j'étais un enfant je n'aurais sans doute pas aimé être le fils de quelqu'un comme moi.

Je fumai une autre cigarette avec mes paquets dans les bras, puis je traversai la foule pour aller les balancer sur la banquette arrière de ma voiture garée dans le parking du supermarché. Pendant qu'à la station-service on faisait le plein et la vidange de la voiture, je fis un tour à la librairie du quartier où j'achetai trois livres de poche. Deux nouveaux billets de dix mille yens y passèrent, tandis que mes poches n'étaient plus qu'un fatras de petite monnaie. De retour à la maison, je déversai toute cette monnaie dans une jatte de verre à la cuisine et me lavai le visage à l'eau froide. J'avais l'impression qu'un temps considérable s'était écoulé depuis mon réveil, mais il n'était pas encore midi à ma montre.

Il était trois heures de l'après-midi quand ma *girlfriend* réapparut. Elle avait mis une chemise à carreaux, un pantalon de coton couleur moutarde et des lunettes de soleil si foncées qu'elles m'en donnaient le vertige. Un grand sac à bandoulière en toile, semblable au mien, pendait à son épaule.

« Je suis allée faire ma valise, dit-elle en tapant de la paume de sa main son sac plein à craquer. Ça risque d'être long, non ?

— Ça se pourrait. »

Ses lunettes sur le nez, elle s'étala sur le vieux canapé près de la fenêtre et fuma une menthol, le regard perdu au plafond. Un cendrier à la main, j'allai m'asseoir à côté d'elle et me mis à lui caresser les cheveux. Le chat se présenta à son tour, bondit sur le canapé et cala sa tête et ses pattes de devant en travers de ses chevilles.

Quand elle en eut assez de sa cigarette, elle la glissa entre mes lèvres et bâilla.

« Tu es contente de partir en voyage ? lui demandai-je.

— Très. Surtout avec toi.

— Tu sais que, si on ne trouve pas le mouton, on n'aura nulle part où rentrer toi et moi. Et on finira le reste de nos jours à voyager d'un endroit à l'autre.

— Comme ton copain, quoi.

— Oui. En un sens, on est dans le même train. À la différence que lui s'est évadé de son plein gré, tandis que moi je ne fais que suivre le mouvement. »

J'écrasai la cigarette au fond du cendrier. Le chat releva la tête pour pousser un grand bâillement, puis il retrouva sa position.

« Tu es prêt ? s'enquit-elle.

— Non, je commence. D'ailleurs je n'ai pas grand-chose à prendre. Quelques vêtements et un nécessaire de toilette. Toi non plus, il n'est vraiment pas indispensable que tu te charges autant. On pourra toujours acheter sur place ce dont on a besoin. J'ai assez d'argent.

— Et si ça me plaît de faire comme ça ? fit-elle en étouffant un petit rire. Moi, si j'ai pas un énorme bagage, je n'ai pas l'impression de voyager.

— À ce point ? »

L'appel stridulant d'un oiseau s'élança à travers la fenêtre restée ouverte. C'était un chant que je n'avais jamais entendu. À saison nouvelle, oiseau nouveau. Un rayon de cette lumière de l'après-midi tombait dans la paume de ma main que je posai ensuite furtivement sur sa joue. Il s'écoula un moment interminable avant que nous ne quittions cette position. Je contemplai distraitement le mouvement d'un nuage blanc d'un bout à l'autre de la fenêtre.

« Quelque chose ne va pas ? demanda-t-elle.

— Ça va te sembler bizarre que je dise ça, mais… je ne parviens pas à me faire à cette idée que le moment présent est vraiment présent. Ou que moi, je suis vraiment moi. Qu'ici c'est vraiment ici. C'est toujours comme ça. Comme si quelque chose ne tombait pas juste. Et puis, mais bien après, ça finit par coller. Ça fait dix ans que je ressens ça.

— Comment ça, dix ans ?

— Disons parce que ça fait longtemps. »

En riant, elle souleva le chat et le posa sur le plancher. « Prends-moi dans tes bras. »

Nous nous étreignîmes sur le canapé. Une odeur d'ancien temps nous atteignait lorsque nos visages approchaient de la toile de ce vieux canapé acheté chez un brocanteur. Son corps moelleux se fondait dans cette odeur. C'était doux et chaud comme une vague réminiscence. J'écartai furtivement ses cheveux pour poser mes lèvres sur son oreille. Il y eut un léger frémissement de l'univers. Un univers minuscule, microscopique. Là où le temps coulait comme une brise tranquille.

Je défis tous les boutons de sa chemise et, les mains posées sous ses seins, je contemplai son corps.

« Tu le sens ? Ça vit…

— Quoi ? Toi ?

— Hmm… Mon corps, et moi tout entière.

— C'est vrai, dis-je. C'est vraiment bien vivant. »

Un calme étonnant, pensai-je. Pas le moindre bruit ne s'élevait aux alentours. Tout le monde était parti ailleurs pour fêter le premier dimanche de l'automne.

Elle murmura faiblement : « Tu sais, j'aime vraiment être comme ça.

— Hmm.

— J'ai comme l'impression d'être venue ici en pique-nique. C'est vraiment super.

— En pique-nique ?

— Oui. »

Je passai mes bras autour de son dos et la serrai très fort. Puis, du bout des lèvres, j'écartai ses cheveux tombant sur le front et je baisai à nouveau ses oreilles.

« Dix ans, c'est long ? me demanda-t-elle doucement dans le creux de l'oreille.

— Assez, dis-je. Ça me paraît très, très long. Même que rien n'est encore fini. »

Elle tourna légèrement sa tête qu'elle tenait appuyée sur l'accoudoir du canapé et elle sourit. Ce sourire, je l'avais déjà vu, mais j'étais incapable de me souvenir où, ni sur qui. Quand elles sont nues, les filles attrapent de ces ressemblances terribles qui me jettent toujours dans la confusion.

« Allons chercher le mouton, dit-elle les yeux clos. Quand on sera parti, tout marchera bien. »

Je regardai son visage, puis, au bout d'un moment, ses deux oreilles. Une douce lumière d'après-midi enveloppait son corps comme dans une vieille nature morte.

7. *Un esprit étroit mais obstiné*

À six heures, elle s'habilla, se brossa les cheveux et les dents, s'aspergea le corps d'eau de Cologne en spray. J'étais assis sur le canapé, plongé dans *Les Aventures de Sherlock Holmes*. L'histoire commençait ainsi : « Mon ami Watson était un esprit très limité par le champ étroit de sa réflexion, mais extrêmement obstiné. » Une jolie manière de commencer.

« Je rentrerai tard ce soir. Ne m'attends pas pour aller au lit, dit-elle.

— Le boulot ?

— Eh oui ! En principe, j'avais congé, mais je n'ai pas de chance. Comme je pars demain, ils m'ont mis un remplacement aujourd'hui. »

Elle s'en alla puis, un instant plus tard, la porte se rouvrit.

« Dis, que fait-on du chat pendant notre absence ?

— Oh, je l'avais complètement oublié celui-là. Ne t'inquiète pas, je m'en occupe. »

La porte se referma. Je pris du lait et des galettes au fromage et les donnai au chat. Il eut bien du mal à avaler les galettes. Ses dents étaient au bout du rouleau.

Comme il n'y avait rien de comestible pour moi dans le réfrigérateur, je dus me contenter de boire une bière en regardant le journal télévisé. Il n'y avait aucune nouvelle digne de ce nom. Le dimanche soir, on a généralement droit à quelques scènes de zoo. Quand j'eus mon compte de girafes, d'éléphants et de pandas, j'éteignis le poste et décrochai le téléphone.

« C'est au sujet de mon chat, dis-je.

— De ton chat ?

— Oui, j'ai un chat.

— Bon, et alors ?

— Je ne peux pas partir si je n'ai personne à qui le confier.

— Ce n'est pas les chenils qui manquent dans ton quartier, je crois.

— C'est qu'il est vieux et plus très en forme. Il ne survivra pas à un mois de cage. »

J'entendis un bruit d'ongles tapant sur une table. « Soit.

— J'aimerais que vous vous en chargiez. Vous avez un grand jardin chez vous, aussi je ne crois pas qu'un pauvre chat puisse vous gêner.

— Il n'en est pas question ! Non seulement le Maître

a horreur des chats, mais il attrape les oiseaux à la pipée dans ce jardin. Un chat, et c'est tous les oiseaux qui prendront le large.

— Votre Maître est dans le coma, et mon chat n'est plus assez vif pour se faire des oiseaux. »

Il y eut à nouveau quelques tapotements d'ongles sur la table. « C'est bon. J'enverrai le chauffeur chercher ton chat demain matin à dix heures.

— J'y joindrai des boîtes et de la litière. Comme il n'accepte qu'une seule marque de boîtes, je vous prierais d'acheter la même quand vous n'en aurez plus.

— Tu donneras ce genre de détails au chauffeur. Je pense te l'avoir dit, j'ai beaucoup à faire.

— Moi, j'aimerais toujours avoir affaire au même guichet. Ne serait-ce que pour définir clairement les responsabilités.

— Les responsabilités ?

— Ça veut dire que, dans l'hypothèse où je trouve le mouton, vous n'en saurez rien si mon chat devait avoir disparu ou être mort.

— Hmm, fit-il. Très bien. C'est un peu en dehors des normes, mais il faut reconnaître que tu te débrouilles pas mal pour un amateur. Je vais prendre note, alors ne va pas trop vite.

— Ne lui donnez pas de viande trop grasse. Il la vomirait. Pas d'aliments trop durs non plus, parce qu'il a de mauvaises dents. Le matin, il prend du lait et de la pâtée en boîte. Le soir, une poignée de petites sardines séchées et de la viande ou des galettes au fromage. Il faut renouveler sa litière tous les jours. Il a horreur de la saleté. Il a tendance à avoir la diarrhée, mais si vous voyez que ça dure plus de deux jours, allez voir un vétérinaire qui vous donnera les médicaments qu'il faudra lui administrer. »

Je m'interrompis à cet endroit pour écouter son stylo gratter le papier à l'autre bout du fil.

« Ensuite ? fit l'homme.

— Il y a une petite vermine qui est en train de se loger dans ses oreilles, alors il faut que vous les lui nettoyiez une fois par jour avec un coton-tige imbibé d'huile d'olive. Il va se débattre car il n'aime pas ça, mais faites en sorte de ne pas lui crever le tympan. Si, par ailleurs, vous avez peur pour vos meubles, vous pouvez lui couper les ongles une fois par semaine. Un simple coupe-ongles suffit. Je ne crois pas qu'il ait des puces, mais par précaution il vaut mieux le laver de temps à autre avec un shampooing *ad hoc*. Vous en trouverez dans n'importe quelle boutique pour animaux. Quand il sort du bain, il faut d'abord bien l'essuyer avec une serviette-éponge, puis le brosser et enfin le sécher au sèche-cheveux. Sans cela il risque d'attraper un rhume. »

Scratch, scratch, scratch. « Ensuite ?

— C'est tout. »

L'homme relut chacun des points qu'il avait notés. Il savait prendre des notes.

« Ça va comme ça ?

— C'est parfait.

— Alors à bientôt », dit-il et il raccrocha.

L'obscurité était déjà complète au-dehors. Je bourrai mes poches avec de la monnaie, des cigarettes et mon briquet, enfilai mes tennis et sortis. Je me rendis dans les environs à mon snack-bar favori où je commandai une escalope de poulet et du pain brioché. En attendant que ce fût prêt, je bus une bière en écoutant le dernier disque des Brothers Johnson. On passa ensuite un disque de Bill Withers pendant lequel je mangeai mon escalope. Je bus enfin un café, bercé par le *Star Wars* de Maynard Ferguson. Après cela, je n'eus guère le sentiment d'avoir dîné.

Lorsqu'on eût desservi ma table, j'allai mettre trois pièces de dix yens dans le téléphone public rose destiné à la clientèle et appelai mon camarade. Ce fut le fils aîné, élève en primaire, qui décrocha.

« Bonjour, dis-je.

— Bonsoir », rectifia-t-il. Je regardai ma montre. Il avait raison.

Mon camarade prit la communication quelques instants plus tard.

« Comment ça s'est passé ? demanda-t-il.

— Je peux te causer maintenant ? Des fois que vous seriez à table…

— On est à table mais peu importe. D'ailleurs, c'est rien de fameux ce soir. Ton histoire est sûrement plus amusante. »

Je lui résumai ma conversation avec l'homme en noir. Je lui parlai de la grosse limousine, de l'immense propriété, du vieillard agonisant, etc., mais restai muet sur le mouton. J'étais certain qu'il ne m'aurait pas cru, et puis c'eût été trop long à expliquer. Résultat, forcément, mon histoire n'avait ni queue ni tête.

« C'est à n'y rien piger, dit-il.

— J'ai pas le droit de t'en parler, tu comprends. Je risquerais de te causer des ennuis. C'est-à-dire à toi, à ta famille et au reste… » Le souvenir me revenait alors de son F4 grand standing qu'il n'avait pas encore fini de payer, de sa femme souffrant d'hypotension, de ses deux insolents gamins. « Enfin tu vois ce que je veux dire.

— Je vois.

— En tout cas, je dois partir demain en voyage. Ce sera sans doute long. Ça pourra durer un mois, deux mois, trois mois, j'en sais trop rien. À moins même que l'on ne me revoie plus du tout à Tokyo.

— Hmm…

— J'aimerais donc que tu prennes la société en main. Moi, je me retire. C'est le plus sûr moyen pour moi de ne pas te causer de soucis. Pour ce qui est du boulot, je suis à peu près arrivé au terme de ce que j'avais à y faire. D'ailleurs, au sein de notre prétendue codirection, c'est toi en fait qui assurais le principal, tandis que moi je m'amusais à moitié.

— Mais comment veux-tu que je gère tes détails sur le terrain si tu n'es pas là ?!

— Tu n'as qu'à réduire le champ d'action. Autrement dit, retour aux sources. Tu fais une croix sur tout ce qui est pub et travail d'édition et tu reviens à notre bureau de traduction d'antan. Exactement comme tu le disais toi-même l'autre jour. Tu gardes une fille avec toi et tu donnes congé à tous les occasionnels. On n'a plus besoin de ces gars-là. Tu leur donnes deux mois de prime, et tout le monde sera content. Le bureau aussi d'ailleurs, tu pourrais très bien déménager dans des locaux plus petits. T'auras peut-être moins de recettes, mais tu auras aussi moins de frais. Et pour ce qui est de tes revenus, vu que tu seras seul désormais, tu ne perdras pas grand-chose au change. D'autant que tu auras beaucoup moins à t'en faire pour "l'exploitation fiscale", comme tu dis si bien. C'est tout bon pour toi, mon vieux. »

Mon camarade tournait tout cela dans sa tête.

« Non, dit-il. Ça ne marchera pas. »

J'avais mis une cigarette en bouche et, tandis que je cherchais mon briquet, la serveuse craqua pour moi une allumette.

« T'en fais pas, ça ira. J'ai suffisamment travaillé avec toi pour savoir que je ne me trompe pas.

— C'est justement parce qu'on était ensemble que j'y arrivais, dit-il. Moi je sais que je n'ai jamais rien entrepris tout seul qui ait réussi.

— Oh, écoute-moi bien à la fin. Je ne te dis pas d'agrandir le business, mais de le réduire. De faire de la traduction sur notre mode d'avant la révolution industrielle comme on le faisait autrefois. C'est-à-dire toi avec une fille, plus, en *freelance*, cinq ou six gars pour dégrossir le terrain et deux “pros”. Il n'y a aucune raison que ça ne marche pas.

— C'est mal me connaître. »

Clic. Ma dernière pièce de dix yens venait de tomber dans la machine. Je remis trois nouvelles pièces.

« Je suis pas comme toi, dit-il. Toi, tu peux te débrouiller tout seul. Moi pas. Si j'ai pas quelqu'un à qui me plaindre, à qui demander conseil, je suis incapable d'aller de l'avant. »

Je mis la main sur le micro du combiné et lâchai un soupir. C'était un cercle vicieux. La chèvre noire mangeait la lettre de la chèvre blanche, et la chèvre blanche mangeait celle de la chèvre noire…

« Allô ? fit mon camarade.

— Oui oui, je t'écoute », répondis-je.

À l'autre bout du fil, j'entendis ses deux enfants se chamailler pour savoir qui allait choisir sa chaîne à la télévision. « Pense un peu à tes enfants », risquai-je. Ce n'était pas très *fair-play* comme méthode, mais je n'avais pas d'autre carte dans mon jeu. « Tu ne peux pas te permettre de pleurnicher. Parce que, si tu ne te sens pas à la hauteur, vous ferez tous le plongeon ensemble. Mais si c'est des reproches que tu as à faire au monde, alors il fallait pas avoir d'enfants. Fais ton boulot sérieusement et arrête de boire. »

Il resta longtemps sans répondre. La serveuse vint m'apporter un cendrier et je lui commandai une bière d'un signe de la main.

« Tu as parfaitement raison, dit-il. Je vais faire ce que je peux. Bien que je ne sois pas du tout sûr de m'en sortir...

— Ça marchera. Souviens-toi, il y a six ans on n'avait pas un sou et on ne connaissait personne. Regarde pourtant le chemin qu'on a fait, dis-je après avoir versé ma bière dans un verre et bu une gorgée.

— Tu n'as pas l'air de te rendre compte comme je me sentais rassuré d'être avec toi, dit-il.

— Je te rappellerai prochainement.

— Hmm...

— En tout cas, merci pour tout. Je me suis bien amusé pendant tout ce temps, dis-je.

— Quand tu seras débarrassé de cette affaire et si tu reviens à Tokyo, on pourra toujours refaire du business ensemble, non ?

— D'accord. »

Je raccrochai.

Il savait aussi bien que moi que je ne remettrai jamais ça. Après six années de travail en commun, c'est la première chose que l'on pouvait deviner.

Je m'installai à une table pour boire la suite de ma bouteille.

Avoir perdu mon emploi me débarrassait d'un poids. Ma vie se simplifiait peu à peu. J'avais déjà perdu ma ville, mes dix-huit ans, mes amis, ma femme et, trois mois plus tard, j'allais passer dans une nouvelle décade. Que serai-je quand j'en aurai soixante ? pensai-je.

Pensées inutiles. Car je ne savais même pas ce qu'il adviendrait de moi dans un mois.

De retour à la maison, je me brossai les dents, enfilai mon pyjama, puis je lus la suite des *Aventures de Sherlock Holmes* au fond du lit. J'éteignis la lumière à onze heures et m'endormis comme une masse. Je n'ouvris pas une seule fois les yeux jusqu'au matin.

8. Naissance de Sardine

À dix heures le lendemain, le grotesque sous-marin s'immobilisait devant l'entrée de mon immeuble. Du haut de mon troisième étage, la limousine ressemblait plutôt à un moule à gâteaux en métal que l'on aurait renversé. Un moule énorme, de quoi faire un gâteau qu'une ruche de trois cents gosses aurait à peine pu liquider en quinze jours. Assis sur la tablette de la fenêtre, nous restâmes un bon moment, elle et moi, à regarder la voiture.

Le ciel était d'une pureté à vous donner mal au cœur. Un hélicoptère qui volait très haut dans le lointain me parut anormalement petit. C'était un ciel de film expressionniste d'avant-guerre. Un ciel sans le moindre nuage, comme un œil gigantesque dont on aurait arraché les paupières.

Je fermai toutes les fenêtres de l'appartement, coupai le réfrigérateur et l'arrivée du gaz. Le linge était rangé, les lits recouverts, les cendriers lavés, la multitude de flacons de la salle de bains mise en ordre. J'avais payé deux mois de loyer à l'avance et résilié mon abonnement au journal. Dans l'entrée, je me retournai vers le désert et l'incroyable silence de mon appartement.

Je repensai à mes quatre années de vie conjugale, à cet enfant que j'aurais pu avoir avec ma femme. L'ascenseur était là et elle m'appelait. Je refermai la porte métallique de l'appartement.

Le chauffeur nous attendait, tout à son pare-brise qu'il frottait minutieusement avec un chiffon sec. Il n'y avait toujours pas la moindre tache sur la limousine qui flamboyait sous les rayons du soleil. Elle nous brûlait quasiment les yeux, et, si on l'avait touchée, sans doute nous aurait-elle brûlé la peau.

« Bonjour, dit le chauffeur, le même que la fois précédente, le religieux.

— Bonjour, dis-je.

— Bonjour », fit ma *girlfriend*.

Elle portait le chat dans ses bras, tandis que je tenais à la main un sac en papier contenant ses boîtes et sa litière.

« Quel temps superbe, n'est-ce pas ? dit le chauffeur en levant la tête. Comment dire, c'est un temps de cristal. »

Nous acquièsçâmes.

« Avec un ciel si clair, on doit pouvoir recevoir sans difficulté les messages de Dieu, dis-je.

— Vous n'y êtes pas, fit-il en souriant. Ses messages sont déjà là, en toutes choses, dans les fleurs, les pierres…

— Et… dans les automobiles ?

— Dans les automobiles aussi.

— Mais on les fabrique dans des usines, les autos, dis-je.

— Peut-être, mais la volonté divine est en toutes choses.

— Un peu comme la vermine dans les oreilles, dit-elle.

— Ou comme l'air, rectifia-t-il.

— On peut donc supposer qu'Allah est dans chaque automobile fabriquée en Arabie Saoudite.

— On ne fabrique pas d'automobiles en Arabie Saoudite.

— Vraiment ?

— Vraiment.

— Mais, dites-moi, quel Dieu alors se trouve dans les voitures américaines exportées vers l'Arabie Saoudite… », demanda mon amie.

Question difficile.

Je lui tendis une perche : « J'y pense, il faut que je vous dise pour mon chat.

— C'est qu'il est bien mignon, votre chat », fit-il, manifestement soulagé.

Mignon, il ne l'était sûrement pas. C'était même tout le contraire. Son poil était sec et tout usé comme un vieux tapis, le bout de sa queue était rompu selon un angle de soixante degrés, ses dents étaient toutes jaunes, son œil droit, blessé trois ans auparavant, n'arrêtait pas de suppurer, quant à sa vue, elle était pour ainsi dire nulle. Je me demandais s'il pouvait encore distinguer une chaussure de tennis d'une pomme de terre. Ses coussinets ressemblaient à des pois chiches tout racornis, ses oreilles étaient définitivement infestées par la vermine et, l'âge aidant, il pétait une bonne vingtaine de fois par jour. C'était encore un beau jeune matou le jour où ma femme l'avait trouvé sous le banc d'un jardin public, mais il avait dévalé les dernières années soixante-dix en courant à la catastrophe. Comme une boule de billard lâchée du haut d'une pente raide. Il n'avait pas de nom, par-dessus le marché. D'ailleurs, j'aurais difficilement pu dire si un tel anonymat ajoutait quelque chose à la tragédie qu'était sa vie.

« Minou minou minou, dit le chauffeur au chat, en se gardant bien d'y porter la main. Comment s'appelle-t-il ?

— Il n'a pas de nom.

— Comment faites-vous alors pour l'appeler ?

— On ne l'appelle pas, dis-je. Il est là, c'est tout.

— Mais il ne reste pas tout le temps immobile. Il bouge, sous l'effet d'une volonté. Ça ne vous semble pas bizarre qu'un être qui agit de par sa volonté n'ait pas de nom ?

— Les sardines aussi bougent selon leur volonté, et pourtant on ne leur donne pas de nom.

— Oui, mais il n'y a aucun échange affectif entre une sardine et un être humain. D'ailleurs, une sardine ne comprendrait pas son nom.

— Cela dit, rien ne vous empêcherait de lui en donner un. Si je vous comprends bien, pour qu'un animal puisse prétendre à un nom il faudrait qu'il se meuve de sa propre volonté, qu'il soit capable d'échanges affectifs avec les humains et, qui plus est, qu'il soit doté du sens de l'ouïe. N'est-ce pas ?

— C'est cela, oui, dit le chauffeur qui opina à plusieurs reprises, l'air convaincu. Dites, ça vous dérangerait si je lui donnais un nom ?

— Absolument pas. Comment l'appelleriez-vous ?

— Que diriez-vous de “Sardine” ? Puisque au fond vous l'avez traité comme une sardine jusqu'à présent.

— C'est pas mal, dis-je.

— N'est-ce pas ? fit-il fièrement.

— Qu'en dis-tu ? demandai-je à ma *girlfriend*.

— Pas mal du tout, dit-elle. On croirait assister à la Création du monde.

— Et la Sardine fut ! dis-je.

— Viens, Sardine », dit le chauffeur en prenant le chat dans ses bras. Pris de frayeur, le chat lui mordit le pouce, puis il péta.

Le chauffeur nous conduisit à l'aéroport. Le chat se tenait paisiblement sur le siège à côté de lui, lâchant un pet de temps à autre. Je le devinai parce que, chaque fois, le chauffeur ouvrait la fenêtre. Chemin faisant, je donnai quelques instructions concernant le chat. Comment il fallait lui nettoyer les oreilles, où l'on pouvait trouver le déodorant pour la litière, les quantités de pâtée qu'il fallait lui donner, etc.

« Ne vous inquiétez pas, dit-il. Il sera choyé. C'est que je suis son parrain désormais… »

Sur la route étonnamment dégagée, la voiture fonçait vers l'aéroport tel un saumon remontant son fleuve au moment du frai.

« Pourquoi donne-t-on des noms aux bateaux et non aux avions, demandai-je au chauffeur. Pourquoi dire *Vol 971* ou *Vol 326*, alors qu'on pourrait tout aussi bien dire *Vol Muguet* ou *Vol Pâquerette* ?

— Sans doute parce qu'il y a beaucoup plus d'avions que de bateaux. C'est un produit de masse.

— Vous croyez ? Les bateaux sont aussi un produit de masse. Il y en a même plus que d'avions.

— Mais… En pratique, reprit-il après quelques secondes de silence, il en va de même avec les bus dans les villes, on ne saurait donner un nom à chacun d'eux.

— Ce serait pourtant formidable, un nom pour chaque bus ! s'exclama mon amie.

— Mais les passagers en viendraient à choisir leur bus selon leurs goûts. De Shinjuku à Sendagaya, on prendrait *La Gazelle*, mais pas *Le Mulet*, dit le chauffeur.

— Qu'en penses-tu ? demandai-je à ma *girlfriend.*

— C'est sûr, je ne prendrais pas *Le Mulet*, répondit-elle.

— Pensez donc au pauvre conducteur du *Mulet*, fit remarquer, tout à son propos, le chauffeur. On ne peut pourtant rien lui reprocher.

— Absolument rien, non, dis-je.

— Peut-être, dit-elle, mais je monterais quand même dans *La Gazelle.*

— Vous voyez bien, dit le chauffeur. C'est là qu'est le problème. Si les bateaux portent un nom, c'est une survivance des coutumes d'avant la production de masse. On leur donnait des noms de la même manière qu'on en donnait aux chevaux. Le principe est identique. Les avions aussi étaient utilisés comme des chevaux et ils avaient tous un nom : *Spirit of St. Louis*, *Enola Gay*, par exemple. Il y avait un échange sur le plan de la conscience.

— Vous voulez dire que le concept du "vivant" est ici fondamental ?

— Exactement.

— La finalité serait donc secondaire en matière de nomination ?

— Oui. La finalité se contente d'un chiffre. Voyez les Juifs à Auschwitz.

— Évidemment, dis-je. Bon, admettons que les noms reposent sur un acte d'échange au niveau de la conscience entre êtres vivants. Pourquoi alors les gares, les jardins publics, les terrains de base-ball ont-ils des noms ? Ce ne sont pourtant pas des êtres vivants.

— Mais si les gares n'avaient pas de nom, ce serait très gênant.

— Je ne vous demande pas de m'expliquer cela en termes de finalité, mais en termes de principe. »

Le chauffeur s'absorba dans une profonde réflexion, sans remarquer que le feu était passé au vert. Derrière nous un camping-car fit retentir un klaxon qui parodiait l'ouverture des *Sept Mercenaires*.

« C'est sans doute parce qu'elles ne sont pas interchangeables. D'abord, il n'y a qu'une seule gare qui s'appelle Shinjuku, et elle ne saurait échanger son nom avec la gare de Shibuya. Il y a donc non-interchangeabilité et absence de production de masse. Ces deux points vous satisfont ? dit le chauffeur.

— Ce serait tout de même drôle si la gare de Shinjuku se trouvait à Ekoda, lança ma *girlfriend*.

— Si la gare de Shinjuku se trouvait à Ekoda, elle serait la gare d'Ekoda, protesta le chauffeur.

— Elle n'en resterait pas moins reliée à la même ligne Odakyū, dit-elle.

— Reprenons, dis-je. Que se passerait-il si les gares étaient interchangeables ? Si, en l'occurrence, les gares des Chemins de fer nationaux étaient toutes du type repliable-et-portable cher au mode de production de masse, et que l'on pouvait parfaitement substituer l'une à l'autre les gares de Shinjuku et de Tokyo ?

— C'est simple. À Shinjuku, on aurait la gare de Shinjuku et, à Tokyo, la gare de Tokyo.

— Dans ce cas, le nom ne s'attribuerait pas à une chose, mais à une fonction. Et on retombe dans la finalité, non ? »

Le chauffeur resta muet. Mais, cette fois, son silence fut de moins longue durée.

« C'est une idée qui me vient à l'instant, dit le chauffeur. Ne devrait-on pas considérer ce genre de choses d'un point de vue plus généreux ?

— C'est-à-dire ?

— C'est-à-dire que si les villes, les jardins publics,

les rues, les gares, les terrains de base-ball, les cinémas, etc., ont tous un nom, c'est parce qu'on leur en aurait donné un en guise de compensation pour leur fixité au sol. »

La thèse ne manquait pas de nouveauté.

« Donc, dis-je, si je renonçais à tous privilèges de la conscience et me fixais bien solidement quelque part, j'aurais moi aussi droit à un nom qui a de l'allure ? »

Il me dévisagea furtivement à travers le rétroviseur. D'un regard soupçonneux qui semblait se demander si je n'étais pas en train de lui tendre un piège.

« Qu'entendez-vous par "vous fixer" ?

— Geler sur place par exemple. Comme la Belle au bois dormant.

— Mais tout de même, un nom, vous en avez déjà un !

— C'est juste, dis-je. Je l'avais presque oublié. »

Nous fîmes nos adieux au chauffeur devant le guichet où l'on nous avait délivré nos cartes d'embarquement. Il aurait bien voulu nous tenir compagnie jusqu'au dernier moment, mais, comme il y avait encore une heure et demie avant le départ, il y renonça.

« C'est vraiment un drôle de type, dit-elle.

— Dire qu'il y a un endroit où ne vivent que des gens comme lui, dis-je. Un endroit où les vaches laitières passent leur temps à chercher des tenailles.

— À la manière de *Home on the Pampas*.

— Ça se pourrait », dis-je.

Nous déjeunâmes avec un peu d'avance dans un restaurant de l'aéroport. Je pris des crevettes au gratin, elle des spaghettis. Pendant que les 747 et les TriStar montaient et descendaient derrière la fenêtre avec une sorte de solennité dictée par le destin, elle mangeait ses spaghettis d'un air très méfiant, en les examinant un par un.

« Moi qui ne pensais qu'au déjeuner qu'on nous servirait dans l'avion, bouda-t-elle.

— Raté », fis-je, avant de laisser refroidir un morceau de gratin dans ma bouche, de l'avaler et de me précipiter sur mon verre d'eau froide. C'était brûlant et sans goût. « Les repas en cabine, c'est seulement pour les lignes internationales. À la rigueur sur les vols intérieurs les plus longs, on te sert un en-cas froid, mais rien de très fameux.

— On aura un film alors ?

— Tu sais, Sapporo est à une heure de vol à peine.

— On n'aura rien, quoi.

— Non, rien. Tu auras à peine le temps de t'asseoir et d'ouvrir un livre qu'on sera déjà arrivés. Comme dans un bus.

— Sauf qu'il n'y a pas de feux.

— Non, pas de feux non plus.

— C'est gai », soupira-t-elle. Puis elle posa sa fourchette à côté de son assiette à moitié entamée et s'essuya la bouche. « Il ne mérite vraiment pas qu'on lui donne un nom.

— À part l'ennui, le seul avantage est qu'on gagne du temps. En train, on mettrait bien douze heures.

— Et que deviennent les heures restantes ? »

J'abandonnai mon gratin à mi-chemin et commandai deux cafés. « Les heures restantes… ?

— Mais oui, les dix heures et plus qu'on épargne grâce à l'avion, où passe-t-il, tout ce temps ?

— Le temps ne passe nulle part. Il s'additionne, c'est tout. On en fera ce qu'on veut à Tokyo ou à Sapporo. En dix heures, on aura de quoi voir quatre films et de manger deux fois, non ?

— Et si je ne veux ni aller au cinéma ni manger ?

— Ça c'est ton problème. Pas celui du temps. »

Elle regardait le fuselage ramassé des 747 en se mordillant les lèvres. Je fis de même. Le fuselage des 747 me rappelait toujours une grosse femme toute laide qui habitait autrefois dans mon quartier. Son énorme poitrine affaissée, ses jambes gonflées, son cou desséché. L'aéroport m'apparut comme le point de rassemblement de ces femmes-là. Il en passait des dizaines et des dizaines sans discontinuer. Les pilotes et hôtesses qui allaient et venaient dans le hall, la tête bien droite sur les épaules, me semblaient en comparaison curieusement plats, comme si ces femmes leur avaient arraché leur volume. Il n'en allait pas de même au temps des DC-7 et des Friendship-7, me disais-je, même si je n'en avais aucun souvenir précis. Sans doute l'impression me venait-elle de la ressemblance entre les 747 et ces grosses femmes.

« Dis-moi, le temps peut donc se dilater ? me demanda-t-elle.

— Non, répondis-je, il ne se dilate pas. »

Ma voix ne me parut pas sortir de ma bouche. Je toussotai et bus le café qu'on venait de nous apporter. « Le temps ne se dilate pas.

— Mais il augmente, puisque tu me dis toi-même qu'il s'additionne.

— J'ai seulement voulu dire que le temps nécessaire à notre déplacement avait diminué. La quantité globale de temps, elle, ne varie pas. En revanche, on pourra voir beaucoup de films.

— À condition qu'on en ait envie, hein ? » dit-elle.

Dès notre arrivée à Sapporo, nous vîmes en fait deux films d'affilée.

CHAPITRE VII

Aventures à l'Hôtel du Dauphin

1. Fin de parcours dans une salle de cinéma. En route vers l'Hôtel du Dauphin

Durant toute la durée du vol, elle resta penchée à la fenêtre à regarder le paysage en contrebas. Sur le siège d'à côté, je lisais *Les Aventures de Sherlock Holmes*. Pas le moindre nuage n'entachait le ciel, et l'avion découpait sans fin une même ombre sur le sol. Je serai plus précis. Étant donné que nous étions à bord de l'avion, l'ombre défilant sur les montagnes et les plaines incluait forcément nos deux ombres. Et nos deux ombres, donc, s'imprimaient sur le sol.

« Il me plaît, ce bonhomme, dit-elle entre deux gorgées du jus d'orange qu'on lui avait servi dans un gobelet en carton.

— Quel bonhomme ?

— Le chauffeur.

— Hmm, dis-je. Moi aussi.

— Et puis quel beau nom, Sardine…

— Vrai, c'est un beau nom. Je me demande si le chat ne sera pas plus heureux là-bas qu'avec moi.

— C'est plus le chat, mais Sardine !

— Ah oui… Sardine.

— Pourquoi ne lui as-tu jamais donné de nom au chat ?

— Bonne question, pourquoi… ? dis-je, avant d'allumer une cigarette avec le briquet marqué de l'emblème du mouton. Peut-être parce que je n'aime pas les noms. Et que cela me semble bien assez de dire “moi” pour moi, “toi” pour toi, “nous” pour nous, “eux” pour eux.

— Hmm…, fit-elle. C'est vrai que j'aime bien ce mot : “nous”. Ça fait un peu période glaciaire, tu ne trouves pas ?

— Période glaciaire… ?!

— Oui, comme quand on dit : “Nous devons gagner le Sud”, “Nous devons chasser le mammouth”.

— Évidemment », dis-je.

Quand nous sortîmes de l'aéroport de Chitose, après avoir récupéré nos bagages, l'air était plus frais qu'on ne s'y était attendus. J'enfilai la chemise en jeans que j'avais nouée autour du cou et elle passa une veste en tricot par-dessus sa chemise. L'automne s'installait en ces lieux exactement un mois plus tôt qu'à Tokyo.

« Il était dit que nous irions à la rencontre de la période glaciaire, dit-elle dans le bus qui nous conduisait à Sapporo. Tu irais chasser le mammouth, tandis que moi j'élèverais les enfants.

— Charmante perspective », dis-je.

Elle s'endormit bientôt, me laissant regarder par la fenêtre la forêt profonde qui défilait indéfiniment de chaque côté de la route.

Arrivés à Sapporo, nous nous arrêtâmes pour prendre un café.

« Fixons-nous quelques grandes directives, dis-je. On va se partager le travail. À savoir, je m'occupe du paysage de la photo, et toi du mouton. Ainsi, on gagnera du temps.

— Ça me semble rationnel.

— Encore faut-il que ça marche, dis-je. J'aimerais en tout cas que tu te renseignes sur la répartition géographique des principaux ranches de Hokkaidō et les espèces qu'on y élève. Tu devrais pouvoir trouver ça auprès de l'administration, ou dans une bibliothèque.

— J'adore les bibliothèques, dit-elle.

— Tant mieux.

— Je commence tout de suite ? »

Je regardai ma montre. Il était trois heures et demie.

« Il est déjà trop tard. Ça sera pour demain. Aujourd'hui, on flâne un peu, on se trouve un toit, on mange, on prend un bain et on dort.

— Je ne dirais pas non pour voir un film.

— Un film ?

— Pourquoi aurait-on économisé du temps en prenant l'avion alors ?

— Très juste. »

Nous pénétrâmes donc dans le premier cinéma qui se présenta.

On y proposait une double séance composée d'un policier et d'un film fantastique. Il n'y avait pas un chat. Cela faisait longtemps que je n'étais pas entré dans une salle de cinéma aussi déserte. Histoire de tuer le temps, je m'amusai à compter les spectateurs. Huit avec nous. Bien moins que les personnages sur l'écran.

Au demeurant les films étaient de redoutables navets. Déjà, dès l'apparition du titre à l'écran, après le rugissement du lion de la MGM, on avait envie de détourner la tête et de rebrousser chemin. Il y a des films comme ça.

Il n'empêche qu'elle regardait l'écran avec le plus grand sérieux, comme si elle allait le dévorer des yeux. Impossible de lui adresser la parole. Si bien que je dus me résigner à regarder le film.

La séance commença par le film fantastique. Le diable habitait une cave miteuse sous l'église et se servait d'un pasteur valétudinaire pour tenir la ville en son pouvoir. Je ne comprenais pas pourquoi le diable avait jeté son dévolu sur une ville aussi misérable, perdue au milieu des champs de maïs.

Mais il faisait une fixation sur cette ville et cela le rendait furieux de voir qu'une jeune fille résistait à sa domination. Quand il se mettait en colère, sa chair glauque et flasque comme de la gelée de fruit se mettait à trembloter. Ce qui avait un je-ne-sais-quoi d'attendrissant.

Devant nous était assis un quinquagénaire qui ronflait sur le ton déchirant d'une corne de brume. Dans le coin à droite, ça se pelotait ferme. Un pet retentit derrière nous, très bruyant. À tel point que le ronflement s'interrompit un instant. Deux lycéennes gloussèrent.

Pour ma part, j'en étais ramené au souvenir de Sardine. Et c'est seulement alors que je me rendis compte que j'avais quitté Tokyo et que je me trouvais à Sapporo. Ce qui, inversement, signifiait que je n'avais pas pu prendre réellement conscience de mon éloignement de Tokyo tant que je n'avais pas entendu un inconnu péter.

Voilà qui était curieux.

Vaquant à ces pensées, je m'endormis. Le diable glauque m'apparut en rêve. Cette fois, il n'avait strictement plus rien d'attendrissant. Il me toisait en silence du fond des ténèbres.

Je m'éveillai quand la lumière revint dans la salle à la fin du film. Comme sur un signal, les spectateurs baillèrent à tour de rôle. J'allai au bar acheter deux glaces que nous mangeâmes côte à côte. Il devait s'agir d'invendus de l'été dernier, car elles étaient dures comme de la pierre.

« Tu as dormi tout le temps ?

— Hmm, fis-je. C'était bien ?

— Captivant. À la fin la ville entière explose.

— Ooh ! »

Un silence de mort régnait dans la salle. Je dirais même qu'il rôdait autour de nous. J'en éprouvais un drôle de sentiment.

« Dis…, fit-elle. Tu n'as pas comme la sensation que ton corps commence seulement maintenant à se déplacer ? »

Dès l'instant qu'elle m'y fit penser, cela me parut tout à fait vrai.

Elle prit ma main dans la sienne. « Restons comme ça. Je ne suis pas très rassurée.

— D'accord.

— Sinon je crois que je vais m'en aller je ne sais où. Quelque part, dans un endroit dingue. »

Quand le noir revint dans la salle et que l'on commença à projeter les bandes-annonces, je fouillai dans sa chevelure et collai mes lèvres à son oreille. « Tout va bien. Ne t'inquiète pas.

— Tu avais raison, dit-elle à voix basse. On aurait dû prendre un mode de transport ayant un nom propre. »

Du début à la fin du second film, durant une heure et demie, nous poursuivîmes au fond de l'obscurité notre tranquille voyage. Pendant tout ce temps, sa joue demeura posée sur mon épaule. Mon épaule à laquelle son souffle communiquait une chaleur moite.

À la sortie du cinéma, je passai mon bras autour de ses épaules et nous déambulâmes dans la ville envahie par le crépuscule. Je nous sentais devenus plus proches. Douée était l'agitation des passants autour de nous, tandis que de vagues étoiles scintillaient dans le ciel.

« Nous sommes bien dans la bonne ville, nous deux ? » demanda-t-elle.

Je levai les yeux vers le firmament. L'étoile polaire était à sa place. Mais elle avait quelque chose d'un faux-semblant. Elle était trop grosse, trop lumineuse.

« C'est à se demander..., dis-je.

— J'ai l'impression d'une sorte de décalage.

— C'est toujours comme ça quand tu arrives dans une ville pour la première fois. Ton corps n'a pas encore eu le temps de s'habituer à l'endroit.

— Et tu crois qu'il s'habituera un jour ?

— Dans deux ou trois jours, peut-être », dis-je.

Fatigués de marcher, on entra dans le premier restaurant venu, on y but chacun deux bières pression avant de manger une assiette de saumon accompagné de pommes de terre. Pour être entrés là à l'aveuglette, on était bien tombés. La bière était délicieuse, la sauce blanche légère et bien relevée.

« Bon, dis-je en avalant une gorgée de café. Il serait temps de se trouver un gîte.

— J'ai déjà une idée de ce que j'aimerais, dit-elle.

— Laquelle ?

— Eh bien, voyons une liste des hôtels. »

Je demandai à un serveur peu avenant de nous apporter l'annuaire téléphonique par professions et entrepris de lire de bout en bout la rubrique « Hôtels et auberges ». J'en étais à peu près au quarantième nom quand elle m'arrêta.

« Celui-là !

— Celui-là ?

— Oui, le dernier nom que tu as lu.

— Dolphin Hotel ? lis-je.

— Qu'est-ce que ça veut dire ?

— Hôtel du Dauphin.

— C'est là qu'on ira.

— Jamais entendu parler de cet hôtel.

— En tout cas, je ne vois pas d'autre hôtel qui convienne. »

Je rendis poliment l'annuaire au serveur et téléphonai à l'Hôtel du Dauphin. Un homme à la voix indécise répondit, me disant qu'il leur restait seulement des chambres simples et des chambres doubles. Je demandai à tout hasard ce qu'il y avait comme autres chambres. En fait, c'était tout ce qu'ils avaient. Un peu interloqué, je réservai une chambre double et en demandai le prix. C'était bien quarante pour cent moins cher que ce que j'avais imaginé.

Pour se rendre à l'Hôtel du Dauphin, il fallait prendre la troisième rue à l'ouest du cinéma où l'on était allés, puis descendre vers le sud jusqu'à la prochaine rue. C'était un petit hôtel tout à fait commun. Si commun que dans le genre on n'eût sans doute jamais pu faire mieux. Il en était même auréolé d'une sorte d'atmosphère métaphysique. Il n'y avait ni néon, ni enseigne, ni entrée digne de ce nom. Juste l'inscription DOLPHIN HOTEL, gravée sur une plaque en cuivre à côté d'une porte de verre aussi peu accueillante qu'une entrée de service pour personnel de restaurant. Pas la moindre image, non plus, d'un dauphin.

C'était un bâtiment à quatre étages, aux surfaces aussi lisses qu'une immense boîte d'allumettes. De près, il n'avait pas l'air si vieux, mais il l'était suffisamment pour attirer l'attention. Il l'était sans doute déjà quand on l'avait construit.

Tel était l'Hôtel du Dauphin.

Il lui avait plu dès le premier coup d'œil.

« Il n'a vraiment pas l'air mal, non ? dit-elle.

— Pas mal ? répétai-je.

— Oui, cossu mais sans chichis.

— Par chichis, dis-je, tu entends sans doute des draps non souillés, un lavabo qui ne fuit pas, un climatiseur qui ne donne pas du chaud quand on veut du froid, du papier hygiénique qui n'arrache pas trop la peau, du savon neuf, ou des rideaux que le soleil n'a pas encore complètement délavés ?

— Toujours voir le mauvais côté des choses, hein ? s'esclaffa-t-elle. De toute manière, on n'est pas là pour faire du tourisme. » Le seuil franchi, on se retrouva dans un hall plus grand qu'on n'aurait cru. Au centre, quelques fauteuils formaient un salon de réception, et une grande télévision couleur était allumée. Une émission de jeux venait de commencer. Pour le reste, pas âme qui vive.

De part et d'autre de la porte d'entrée étaient posés deux grands pots de plantes vertes. Les feuilles étaient toutes à moitié jaunies. Je refermai la porte derrière moi et, debout entre les deux plantes, je restai quelques instants à regarder le hall. Réflexion faite, il n'était pas si grand que ça. C'était le nombre très limité de meubles qui pouvait donner cette impression. À part ce salon, une pendule et une glace, il n'y avait rien.

Me dirigeant vers le mur, j'examinai la pendule et le miroir. Tout indiquait qu'il s'agissait de dons offerts par quelque bienfaiteur. La pendule retardait de sept minutes et le miroir me donnait une tête légèrement en porte à faux par rapport à mon tronc.

Les fauteuils étaient d'un âge semblable à celui de l'hôtel. Le tissu qui les recouvrait était d'une curieuse teinte orange. Du genre : bien délavée au soleil, exposée ensuite aux intempéries durant une semaine, avant d'être passée à la cave pour que la moisissure s'en empare. Une couleur digne des premières heures du Technicolor.

M'approchant du salon, je m'aperçus qu'un quinquagénaire à moitié chauve était allongé sur le divan dans une posture de poisson séché. Je faillis croire au début qu'il était mort, mais il ne faisait que dormir. Par moments, de petites convulsions secouaient son nez. La base de celui-ci portait des marques de lunettes, mais de lunettes, point. Ce qui laissait supposer qu'il ne s'était pas endormi en regardant la télévision. Je ne voyais pas le sens que cela pouvait avoir.

Je me penchai par-dessus le comptoir de la réception. Personne de l'autre côté. Elle donna un coup de sonnette. Une sonnerie déchira l'espace désert du hall.

Nous attendîmes trente secondes, sans qu'aucune réaction ne survînt. L'homme du divan ne se réveilla pas.

Elle appuya une nouvelle fois sur la sonnette.

L'homme du divan poussa un gémissement, comme s'il marmonnait quelque reproche contre lui-même. Puis il ouvrit les yeux et nous regarda d'un air absent.

Sans désemparer, elle sonna une troisième fois.

Cette fois, l'homme bondit hors du divan, traversa le hall et passa en me frôlant de l'autre côté du comptoir. Le réceptionniste, c'était lui.

« Désolé, dit-il. Je suis vraiment désolé. Je me suis endormi en vous attendant.

— C'est nous qui sommes navrés de vous avoir réveillé, dis-je.

— Mais pas du tout », dit le réceptionniste qui me présenta une fiche d'enregistrement et un stylo à bille. L'auriculaire et le majeur de sa main gauche s'arrêtaient au niveau de la deuxième phalange.

J'avais d'abord écrit mon vrai nom sur la fiche mais, me ravisant, je la chiffonnai et l'enfonçai au fond de ma poche, puis je pris une nouvelle fiche où j'inscrivis les premiers nom et adresse qui me passèrent par la tête. Un nom et une adresse quelconques, mais qui, pour m'être venus sous l'inspiration du moment, n'étaient somme toute pas si moches. En guise de profession, j'indiquai : agent immobilier.

Le réceptionniste chaussa les épaisses lunettes à monture en celluloïd qui étaient posées à côté du téléphone et se mit à lire attentivement ma fiche.

« Arrondissement de Suginami à Tokyo… 29 ans, agent immobilier. »

Je pris un mouchoir en papier dans ma poche et frottai l'encre du stylo qui avait coulé sur mes doigts.

« En voyage d'affaires ? s'enquit-il.

— En quelque sorte.

— Je vous réserve plusieurs nuits ?

— Un mois, répondis-je.

— Un mois ? » Il me dévisagea avec le regard de celui qui contemple une feuille de papier à dessin parfaitement blanche. « Vous resterez ici tout un mois ?

— Ça vous ennuie ?

— Heu… Ce n'est pas que ça m'ennuie mais… Nous avons l'habitude de faire payer la note tous les trois jours. »

Je déposai ma serviette sur le sol, comptai vingt

billets dans l'enveloppe que j'avais sortie de ma poche et les posai sur le comptoir.

« J'en ai d'autres au cas où ça ne suffirait plus », dis-je.

Il prit les billets avec les trois doigts de sa main gauche et les recompta deux fois de sa main droite. Ensuite, il compléta un reçu du montant de la somme et me le remit.

« Avez-vous quelques souhaits particuliers quant à votre chambre ?

— On l'aimerait située dans un angle et le plus loin possible de l'ascenseur. »

Le réceptionniste nous tourna le dos et fixa longuement le tableau des clés sur lequel il prit, non sans grandes hésitations, celle correspondant au numéro 406. La plupart des clés figuraient d'ailleurs au tableau. On en pouvait difficilement conclure que l'Hôtel du Dauphin était une réussite commerciale.

Faute de garçon d'hôtel, il nous fallut porter nous-mêmes nos bagages dans l'ascenseur. Pas de place pour les chichis ici, comme elle disait si bien. L'ascenseur s'ébranla en toussotant tel un gros chien poitrinaire.

« Pour les longs séjours, un petit hôtel commode fait mieux l'affaire », dit-elle.

Un petit hôtel commode, la formule n'était pas mal tournée. On l'aurait volontiers vue dans les pages « Voyages » d'un magazine féminin : « Pour vos séjours de longue durée, rien ne vaut un petit hôtel commode où vous vous sentirez toujours à l'aise. »

Il reste que la première chose que je fis, en entrant dans notre chambre de ce petit hôtel commode, fut de m'armer d'une mule pour écraser une petite blatte qui courait sur le bord de la fenêtre et de pincer entre les doigts deux poils pubiens tombés au pied du lit et les jeter dans la corbeille. Moi qui n'avais jamais vu de blatte dans toute l'île de Hokkaidō ! Pendant ce temps, elle s'occupa à faire couler un bain en essayant de régler la température de l'eau. La robinetterie faisait un bruit d'enfer, c'était le moins que l'on pût dire.

« On pourrait quand même s'offrir un meilleur hôtel ! hurlai-je dans sa direction en ouvrant la porte de la salle de bains. C'est pas le fric qui manque.

— C'est pas une question d'argent. Mais notre course au mouton commence ici. Elle doit commencer ici, c'est tout ce que je peux te dire. »

Je m'allongeai sur le lit, fumai une cigarette, allumai la télévision, passai chaque chaîne en revue et l'éteignis. Il n'y avait rien de valable, sinon la qualité de la réception. J'entendis l'eau s'arrêter de couler, ses vêtements volèrent depuis la porte entrouverte et furent suivis par un bruit de douche.

Ouvrant les rideaux de la fenêtre, je vis, sur le trottoir d'en face, un embrouillamini d'immeubles aussi improbables que celui de l'Hôtel du Dauphin. Ils étaient tous sales, comme empoussiérés de cendre, et leur seule vue suffit à faire monter à mes narines une odeur d'urine. Il était déjà près de neuf heures, mais de la lumière brillait encore derrière quelques fenêtres et je vis par endroits des gens travailler d'un air affairé. Je n'avais aucune idée de ce qu'ils pouvaient faire. Je constatai seulement qu'ils n'avaient pas l'air de s'amuser. Encore qu'à leurs yeux je ne devais pas paraître beaucoup plus gai.

Refermant les rideaux, je revins à mon lit, me glissai dans des draps amidonnés et durs comme du bitume, puis je me mis à penser à mon ex-femme et à l'homme avec lequel elle vivait. Car je le connaissais assez bien, son nouvel amant. Le contraire eût été même étonnant, puisque au départ il était mon ami. C'était un guitariste de jazz, vingt-sept ans, pas très connu et malgré tout assez sérieux. C'était plutôt un bon gars. Il lui manquait seulement le style. Une année, il allait et venait entre Kenny Burrell et B. B. King et, l'année suivante, c'était entre Larry Coryell et Jim Hall.

Je ne comprenais toujours pas pourquoi elle avait choisi quelqu'un comme lui après moi. Certes, chaque individu a ses propres inclinations, comme on dit. Lui jouait de la guitare, et en cela il valait mieux que moi. Mais moi je savais laver la vaisselle, et en cela je valais mieux que lui. La plupart des guitaristes ne lavent jamais la vaisselle. Ils perdraient leur raison d'être en s'abîmant les doigts.

Ensuite, je repensai à l'amour avec elle. Pour passer le temps, j'essayai de compter le nombre de fois où nous avions fait l'amour en quatre années de vie conjugale. Je n'arrivai cependant qu'à un chiffre approximatif, duquel il me sembla ne rien pouvoir tirer. J'aurais peut-être dû tenir un journal. Ou, à la rigueur, faire une marque chaque fois dans mon agenda. Ainsi, j'aurais pu connaître exactement le nombre de fois où nous fîmes l'amour ensemble. J'avais besoin d'une réalité précisément chiffrée.

Mon ex-femme possédait des archives précises sur sa vie sexuelle. Non pas qu'elle eût tenu un journal. Mais, depuis l'année de ses premières règles, elle en consignait les dates exactes dans un cahier scolaire, et y notait également, à titre de documents de référence, les données de sa vie sexuelle. Au total, cela lui faisait huit cahiers, qu'elle rangeait dans un tiroir fermant à clé avec de précieuses lettres et photographies. Elle ne les montrait jamais à personne. Que pouvait-elle bien écrire sur sa sexualité ? Je n'en savais rien. Et n'en saurais sans doute jamais rien, puisque nous étions désormais séparés.

« Si je devais mourir…, disait-elle souvent, brûle ces cahiers. Noie-les dans l'essence et brûle-les complètement. Puis enterre-les. Si un seul caractère devait rester lisible, jamais je ne te pardonnerai.

— Tu sais, ça fait longtemps que je couche avec toi. Je connais pour ainsi dire chaque centimètre de ton corps. Alors je crois qu'il est un peu tard pour jouer la pudeur.

— Les cellules du corps se renouvellent tous les mois. Même au moment précis où je fais ça, tiens, m'avait-elle dit en levant contre mes yeux le dos de sa main effilée. La plus grande partie de ce que tu t'imagines savoir sur moi n'est que pur souvenir. »

C'était quelqu'un qui raisonnait méthodiquement – exception faite toutefois du dernier mois précédant notre séparation. Elle saisissait très justement la réalité qui composait sa vie. En somme, elle connaissait le principe qui veut qu'une porte que l'on a fermée est une porte qui ne s'ouvre plus, mais elle savait aussi qu'on ne peut, pour autant, laisser toutes les portes ouvertes.

Tout ce que je savais sur elle n'était que souvenirs s'éloignant davantage chaque jour, comme les cellules agonisent.

2. Le Docteur ès moutons entre en piste

Le lendemain matin, on se réveilla à huit heures. Une fois habillés, on prit l'ascenseur et on entra dans un café du quartier pour y prendre notre petit déjeuner. Il n'y avait ni restaurant ni bar à l'Hôtel du Dauphin.

« Comme on l'a dit hier, chacun agira de son côté, dis-je en lui remettant une copie de la photo du mouton. Pendant que moi je me mettrai en quête des montagnes qui figurent à l'arrière-plan de la photo, toi tu feras tes recherches sur les ranches qui pratiquent l'élevage ovin. Tu sais comment t'y prendre, hein ? Le moindre indice peut avoir son importance. Il nous sera toujours plus utile qu'errer à l'aveuglette à travers toute l'île.

— Okay. Tu peux me faire confiance.

— On se retrouve ce soir dans la chambre.

— C'est pas la peine de te faire tant de bile, dit-elle en chaussant ses lunettes de soleil. Ça va marcher comme sur des roulettes, je te le dis.

— Si ça pouvait être vrai », dis-je.

Naturellement, cela ne marcha pas comme sur des roulettes. J'étais allé à l'Office territorial du tourisme de Hokkaidō, j'avais fait le tour des bureaux d'information touristique et des agences de tourisme, j'avais rendu visite à la Fédération de l'alpinisme, bref j'étais allé partout où l'on s'occupait de tourisme et de montagnes. Mais personne n'avait un quelconque souvenir des montagnes figurant sur ma photo.

« Vos montagnes ont une forme trop ordinaire, me déclarait-on. En plus, votre photo n'en montre qu'un petit bout. »

C'était tout ce que j'avais pu obtenir au bout d'une journée passée à courir en tous sens. En résumé, il était difficile de donner un nom à ces montagnes qui ne présentaient guère de particularité remarquable et dont on ne pouvait voir qu'une partie.

En chemin je m'étais arrêté dans une librairie pour acheter un plan général de l'île et un livre intitulé *Montagnes de Hokkaidō*, que je parcourus dans un café en sirotant une ginger ale. Il y avait à Hokkaidō un nombre inimaginable de montagnes, dont les couleurs et les formes se ressemblaient toutes. Je comparai l'une après l'autre les montagnes figurant dans le livre avec celles de la photo du Rat, mais j'en eus le tournis au bout de dix minutes. Au reste, le livre ne reproduisait qu'une infime partie de l'ensemble des montagnes de Hokkaidō. Sans compter qu'une même montagne peut changer totalement d'aspect selon le point de vue d'où on la regarde. « Les montagnes vivent, écrivait l'auteur dans sa préface. Elles se métamorphosent au gré de la saison, de l'heure, du point de vue, et même des états d'âme de l'observateur. Il est par conséquent tout à fait fondamental de savoir que nous n'en percevons jamais qu'une partie, qu'un tout petit fragment. »

Mes lèvres laissèrent échapper un « Allons donc ! ». Ensuite, je revins à mon ouvrage, que je savais désormais inutile, et quand cinq heures sonnèrent, j'allai m'asseoir sur un banc dans le parc pour y manger du maïs en compagnie des pigeons.

Elle avait mieux travaillé que moi dans sa collecte d'informations, quoique le résultat en fût tout aussi infructueux. Nous échangeâmes le récit de nos tribulations respectives au cours de cette journée, tout en prenant un modeste dîner dans un petit restaurant derrière l'hôtel.

« Autant dire qu'ils ne savent rien à la Direction territoriale du cheptel, dit-elle. À croire que le mouton n'intéresse déjà plus personne. Pas rentable. En tout cas pas sous forme de pacage à grande échelle.

— Notre travail en sera un tant soit peu facilité.

— Même pas. Parce que, si l'élevage ovin était plus prospère, il aurait au moins une activité syndicale *ad hoc*, ou en tout cas une filière sûre, ne serait-ce qu'administrative, permettant d'appréhender la situation ; mais, dans l'état actuel des choses, c'est-à-dire les élevages de petite ou moyenne envergure, tout ou presque nous échappe. Ceux qui font de l'élevage ovin le font tous à leur guise et au compte-gouttes, comme on élève des chiens ou des chats. J'ai quand même noté les adresses de la trentaine d'éleveurs qu'ils ont sur leurs listes, mais il s'agit de données datant déjà d'il y a quatre ans, et entre-temps il semblerait qu'il y ait eu pas mal de mouvements. Parce que la politique agricole japonaise change tous les trois ans pour un oui ou pour un non.

— Allons donc, soupirai-je dans ma bière. C'est l'impasse, quoi. Déjà qu'il y a plus d'une centaine de montagnes qui se ressemblent à Hokkaidō, si en plus on n'y voit pas clair dans l'élevage des moutons…

— On n'en est encore qu'au premier jour. Tout ne fait que commencer,

— Et tes oreilles, elles ne captent plus de messages ?

— Non, et elles n'en capteront pas de sitôt, dit-elle avant de picorer un morceau de poisson à la sauce de soja et de boire une gorgée de soupe au miso. Quelque chose me le dit. Les messages ne m'arrivent que quand je me sens perdue, ou dans les moments de famine mentale. Or c'est pas encore le cas.

— La bouée ne t'est lancée que si tu es en train de te noyer, quoi ?

— Oui. Être avec toi, comme maintenant, me satisfait amplement. Et, quand je suis satisfaite, pas de messages. Il faudra bien qu'on se débrouille pour trouver le mouton par nos propres moyens.

— Là, je ne comprends plus très bien, dis-je. Parce que nous sommes réellement coincés. Si jamais on ne trouve pas ce mouton, on sera dans de jolis draps.

Difficile de te dire comment, concrètement parlant, mais si ces types-là disent qu'ils nous mettront dans de jolis draps, ils nous y mettront, tu peux en être sûre. Ce sont des "pros", ces types. Que le Maître trépasse ou non, l'organisation, elle, restera, avec ses tentacules dans tout le pays comme un réseau d'égouts, pour nous y mettre, dans ces jolis draps. Ça doit te sembler parfaitement absurde, mais c'est comme ça.

— C'est un épisode des *Envahisseurs* que tu me racontes là, non ?

— Pour ce qui est de l'absurde, peut-être. De toute façon, on ne peut plus se dépêtrer de cette affaire, et quand je dis "on", je parle de moi et de toi. Au début, c'était moi tout seul, mais comme tu t'en es mêlée ensuite… Ose dire encore que tu n'es pas au bord de la noyade.

— Oh, mais justement, j'adore ça ! En tout cas, c'est mille fois mieux que de coucher avec des inconnus, d'exhiber mes oreilles sous les flashes ou de corriger un dictionnaire des noms propres. C'est comme ça, la vie.

— Autrement dit, puisque tu n'es pas en train de te noyer, pas de bouée ?

— Juste. Et on cherchera le mouton par nous-mêmes. Ni toi ni moi n'avons renoncé à beaucoup, je crois. »

Sans doute.

De retour à l'hôtel, nous eûmes des rapports sexuels. J'aimais cette expression de « rapports sexuels ». Comment dire ? Elle me laissait imaginer tout le possible que recèle une forme déterminée.

Nos troisième et quatrième jours à Sapporo s'écoulèrent cependant en pure perte. Nous nous levions à huit heures, prenions notre petit déjeuner avant de nous séparer pour la journée et, le soir, nous échangions nos informations pendant le dîner, rentrions ensuite à l'hôtel où nous avions des rapports sexuels avant de nous endormir. J'avais jeté mes tennis, acheté de nouvelles chaussures de marche, et j'avais montré la photo à une bonne centaine de personnes. Elle avait constitué une liste des éleveurs de moutons sur la base des documents trouvés dans les bureaux de l'administration ou les bibliothèques, et l'un après l'autre les avait appelés au téléphone. Les résultats étaient nuls. Personne ne reconnaissait la montagne, aucun éleveur ne connaissait de mouton portant une étoile sur le dos. Il y eut bien un vieillard pour affirmer avoir vu, avant la guerre, une montagne semblable au sud de Sakhaline, mais je ne pouvais croire que le Rat soit allé aussi loin. De là-bas, il n'aurait jamais pu expédier un recommandé à Tokyo.

Le sixième, puis le septième jour passèrent, et octobre descendit lourdement sur la ville. Le soleil était certes encore doux, mais le vent se glaçait quelque peu, si bien que, le soir, je devais mettre un anorak en coton léger. Les rues de Sapporo étaient larges, d'une assommante linéarité. J'ignorais jusque-là combien marcher dans une ville toute tracée de lignes droites pouvait user un homme.

Je m'usais toujours plus, inexorablement. Le quatrième jour, j'assistai à l'extinction de mon sens de l'orientation. Comme je commençais à voir le sud à l'opposé de l'est, j'allai acheter une boussole dans une papeterie. À déambuler ma boussole en main, la ville se changea rapidement en une chose irréelle. Les bâtiments commençaient à m'apparaître comme sur la toile de fond d'un studio de photographe, et je voyais les passants aplatis, comme découpés dans du carton. Le soleil s'élevait à un bout de la surface lisse de la Terre, décrivait un arc de cercle dans le ciel comme le poids que lance un athlète, puis sombrait à l'autre bout.

Je buvais sept cafés par jour, j'urinais toutes les heures. Et peu à peu je perdais l'appétit.

« Si tu passais une annonce dans un journal ? proposa-t-elle. Demandant, par exemple, à ton ami de te contacter.

— C'est pas une mauvaise idée », dis-je.

Mise à part la question de savoir si cela aurait un quelconque effet, cela valait toujours mieux que de ne rien faire du tout.

Je m'adressai à quatre journaux et demandai à faire passer une annonce de trois lignes dans l'édition du matin du lendemain.

Au Rat.
Demande contact. Urgent.
Dolphin Hotel, chambre 406.

Les deux jours qui suivirent, je restai dans notre chambre à attendre un appel. Le jour de la parution, il m'en vint trois. Le premier était d'un citadin qui voulait savoir ce que « Rat » signifiait.

« C'est le surnom d'un ami », répondis-je.

Le citadin raccrocha, satisfait.

Le deuxième appel était un canular.

« Crrr, crrr, fit une voix à l'autre bout du fil. Crrr, crrr. »

C'est moi qui raccrochai. Les villes sont vraiment d'étranges endroits.

Le dernier appel venait d'une femme à la voix terriblement fluette.

« Tout le monde m'appelle le Rat », dit-elle. Je croyais entendre dans sa voix le ballottement lointain de la ligne téléphonique oscillant dans le vent.

« Je vous remercie de vous être donné la peine

d'appeler, mais la personne que je cherche est un homme, dis-je.

— Je m'y attendais un peu, dit-elle. Mais, voyez-vous, comme moi aussi on me surnomme le Rat, j'ai pensé qu'il valait mieux appeler.

— Je vous remercie sincèrement.

— Il n'y a vraiment pas de quoi. Et vous l'avez trouvée, cette personne ?

— Hélas, dis-je, pas encore.

— Vous auriez eu plus de chance si c'était moi que vous cherchiez… mais ce n'était pas moi, tant pis.

— Hélas, non. »

Elle se tut. Pendant ce temps, je me grattai derrière l'oreille du bout de l'auriculaire.

« En fait, je voulais vous parler, dit-elle.

— À moi ?

— Je ne sais comment vous dire, mais, depuis que j'ai vu votre annonce dans le journal de ce matin, j'ai passé mon temps à hésiter. À me demander si je pouvais vous appeler. Si ça ne vous dérangerait pas trop…

— Si je comprends bien, ce n'est pas vrai qu'on vous appelle le Rat ?

— Ce n'est pas vrai, dit-elle. Personne ne m'appelle comme ça. D'ailleurs, je ne connais personne. C'est pour ça que je voulais parler avec quelqu'un. »

Je lâchai un soupir. « En tout cas, merci de votre appel.

— Pardonnez-moi, mais… Vous êtes de Hokkaidō ?

— Non, de Tokyo, dis-je.

— Vous venez de Tokyo pour chercher votre ami ?

— En effet.

— Quel âge a votre ami ?

— Il vient d'avoir trente ans.

— Et vous ?

— Je les aurai dans deux mois.
— Célibataire ?
— Oui.
— Moi j'ai vingt-deux ans. Je me demande si les choses s'arrangent avec l'âge... ?
— Ça..., dis-je. J'en sais rien. Certaines choses s'arrangent, d'autres pas.
— Ce serait bien de pouvoir discuter de tout cela autour d'une table...
— Désolé, mais j'attends un coup de téléphone et il faut que je reste ici.
— C'est vrai, dit-elle. Excusez-moi encore.
— C'était aimable à vous de m'avoir appelé. »
Puis la communication fut coupée.

À la réflexion, ce pouvait très bien être une fille qui, par ce moyen plutôt recherché, racolait ses clients. À moins qu'elle ne fût réellement une fille seule. De toute façon, je ne gagnais rien au change. J'en étais toujours à l'indice zéro.

Le lendemain, il n'y eut qu'un seul appel, d'un homme un peu dérangé du cerveau, qui me déclara : « Le Rat, vous dites ? Laissez-moi faire ! » Il me raconta pendant un quart d'heure son combat contre les rats quand il était détenu en Sibérie. C'était assez drôle comme histoire, mais pas la moindre piste.

En attendant que le téléphone retentît, je m'étais installé dans un fauteuil aux ressorts à moitié défoncés, à côté de la fenêtre d'où j'observais, toute la journée, les mouvements dans les bureaux situés au quatrième étage de l'immeuble d'en face. Au bout de cette journée, je n'avais toujours pas la moindre idée du genre de société dont il pouvait s'agir. Il y avait une dizaine d'employés, et des gens qui ne cessaient d'entrer et de sortir comme dans un match très disputé de basket-ball.

On se passait des documents, sur lesquels quelqu'un apposait un cachet, et qu'une autre personne emportait ensuite au-dehors après les avoir mis sous enveloppe. À la pause de midi, une secrétaire nantie de gros seins servait le thé à tout le monde. Au cours de l'après-midi, plusieurs employés se firent apporter des cafés de l'extérieur. Ce qui me donna envie d'en boire un moi aussi, et, demandant au réceptionniste de prendre note des éventuels messages, j'allai dans un café des environs et en profitai pour acheter deux canettes de bière sur le chemin du retour. Quand je regagnai ma place à la fenêtre, le nombre d'employés s'était réduit à quatre. La secrétaire aux gros seins badinait avec un jeune employé. Tout en sirotant ma bière, j'observai cette fois l'activité qui se déployait autour de cette secrétaire.

Plus je la regardais, et plus ses seins me parurent incroyablement gros. Les soutiens-gorge auxquels elle devait avoir recours ressemblaient sûrement aux câbles du Golden Gate Bridge. Quelques jeunes employés avaient de toute évidence envie de coucher avec elle. Leurs appétits sexuels me parvenaient par-delà la rue et les deux épaisseurs de verre des fenêtres. C'est une chose curieuse que les appétits sexuels des autres. L'illusion vous guette toujours de voir ces appétits devenir les vôtres en un rien de temps.

À cinq heures, lorsque ma *girlfriend* revint vêtue d'une nouvelle robe rouge, je fermai les rideaux et regardai à la télévision la rediffusion d'un *Bugs Bunny*. Ainsi prit fin notre huitième jour à l'Hôtel du Dauphin.

« Allons donc ! » fis-je. Cette expression « Allons donc ! » était en train de devenir une manie dans ma bouche. « Le tiers d'un mois s'est écoulé et nous ne sommes arrivés nulle part.

— Ça m'en a tout l'air, dit-elle. Je me demande ce que devient Sardine. »

Après le dîner, nous fîmes une pause sur le divan du *lobby*, celui qui avait cette teinte orange si vulgaire. Il n'y avait personne d'autre que nous, si ce n'est le réceptionniste aux fameux trois doigts. Il vaquait à remplacer des ampoules électriques en haut d'une échelle, à nettoyer les carreaux des fenêtres, à empiler des journaux. Il devait y avoir d'autres clients dans l'hôtel, mais il fallait croire qu'ils demeuraient confinés dans la pénombre de leur chambre, sans faire le plus petit bruit, comme des momies.

« Les affaires vont comme vous voulez ? me demanda craintivement le réceptionniste qui arrosait ses plantes vertes.

— C'est pas folichon, dis-je.

— J'ai vu que vous avez passé une annonce dans le journal…

— En effet, dis-je. Nous sommes à la recherche de quelqu'un pour une question d'héritage de terrains.

— Un héritage ?

— Oui, dis-je. Il se trouve que l'héritier a disparu sans laisser de trace.

— Je vois, dit-il, l'air convaincu. Cela doit être un travail intéressant.

— Pas tant que ça.

— Je ne sais pas, mais cela a pourtant un petit air de *Moby Dick*.

— De *Moby Dick* ? dis-je.

— Oui. Chasser quelque chose, ça doit être passionnant.

— Comme on chasserait le mammouth ? demanda ma *girlfriend*.

— Oui. Ou n'importe quoi d'autre, cela revient au

même, dit le réceptionniste. Si j'ai donné ce nom à cet hôtel, c'est à cause de la scène du *Moby Dick* de Melville où les dauphins interviennent.

— Tiens ! fis-je. Mais pourquoi alors ne pas l'avoir appelé carrément Hôtel de la Baleine ?

— On n'a pas une aussi bonne image de la baleine, dit-il comme à regret.

— En tout cas, Hôtel du Dauphin, c'est un très joli nom, dit ma *girlfriend*.

— Je vous remercie. » Il souriait. « À propos, j'aimerais faire honneur à votre long séjour ici et vous offrir un verre de vin en témoignage de ma reconnaissance.

— Oh ! Avec plaisir ! s'exclama-t-elle.

— Vous êtes trop aimable », dis-je.

Il disparut dans la pièce du fond, pour revenir bientôt chargé d'une bouteille de vin blanc bien frappé et de trois verres.

« Eh bien, à votre santé. Je suis actuellement en service, aussi pour la forme seulement, je…

— Je vous en prie », dîmes-nous, elle et moi.

Nous bûmes donc le vin. Ce n'était pas un grand cru, mais il était léger et agréable au palais. Les verres, avec leurs motifs de grappes de raisin en dépoli, étaient assez chics.

« Ainsi vous aimez *Moby Dick* ? m'enquis-je.

— C'est-à-dire que, depuis mon enfance, j'ai toujours rêvé de devenir marin.

— Et c'est pour ça que vous tenez maintenant un hôtel ? demanda-t-elle.

— C'est que, comme vous voyez, j'ai perdu quelques doigts, dit l'homme. J'étais en train de débarquer la cargaison d'un cargo quand j'ai été happé par le treuil.

— Quelle horreur ! dit-elle.

— Ça a été le noir total pour moi. Mais que

voulez-vous, on ne sait jamais ce que nous réserve la vie. Et c'est comme ça que je me retrouve aujourd'hui propriétaire de cet hôtel. Ce n'est pas un hôtel très fameux, mais je me débrouille comme je peux. Cela fait déjà dix ans, si je ne me trompe. »

Il n'était donc pas un simple réceptionniste, c'était le patron.

« Il est absolument magnifique votre hôtel, l'encouragea-t-elle.

— Merci beaucoup, dit le patron en nous versant un deuxième verre de vin.

— Pour n'avoir que dix ans, on peut dire qu'il a une certaine allure, non ? lançai-je hardiment.

— Oui, c'est un bâtiment qui a été construit juste après la guerre, et que nous avons eu la chance de pouvoir acquérir à bon prix, grâce à des relations.

— Qu'est-ce qu'on y faisait avant que ça devienne un hôtel ?

— Cela s'appelait le "Centre ovin de Hokkaidō" et on s'y occupait de diverses tâches administratives, notamment de documentation sur la race ovine de…

— La race ovine ? dis-je.

— Les moutons, si vous voulez », dit-il.

« Le bâtiment appartenait à l'Association ovine de Hokkaidō, cela jusqu'en 1967, mais avec le recul de ce genre d'élevage, la maison a dû fermer ses portes. » L'homme but une gorgée de vin. « En vérité, c'était mon père qui était le directeur de la maison, et comme il était très attaché à ce Centre ovin, et qu'il souffrait d'assister à sa fermeture, il a obtenu de l'Association qu'elle lui vende la maison à bon prix, à la condition expresse qu'il s'engage à préserver l'ensemble de la documentation sur les moutons. C'est ainsi que tout le premier étage du bâtiment est aujourd'hui encore occupé par une bibliothèque. Cela dit, en fait de documents, il s'agit autant de vieilleries désormais sans intérêt que du passe-temps d'un vieillard. Pour le reste, j'exploite moi-même l'immeuble comme hôtel.

— Étrange coïncidence, dis-je.

— Une coïncidence ?

— Figurez-vous que la personne que nous cherchons a un certain rapport avec les moutons. Notre seule piste est une photo de moutons qu'il nous a envoyée.

— Tiens donc ! fit-il. J'aimerais bien la voir, si vous n'y voyez pas d'inconvénient. »

Je sortis de ma poche le carnet où j'avais glissé la photo et la remis à l'homme. Il alla chercher ses lunettes derrière le comptoir, puis la considéra longuement.

« Cela me dit quelque chose, ça, fit-il.

— Ça vous dit quelque chose ?

— Absolument » et, sur ce, il s'empara de l'échelle qu'il avait abandonnée sous un lustre, l'appuya contre le mur d'en face et alla décrocher un cadre fixé près du plafond. Après en avoir ôté la poussière avec un torchon, il nous le présenta. « N'est-ce pas le même paysage ? »

Le cadre était déjà très vieux, mais la photo à l'intérieur, toute brunie par le temps, l'était encore plus. On y voyait des moutons. Une bonne soixantaine au total. Il y avait des clôtures, un bois de bouleaux et des montagnes. Les contours du bois étaient tout à fait différents sur la photo du Rat, mais les montagnes à l'arrière-plan étaient incontestablement les mêmes. La composition de la photo elle-même était identique à s'y méprendre.

« Allons donc ! fis-je en direction de mon amie. On

est passés tous les jours sous cette photo, tu te rends compte ?

— Je t'avais bien dit qu'il fallait prendre l'Hôtel du Dauphin, dit-elle d'un ton faussement innocent.

— Mais ce paysage, demandai-je à l'homme après avoir repris haleine, où se trouve-t-il ?

— Je n'en sais rien, dit-il. Cette photo n'a pas bougé de cet endroit depuis l'époque du Centre ovin.

— Hmm..., fis-je.

— Mais il y a un moyen de le savoir.

— Lequel ?

— Interroger mon père. Il loge dans une chambre au premier. Il y vit pour ainsi dire confiné, à lire ses livres sur les moutons. Cela fait bien quinze jours que je ne l'ai pas vu, mais comme je retrouve encore son assiette vide une demi-heure après avoir déposé son repas devant sa porte, il doit être encore vivant.

— Si je le lui demande, vous croyez qu'il pourra me dire où se trouve cet endroit ?

— Je pense, oui. Comme je vous l'ai déjà dit, mon père dirigeait le Centre ovin, mais, de toute façon, les moutons n'ont plus aucun secret pour lui. Ce n'est pas pour rien si les gens l'appellent : le Docteur ès moutons.

— Le Docteur ès moutons... », répétai-je.

3. Il mange et parle énormément, le Docteur ès moutons

Au dire du patron de l'Hôtel du Dauphin, le fils du Docteur ès moutons, la vie de ce dernier avait été loin d'être heureuse.

« Mon père est né en 1905 et il était l'aîné d'une famille d'anciens samouraïs de Sendai, expliquait le fils.

Je donnerai les dates selon le calendrier chrétien, à moins que vous n'y voyiez un inconvénient…

— Mais non, faites, dis-je.

— Ce n'était pas une famille particulièrement fortunée, mais elle possédait des terres en nombre suffisant, et elle a même occupé, à une époque, la charge de régent du fief. Un illustre agronome de la fin de l'Ancien Régime est également issu de son sein. »

Dès l'enfance, le Docteur ès moutons avait été un élève extrêmement brillant, et personne à Sendai n'ignorait cet enfant prodige. Excellent aussi au violon, il lui était même arrivé d'interpréter une sonate de Beethoven en présence d'un prince du sang en visite dans la région, ce qui lui avait valu une montre en or.

La famille avait souhaité le voir s'engager dans des études de droit, mais le jeune Docteur avait refusé tout net.

« Le droit ne m'intéresse pas, disait-il.

— En ce cas, continue donc la musique, avait dit son père. On peut bien avoir un musicien dans la famille.

— La musique ne m'intéresse pas non plus », avait répondu le Docteur.

Un silence s'était installé.

« Soit, reprit le père, dans quelle voie veux-tu donc t'engager ?

— L'agronomie m'intéresse. J'aimerais faire des études d'administration agraire.

— C'est entendu », avait dit le père, peu après. Il n'eût pu dire le contraire. Le Docteur ès moutons était certes un garçon au tempérament loyal et affable, mais il était aussi du genre à ne jamais transiger sur ce qu'il avait dit. Son père lui-même ne se serait jamais permis de le reprendre.

Selon ses vœux, le Docteur ès moutons entra l'année

suivante à la faculté d'agronomie de l'université impériale de Tokyo. Son génie d'enfant prodige ne montra aucun signe d'épuisement. Bien au contraire, tout le monde lui cédait le pas, même ses professeurs. Fidèle à lui-même, il brillait dans ses études et était estimé de tous. Bref, l'élu parmi l'élite. Jamais il ne se laissait distraire par des jeux de mauvais goût, se contentant de lire pendant ses loisirs, ou, quand il était fatigué des livres, de jouer du violon dans les jardins de l'université. Sa montre en or ne quittait jamais la poche de son costume d'étudiant.

Diplômé avec tous les honneurs dus à un premier de sa promotion, il fut accueilli au ministère de l'Agriculture comme une sorte de « super-élite ». Il avait écrit une thèse qui, pour résumer, concernait un plan unifié d'exploitation agricole à grande échelle sur un territoire comprenant le Japon, la Corée et Taiwan. Cette thèse péchait quelque peu par excès d'idéalisme, mais à l'époque elle avait attiré l'attention.

Après deux années de perfectionnement dans les murs du ministère, le Docteur ès moutons partit en Corée pour y mener des recherches sur la riziculture. Il en rapporta un rapport : *Projet pour la riziculture dans la presqu'île coréenne*, qui fut adopté par le gouvernement.

En 1934, il fut rappelé à Tokyo pour être présenté à un jeune général de l'armée de terre. Ce dernier lui demanda de mettre sur pied un système d'approvisionnement autonome en laine de mouton, dans la perspective d'un vaste déploiement des forces japonaises dans le nord du continent chinois. Ce fut là sa première rencontre avec les moutons. Il conçut les grandes lignes d'un plan d'accroissement de la production lainière couvrant l'île de Honshū au Japon, la Mandchourie et la Mongolie, après quoi, au printemps suivant, il partit en Mandchourie pour une série d'observations *in situ*. C'est là que la dégringolade commença.

Le printemps 35 se déroula cependant sereinement. C'est en juillet de cette année-là qu'un incident survint. Le Docteur ès moutons était parti à cheval, seul, pour une tournée d'observation ; on était ensuite resté sans nouvelles de lui.

Trois jours se passèrent, puis quatre, et toujours pas de Docteur. L'armée envoya sur ses traces une équipe de recherche qui battit désespérément la lande, mais on ne le trouva pas. On supposa qu'il avait été attaqué par les loups ou enlevé par des rebelles. On avait perdu tout espoir de le retrouver quand, une semaine plus tard, à la nuit tombante, on le vit revenir au camp, complètement épuisé. Ses traits s'étaient considérablement creusés, il était blessé en de multiples endroits et une curieuse lueur brillait dans ses yeux. Il n'avait plus ni son cheval ni sa montre en or. Ses explications, à savoir qu'il s'était égaré et que son cheval s'était blessé, convainquirent tout le monde.

Un mois plus tard cependant, une rumeur bizarre commença à se répandre dans les milieux de l'administration. Une rumeur selon laquelle le Docteur aurait eu des « relations spéciales » avec un mouton. Personne n'aurait cependant pu dire ce que signifiaient ces « relations spéciales ». C'est alors que son supérieur se décida à le convoquer dans son bureau pour faire la lumière sur les faits. Car il ne pouvait être question de traiter ce genre de rumeur à la légère au sein d'une société coloniale.

« As-tu vraiment eu des "relations spéciales" avec un mouton ? lui demanda son supérieur.

— Oui », répondit le Docteur.

L'interrogatoire se poursuivit de la manière suivante :

QUESTION : Que faut-il entendre par « relations spéciales » ? Des rapports sexuels ?

RÉPONSE : Non, ce n'est pas le cas.

Q : Explique-toi.

R : Il s'agit d'un acte mental.

Q : Ce n'est pas une explication.

R : Je ne trouve pas de mots très adéquats, mais cela se rapprocherait d'une communion spirituelle.

Q : Tu veux dire que tu as eu une communion spirituelle avec un mouton ?

R : C'est exact.

Q : Tu communiais donc spirituellement avec un mouton durant cette semaine où tu as disparu ?

R : C'est exact.

Q : Il ne t'est pas venu à l'idée que tu commettais un écart par rapport aux devoirs de ta fonction ?

R : Ma fonction est d'étudier les moutons.

Q : Une communion spirituelle ne saurait pourtant être tenue comme partie intégrante de cette étude. J'aimerais que tu fasses montre d'un peu plus de retenue dans ta conduite. Tout de même, tu es sorti de la faculté d'agronomie de l'université impériale de Tokyo avec la mention la plus honorable, tu as ensuite fait un brillant parcours au ministère, et tu es promis à occuper dans l'avenir les plus hautes fonctions dans l'administration agraire de l'Asie orientale. Considère bien cela.

R : C'est compris.

Q : Oublie tes communions spirituelles. Un mouton n'est que du vulgaire bétail.

R : Il m'est impossible d'oublier.

Q : Il faut m'expliquer pourquoi.

R : La raison en est que le mouton se trouve à l'intérieur de moi.
Q : Ce n'est pas une explication.
R : Je ne peux rien vous expliquer de plus.

En février 1936, le Docteur fut rappelé en métropole pour subir plusieurs interrogatoires semblables et, au printemps, il fut affecté au centre de documentation de son ministère. Il s'y occupa d'établir des catalogues, de mettre de l'ordre dans les rayons. En clair, on l'avait écarté du noyau de l'administration agraire de l'Asie orientale.

« Le mouton est sorti de moi, aurait-il dit à l'époque à un ami intime. Il était en moi, avant. »

En 1937, le Docteur ès moutons se retira du ministère de l'Agriculture et, grâce à des subsides obtenus auprès de ce même ministère dans le cadre du projet « Trois millions de moutons pour le Japon, la Mandchourie, la Mongolie », projet dont il avait été lui-même en charge auparavant, il partit s'installer comme éleveur à Hokkaidō. 56 têtes de moutons.

1939. Mariage du Docteur. 128 têtes.
1942. Naissance d'un fils (le patron actuel de l'Hôtel du Dauphin). 181 têtes.
1946. Réquisition des pâturages du Docteur, transformés en terrains d'exercices militaires par l'armée américaine. 62 têtes.
1947. Entre à l'Association ovine de Hokkaidō.
1949. Décès de son épouse, à la suite d'une tuberculose pulmonaire.

1950. Nommé directeur du Centre ovin de Hokkaidō.
1960. Son fils perd deux doigts dans un accident au port d'Otaru.
1967. Fermeture du Centre ovin de Hokkaidō.
1968. Ouverture de l'Hôtel du Dauphin.
1978. Interview par un jeune agent immobilier au sujet d'une photo de mouton.

Par moi, autrement dit.

« Allons donc ! fis-je. Il faut absolument que je voie votre père.

— Comme vous voudrez, mais je vous demanderais d'y aller seul. Mon père me hait, dit le fils du Docteur.

— Il vous hait ?

— Oui. À cause de ces deux doigts coupés et de ma calvitie naissante.

— Je vois, dis-je. C'est un original.

— Ce n'est pas à moi, son fils, de le dire, mais c'est assurément un original. Il a complètement changé depuis qu'il s'occupe de moutons ; il est devenu susceptible, parfois même cruel. Mais au fond, il a bon cœur. Il suffit de l'entendre jouer du violon pour le savoir. Les moutons lui ont fait du mal. Et ils m'ont fait du mal à moi aussi, à travers mon père.

— Vous l'aimez, n'est-ce pas, votre père ? demanda-t-elle.

— Oui, je l'aime, répondit le patron de l'Hôtel du Dauphin. Pourtant mon père me déteste. De ma vie, il ne m'a jamais pris dans ses bras. Il ne m'a jamais dit un mot gentil. Depuis que j'ai perdu mes doigts et mes cheveux, il n'a cessé de me tourmenter à ce sujet.

— Je suis sûr qu'il ne vous tourmente pas volontairement, dit-elle pour le consoler.

— Je suis aussi de cet avis, dis-je.

— Je vous remercie, fit le patron.

— Est-ce qu'il acceptera de nous recevoir si nous nous adressons directement à lui ? m'enquis-je.

— Je n'en sais rien. Mais à condition de faire bien attention à deux choses, je crois qu'il vous recevra. Il faut d'abord lui préciser clairement que vous voulez l'interroger sur les moutons.

— Et la deuxième chose ?

— Surtout ne pas dire que c'est moi qui vous envoie.

— Très bien », dis-je.

Nous remerciâmes le fils du Docteur ès moutons et nous montâmes l'escalier. L'air était froid et humide en haut des marches. De faibles lampes laissaient à peine deviner la poussière qui s'accumulait dans les coins du couloir. Il flottait partout une odeur de corps humain et de vieux papiers. Nous longeâmes un long couloir au fond duquel, selon les instructions du fils, je frappai à une porte vétuste. Au-dessus de celle-ci on pouvait lire sur une plaque en plastique racorni : BUREAU DU DIRECTEUR. Aucune réponse. Je frappai à nouveau. Toujours pas de réponse. Au troisième coup, on entendit un gémissement à l'intérieur.

« Foutez-moi la paix, dit l'homme. Allez-vous-en !

— Nous aimerions vous poser quelques questions sur les moutons.

— Bouffe ta merde ! » hurla le Docteur ès moutons à l'intérieur. Pour un vieillard de soixante-treize ans, il avait encore la voix solide.

« Nous aimerions absolument vous voir ! hurlai-je à mon tour à travers la porte.

— J'ai rien à dire sur les moutons, bande de cons ! dit le Docteur.

— Il faut que vous nous parliez, dis-je. C'est au sujet du mouton disparu en 36. »

Il y eut un bref silence, puis la porte s'ouvrit d'un coup sec. Le Docteur ès moutons se dressait devant nous.

Il avait une longue chevelure, blanche comme neige. Ses sourcils, tout blancs eux aussi, retombaient sur ses yeux comme des stalactites. Il se tenait bien droit du haut de son mètre soixante-cinq. Il était bien charpenté, et son nez s'élançait au milieu de son visage avec un air de défi, telle une rampe de saut à ski.

Un relent de corps humain imprégnait toute la pièce. Non, ce n'était pas une odeur de corps, car au-delà d'un certain point, cette odeur avait renoncé à son origine et fusionné avec le temps, avec la lumière. Des piles de vieux livres et de documents encombraient la vaste pièce dont on ne voyait quasiment plus le plancher. Les livres, tout poisseux, étaient pour la plupart des ouvrages scientifiques en langues occidentales. À droite, il y avait un lit sordide rangé contre le mur, et, devant la fenêtre face à l'entrée, un immense bureau en acajou et un fauteuil pivotant. Un ordre relatif régnait sur le bureau, où un presse-papiers en verre figurant un mouton surmontait un tas de documents. L'ampoule de soixante watts d'une poussiéreuse lampe de table jetait sur le bureau l'unique lueur éclairant la pénombre.

Le Docteur ès moutons portait un cardigan noir sur une chemise grise, ainsi qu'un pantalon en épais tissu à chevrons. Du fait de la lumière, le cardigan noir et la chemise grise auraient pu passer pour un cardigan gris et une chemise blanche. Peut-être d'ailleurs étaient-ce leurs couleurs à l'origine.

Quand il se fut calé sur sa chaise pivotante derrière son bureau, le Docteur ès moutons pointa un doigt vers le lit, nous intimant l'ordre d'y prendre place. Enjambant les livres comme on eut traversé un champ de mines, nous nous frayâmes un chemin jusqu'au lit et nous assîmes. Ce lit était si sale que je me demandais si mon Levi's n'allait pas s'engluer définitivement dans les draps. Les doigts croisés sur son bureau, le Docteur ès moutons nous regardait fixement. Ses doigts étaient couverts de poils noirs jusque sur les articulations. Cette pilosité noire offrait un curieux contraste avec la blancheur quasi aveuglante de sa chevelure.

Puis il décrocha le téléphone et hurla dans le combiné : « Apporte le dîner, grouille ! Bon, dit-il ensuite, si j'ai bien compris vous êtes venus pour parler du mouton disparu en 36.

— Oui, dis-je.

— Hmm, murmura-t-il avant de se moucher avec fracas dans un mouchoir en papier. Vous avez quelque chose à dire ? Ou plutôt des questions à me poser ?

— Les deux.

— Bon, alors commencez.

— Nous savons ce qu'est devenu le mouton qui s'est échappé de vous au printemps 1936.

— Hé ! fit-il en reniflant. Vous voulez dire que vous savez, vous, ce que j'ai cherché partout à savoir pendant quarante-deux ans en sacrifiant tout ce que j'avais ?

— C'est bien ça, dis-je.

— Vous dites n'importe quoi. »

Je pris le briquet en argent et la photo du Rat dans ma poche et les posai sur le bureau. Il avança une main velue pour s'en emparer, puis les examina longuement à la lumière de la lampe. Un silence flotta pendant tout ce temps comme des particules en suspension. Un silence qu'épaississait encore le solide double vitrage de la fenêtre étouffant tout bruit de la ville, et le faible grésillement de la vieille lampe de table.

Son examen du briquet et de la photo terminé, le vieillard appuya sur l'interrupteur de la lampe qui s'éteignit avec un petit clic, et il se frotta les yeux. On aurait cru qu'il essayait d'enfoncer ses globes oculaires au fond de sa boîte crânienne. Quand il retira ses doigts, pour rallumer la lampe, ses yeux étaient aussi rouges que ceux d'un lapin.

« Pardonnez-moi, dit le Docteur ès moutons, à force d'être entouré de crétins, je finis par devenir méfiant.

— Ce n'est rien », dis-je.

Ma *girlfriend* esquissa un sourire.

« Vous imaginez ce que peut être l'état d'une pensée laissée à elle-même, quand on lui a arraché jusqu'à la racine toute espèce d'expression ? demanda le Docteur.

— Non, dis-je.

— Un enfer, je vous dis. Un enfer sépulcral où la pensée tourbillonne sur elle-même, sans un rayon de lumière, sans la moindre goutte d'eau. Voilà ce qu'ont été quarante-deux années de ma vie.

— À cause du mouton ?

— Oui, à cause du mouton. C'est là-dedans qu'il m'a abandonné. À l'automne 36.

— Vous avez alors démissionné du ministère de l'Agriculture pour partir à sa recherche ?

— Les fonctionnaires sont tous des imbéciles. Ces types-là n'entendent rien à la vraie valeur des choses. Ils ne pourront jamais comprendre l'énorme signification du mouton. »

On frappa à la porte. « Votre repas est prêt », fit une voix féminine.

« Pose-le et va-t'en », vociféra le Docteur.

On entendit le bruit d'un plateau posé bruyamment

sur le sol, puis des pas qui s'éloignaient. Ma *girlfriend* alla ouvrir la porte et transporta le repas du Docteur jusqu'à son bureau. Sur le plateau il y avait un potage, une salade, un petit pain et des boulettes de viande, ainsi que deux cafés qui nous étaient destinés.

« Vous avez déjà becqueté ? interrogea le Docteur.

— Oui, c'est fait, dîmes-nous.

— Qu'est-ce que vous avez bouffé ?

— Du veau au vin, dis-je.

— Et moi, des crevettes grillées, dit-elle.

— Hmm, grogna-t-il, puis il entama son potage et fit craquer un croûton sous ses dents. Je me permets de manger pendant notre conversation, si vous voulez bien, car j'ai très faim.

— Mais certainement », dîmes-nous.

Pendant que le Docteur mangeait son potage, nous sirotions notre café. Il mangeait son potage en regardant fixement le fond de son assiette.

« Connaissez-vous l'endroit figurant sur la photo ? le questionnai-je.

— Sûr que je connais. Et comment !

— Pourriez-vous nous l'indiquer ?

— Pas si vite, dit-il avant de repousser son assiette vide sur le côté. Il y a un ordre en toutes choses. Parlons d'abord de l'année 1936. Je commencerai, tu parleras après. »

J'acquiesçai.

« Pour aller vite, dit le Docteur ès moutons, c'est au cours de l'été 1935 que le mouton est entré en moi. Je m'étais égaré durant une tournée d'inspection dans les pacages près de la frontière mongolo-mandchoue. Ayant aperçu une grotte par hasard, je m'étais résolu à y passer la nuit. Un mouton m'est alors apparu en rêve, qui me demandait s'il pouvait entrer en moi. "Pourquoi pas ?” lui ai-je répondu. Sur le moment je ne voyais là rien de très extraordinaire, sachant pertinemment qu'il ne s'agissait que d'un rêve, s'esclaffa le Docteur en mâchant sa salade. C'était un mouton d'une espèce que je n'avais jamais vue jusqu'alors. De par mon métier, je connaissais pourtant tous les moutons du monde, mais celui-là ne ressemblait à aucun d'eux. Ses cornes présentaient une courbure curieuse, il était ramassé sur de robustes pattes, ses yeux étaient clairs comme une eau jaillissante. Sa toison était d'un blanc pur, avec sur le dos une touffe de poils bruns décrivant la forme d'une étoile. Un mouton comme celui-là n'existait nulle part. C'est sans doute pour cela que j'ai accepté qu'il entre en moi. Je ne voulais pas rater l'occasion, moi un spécialiste, d'étudier le représentant d'une espèce aussi étrange.

— Et que ressent-on quand on a un mouton à l'intérieur de son corps ?

— Rien de bien particulier. Je sentais seulement qu'un mouton était là. Le matin, par exemple, quand je me levais. Je sentais une présence à l'intérieur de moi. Rien moins qu'une sensation très naturelle.

— Vous n'avez jamais eu de migraine ?

— Pas une seule fois, de ma vie entière. »

Après les avoir nappées d'une couche égale de sauce, le Docteur enfourna les boulettes de viande dans sa bouche, puis il les mastiqua lentement. « Dans le nord de la Chine et sur le territoire de la Mongolie, il n'est pas si rare d'entendre dire qu'un mouton est entré dans le corps d'un homme. Les indigènes pensent qu'il s'agit là d'une faveur des dieux. Par exemple, on trouve dans un livre datant de la dynastie des Yuan, qu'“un mouton blanc portant une étoile sur le dos” s'était logé dans le corps de Gengis Khan. Intéressant, non ?

— En effet.

— Un tel mouton capable de pénétrer à l'intérieur d'un corps humain est considéré comme immortel. Il en va de même de l'homme qui l'abrite. Mais cette immortalité se perd dès que le mouton s'échappe. C'est de lui que tout dépend. S'il se plaît là où il est, il peut y rester plusieurs dizaines d'années ; dans le cas contraire il vous plante là, froidement. Il y a un mot, "manque-mouton", pour désigner ceux qui ont été abandonnés par le mouton. C'est-à-dire les gens comme moi. »

Il mastiquait encore.

« À partir du moment où le mouton est entré en moi, je me suis mis à travailler sur les traditions folkloriques et les données ethnographiques relatives aux moutons. J'interrogeais les autochtones, étudiais les textes anciens. Or un jour, la rumeur s'est propagée parmi ces gens que le mouton était entré en moi, rumeur qui est arrivée aux oreilles de mon supérieur. Ça ne lui a pas plu. Et j'ai donc été renvoyé en métropole, sous prétexte de "dérangement mental". Un cas parmi d'autres du fameux "gâtisme des colonies". »

Quand il fut venu à bout de ses trois boulettes de viande, le Docteur ès moutons attaqua son petit pain. Son appétit faisait plaisir à voir, même de profil.

« La bêtise consubstantielle au Japon moderne est que nous n'avons rien su apprendre de nos échanges avec les autres peuples d'Asie. *Idem* en ce qui concerne les moutons. L'échec de l'élevage ovin au Japon provient de ce que nous avons tout rapporté au seul critère de l'autonomie d'approvisionnement en laine et en viande. Il nous manque une pensée de la vie quotidienne. On veut s'approprier au meilleur prix des résultats sans tenir compte de la durée. C'est partout pareil. Autrement dit, nous n'avons pas les pieds sur terre. Pas étonnant qu'on ait perdu la guerre.

— Le mouton vous a-t-il suivi au Japon ? dis-je pour revenir à notre propos.

— Oui, dit-il. J'ai pris le bateau à Pusan, et le mouton m'a suivi.

— Et vous avez une idée de ce que pouvaient être les intentions de ce mouton ?

— Aucune, dit-il comme en vomissant son mot. Aucune idée. Il ne m'a rien fait savoir à ce sujet. Mais il avait des intentions, de grandes intentions. Ça, je le sais. Un projet colossal qui aurait radicalement transformé l'humanité et son univers.

— Un seul mouton aurait voulu faire tout ça ? »

Opinant, fourrant un dernier morceau de son pain dans sa bouche, le Docteur frappa ses mains pour en faire tomber les miettes. « Quoi de surprenant ? Regarde ce qu'a fait Gengis Khan.

— C'est vrai, dis-je. Mais pourquoi maintenant ? Et pourquoi avoir jeté son dévolu sur le Japon ?

— J'ai dû le réveiller, le mouton. Il était certainement à dormir au fond de cette grotte depuis des siècles. Et c'est moi, comme un idiot, qui l'ai réveillé.

— Ce n'est pas votre faute, dis-je.

— Si, fit le Docteur. C'est ma faute. J'aurais dû m'en rendre compte plus tôt. J'aurais alors pu riposter. Mais il m'a fallu trop de temps et, quand je m'en suis aperçu, le mouton s'était déjà enfui. »

Le Docteur sombra dans le silence. De ses doigts, il frottait ses sourcils blancs en forme de stalactites. C'était comme si ces quarante-deux années exerçaient leur poids sur la moindre parcelle de son corps.

« Un jour je me suis réveillé et le mouton n'était plus là. C'est alors que j'ai compris ce qu'était un “manque-mouton”. Un enfer. Le mouton vous laisse une idée. Une idée qu’il est cependant impossible d’expulser sans lui. Voilà ce qu’est un “manque-mouton”. » Le Docteur se moucha à nouveau dans son mouchoir en papier. « Bon. C’est à ton tour maintenant de causer. »

Je lui racontai ce qu’il était advenu après que le mouton l’eut quitté. Comment il était entré dans le corps d’un jeune homme de l’extrême droite alors détenu en prison. Comment ce dernier était devenu, à sa sortie de prison, une des figures de proue de cette extrême droite. Comment il était ensuite parti sur le continent chinois, y avait mis sur pied un réseau de renseignements et bâti une fortune. Comment, enfermé comme criminel de guerre de classe A au lendemain des hostilités, il avait échangé son réseau de renseignements en Chine contre sa liberté. Comment, à l’aide des biens rapatriés du continent, il avait fait main basse sur les coulisses du monde politique, économique, médiatique, etc.

« J’ai entendu parler du personnage, dit le Docteur ès moutons sur un ton d’amertume. Apparemment, le mouton avait trouvé son homme.

— Sans doute, mais, au printemps de cette année, il l’a quitté. L’homme est actuellement dans le coma, en train d’agoniser. Le mouton l’avait jusqu’ici protégé d’une déficience cérébrale.

— Il peut s’estimer heureux. Quand on est un “manque-mouton”, il vaut mieux ne plus avoir toute sa conscience.

— Je me demande pourquoi le mouton a bien pu quitter son corps, lui qui, au bout de tant d’années, avait bâti une si gigantesque organisation. »

Le Docteur poussa un profond soupir. « T’as pas encore compris ? Le cas de ce bonhomme est identique au mien. Il a perdu sa valeur d'usage. Un homme a des limites, et le mouton n'a que faire d'un homme qui les a atteintes. Je suppose qu'il n'a pas complètement compris ce que voulait en réalité le mouton. Son rôle a été de mettre sur pied une gigantesque organisation, et, cette mission remplie, il a été mis au rancart. Exactement comme moi j'ai servi de moyen de transport au mouton.

— Dans ce cas, qu'est devenu le mouton par la suite ? »

Le Docteur ès moutons leva la photo au-dessus de son bureau et la tapota du bout du doigt. « Tu peux être sûr qu'il a erré à travers tout le pays. En quête d'un nouvel hôte. À mon avis, il a dans l'idée de mettre, par je ne sais quel moyen, cette personne à la tête de l'organisation.

— Dans quel but ?

— Je te répète que je suis, hélas, incapable d'exprimer cela par des mots. Tout ce que je peux dire, c'est qu'il veut donner une incarnation à sa pensée de mouton.

— Dans une bonne intention ?

— Du point de vue de sa pensée à lui, certainement.

— Et de votre point de vue ?

— Je sais pas, dit le vieillard. Je sais vraiment pas. Depuis que le mouton s'en est allé de moi, je ne sais même plus ce qui est vraiment moi, et ce qui est encore comme son reflet.

— Vous avez dit tout à l'heure que vous auriez pu riposter. Que vouliez-vous dire ? »

Il hocha la tête : « Ça, je n'ai pas envie de te le dire. »

Le silence s'empara à nouveau de la chambre. Dehors, une pluie battante s'était mise à tomber. La première pluie depuis notre arrivée à Sapporo.

« J'aimerais, pour finir, que vous nous disiez où se trouve cet endroit sur la photo, dis-je.

— Ce sont les pacages où j'ai vécu durant neuf ans. C'est là que j'élevais mes moutons. L'armée américaine me les a réquisitionnés juste après la guerre, et quand on me les a restitués, je les ai vendus à un millionnaire sous la forme d'une résidence secondaire entourée de pâturages. À ma connaissance, le propriétaire n'a pas changé depuis.

— On y élève toujours des moutons ?

— Je sais pas. Mais à voir la photo, on dirait que oui. C'est en tout cas un endroit très isolé, d'où tu ne vois pas la moindre habitation, aussi loin que tu peux regarder. D'ailleurs l'accès en est coupé pendant tout l'hiver. Les propriétaires actuels ne doivent pas s'en servir plus de deux ou trois mois par an. Un endroit superbe, vraiment tranquille.

— Il y a quelqu'un qui s'en occupe en l'absence des propriétaires ?

— L'hiver, il n'y a sans doute personne. Je ne vois pas qui, à part moi, pourrait avoir envie de passer l'hiver dans un bled pareil. Pour ce qui est des moutons, il suffit de payer la bergerie municipale qui se trouve au pied de la montagne pour s'en occuper. À part ça, le toit de la maison est conçu pour que la neige dégringole naturellement, et quant aux risques de cambriolage, il n'y a vraiment pas à s'inquiéter. Le chemin jusqu'au village est bien trop pénible pour qu'on puisse tenter quoi que ce soit. C'est qu'il tombe une quantité effroyable de neige, là-bas.

— Vous croyez qu'il y a quelqu'un en ce moment ?

— Hmm… Il n'y a déjà plus personne, à mon avis. Vu que la neige ne va pas tarder à tomber, et que les ours sont déjà à rôder en quête de nourriture avant l'hibernation… Vous avez l'intention d'y aller ?

— Je crois qu'on finira par y aller. C'est qu'on n'a pas vraiment d'autre piste. »

Le Docteur ès moutons s'immobilisa quelques instants, la bouche close. Un peu de sauce tomate de ses boulettes de viande lui collait encore autour des lèvres.

« Savez-vous que quelqu'un est venu m'interroger sur ces pâturages avant vous ? Ça devait être au mois de février de cette année. Quelqu'un qui, justement, devait avoir à peu près ton âge. Il avait vu la photo dans le hall de l'hôtel et ça l'intéressait. Comme je m'ennuyais un peu à l'époque, je lui ai donné toutes sortes d'informations. Il disait que cela allait lui servir de matériaux pour un roman. »

Je sortis de ma poche une photo où je figurais avec le Rat et la remis au Docteur ès moutons. C'était une photo que J. avait prise dans son bar au cours de l'été 1970. J'étais de profil, en train de souffler la fumée d'une cigarette, tandis que le Rat pointait son majeur vers l'objectif. Nous étions jeunes, noircis par le soleil.

« C'est toi, là, non ? dit le Docteur qui avait rallumé sa lampe au-dessus de la photo. Tu fais plus jeune là-dessus.

— La photo date d'il y a huit ans, dis-je.

— L'autre, ce doit être lui. Il était un peu plus âgé et barbu, mais je ne crois pas me tromper.

— Barbu ?

— Une moustache bien taillée, et le reste mal rasé. »

J'essayai d'imaginer le Rat avec une barbe, sans grand succès.

Le Docteur ès moutons nous traça un plan détaillé des pâturages. Il fallait changer de train près d'Asahikawa et prendre une ligne secondaire qui nous conduirait au bout de trois heures au pied de la montagne. De là, il nous faudrait trois autres heures pour gagner, en voiture, les pâturages.

« Merci infiniment, dis-je.

— Vous voulez que je vous dise ? Je crois qu'il vaudrait mieux pour vous ne pas vous mêler de ce mouton. J'en sais quelque chose, et pour cause. Avoir affaire à lui n'a jamais rendu personne heureux. Les valeurs d'un individu ne pèsent pas lourd devant lui. Mais je suppose que vous devez avoir vos raisons…

— Comme vous dites.

— Soyez prudents, dit le Docteur ès moutons. Et posez-moi donc ces assiettes devant la porte ! »

4. *Adieu, Hôtel du Dauphin*

Nous prîmes une journée entière pour préparer notre départ.

Nous réunîmes du matériel d'alpinisme et des rations de nourriture dans un magasin d'articles de sport ; nous achetâmes aussi de gros chandails de pêcheur et des chaussettes de laine dans un grand magasin. Chez un libraire, nous trouvâmes une carte de la localité, au 1:50 000e, et un livre sur l'histoire de la région. Nous nous procurâmes également de robustes chaussures à clous pour marcher dans la neige, et d'épais sous-vêtements antifroid.

« Voilà bien le genre de trucs qui ne me servira jamais à rien dans mon boulot, dit-elle.

— Quand tu te retrouveras au milieu de la neige, t'auras plus le loisir de penser à ça, dis-je.

— Parce que t'as l'intention de rester là-bas jusqu'à la saison des grandes neiges ?

— Peux pas te dire. Mais, il commence à neiger à la fin d'octobre, et vaut mieux se tenir prêts. Personne sait ce qui peut arriver. »

De retour à l'hôtel, nous bourrâmes un grand sac à dos de tous ces achats et décidâmes de rassembler en un paquet les bagages inutiles que nous avions apportés de Tokyo pour les confier au patron de l'hôtel. En fait, c'était tout son bagage à elle, ou presque, qui était superflu : un nécessaire à maquillage, cinq livres et six cassettes, une robe et des hauts talons, un sac en papier plein de chaussettes et de sous-vêtements, des tee-shirts et des shorts, un réveil de voyage, du papier à dessin et une boîte de vingt-quatre crayons de couleur, un bloc de papier à lettres et des enveloppes, une serviette de bain, une petite trousse de secours, un sèche-cheveux, des cotons-tiges.

« Pourquoi une robe et des hauts talons ? questionnai-je.

— Et s'il y avait une party, comment je ferais ? dit-elle.

— Parce que tu t'imagines qu'on part pour une party ? »

Toujours est-il qu'elle roula soigneusement sa robe et la mit dans mon sac à dos, de même que ses hauts talons. Pour le nécessaire à maquillage, elle l'échangea contre une petite trousse de voyage qu'elle acheta dans une boutique du quartier.

Le patron de l'hôtel accepta de bonne grâce de garder nos bagages. Je lui réglai notre note jusqu'au lendemain, et le prévins que nous serions de retour dans une ou deux semaines.

« Mon père a pu se rendre utile ? » demanda-t-il, l'air inquiet. Je lui répondis qu'il nous avait été d'une aide providentielle.

« Je me dis parfois que ce serait bien si je pouvais

moi aussi chercher quelque chose, poursuivit le patron. Le problème c'est que je ne sais pas quoi. Mon père n'a jamais cessé d'être à la recherche de quelque chose. Et il continue. J'ai grandi en l'entendant me raconter cette histoire du mouton blanc qu'il avait vu en rêve. Si bien que l'on m'a convaincu que c'était ça la vie. Que la vraie vie, c'était d'être perpétuellement à la recherche de quelque chose. »

Le calme régnait sur le *lobby* de l'Hôtel du Dauphin, comme de coutume. Une vieille femme de chambre montait et descendait sans arrêt les escaliers, brandissant un balai muni d'une serpillière.

« Or mon père a maintenant soixante-treize ans et il n'a toujours pas trouvé son mouton. Je serais, pour ma part, bien incapable de dire si ce mouton existe vraiment ou non. Il reste que j'ai tout de même l'impression que cela ne l'a pas rendu heureux. Plus que jamais je souhaite qu'il le devienne un jour, mais il se moque de moi, il n'écoute pas le plus petit mot que je prononce. Et cela parce que je n'ai moi-même aucun but dans l'existence.

— Mais vous avez l'Hôtel du Dauphin, non ? dit gentiment ma *girlfriend*.

— Sans compter que votre père a passé un cap décisif dans sa recherche du mouton, ajoutai-je. Nous nous chargeons du reste désormais. »

Le patron sourit.

« Dans ce cas, je n'ai plus rien à dire. On devrait pouvoir vivre heureux ensemble dorénavant.

— Nous l'espérons », dis-je.

Plus tard, quand nous fûmes seuls, elle me demanda :
« Tu crois vraiment qu'ils arriveront à s'entendre ?

— Ça prendra peut-être du temps, mais ils y arriveront

sûrement. Le vide de quarante-deux années est désormais comblé, et le Docteur ès moutons s'est acquitté de sa mission. À nous maintenant de savoir ce qu'est devenu le mouton entre-temps.

— Je les aime bien ces deux-là.

— Moi aussi, je les aime bien. »

Nos préparatifs achevés, nous eûmes des rapports sexuels, puis nous sortîmes voir un film. On y vit une foule d'hommes et de femmes avoir des rapports sexuels, comme nous. Au fond, c'était pas si mal de regarder les rapports des autres.

CHAPITRE VIII

La Course au mouton sauvage (III)

1. Naissance, grandeur et décadence de Jūnitaki

Dans le train qui de bon matin nous emmenait vers Asahikawa, je lus, une bière à la main, un volumineux ouvrage présenté dans un coffret, intitulé *Histoire de la commune de Jūnitaki*. Jūnitaki était le nom de la commune où se situaient autrefois les pâturages du Docteur ès moutons. Je ne savais trop si ce livre allait me servir à quelque chose, mais ça ne me coûtait rien de le lire. Son auteur, né en décembre 1940 à Jūnitaki, et diplômé de la faculté des lettres de l'université de Hokkaidō, était un spécialiste d'histoire régionale, mentionnait-on. Le spécialiste n'avait cependant produit qu'un seul ouvrage, celui-ci, édité en mai 1970. Il s'agissait, bien entendu, d'une première édition.

D'après l'auteur, c'était au début de l'été 1881 qu'une première colonie de pionniers s'était établie sur le territoire de l'actuel Jūnitaki. Ils étaient dix-huit au total, tous de misérables métayers originaires de la région de Tsugaru, dont la fortune se résumait à quelques outils, habits, matériel de couchage, chaudrons et couteaux.

Ils avaient rencontré sur leur chemin, non loin de Sapporo, un village de Aïnous où, avec leurs ultimes deniers, ils avaient engagé un guide. Celui-ci était un jeune homme maigre, aux yeux sombres, dont le nom signifiait en langue aïnou « Lune-ou-Pleine-ou-Nouvelle ». (L'auteur émettait l'hypothèse qu'il était vraisemblablement affligé d'une tendance maniaco-dépressive.)

Il n'empêche que ce jeune homme était un guide bien plus talentueux que les apparences ne le laissaient supposer. Remontant la rivière Ishikari, il conduisit vers le nord ses dix-huit paysans aussi sinistres que soupçonneux, dont par surcroît la langue lui échappait pour ainsi dire totalement. Il savait parfaitement où aller pour trouver de bonnes terres.

Le quatrième jour, ils arrivèrent à destination. L'endroit était vaste, bien irrigué, tapissé d'une superbe végétation en pleine floraison.

« Ici, c'est bien, dit le jeune homme d'un air satisfait. Peu de bêtes, des sols fertiles, et plein de saumons.

— Pas question, refusa le chef des paysans en agitant la tête. On sera mieux plus loin. »

Le jeune homme en conclut que les paysans croyaient que, plus ils iraient loin, meilleures seraient les terres. Eh bien, qu'à cela ne tienne, allons plus loin, se dit-il.

Ils marchèrent deux jours encore vers le nord. Et il trouva un plateau, certes moins fertile que le premier endroit, mais à l'abri de tout danger d'inondation.

« Alors ? demanda le jeune homme. Ici aussi c'est bien, non ? »

Les paysans secouèrent la tête.

Et après avoir ainsi répété la même réponse à maintes reprises, ils échouèrent là où se trouve aujourd'hui Asahikawa. Leur voyage avait duré sept jours depuis

Sapporo, et ils avaient parcouru cent quarante kilomètres.

« Et ici ? interrogea le jeune homme qui ne se faisait plus guère d'illusion.

— Pas question, répondirent les paysans.

— Mais plus loin, il faut gravir la montagne, dit le jeune homme.

— Pas grave », dirent les paysans d'un ton enjoué.

Ils franchirent donc le col de Shiogari.

Inutile de dire que, si les paysans avaient soigneusement évité les plaines fertiles et cherché une région reculée et inculte, ce n'était pas sans quelques bonnes raisons. Tous avaient en fait déménagé de leur village natal à la cloche de bois, en laissant des dettes considérables, aussi leur fallait-il à tout prix fuir les plaines où on les aurait trop aisément remarqués.

Le jeune Aïnou ne pouvait naturellement pas s'en douter. Rien de surprenant, donc, à ce qu'il s'étonne, se tourmente, s'abandonne à la perplexité, au désarroi, et perde toute assurance en voyant ces paysans lui refuser de fertiles terres de culture pour progresser toujours plus vers le nord.

Cependant, le jeune homme était d'un tempérament suffisamment complexe pour que, au moment de traverser le col de Shiogari, il se fût déjà complètement identifié à cette mystérieuse fatalité d'avoir à conduire ses paysans toujours plus vers le nord. Ainsi les contentait-il en choisissant expressément les chemins les plus sauvages perdus au milieu de dangereux marécages.

Ils avaient marché durant quatre jours depuis le col de Shiogari quand ils tombèrent sur une rivière qui coulait d'est en ouest. D'un commun accord, ils décidèrent de se diriger vers l'est.

C'étaient là assurément d'horribles terres, où il

était horriblement pénible d'avancer. Ils se frayèrent un passage à travers un véritable océan de taillis de bambous, mirent une demi-journée à franchir une lande couverte d'une herbe gigantesque, s'enfoncèrent jusqu'à la poitrine dans des terrains boueux, se hissèrent le long d'escarpements, mais rien ne les empêcha de continuer vers l'est. La nuit, ils plantaient leurs tentes sur le lit à sec de la rivière et s'endormaient en écoutant les hurlements des loups. Leurs mains ensanglantées par les bambous attiraient moustiques et simulies qui s'agrippaient partout à eux, s'enfonçant jusque dans le creux de leurs oreilles pour leur sucer le sang.

Le cinquième jour, ils trouvèrent des montagnes en travers de leur chemin et ne purent progresser plus avant. « Au-delà de cette limite, les terres sont tout à fait inhabitables », déclara le jeune homme. Et les paysans mirent enfin un terme à leur marche. C'était le 8 juillet 1881, et ils se trouvaient à deux cent soixante kilomètres de Sapporo.

Ils étudièrent d'abord la configuration du pays, la nature des eaux et du sol, et découvrirent que le lieu convenait bel et bien à l'agriculture. Ensuite, après avoir partagé les terres entre chaque famille, ils érigèrent au centre une cabane communautaire avec des rondins.

Le jeune Aïnou rencontra par hasard une bande de chasseurs de sa race et il leur demanda s'ils connaissaient le nom de l'endroit. « Paç'que tu crois qu'ce trou du cul d'endroit peut avoir un nom ? » lui fut-il répondu.

C'est ainsi que pendant tout un temps ces terres nouvellement défrichées ne portèrent pas de nom. Au reste, ce n'était guère indispensable pour un village autour duquel, jusqu'à soixante kilomètres à la ronde, il n'y avait âme qui vive (ou si âme il y avait, elle ne cherchait guère les contacts). Il y eut bien un fonctionnaire du gouvernement territorial qui se présenta en 1889 afin de recenser l'ensemble de la population, pour leur dire qu'il était très fâcheux que le village n'ait pas de nom, mais les pionniers, eux, n'y voyaient aucun inconvénient. Bien plus, ils allèrent jusqu'à se réunir dans la cabane commune, la houe ou la faucille à la main, pour refuser unanimement de donner un nom au village. Faute de mieux, le fonctionnaire avisant les douze (*jūni*) cascades (*taki*) de la rivière coulant à proximité, nota sur son rapport à l'administration le nom de « Hameau de Jūnitaki ». Tel fut depuis son nom officiel (le « Hameau de Jūnitaki » devint plus tard le « Village de Jūnitaki »). Mais tout ceci se passa bien après l'année 1881.

Le site était coincé entre deux montagnes formant un angle d'environ soixante degrés, et une rivière creusant une gorge profonde le coupait en son milieu. Le paysage ressemblait assurément à un « trou du cul ». Le sol était couvert de bambous nains, tandis que d'immenses conifères y plongeaient leurs racines. Des loups, des cerfs, des ours, des mulots, toutes sortes d'oiseaux grands et petits rôdaient dans les parages à la recherche de quelques maigres feuilles d'arbres, morceaux de viande ou de poisson. Mouches et moustiques pullulaient.

« Vous allez vraiment vous installer ici ? demanda le jeune Aïnou.

— Bien sûr », lui répondirent les paysans.

Pour quelque obscure raison, le jeune Aïnou ne retourna pas dans son pays natal et demeura avec les paysans sur le site. Peut-être par pure curiosité, conjecturait l'auteur (qui aimait beaucoup conjecturer). Il n'en reste pas moins extrêmement douteux que les paysans eussent passé l'hiver sans encombre si le jeune Aïnou n'avait pas été là. Il leur apprit à cultiver des légumes d'hiver, à se protéger de la neige, à pêcher le poisson dans une rivière gelée, à tendre des pièges à loups, à chasser l'ours avant qu'il n'hiberne, à prévoir le temps en fonction de la direction des vents, à prévenir les engelures, à préparer de succulentes grillades de racines de bambous nains, à abattre les conifères en les faisant tomber dans la direction voulue. Les paysans furent bien obligés de reconnaître ses talents, et il retrouva son assurance. Il épousa par la suite la fille d'un pionnier, eut d'elle trois enfants et prit un nom japonais. C'en était fini de « Lune-ou-Pleine-ou-Nouvelle ».

Cependant, malgré les intenses efforts du jeune Aïnou, la vie des pionniers demeurait extrêmement rude. Au mois d'août, chaque famille disposait de sa propre cabane, mais ce n'était guère plus que des rondins fendus assemblés à la diable, que les tempêtes de neige traversèrent sans pitié l'hiver venu. Il n'était pas si rare de se réveiller le matin avec un tas de neige de trente centimètres à côté de son oreiller. La plupart des familles ne possédant qu'un seul matelas, les hommes dormaient devant le feu, enroulés dans des nattes de paille. Quand les réserves de vivres étaient épuisées, on se nourrissait de poissons de rivière ou de fougères et autres pas-d'âne tout noircis que l'on allait chercher en creusant profondément sous la neige. L'hiver fut particulièrement rigoureux, quoiqu'il n'y eût pas un seul mort à déplorer. Il n'y eut non plus ni disputes ni malheurs. Leur misère congénitale était bien la seule arme dont disposaient les pionniers.

Vint le printemps. Deux enfants naquirent, portant la population du hameau à vingt et une personnes. Leurs mères travaillaient aux champs deux heures avant l'accouchement, et le lendemain matin elles y retournaient déjà. On planta du maïs et des pommes de terre dans les nouveaux champs, tandis que les hommes continuaient à défricher d'autres terres, abattant les arbres, brûlant les racines. La vie affleura à la surface des sols, de jeunes fruits commençaient à se former, et les hommes soupiraient déjà de soulagement quand survint une horde de sauterelles.

La horde avait surgi de derrière la montagne. Au début, cela ressemblait à un énorme nuage noir. Puis la terre se mit comme à gronder. Personne ne comprenait ce qui était en train de se produire. Sauf le jeune Aïnou. Celui-ci ordonna aux hommes d'allumer des feux dans les champs. Ils y jetèrent jusqu'à la dernière pièce de meuble, jusqu'à la dernière goutte d'huile. Ensuite, il demanda aux femmes d'apporter leurs casseroles et de les frapper à tout rompre à l'aide de pilons. Tout ce qu'il put faire, il le fit (tout le monde d'ailleurs le reconnut par la suite). En vain. Par centaines de milliers les sauterelles s'abattirent sur les récoltes et mangèrent tout leur content. Il n'en resta rien.

Quand elles furent parties, le jeune Aïnou s'effondra au milieu des champs et fondit en larmes. Parmi les paysans, pas un pleur. Ils firent un tas des sauterelles mortes, y mirent le feu, puis ils retournèrent à leur défrichement.

On passa de nouveau l'hiver en mangeant du poisson de rivière, des fougères et des pas-d'âne. Puis, lorsque le printemps revint, trois enfants naquirent et l'on planta dans les champs. L'été, les sauterelles reparurent. Elles saccagèrent complètement la récolte. Cette fois, le jeune Aïnou ne pleura pas.

Les attaques de sauterelles cessèrent enfin la troisième année. De longues pluies les avaient fait pourrir dans l'œuf. Mais la récolte avait également souffert de ces longues pluies. L'année suivante, ce furent les hannetons qui proliférèrent anormalement, et l'année d'après l'été qui fut atrocement rigoureux.

Parvenu à ce point de ma lecture, je refermai mon livre, bus une bière et sortis de mon sac un repas froid aux œufs de saumon. Elle dormait, les bras croisés, sur le siège en face de moi. Le soleil de ce matin d'automne jetait à travers la fenêtre un léger voile de lumière sur ses genoux. Un papillon de nuit venu d'on ne sait où voltigeait aux alentours comme un bout de papier tremblant dans le vent. Le papillon se posa bientôt sur son sein, s'y reposa quelques instants avant de repartir comme il était venu. Le papillon disparu, j'eus l'impression qu'elle avait imperceptiblement vieilli.

Après une cigarette, je rouvris mon livre et lus la suite de mon *Histoire de la commune de Jūnitaki*.

La sixième année, le village des pionniers prit enfin son essor. La récolte mûrit, les habitations furent améliorées, on s'était fait au climat. Les cabanes en rondins furent garnies de planches, équipées de fourneaux et de lanternes. On chargea sur une barque le petit surplus de la récolte, des poissons séchés et des bois de cerfs, qu'on transporta jusqu'au bourg voisin, d'où l'on ramena du sel, des habits et de l'huile. Certains avaient appris à faire du charbon de bois avec les arbres abattus dans les défrichements. Plusieurs autres villages s'étant créés en aval sur la rivière, des échanges commencèrent.

À mesure que les défrichements progressaient, le manque de bras se fit de plus en plus cruel, tant et si bien que les habitants se réunirent en assemblée et décidèrent, au bout de deux jours d'âpres discussions, de faire venir des renforts de leur village natal. Le problème était celui des dettes impayées, mais aux lettres qu'ils avaient discrètement envoyées aux familles, il leur avait été répondu que les créanciers avaient depuis longtemps renoncé à faire valoir leurs droits. Le doyen des paysans écrivit alors à plusieurs anciens camarades du pays, les invitant à venir défricher avec eux. C'était en 1889, l'année même du recensement lors de laquelle un fonctionnaire avait baptisé le hameau.

L'année suivante, six familles arrivèrent, soit dix-neuf nouveaux pionniers. Elles furent accueillies dans la cabane communautaire qu'on avait rafistolée, et l'on versa bien des larmes de joie pour célébrer les retrouvailles. Des terres furent attribuées aux nouveaux habitants, qui, avec l'aide de leurs aînés, défrichèrent leurs champs et bâtirent leur maison.

En 1893, ce furent quatre familles, soit seize personnes, qui arrivèrent à leur tour. En 1897, sept autres familles encore, soit vingt-quatre personnes.

Ainsi, la population ne cessa d'augmenter. La cabane communautaire fut agrandie pour devenir une superbe salle de réunion, à côté de laquelle se construisit un petit sanctuaire. C'est alors que le « hameau » devint officiellement un « village ». Et si le millet constituait toujours la base de l'alimentation, de temps à autre on y mêlait déjà un peu de riz blanc. On commença même à voir un facteur, fût-ce très irrégulièrement.

Naturellement, il n'y eut pas que d'agréables événements. Les fonctionnaires se faisaient de plus en plus présents, venant lever l'impôt, enrôler dans l'armée. Le jeune Aïnou, surtout – il avait déjà largement dépassé la trentaine à l'époque –, était particulièrement excédé par ces méthodes. Il ne parvenait pas à comprendre en quoi l'impôt ou la conscription pouvait être nécessaire.

« Les choses étaient bien mieux avant », disait-il.

Mais, toujours, le village se développait.

En 1903, s'avisant que les terrasses toutes proches constituaient de bons herbages, on décida d'y installer des pâtures gérées par le village. Des fonctionnaires de l'administration territoriale vinrent leur enseigner à planter des clôtures, à amener l'eau, à construire une bergerie. Des prisonniers vinrent ensuite faire une route le long de la rivière, et l'on ne tarda pas à y voir s'acheminer un troupeau de moutons que le gouvernement avait cédé aux paysans à un prix ridiculement bas. Ceux-ci n'en revenaient pas de cette bonté du gouvernement à leur égard.

La plupart se disaient qu'après tout ce qu'ils avaient enduré il était normal qu'une bonne chose arrivât.

Bien évidemment, ce n'était pas par bonté que le gouvernement avait donné ces moutons aux paysans. Harcelé par les militaires, soucieux, à l'approche d'une campagne sur le continent, de pouvoir s'approvisionner librement en vêtements chauds, le gouvernement avait ordonné au ministère de l'Agriculture et du Commerce de développer l'élevage des moutons, lequel ministère avait imposé son plan au gouvernement territorial de Hokkaidō. Ce n'était pas plus compliqué que cela. La guerre russo-japonaise n'était pas loin d'éclater.

C'est notre jeune Aïnou qui, au village, marqua le plus d'intérêt pour les moutons. Il apprit les techniques d'élevage auprès des agents du Territoire et devint le responsable des pâturages. On ne sait pas bien pourquoi les moutons suscitèrent chez lui un si vif intérêt. Peut-être avait-il du mal à se faire à la vie communautaire devenue brusquement plus complexe avec l'augmentation de la population du village.

Au départ, le troupeau se composait de trente-six southdown, de vingt et un shropshire et de deux colleys écossais. Le jeune Aïnou se révéla rapidement être un berger de talent, car chaque année le nombre de moutons et de chiens allait en se multipliant. Il leur donna bientôt toute son affection. Les fonctionnaires étaient satisfaits. Ses chiens étaient aussi d'excellents bergers, et l'on venait de tous les ranches du pays pour en recueillir les chiots.

Lorsque la guerre russo-japonaise éclata, cinq gars du village furent enrôlés et envoyés sur le front en Chine. Ils appartenaient tous au même régiment, si bien que, au moment où une grenade explosa sur le flanc droit de la troupe, lors d'une escarmouche sur une petite colline, deux moururent et un autre perdit le bras gauche. Quand la bataille prit fin trois jours plus tard, les deux qui étaient encore sains et saufs ramassèrent les restes éparpillés de leurs compagnons du village. Tous étaient les enfants de pionniers des deux dernières vagues. L'un d'eux était le fils aîné du jeune Aïnou devenu berger entre-temps. Ils furent tués dans leurs manteaux militaires en laine de mouton.

« Pourquoi partir à l'étranger pour faire la guerre ? » demandait à qui voulait l'entendre le berger aïnou. À l'époque, il avait déjà quarante-cinq ans.

Personne ne répondit à sa question. Il quitta le village et se retira dans les pâturages où il vécut sous le même toit que ses moutons. Sa femme était morte d'une pneumonie cinq ans auparavant et ses deux filles étaient déjà mariées. Le village rémunérait ses services de berger en lui donnant un très modeste salaire et de la nourriture.

La perte de son fils l'avait transformé en un vieillard acariâtre, et il mourut à l'âge de soixante-deux ans. Un matin d'hiver, le jeune garçon qui était son aide trouva son cadavre étendu sur le sol de la bergerie. Il était mort de froid. Ses deux chiens, issus des deux premiers colleys, gémissaient à ses côtés en ouvrant des yeux désespérés. Les moutons, ne se doutant de rien, broutaient la paille qui tapissait leur enclos. Le claquement sonore de leurs dents résonnait à l'intérieur de la paisible bergerie en un concert de castagnettes.

L'histoire de Jūnitaki était encore longue, mais celle du jeune Aïnou s'arrêtait ici. J'allai aux toilettes où j'urinai le contenu de deux canettes de bière. Quand je revins à ma place, ma *girlfriend* était réveillée et regardait distraitement le paysage par la fenêtre. C'étaient des étendues de rizières. Parfois, on apercevait un silo. Une rivière vint à notre rencontre, puis s'en alla. Fumant une cigarette, je restai un instant à contempler le paysage et à contempler son profil qui contemplait le paysage. Elle ne prononça pas le moindre mot. Ma cigarette terminée, je retournai à mon livre. L'ombre d'un pont de fer papillota sur les pages.

Après le récit de l'infortuné jeune Aïnou mort en vieux berger, l'histoire devenait passablement ennuyeuse. Une année, dix moutons périrent dans une épidémie de météorisme ; la suivante, c'est le froid qui frappa sévèrement les récoltes, mais pour le reste, le village poursuivait son essor et fut bientôt promu, durant l'ère Taishō[1], au rang de commune. L'abondance aidant, la commune s'équipait chaque année davantage. Une école fut construite, une mairie et même un bureau de poste ouvrirent leurs portes. La mise en valeur de Hokkaidō était dans son ensemble achevée.

Les terres arables ayant atteint leurs limites, on vit les enfants des plus modestes cultivateurs quitter le bourg

1. L'ère Taishō : 1912-1926.

et partir en quête d'un nouveau monde en Mandchourie ou à Sakhaline. Au chapitre de l'année 1937, il était fait mention du Docteur ès moutons. Il était dit que M..., trente-deux ans, fonctionnaire démis de ses fonctions pour raisons particulières, anciennement attaché au service technique du ministère de l'Agriculture et des Forêts, et réputé pour ses recherches en Mandchourie et en Corée, avait établi un élevage de moutons dans une cuvette située sur les hauteurs au nord de Jūnitaki. C'était en tout et pour tout la seule mention que je pus trouver sur le Docteur ès moutons. De toute évidence, l'histoire du bourg à partir de l'ère Shōwa[1] ennuyait profondément l'auteur dont les descriptions devenaient fragmentaires et stéréotypées. On ne retrouvait plus la fraîcheur de style qu'il avait quand il parlait du jeune Aïnou.

Je fis un saut de trente et un ans, de 1938 à 1965, pour lire un chapitre intitulé « La commune au présent ». Le « présent » désignait l'année 1970 dans le livre, autrement dit il ne s'agissait pas du vrai « présent », à savoir le mois d'octobre 1978. Mais il fallait bien y venir, au « présent », si l'on voulait faire l'histoire complète du lieu. On a beau dire que le présent cesse très vite d'être présent, personne ne niera que le présent est le présent. L'histoire cesserait sinon d'être l'histoire.

D'après mon *Histoire de la commune de Jūnitaki*, la commune comptait quinze mille habitants en avril 1969, soit six mille de moins que dix ans auparavant. Cette diminution s'expliquait essentiellement, lisait-on, par un taux anormalement élevé de reconversion des agriculteurs due aux changements structurels dans l'industrie durant la période de haute croissance

1. L'ère Shōwa : 1926-1989.

économique, ainsi qu'aux spécificités d'une agriculture en région froide telle que Hokkaidō.

Mais, pouvait-on se demander, qu'étaient devenues les terres délaissées par ces agriculteurs ? Eh bien, elles étaient devenues des forêts. Sur les terres que les grands-parents avaient défrichées en suant sang et eau, on avait replanté des arbres. Curieux, non ?

Ainsi donc l'activité principale de l'actuel Jūnitaki était la sylviculture et l'industrie du bois. Il y avait plusieurs ateliers de menuiserie où l'on fabriquait des meubles de télévision, des psychés, des figurines pour touristes représentant des ours ou des Aïnous. La cabane communautaire d'autrefois était devenue un musée des Pionniers où l'on pouvait voir des outils et des ustensiles de cuisine de l'époque. Quelques objets laissés par les jeunes du village morts au champ d'honneur durant la guerre russo-japonaise étaient également exposés, ainsi qu'une boîte à repas portant l'empreinte des dents d'un ours brun. Il y avait même une des lettres que l'on avait envoyées au pays pour s'enquérir des créanciers.

À vrai dire, Jūnitaki était une ville à mourir d'ennui. Les habitants étaient pour la plupart des gens qui, de retour à la maison après le travail, restaient en moyenne quatre heures devant leur poste de télévision, puis s'endormaient. Le taux de participation aux élections était certes relativement élevé, mais tout était joué d'avance : « Générosité de la nature, générosité de l'homme », tel était le slogan en vigueur dans la ville. C'était en tout cas ce qu'il y avait d'écrit sur une pancarte devant la gare.

Je refermai mon livre en bâillant et m'endormis.

2. Décadence (suite) et moutons à Jūnitaki

À Asahikawa, nous prîmes un autre train qui, progressant vers le nord, franchit le col de Shiogari. Nous refaisions à peu de chose près le chemin qu'avaient emprunté quatre-vingt-dix-huit ans auparavant le jeune Aïnou et ses dix-huit misérables métayers.

Ciselant chaque contour, le soleil d'automne éclairait les vestiges de la forêt primitive et les sorbiers rougissant comme des feux. L'air était pur, empli de silence. À regarder trop fixement le paysage on en avait presque mal aux yeux.

Le train, quasiment vide au début, se trouva, plus loin, archibondé de lycéens et de lycéennes sur le chemin de l'école, regorgeant de leurs murmures, cris de joie, odeurs de pellicules, conversations incompréhensibles, désirs sexuels inassouvis. Cette situation se poursuivit pendant trente bonnes minutes, jusqu'à ce qu'ils se volatilisent en un clin d'œil à je ne sais quelle gare. Le train fut à nouveau désert, sans la moindre voix à entendre.

Elle et moi grignotions chacun la moitié d'une barre de chocolat qu'on s'était partagée, tout en regardant chacun notre part de paysage. La lumière se déversait paisiblement sur le sol. Une foule de choses semblaient très éloignées, comme lorsqu'on regarde à l'envers dans des jumelles. Un moment, elle sifflota quelques notes intermittentes de *Johnny B. Goode*. C'était la première fois que nous restions aussi taiseux, ensemble.

Il était midi passé quand nous descendîmes du train. Posant le pied sur le quai, je m'étirai et pris une profonde inspiration. L'air était d'une pureté à faire blêmir mes poumons. Les rayons du soleil caressaient agréablement notre peau, mais la température était certainement inférieure de deux degrés à celle de Sapporo.

La voie ferrée était bordée d'une rangée de vieux hangars en brique, à côté desquels se dressait une pyramide de rondins large d'au moins trois mètres, que la pluie de la nuit précédente avait teinte en noir. Lorsque le train qui nous avait amenés fut reparti, on ne vit plus personne, seuls les soucis dans leurs parterres balançaient sous le vent froid.

C'était, vue du quai, une petite ville de province tout à fait classique. Il y avait le modeste supermarché, la grand-rue tout en désordre, le terminus de bus accueillant une dizaine de lignes et le bureau d'information touristique. De prime abord, ça n'avait pas l'air folichon.

« C'est ici, notre destination ? questionna-t-elle.

— Mais non. Ici, on change une fois encore de train. Nous allons dans une ville plus petite, beaucoup plus petite que ça. »

Après un nouveau bâillement, je repris une profonde inspiration.

« C'est en quelque sorte un relais. C'est ici que les premiers pionniers décidèrent de bifurquer vers l'est.

— Les premiers pionniers ? »

M'installant devant le poêle éteint de la salle d'attente, je lui fis un résumé de l'histoire de Jūnitaki en attendant notre prochain train. Comme on commençait à s'embrouiller dans la datation selon le nom des ères japonaises, je me servis des documents livrés en annexe à la fin de l'ouvrage pour dresser un rapide tableau synchronique sur les pages blanches destinées aux notes du lecteur. À gauche, j'inscrivis la chronologie de Jūnitaki ; à droite, je rapportai les principaux événements de l'histoire japonaise. Cela donna un tableau assez gratiné.

Par exemple, en 1905 (l'an 38 de l'ère Meiji), j'avais la chute de Port-Arthur et la mort au champ d'honneur du fils du jeune Aïnou. D'après mes souvenirs, c'était aussi l'année où naquit le Docteur ès moutons. Peu à peu, l'histoire faisait apparaître des continuités.

« C'est drôle, mais on dirait que nous, les Japonais, on a toujours vécu dans des interstices entre deux guerres, dit-elle en comparant les deux colonnes de mon tableau.

— C'en a tout l'air, dis-je.

— Comment a-t-on pu en arriver là ?

— C'est un peu compliqué. Trop pour que j't'explique ça comme ça.

— Hmm. »

La salle d'attente, déserte et sans aménité, ressemblait à la plupart des salles d'attente. Bancs au confort redoutable, cendriers regorgeant de vieux mégots tout imbibés d'eau, l'atmosphère stagnante. Les murs étaient garnis d'affiches touristiques et d'un avis de recherche mentionnant une liste de criminels. Pour tout voyageur, il y avait un vieillard vêtu d'un sweater couleur poil de chameau, et une mère accompagnée d'un petit garçon d'environ quatre ans. Le vieux, plongé dans la lecture d'une revue de romans-feuilletons, ne modifia pas d'un pouce la position qu'il s'était choisie. Il tournait les pages comme on eût arraché un sparadrap sur une plaie. Il se passait environ quinze minutes avant qu'il ne tourne la page suivante. La mère et l'enfant ressemblaient à un couple déjà lassé de la vie conjugale.

« Peut-être, dis-je, parce que finalement tout le monde était pauvre et se disait qu'avec un peu de chance on arriverait à sortir de la misère.

— Comme les gens de Jūnitaki, quoi.

— Oui. C'est pour ça qu'ils labouraient leurs champs avec la rage du désespoir. Mais la grande majorité des pionniers sont morts dans la misère.

— Comment ça ?

— À cause de la terre, tiens. À Hokkaidō, il arrive forcément que la gelée fasse des ravages de temps à autre. Et quand il n'y a pas de récolte, non seulement il n'y a rien à manger, mais on n'a même pas de quoi se payer du pétrole, ou les graines et plants nécessaires aux cultures de l'année suivante. Alors on hypothèque les terres et on emprunte à des taux très élevés. Mais vu la faible productivité agricole dans la région, on est incapable de payer les intérêts, et au bout du compte on est dépouillé de ses terres. C'est ainsi qu'un grand nombre de paysans ont été réduits à faire du fermage. »

Je fis voler les pages de mon *Histoire de la commune de Jūnitaki*.

« En 1930, la proportion de cultivateurs propriétaires à Jūnitaki est tombée à quarante-six pour cent. Résultat des grands froids et de la grande dépression de ces années-là.

— Bref, après avoir tant souffert pour défricher leurs champs, ils n'ont finalement réussi qu'à s'endetter un peu plus… »

Comme il nous restait encore une quarantaine de minutes, elle décida d'aller se promener seule dans la ville. Je restai dans la salle d'attente à boire un Coca-Cola, tout en rouvrant à la page où je l'avais laissé un livre que j'avais commencé à lire, mais au bout de dix minutes je renonçai et replaçai le livre dans ma poche. Rien ne pouvait entrer dans ma tête. Tous les moutons de Jūnitaki s'y trouvaient, qui mangeaient au fur et à mesure, et avec de grands bruits de dents, toute la matière imprimée que je leur envoyais. Je fermai les yeux et soupirai. Un train de marchandises passa en sifflant.

Dix minutes avant le départ du train, elle revint avec un sac de pommes sous le bras. Nous en fîmes notre déjeuner, puis nous embarquâmes.

Le train était très exactement sur le point de partir. Un fort roulis nous balança tandis que nous marchions dans le couloir. L'usure avait creusé un motif de vagues sur les parties tendres du plancher de bois. Les sièges étaient râpés jusqu'à la trame et la banquette était aussi dure qu'un pain vieux d'un mois. Notre voiture baignait dans une atmosphère fatale où se mêlaient des odeurs d'huile et de cabinets. Je pris dix minutes pour soulever le châssis de la fenêtre afin de laisser pénétrer un peu d'air frais, mais quand le train prit de l'allure, des gerbes de sable fin se mirent à voler à l'intérieur et il me fallut donc rebaisser le châssis, ce qui me coûta à peu près le même temps que lors de son ouverture.

Le train était formé de deux voitures et transportait au total une quinzaine de passagers. Tous ligotés l'un à l'autre par les solides liens de l'indifférence et de l'ennui. Le vieux au sweater poil de chameau continuait à lire sa revue. À considérer sa vitesse de lecture, il n'eût pas été surprenant que son numéro datât d'au moins trois mois. Une épaisse quinquagénaire fixait un point dans l'espace avec l'expression d'un critique musical écoutant une sonate de Scriabine. J'essayai de suivre la direction de son regard, mais je ne trouvai que le vide de l'espace.

Même les enfants étaient tranquilles. Pas de cris, pas de courses effrénées dans la voiture, ils ne cherchaient pas même à regarder le paysage au-dehors. De temps à autre, quelqu'un toussait en faisant un bruit sec comme si l'on frappait la tête d'une momie avec des pincettes.

À chaque arrêt du train, quelqu'un descendait. Et chaque fois que quelqu'un descendait, le contrôleur descendait également, recueillait le billet du voyageur et, quand il remontait sur la plate-forme, le train repartait. Le visage de ce contrôleur était si parfaitement impersonnel qu'il aurait aisément pu attaquer une banque sans avoir à se cacher la face. Aucun nouveau voyageur ne monta dans le train.

Dehors, une rivière s'étirait sans fin. Troublée par les eaux des pluies, elle avait une teinte brunâtre. On eût dit, miroitant sous le soleil automnal, un canal d'évacuation pour café au lait. Longeant la rivière, une route bitumée jouait à cache-cache. Si l'on y voyait parfois un énorme camion chargé de bois filer vers l'ouest, la circulation n'en était pas moins d'un calme plat. Les placards publicitaires qui s'alignaient sur le bord de la route lançaient leurs messages au hasard d'un long désert. Pour tromper l'ennui, je regardais ces panneaux qui, l'un après l'autre, donnait à respirer une odeur *smart*, citadine. Une fille en bikini, toute bronzée, buvait du Coca-Cola ; un acteur de genre, plissant le front, tenait incliné un verre de scotch ; une montre de plongeur était ostensiblement éclaboussée d'eau, un mannequin se vernissait les ongles au sein d'un intérieur sophistiqué qui devait coûter une fortune. Les pionniers de la nouvelle industrie publicitaire défrichaient ce continent avec une belle dextérité.

Il était deux heures quarante quand le train arriva au terminus de Jūnitaki. Nous nous étions endormis sans le savoir et avions laissé passer l'annonce de la gare. Quand le moteur Diesel de la locomotive eut craché son dernier souffle, tout retomba dans un silence total. Un silence qui me cuisait presque douloureusement la peau et me tira du sommeil. Je regardai autour de moi : il n'y avait plus un seul voyageur.

Je m'empressai de descendre nos bagages du filet, donnai plusieurs petits coups sur l'épaule de ma *girl-friend*, et nous descendîmes. Le fond glacial du vent qui balayait le quai rappelait déjà la fin de l'automne. Le soleil, dans sa glissade vers le bas, répandait sur la terre comme une tache funeste, l'ombre noire des montagnes. Celles-ci s'étiraient en deux chaînes distinctes qui confluaient tout juste sous le nez de la ville, l'enveloppant comme deux mains jointes autour de la flamme d'une allumette pour la protéger du vent. Le quai étroit, chétive embarcation, semblait s'élancer à l'assaut de ces gigantesques vagues dressées devant lui.

Frappés de stupeur, nous restâmes un moment à contempler le paysage.

« Où sont les anciens pâturages du Docteur ès moutons ? questionna-t-elle.

— Dans la montagne. À trois heures de route en voiture.

— On y va tout de suite ?

— Non, dis-je, on se laisserait surprendre par la nuit. Nous partirons demain matin, après avoir passé la nuit ici. »

Le petit rond-point devant la gare était complètement désert. Pas une seule voiture à la station de taxis, pas une goutte d'eau dans la fontaine en forme d'oiseau qui était plantée au milieu du rond-point. Le bec grand ouvert, muet et sans expression, l'oiseau levait la tête vers le ciel. Un parterre de soucis traçait un cercle autour de la fontaine. Un seul coup d'œil suffisait pour comprendre combien la ville avait dépéri en dix ans. Sur le visage des très rares passants que l'on croisait, on pouvait lire cette expression ni chair ni poisson, tout à fait typique des habitants de ce genre de ville anémiée.

À gauche du rond-point s'alignaient encore une demi-douzaine de vieux hangars datant de l'époque où le rail avait le monopole du transport. C'étaient des constructions en brique aux toits pentus, et dont les portes métalliques avaient été repeintes maintes et maintes fois avant de tomber dans l'abandon. Du haut des toits, des rangées d'immenses corbeaux surveillaient silencieusement la ville. À côté des hangars, une jungle de verges d'or proliférait sur un terrain vague, au milieu duquel deux vieilles automobiles prenaient l'eau, sans roues ni capot, toutes tripes dehors.

Un plan de la ville était dressé à l'endroit de ce rond-point qui ressemblait à une petite patinoire privée, mais les indications délavées par les intempéries étaient illisibles. Les seuls mots que je pus déchiffrer étaient « Commune de Jūnitaki » et « Limite septentrionale de la riziculture à grande échelle ».

En face du rond-point, il y avait un petit quartier commerçant. Ce n'était là rien de bien différent de tout autre quartier commerçant, sauf que la rue excessivement large accusait encore l'aspect désolé de la ville. Et les sorbiers qui la bordaient d'un rougeoiement éclatant n'y changeaient rien. La désolation ici jouait de chaque vie au gré de sa fantaisie, sans s'embarrasser du destin de la ville. Les habitants et leurs modestes activités quotidiennes s'y noyaient complètement.

Mon sac sur le dos, j'arpentai les cinq cents mètres de la rue à la recherche d'une auberge. Je n'en trouvai pas. Un tiers des magasins avaient leur volet de fer baissé.

L'enseigne à moitié arrachée d'une horlogerie claquait dans le vent.

Dans un soudain intervalle brisant la rue commerçante, s'étendait un vaste parking envahi par les herbes folles. Une Honda Fairlady de couleur crème et une Toyota Celica rouge, modèle sport, y étaient stationnées. Elles étaient flambant neuves. L'impression était insolite, mais l'état neuf, impersonnel de ces voitures seyait assez bien au climat d'abandon de la ville.

Au-delà des magasins, il n'y avait plus grand-chose. La large rue descendait en pente douce jusqu'à une rivière, devant laquelle elle se divisait en formant un T. De part et d'autre de la pente s'alignaient de petites maisons en bois sans étage, ornées d'arbres de jardin d'une couleur poussiéreuse qui élançaient leurs branches tortueuses vers le ciel. Tous ces arbres écartaient je ne sais quelles bizarres ramures. À l'entrée de chaque maison, on avait installé, côte à côte et conçus sur le même modèle, une grosse citerne à mazout et un abri pour les livraisons de lait. Des antennes de télévision d'une hauteur inimaginable se dressaient sur les toits et déployaient leurs tentacules argentés en un signe de défi lancé aux montagnes s'élevant derrière elles.

« Il n'y a pas d'auberge dans ce bled ? dit-elle d'un ton inquiet.

— T'inquiète pas. N'importe quelle petite ville en a forcément une. »

Nous rebroussâmes chemin jusqu'à la gare et nous nous renseignâmes auprès du personnel. Deux employés, qui auraient pu être un père et son fils s'ennuyant mortellement, nous répondirent avec une infinie courtoisie.

« Il y en a deux, d'auberges, dit le plus vieux. Une plutôt chère, une autre plutôt bon marché. La première sert quand on a la visite d'un haut fonctionnaire du gouvernement territorial, ou pour les réceptions officielles.

— On y mange pas mal du tout, ajouta le plus jeune.

— La seconde sert aux camelots, aux jeunes, aux gens ordinaires quoi. Elle présente pas très bien, mais ça ne veut pas dire que l'endroit est sale. Même que les bains y sont drôlement bien.

— Oui, mais les murs sont beaucoup trop fins », dit le jeune.

Et les deux employés de s'embarquer pour un bon bout de temps dans une discussion sur l'épaisseur des murs.

« On ira dans la plus chère », leur dis-je. Mon enveloppe de billets était encore bien fournie, et il n'y avait aucune raison de faire des économies.

Le plus jeune déchira une page dans un cahier et nous dessina le chemin à suivre jusqu'à l'auberge.

« Merci beaucoup, dis-je. La ville est devenue bien triste en dix ans, je me trompe ?

— Hmm. C'est pas faux, fit le plus âgé. Nous n'avons plus qu'un seul atelier de menuiserie, et guère d'autres industries. Avec l'agriculture qui, en plus, a tourné en queue de poisson, la population a baissé.

— Parce qu'on n'a pas pu, non plus, bien s'arranger avec le nombre de classes à l'école, ajouta le plus jeune.

— Combien y a-t-il d'habitants ?

— Ils disent sept mille, mais il n'y en a pas tant que ça, en fait. Ça doit tourner autour des cinq mille, dit le plus jeune.

— Et puis, voyez cette ligne de chemin de fer. Ils vont la supprimer, je vous dis, un jour ou l'autre. C'est qu'elle est la troisième de tout le pays pour les déficits. »

M'étonnant plutôt qu'il existât deux autres lignes plus

mortes encore que celle-là, je les remerciai et nous quittâmes la gare.

L'auberge se situait au bord de la rivière, à trois cents mètres sur la gauche quand on arrivait au bas de la pente après le quartier commerçant. C'était une vieille et sympathique auberge qui témoignait de la prospérité de jadis. Un jardin soigneusement entretenu s'étendait vers la rivière. Dans un coin, un jeune chien berger, le museau fourré dans son assiette, prenait de l'avance sur son dîner.

« Vous venez faire de l'alpinisme ? demanda la femme de chambre qui nous guidait vers notre chambre.

— En effet, pour l'alpinisme », répondis-je sobrement.

Il n'y avait que deux chambres à l'étage. Elles étaient grandes, et il suffisait d'aller dans le couloir pour avoir une vue sur la même rivière café au lait que j'avais aperçue de la fenêtre du train.

Comme elle disait vouloir prendre un bain, je partis seul faire un tour du côté de la mairie. Celle-ci se trouvait dans une rue déserte, deux pâtés de maisons à l'ouest de la rue commerçante. Contre toute attente, c'était un bâtiment récent, impeccablement tenu.

Au bureau de la Division du cheptel, je présentai une carte de visite portant l'en-tête d'un magazine dans lequel, deux ans auparavant, je passais pour écrire en *freelance*, et déclarai que je cherchais à me documenter sur l'élevage ovin. Un reportage sur les ovins pouvait paraître curieux pour un magazine féminin, mais mon interlocuteur, d'emblée convaincu, m'invita à entrer.

« Sur le territoire de la commune, nous avons un peu plus de deux cents têtes, tous des suffolk. Des animaux de boucherie, autrement dit. La viande est distribuée dans les auberges et restaurants de la région. Elle a un succès fou. »

Je sortis un carnet et fis mine de prendre des notes. Il était à parier que le bonhomme allait acheter le magazine féminin en question pendant plusieurs semaines. J'en avais d'avance le cafard.

« Un article de gastronomie, je présume ? me demanda-t-il après m'avoir entretenu un bon moment de la situation de l'élevage.

— Entre autres, dis-je. Notre sujet consiste plutôt à donner une vue globale sur le mouton.

— Une vue globale ?

— Enfin, vous savez, les mœurs, le caractère, des choses comme ça.

— Oh ! » fit mon interlocuteur.

Je rangeai mon carnet et bus une gorgée de thé qu'on m'avait servi. « Je me suis laissé dire qu'il y avait d'anciens pâturages dans la montagne.

— C'est exact. En tout cas c'étaient de vrais pâturages avant la guerre, mais ils ont été réquisitionnés ensuite par l'armée américaine, et aujourd'hui on ne les exploite plus. Une dizaine d'années après leur restitution, je ne sais quel richard en a fait une maison de campagne, mais les communications étant trop mauvaises, au bout d'un certain temps plus personne n'y venait et la maison est restée vide. La commune s'est donc fait prêter les pâturages. On aurait mieux fait de les racheter, et d'en faire une zone touristique, mais, que voulez-vous, la commune est bien trop pauvre, sans compter qu'il aurait fallu aménager la route.

— Prêter, vous dites ?

— En été, quelqu'un de l'élevage communal emmène là-haut une cinquantaine de bêtes. C'est que ce sont d'assez bons pâturages, et que les herbages de la ferme communale ne suffisent pas. Puis, en septembre, quand la saison devient mauvaise, on redescend les bêtes.

— Durant quelle période exactement les moutons sont-ils là-haut ?

— Ça dépend un peu des années, mais, en gros, du début mai à la mi-septembre.

— Combien sont-ils pour les y emmener ?

— Une seule personne, et c'est toujours la même depuis dix ans.

— J'aimerais bien la rencontrer, cette personne. »

Le fonctionnaire passa un coup de téléphone à la ferme d'élevage de la commune.

« Si vous y allez tout de suite, vous verrez la personne, dit-il. Je vous y conduis en voiture. »

Je commençai par refuser poliment son offre, mais il m'expliqua que je n'avais guère d'autre possibilité pour m'y rendre. Il n'y avait ni taxi ni voiture de location dans la ville, et à pied il m'aurait bien fallu une heure et demie.

La petite voiture dans laquelle le fonctionnaire m'emmena passa devant l'auberge et se dirigea vers l'ouest. Elle traversa un long pont en béton et, au bout d'une morne étendue de marais, elle se mit à gravir une petite côte menant à la montagne. Le gravier, soulevé par les roues, grésillait.

« Quand on vient de Tokyo, on doit avoir l'impression d'une ville morte, n'est-ce pas ? » dit-il.

Je fis une réponse évasive.

« Elle est bel et bien en passe de l'être, en tout cas. Tant qu'on aura le chemin de fer, elle tiendra le coup, mais si la ligne disparaît, elle mourra pour de bon. Une ville qui meurt, c'est une bien drôle de chose. Que les hommes meurent, soit. Mais une ville ! Vous comprenez ?

— Que se passera-t-il quand la ville sera morte ?

— Que se passera-t-il ? Allez savoir ! Tout le monde décampera avant d'avoir compris ce qui se passe. Si la population tombe en dessous de la barre des mille, et c'est tout à fait probable, eh bien nous, on se retrouvera quasiment sans boulot. On fera alors bien de décamper à notre tour. »

Je lui proposai une cigarette et la lui allumai avec le Dupont marqué du mouton emblématique.

« Je pourrais trouver un bon job à Sapporo. Mon oncle tient une imprimerie et il manque de bras. Comme il travaille pour les écoles, c'est une affaire stable. C'est ce que j'aurais de mieux à faire. Ça sera toujours mieux que de passer son temps ici à contrôler la quantité de vaches et de moutons qu'on livre.

— Sans doute, dis-je.

— Mais je me déciderais à m'en aller, que je ne pourrais pas. Vous comprenez ça ? Si vraiment il peut arriver qu'une ville meure, je ne voudrais pour rien au monde rater le spectacle.

— Vous êtes originaire de l'endroit, demandai-je.

— Oui », dit-il, et il n'ajouta plus rien. Le soleil teinté de feux moroses s'enfonçait déjà d'un tiers derrière les montagnes.

Deux mâts encadraient l'entrée de la ferme, entre lesquels était suspendue une pancarte portant l'inscription FERME D'ÉLEVAGE OVIN DE JŪNITAKI. Passé l'entrée, il y avait un chemin en pente qui s'évanouissait au milieu d'un épais feuillage d'automne.

« Au bout du bois, vous verrez la bergerie. La maison du gardien se trouve derrière. Comme allez-vous faire pour rentrer ?

— Il n'y a qu'à descendre la pente, j'irai à pied. En tout cas, merci beaucoup. »

Quand la voiture eut disparu, je passai entre les deux mâts et me mis à gravir le chemin. Les dernières lueurs du couchant ajoutaient une note orange au feuillage jauni des érables. Des hautes frondaisons perlait une lumière qui tremblait sur le gravier du sentier.

Au sortir du bois, je vis, plantée sur le flanc de la colline, une longue et étroite bergerie d'où parvenait une odeur de bestiaux. Le toit mansardé, couvert de tôles ondulées rouges, laissait dépasser trois cheminées d'aération.

Devant l'entrée, il y avait une niche. Un petit berger écossais, tenu enchaîné, aboya deux ou trois fois à ma vue. C'était un vieux chien au regard endormi, nullement agressif dans ses aboiements, et qui se calma dès que je lui caressai le cou. Devant la niche, des bols jaunes en plastique contenaient de l'eau et de la nourriture. Quand je retirai ma main, le chien retourna dans sa niche, l'air satisfait, et s'y coucha en alignant impeccablement ses pattes de devant.

L'intérieur de la bergerie était plongé dans une légère pénombre. Je n'y vis personne. Il y avait au centre un large couloir au sol bétonné, dont les côtés grillagés tenaient les moutons enfermés. Le passage était bordé de deux caniveaux en forme de U qui devaient servir à l'évacuation de l'urine et des eaux de lavage. Par-ci par-là, dans les murs tapissés de planches, s'ouvraient des fenêtres d'où l'on voyait la crête des montagnes. Le crépuscule teintait de rouge les moutons du côté droit et projetait une ombre épaisse et bleuâtre sur les moutons du côté gauche.

À l'instant où je pénétrai dans la bergerie, d'un seul mouvement, les deux cents moutons se tournèrent vers moi. Une moitié se tenait sur ses pattes, l'autre était couchée dans le foin étendu par terre. Leurs yeux, d'un bleu étrange, creusaient de part et d'autre de leur face comme deux petits puits d'où l'eau semblait jaillir. Ils étincelaient comme des yeux de verre quand ils recevaient la lumière de face. Les moutons m'observaient fixement. Sans esquisser le moindre mouvement. Quelques-uns continuaient à mâcher et à faire craquer le foin qu'ils avaient dans la bouche, et c'était bien le seul bruit qu'on pût entendre. D'autres buvaient de l'eau en passant la tête à travers le grillage, mais ils s'étaient interrompus de boire et, sans modifier leur posture, me regardaient. On eût cru qu'ils pensaient en groupe, que leur pensée s'était momentanément arrêtée quand je m'étais immobilisé dans l'embrasure de l'entrée. Tout était en suspens, tout le monde réservait son jugement. Mais sitôt que je me mis à remuer, leur processus mental se remit en branle. Dans les huit enclos, les moutons recommencèrent à bouger. Dans le parc des femelles, les brebis s'attroupèrent autour du bélier, tandis que dans celui des mâles, on reculait, en se tenant sur ses gardes. Quelques-uns, particulièrement curieux, restèrent accolés au grillage et surveillaient mes gestes.

Sur leurs fines et longues oreilles noires, plantées à l'horizontale de chaque côté de leurs têtes, était attachée une pastille en plastique – bleue pour les uns, jaune pour d'autres, rouge pour d'autres encore. Ils portaient également sur le dos une grande marque tracée au feutre de couleur.

Je m'avançai doucement, m'efforçant de ne faire aucun bruit afin de ne pas les effrayer. Puis, feignant l'indifférence, j'approchai du grillage et tendis une main que je posai sur un jeune bélier. L'animal eut un frisson de peur, mais il ne s'enfuit pas. Tous les autres moutons nous observaient d'un air profondément méfiant.

Le jeune bélier se crispa, me fixant froidement, comme s'il n'était lui-même qu'une sorte de tentacule incertain que le groupe tout entier dépêchait furtivement vers moi.

Drôles de phénomènes que les suffolk. Tout est noir chez eux, sauf la toison, qui est blanche. Leurs grandes oreilles s'écartent sur le côté comme des ailes de papillons nocturnes. Leurs yeux bleus brillant dans la nuit, et leur long museau au port fier en font comme des êtres venus d'ailleurs. Ils ne refusaient ni n'acceptaient ma présence, mais la considéraient comme un spectacle qui leur était momentanément offert. Plusieurs moutons pissèrent avec une vigueur bien sonore. L'urine s'écoula dans le caniveau et passa devant mes pieds. Le soleil était sur le point de disparaître derrière les cimes, et de pâles ténèbres violettes, comme une encre se diluant dans l'eau, enveloppaient le flanc des montagnes.

Quittant la bergerie, je caressai à nouveau le berger écossais et gonflai mes poumons de grand air. Je contournai le bâtiment, franchis un pont en bois jeté sur un ruisseau et dirigeai mes pas vers l'habitation du gardien. C'était une maison cossue à un seul niveau, flanquée d'une grange immense, beaucoup plus grande que la maison, qui abritait le foin et l'outillage.

Le gardien était en train d'empiler des sacs d'antiseptique à côté d'une cuve en béton qui devait mesurer environ un mètre de longueur sur un mètre de profondeur. De loin, il jeta un rapide coup d'œil dans ma direction, sans interrompre son ouvrage, ni manifester d'intérêt pour ma présence. Quand j'arrivai près de la cuve, il se décida enfin à s'arrêter et essuya la sueur inondant son visage au moyen de la serviette enroulée autour de son cou.

« Demain, c'est le jour de la désinfection pour tous

les moutons », dit-il. Là-dessus, il sortit de la poche de son habit de travail une cigarette toute fripée qu'il lissa du bout des doigts avant de l'allumer. « On verse le désinfectant là-dedans, puis on y baigne les moutons de pied en cap. Sans ça, ils se retrouveraient infestés de bestioles au bout de l'hiver.

— Vous faites ça tout seul ?

— Vous rigolez ? J'ai deux hommes qui viennent m'aider. Et puis il y a le chien, c'est lui qui travaille le plus. Les moutons lui font davantage confiance. C'est d'ailleurs à cela qu'on reconnaît un bon chien de berger. »

L'homme était de quelques centimètres plus petit que moi, mais solidement bâti, près de la cinquantaine, et une sorte de brosse à cheveux sur le crâne, à poils raides et coupés court. Il tira sur les doigts de ses gants en caoutchouc comme s'il eût voulu s'arracher la peau, les battit de plusieurs coups secs sur ses flancs et les fourra dans les poches rapportées de son pantalon. Il tenait plus du sergent instructeur que du berger.

« Il paraît que vous avez des questions à me poser ?

— C'est juste.

— Eh bien, allez-y.

— Ça fait longtemps que vous faites ce travail ?

— Dix ans, dit-il. C'est pas très long, c'est pas très court non plus. Mais pour ce qui est des moutons, je connais mon affaire maintenant. Avant ça, j'étais à l'armée. »

Il enroula sa serviette autour du cou et leva les yeux au ciel.

« Vous passez tout l'hiver ici ?

— Bah, fit-il. Ma foi, oui. » Il toussota. « Où voulez-vous que j'aille ? D'ailleurs, l'hiver ici, on n'a pas le temps de flâner. Il tombe à peu près deux mètres de neige dans ce coin, et si vous laissez aller, ce sont les toits qui s'effondrent, avec les moutons en dessous. Faut aussi les nourrir, ces bêtes-là, nettoyer la bergerie, et j'en passe.

— Puis, quand vient l'été, vous conduisez la moitié des moutons dans la montagne, n'est-ce pas ?

— Exact.

— C'est difficile de mener des moutons comme ça ?

— Tout simple. Les hommes font ça depuis des éternités. Les bergers fixés sur des pacages, c'est assez récent. Avant, ils voyageaient toute l'année avec leurs moutons. Dans l'Espagne du XVIe siècle, le pays était sillonné de chemins que les pasteurs étaient seuls à connaître. Même le roi ne pouvait y pénétrer. » L'homme éjecta un crachat qu'il frotta sous la semelle de sa botte. « En tout cas, du moment que rien ne l'effraie, le mouton est une bonne bête. Il suivra toujours votre chien sans jamais trouver à redire. »

Je sortis de ma poche la photo que m'avait envoyée le Rat et la mis entre ses mains. « C'est bien les pâturages qui sont là-haut ?

— Oui, oui, dit-il. Pas de doute. Et c'est même nos moutons.

— Et ceci », dis-je en posant la pointe de mon stylo sur le mouton trapu marqué d'une étoile dans le dos.

L'homme lorgna la photo quelques instants.

« Ça, non. C'est pas un mouton à nous. Bizarre, tout de même… Comment a-t-il pu se glisser parmi les autres ? Tout est clôturé autour, et moi je les compte un par un, matin et soir. Ce qui est surtout bizarre, c'est que le chien s'en serait aperçu. Et les autres moutons auraient fait du remue-ménage. Mais le plus fort, c'est que je n'ai jamais vu de mouton pareil.

— Cette année, entre le moment où vous avez

emmené les moutons et le retour, il ne s'est rien produit de spécial ?

— Non, dit-il, c'était tout ce qu'il y avait de plus tranquille.

— Si j'ai bien compris, vous êtes resté seul dans la montagne tout l'été ?

— Seul ? Quand même pas. Tous les deux jours, j'ai la visite d'un employé de la ville, et il arrive de temps à autre qu'un fonctionnaire vienne en inspection. En plus, moi, je descends à la ville un jour par semaine, mais il y a quelqu'un qui me remplace. Faut quand même veiller à la nourriture et à différentes choses.

— Donc, on ne peut pas vraiment dire que vous vivez reclus dans vos montagnes.

— Ça, non. Tant qu'il n'y a pas de neige, en Jeep, vous êtes en une heure et demie aux pâturages. Une promenade, quoi. Cela dit, une fois qu'il se met à neiger et que vous ne pouvez plus circuler en voiture, alors oui, c'est la réclusion forcée pour tout l'hiver.

— Il n'y a donc personne là-haut en ce moment ?

— À part le propriétaire de la maison de campagne, il n'y a personne, non.

— Le propriétaire ? On m'a dit que cette maison de campagne n'était plus utilisée depuis des lustres… »

Le gardien jeta son mégot par terre et l'écrasa sous sa chaussure, « Effectivement, elle n'*était* plus utilisée. Mais maintenant elle l'est. On peut parfaitement y habiter, il suffit d'en avoir envie. Pour ce qui est de l'entretien, j'ai dernièrement fait tout ce qu'il faut. L'électricité, le gaz, le téléphone, tout marche. Y a pas un carreau de cassé.

— Quelqu'un de la mairie m'a pourtant dit qu'il n'y avait personne.

— Ce sera pas la première fois qu'ils ne savent rien,

ceux-là. À côté de mon travail pour la commune, c'est-à-dire à titre personnel, ça fait un bon bout de temps que le propriétaire m'emploie. Seulement, je n'en parle jamais. On m'a d'ailleurs recommandé d'être discret. »

L'homme voulut prendre une cigarette dans sa poche, mais son paquet était vide. Je glissai un billet de dix mille yens plié en deux dans mon paquet de Lark à moitié entamé et le lui tendis. Il considéra la chose un moment, puis l'accepta, mit une cigarette en bouche, et fourra le reste dans la poche de sa chemise. « Vous m'obligez.

— Quand est-il arrivé, le propriétaire ?

— Au printemps. Vu que la fonte des neiges n'avait pas encore commencé, ce devait être en mars. Ça faisait bien cinq ans qu'on ne l'avait plus vu. Je me demande ce qui lui a pris tout d'un coup, mais, enfin, c'est son affaire, pas la nôtre. Quoique, comme il m'a dit de ne rien dire à personne, je suppose qu'il doit y avoir des circonstances. Toujours est-il qu'il s'y trouve toujours. C'est moi qui le ravitaille, en achetant en douce nourriture et pétrole que je lui livre en Jeep, par petites quantités. Avec le stock qu'il a maintenant, il pourrait tenir un an encore.

— Votre propriétaire, n'est-ce pas quelqu'un d'à peu près mon âge, portant la barbe ?

— Hmm, fit le gardien. En effet.

— Allons donc », dis-je. Ce n'était pas la peine de lui montrer la photo.

3. Nuit à Jūnitaki

Avec un peu d'argent, mes pourparlers avec le gardien aboutirent sans difficulté. Il devait venir nous prendre à l'auberge le lendemain à huit heures pour nous conduire aux pâturages dans la montagne.

« En commençant l'après-midi, je dois pouvoir finir ma désinfection dans la journée », dit-il. Il était d'un réalisme on ne peut plus catégorique.

« Il y a cependant quelque chose qui me chiffonne, ajouta-t-il. Avec les pluies d'hier, le sol sera sans doute plus meuble, et il est possible qu'à un endroit la voiture ne puisse pas passer. Dans ce cas, je serai obligé de vous demander de marcher. Je n'y pourrai rien, vous comprenez ?

— Parfaitement », dis-je.

Sur le chemin du retour, le souvenir me revint enfin que le père du Rat possédait une maison de campagne à Hokkaidō. Le Rat lui-même m'en avait parlé à plusieurs reprises autrefois. Une maison avec un étage, dans la montagne, et de vastes prairies. Je me rappelle toujours des choses importantes quand il n'est plus tout à fait temps. J'aurais dû y songer au début, quand j'ai reçu ses lettres. J'aurais eu alors mille moyens de retrouver sa piste.

Pestant contre moi-même, je me traînais vers la ville sur un chemin de montagne d'instant en instant plus obscur. En l'espace d'une heure et demie je ne rencontrai que trois véhicules. Deux d'entre eux étaient de petits camions chargés de bois, le troisième un tracteur. Tous les trois descendaient vers la ville, mais personne ne me proposa de monter à bord. Je n'en espérais d'ailleurs pas tant.

Lorsque je parvins enfin à l'auberge, il était sept heures passées et il faisait nuit noire. J'étais transi jusqu'à la moelle. Le petit berger passa la tête hors de sa niche et renifla dans ma direction. Vêtue d'un jean et de mon pull-over ras du cou, elle était plongée dans une partie de jeu électronique. On avait apparemment transformé en salle de jeu un ancien salon de réception situé à côté de l'entrée et dont il restait une superbe cheminée. Un vrai feu ouvert, où l'on pouvait brûler des bûches. Il y avait quatre écrans de jeux électroniques et deux billards électriques. Les billards étaient de vieux machins bon marché, de fabrication espagnole, que l'on n'aurait jamais osé rafistoler tant ils étaient déglingués.

« Je crève littéralement de faim », dit-elle, n'en pouvant plus d'attendre.

Je passai commande du dîner et pris un bain en vitesse. Tandis que je m'essuyais, une fois n'est pas coutume, je montai sur la balance. Soixante kilos, mon poids d'il y avait dix ans. En une semaine, les bourrelets de graisse qui commençaient à poindre sur mes flancs avaient joliment fondu.

Le dîner m'attendait dans la chambre. Tout en picorant dans la fricassée que j'arrosais de bière, je l'entretins de la ferme d'élevage et de son gardien ex-sous-officier. Elle regrettait d'avoir raté les moutons.

« Eh bien, il ne nous reste plus qu'à tirer dans les buts, on dirait.

— C'est à espérer », dis-je.

Après avoir regardé un Hitchcock à la télé, nous plongeâmes sous nos couettes et éteignîmes la lampe. Onze heures sonnèrent à l'horloge du rez-de-chaussée.

« Il faudra se lever tôt », dis-je.

Aucune réponse. Elle respirait déjà du souffle régulier du dormeur. Je réglai mon réveil de voyage et fumai une cigarette au clair de lune. Je ne percevais que le murmure de la rivière. La ville entière semblait déjà engourdie dans le sommeil.

Au bout de cette journée mouvementée, mon corps

était recru de fatigue, mais une excitation me titillait encore l'esprit et m'empêchait de dormir. Une désagréable cacophonie résonnait de façon obsédante à l'intérieur de mon crâne.

Retenant mon souffle dans le repos des ténèbres, je vis se dissoudre le spectacle de la ville autour de moi. Les maisons tombaient en ruine, la voie ferrée rongée par la rouille n'était plus que l'ombre d'elle-même, les champs étaient envahis par une prolifération de mauvaises herbes. La ville refermait ainsi le siècle de sa brève histoire et sombrait dans les failles du continent. Le temps régressa comme un film défilant à toute vitesse en arrière. Des cerfs, des ours, des loups apparurent sur terre, des nuages géants de sauterelles noircirent le ciel, un océan de petits bambous ondula dans le vent d'automne, une épaisse forêt de conifères masqua le soleil.

Et quand toute activité humaine eut disparu, seuls restèrent les moutons. De leurs pupilles scintillant au fond des ténèbres, ils me regardaient fixement. Ils ne parlaient pas, ne pensaient pas, ils me regardaient fixement. Il y en avait des dizaines de milliers. Avec ce claquement monotone de leurs dents qui voilait la terre entière.

Quand la pendule sonna deux heures, les moutons s'évanouirent.

Et je m'endormis.

4. Un virage de mauvais augure

C'était un matin frisquet, vaguement nébuleux. J'avais pitié de ces moutons qu'on allait plonger ce jour-là dans une froide solution désinfectante. Mais peut-être le froid ne les tourmentait-il pas outre mesure. Non, le froid ne devait certainement pas les tourmenter.

Le court automne de Hokkaidō tirait à sa fin. D'épais nuages gris portaient déjà la menace des chutes de neige. Ayant sauté du mois de septembre à Tokyo, au mois d'octobre à Hokkaidō, j'avais pour ainsi dire manqué l'automne de cette année-là, 1978. J'en avais eu le début et la fin, pas le milieu.

Je m'étais éveillé à six heures, lavé la figure, et j'attendais le petit déjeuner, assis dans le couloir à contempler la rivière couler. Les eaux avaient légèrement décru par rapport à la veille et avaient retrouvé leur pureté. Dans les rizières s'étendant au-delà, les épis mûrs traçaient d'étranges vagues sous les bourrasques capricieuses du matin, et se perdaient à l'infini. Un tracteur traversa le pont en béton en direction de la montagne. Ses poussives pétarades me parvenaient au gré du vent, toujours faiblement perceptibles dans le lointain. Surgissant du feuillage doré d'un bosquet de bouleaux, trois corbeaux décrivirent un cercle au-dessus de la rivière avant de se poser sur le garde-fou du pont. Ainsi perchés, ils semblaient jouer des personnages témoins dans une pièce d'avant-garde. Lassés, cependant, de partager le même rôle, ils reprirent leur vol l'un après l'autre et disparurent vers l'amont.

À huit heures pile, la vieille Jeep du gardien de la ferme s'immobilisa devant l'auberge. Un habitacle de forme carrée recouvrait la Jeep qui, à en juger par l'inscription à demi effacée d'un nom de bataillon sur le côté du capot, devait provenir d'un surplus de l'armée.

« Il y a un truc bizarre, fit le gardien dès qu'il me reconnut. Par précaution, j'ai voulu passer un coup de fil là-haut, mais impossible d'avoir la communication. »

Je m'installai avec elle sur la banquette arrière. Il y avait une petite odeur d'essence dans l'habitacle.

« La dernière fois que vous avez téléphoné, ça remonte à quand ?

— Voyons, heu... C'était le mois dernier. Aux alentours du 20. Depuis, je n'ai plus appelé. En principe, c'est plutôt lui qui appelle, quand il a besoin de quelque chose. Pour me donner la liste des courses par exemple.

— Et ça sonne ou non ?

— Rien du tout. Ça sonne même pas occupé. Peut-être que la ligne est tombée quelque part. C'est une chose qui peut arriver par gros temps de neige.

— Mais il ne neige pas ! »

Le gardien leva la tête en l'air et la fit rouler en faisant craquer son cou. « Enfin, allons-y toujours, on verra bien sur place. »

J'acquiesçai sans rien dire. Je commençais à avoir la tête lourde à cause de l'odeur d'essence.

La voiture traversa le pont en béton et emprunta le même chemin que la veille. Quand elle passa devant la ferme, nous jetâmes tous ensemble un coup d'œil vers les deux mâts et la pancarte de l'entrée. Un calme profond régnait sur la ferme. J'imaginais les moutons fixant chacun de leurs yeux bleus leur portion de silence.

« Vous avez remis la désinfection à cet après-midi ?

— Bah, oui. De toute façon, ça n'a rien de très urgent. Du moment que c'est fait avant les premières neiges...

— Quand commence-t-il à neiger ?

— Il en tomberait la semaine prochaine que ça n'aurait rien d'étonnant », dit le gardien. Une main posée sur le volant, il baissa la tête et eut une quinte de toux. « C'est à partir de novembre qu'elle commence à tenir.

Vous avez une idée de ce que c'est, l'hiver, dans ce coin-ci ?

— Non, dis-je.

— Une fois qu'elle commence à tenir, la neige n'arrête plus de s'entasser, et de s'entasser encore. Un vrai déluge. Il n'y a plus qu'à battre en retraite chez soi et rentrer les épaules. Les hommes n'ont jamais été faits pour vivre dans un endroit pareil.

— N'empêche que vous y vivez, et depuis longtemps même, non ?

— C'est que j'aime les moutons. Il a bon caractère cet animal-là, et il sait se souvenir de la tête des gens. Mais le temps passe à une allure folle à s'en occuper. Toujours le même circuit : en automne c'est l'accouplement, en hiver on attend que ça passe, au printemps ce sont les agneaux qui naissent, en été on part pour les pacages. Entre-temps les agneaux ont grandi, et à l'automne ils s'accouplent déjà. Et c'est reparti. Les moutons changent chaque année, et il n'y a que vous qui vieillissez. Et en vieillissant, vous vous sentez de moins en moins le courage de quitter votre coin.

— Qu'est-ce qu'ils font en hiver, les moutons ? » demanda-t-elle.

Une main sur le volant, le gardien se retourna complètement vers l'arrière et la dévora des yeux, comme s'il venait seulement de se rendre compte de sa présence. J'en avais des sueurs froides, même si, fort heureusement, la route était asphaltée, en ligne droite, et sans l'ombre d'une voiture en face.

« Ils restent dans la bergerie, sans bouger, répondit-il en regardant enfin devant lui.

— Et ils ne s'ennuient pas ? dit-elle.

— Et vous, vous la trouvez ennuyeuse, votre vie ?

— J'en sais trop rien.

— Eh bien, c'est la même chose pour les moutons, dit-il. Ils n'y pensent pas, et y penseraient-ils, qu'ils n'auraient aucune idée sur la question. Non, ils passent l'hiver à manger du foin, à pisser, à se battre un peu, à songer aux enfants qu'ils ont dans le ventre. »

La pente de la montagne devint peu à peu plus abrupte, tandis que la route se mit à décrire un large S. Les paysages champêtres disparurent progressivement pour laisser place, de part et d'autre de la route, aux escarpements d'une obscure forêt primitive. Par endroits, une brèche ouverte dans le feuillage découvrait au loin un morceau de plaine.

« Quand la neige est là, on n'avance déjà plus par ici, dit le gardien. Si tant est qu'il soit nécessaire d'avancer…

— Il n'y a pas de pistes de ski, ou des circuits d'alpinisme ? questionnai-je.

— Non. Rien de tout ça. C'est pour ça qu'on ne voit pas de touristes. Et c'est aussi pour ça que la ville se meurt. Pourtant, au début des années soixante, c'était une ville très active, réputée ville modèle pour l'agriculture en zone froide. Puis on a commencé à produire trop de riz, et ça n'a plus intéressé personne de faire de l'agriculture dans un frigo. Quoi de plus normal ?…

— Et l'industrie du bois ?

— Comme ça manquait de main-d'œuvre dans le pays, elle est allée s'installer ailleurs, où c'était plus commode. Il reste bien quelques petits ateliers dans la ville, mais c'est pas grand-chose. Les arbres qu'on abat dans la montagne ne font plus que traverser la ville pour aller à Nayoro ou à Asahikawa. On a donc des routes de plus en plus belles et une ville de plus en plus morte. Avec leurs immenses pneus cloutés, les gros camions ne craignent pratiquement plus aucun chemin enneigé. »

J'avais pris machinalement une cigarette, mais l'odeur d'essence me fit me raviser et je la rangeai dans ma poche. Je décidai de la remplacer par une pastille au citron qui traînait au fond de ma poche. Goût de citron et odeur d'essence se mélangèrent dans la bouche.

« Ils se battent, les moutons ? interrogea-t-elle.

— Et comment ! dit le gardien. C'est vrai de tous les animaux qui vivent en groupe, mais dans la société des moutons, il y a un rang bien défini pour chaque individu. Si vous mettez cinquante moutons dans un enclos, vous aurez d'office un *number one*, un *number two*, et ainsi de suite jusqu'au *number fifty*. Et chacun sait parfaitement où il se situe.

— Incroyable ! s'exclama-t-elle.

— Nous, ça nous aide aussi à gérer l'affaire. Il suffit de prendre le plus important, et tous les autres suivent derrière sans sourciller.

— Mais si leur rang est si bien défini, pourquoi faut-il qu'ils se battent ?

— Imaginez un mouton affaibli à cause d'une blessure, sa position est déstabilisée dans la hiérarchie, et celui qui est juste en dessous de lui va vouloir tenter sa chance pour monter d'un cran. Pendant trois jours alors, c'est la bagarre.

— Le pauvre... !

— Ah mais, c'est chacun son tour. Celui qui se fait supplanter a bien dû en supplanter d'autres quand il était jeune. Puis, vous savez, à l'abattoir, il n'y a plus de *number one* ou de *number fifty* qui comptent. Ils font tous copain-copain sur le barbecue.

— Pfff, fit-elle.

— Celui qui est à plaindre, c'est plutôt le bélier reproducteur. Vous savez ce que c'est, un harem chez les moutons ? »

Nous répondîmes que nous ne savions pas.

« Le plus important dans un élevage de moutons, c'est de bien contrôler les accouplements. C'est pour ça que mâles et femelles sont séparés et qu'on ne met qu'un seul bélier dans l'enclos des brebis. En général, c'est le plus fort des béliers, le *number one*, parce qu'il donne une excellente semence. Au bout d'un mois, quand il a fini ses affaires, il retourne avec les autres béliers. Or, entre-temps une nouvelle hiérarchie s'est établie dans l'enclos. Et vu que dans les accouplements il a perdu la moitié de son poids, il a beau y mettre toute sa rage, il ne parvient plus à gagner. Il n'empêche qu'il est quand même obligé de se battre avec tous les autres béliers, l'un après l'autre. Si c'est pas triste à voir…

— Comment se battent-ils, les moutons ?

— Tête contre tête, ils se rentrent dedans. Le front des moutons est dur comme du fer et tout vide à l'intérieur. »

Elle se taisait, plongée dans ses pensées. Sans doute imaginait-elle ces béliers en train de lutter, de se rentrer dedans, tête contre tête.

Nous roulions depuis une demi-heure, quand, subitement, la route cessa d'être asphaltée et rétrécit de moitié. Des deux côtés, l'obscure forêt primitive se serra d'un coup contre la voiture, comme une vague déferlante. L'atmosphère se refroidit de plusieurs degrés.

Sur le chemin affreusement cabossé, la Jeep sautait de bas en haut comme l'aiguille d'un sismographe. Dans le jerrycan en plastique qui se trouvait à mes pieds, l'essence commença à émettre un bruit sinistre, comme un bruit de cervelle volant en éclats à l'intérieur d'un crâne. J'en avais la migraine rien qu'à l'entendre.

Ce tronçon de route dura bien vingt ou trente minutes.

J'étais incapable de lire l'heure exacte sur ma montre. Pendant tout ce temps, personne ne pipa un mot. Je me tenais accroché à la ceinture fixée derrière mon dos, elle se cramponnait à mon bras droit, et le gardien concentrait toute son attention sur le volant.

« À gauche ! » lança-t-il laconiquement quelques instants plus tard. Sans bien comprendre de quoi il s'agissait, je jetai un coup d'œil sur la gauche de la route. Le mur couvert de cette obscure et luisante forêt disparut, comme arraché au sol, et la terre tomba dans le néant. C'était une gigantesque vallée. Un spectacle grandiose, mais sans la moindre aménité. Les falaises tombant à pic n'avaient pas seulement chassé la vie de ses parois, elles crachaient une haleine funeste sur tout le paysage alentour.

En avant de la route qui longeait la vallée surgit une montagne d'une curieuse forme conique, dont la pointe était faussée, comme si une force colossale l'avait tordue.

Les mains serrées sur son volant tout tremblant, le gardien donna un coup de menton en direction de la montagne.

« On va tourner autour et passer derrière. »

Un gros vent montait du fond de la vallée, qui soulevait l'herbe poussant dru sur les versants de droite. Du sable fin crépitait contre les vitres de la voiture.

Après quelques virages en épingle à cheveux, et à mesure que l'on approchait de la pointe du cône, les pentes du côté droit de la route se transformèrent en rochers escarpés, puis en un roc à pic. Nous nous retrouvâmes bientôt accrochés de justesse à une mince saillie taillée à flanc de l'énorme paroi toute lisse.

Le temps se gâta brusquement. La pâle grisaille, encore délicatement teintée de bleu tout à l'heure, s'était lassée, semble-t-il, de ses subtiles hésitations, et avait viré au gris sombre, injecté d'un inégal noir de fumée. Les montagnes environnantes se voilèrent au même moment d'une ombre morne.

Tourbillonnant autour du cône de la montagne, le vent mugissait atrocement. De la paume de ma main je m'essuyai le front. Une sueur froide me coulait de partout, jusque sous mon sweater.

Pinçant les lèvres, le gardien continuait de virer à droite sur une courbe qui n'en finissait pas. Puis, se penchant vers l'avant comme s'il cherchait à entendre quelque chose, il décéléra progressivement, puis, à un endroit où la route s'élargissait à peine, il enfonça la pédale de frein. Le moteur, en s'éteignant, nous précipita dans un silence de glace. Le vent chassait toujours, désorienté.

Les deux mains sur le volant, le gardien demeura longtemps silencieux. Puis il descendit de la Jeep, et frappa le sol sous ses bottes. Je descendis à mon tour, et debout à ses côtés je considérai la surface de la route.

« C'est foutu, dit-il. J'aurais dû m'y attendre. Il a plu beaucoup plus que je ne pensais. »

La route ne me paraissait pas si humide. Je la trouvais même parfaitement sèche et dure.

« C'est détrempé à l'intérieur, expliqua-t-il. Tout le monde s'y laisse prendre. C'est un endroit un peu spécial par ici.

— Un peu spécial... ? »

Éludant ma question, il tira une cigarette de la poche de sa veste et craqua une allumette. « Marchons un peu, pour voir. »

Nous fîmes deux cents mètres environ, jusqu'au virage suivant. Une désagréable sensation de froid me collait à la peau. Je fermai la fermeture Éclair de mon anorak jusqu'au cou et relevai mon col. Le froid insistait.

Le gardien s'immobilisa à l'entrée du virage et, la cigarette au bec, il reluqua la paroi se dressant sur la droite. À mi-hauteur environ, de l'eau jaillissait qui ruisselait le long du rocher et traversait la route. L'eau contenait une vase légèrement brunâtre. Je tâtai une partie humide de la paroi. Le rocher, bien plus fragile qu'il n'y paraissait, tombait en capitolade.

« Un sale virage, il y a pas à dire, fit le gardien. Le sol ne tient pas. Mais ce n'est pas que ça. Il n'augure rien de bon, ce virage. Même les moutons en ont peur. » Pris d'une quinte de toux, il jeta son mégot par terre. « Désolé, mais je ne veux pas prendre de risque. »

Je me contentai de hocher la tête.

« On peut passer à pied ?

— Sans problème. Ce sont les vibrations qui sont dangereuses. »

L'homme frappa une nouvelle fois du pied, énergiquement. Une fraction de seconde plus tard, un craquement sec retentit. Un bruit effroyable. « Hmm, à pied, ça tiendra. »

Nous rebroussâmes chemin jusqu'à la Jeep.

« D'ici, c'est une affaire de quatre kilomètres, dit-il en marchant à mes côtés. Avec la fille, vous y serez en une heure et demie. Il n'y a qu'à suivre le chemin, ça ne monte plus très fort. Désolé de ne pas pouvoir vous y conduire jusqu'au bout.

— Ce n'est rien. C'était déjà très gentil à vous…

— Vous allez rester longtemps là-haut ?

— Aucune idée. On peut être de retour demain, ou dans une semaine. Ça dépend du tour que prendront les choses. »

Il mit à nouveau une cigarette en bouche, mais cette

fois-ci il toussa avant de l'allumer. « Faites attention quand même. Comme c'est parti, la neige sera là plus tôt que d'habitude. Et pour peu qu'elle tienne, vous resterez coincés.

— On fera attention, dis-je.

— Vous verrez une boîte aux lettres devant l'entrée. La clé y est cachée tout au fond. S'il n'y avait personne, prenez-la. »

Nous déchargeâmes notre bagage sous un ciel de plomb. J'échangeai mon anorak pour une épaisse parka d'alpinisme, mais je n'en restai pas moins transi de froid.

Heurtant la paroi en de multiples endroits, le gardien s'escrima à faire faire un demi-tour à la Jeep. À chaque choc, la paroi tombait en miettes. Quand il parvint enfin au bout de ses peines, il donna un coup de klaxon et agita la main. Nous fîmes de même. Puis, virevoltant dans les virages, la Jeep disparut, nous laissant seuls au milieu de la route. J'avais l'impression qu'on nous avait déposés quelque part aux confins du monde pour nous y abandonner.

Nous posâmes nos sacs par terre, et, comme nous n'avions rien à nous dire de particulier, nous contemplâmes le paysage. Au fond de la vallée qui s'étendait sous nos yeux, une rivière argentée dessinait une mince ligne ondulante dont les bords étaient couverts d'un épais feuillage vert. Plus loin, au-delà de la vallée, de petites collines colorées par l'automne se brisaient l'une contre l'autre comme des vagues, et à l'arrière-plan, estompée par la grisaille, on distinguait vaguement la plaine. Quelques colonnes de fumée s'élevaient au-dessus des rizières où, la moisson finie, on brûlait le chaume. Une vue superbe, qui ne me procura néanmoins aucune gaieté. Tout me laissait froid, appartenant à je ne sais quel système qui m'excluait.

Des nuages gris et humides à souhait voilaient si parfaitement le ciel qu'on les eût volontiers pris pour une grande toile de couleur uniforme. Plus bas glissaient de noirs amas nébuleux. Ceux-ci, en revanche, on aurait cru pouvoir les toucher du bout des doigts. Ils filaient vers l'est, à une vitesse vertigineuse. C'étaient de lourds nuages venus de Chine par-delà la mer du Japon, et qui traversaient Hokkaidō avant de s'échapper vers la mer d'Okhotsk. À les voir filer ainsi, sans fin, l'un après l'autre, la précarité de cet échafaudage sur lequel nous nous trouvions me devint intolérable. N'étaient-ils pas capables, d'une fantaisiste bouffée d'air, de nous précipiter dans le néant de cette vallée, nous et ce virage chancelant collé à la falaise ?

« Dépêchons ! » dis-je, harnachant mes épaules de mon lourd sac à dos. Avant que la pluie, ou la grêle, ne nous surprît, il me fallait coûte que coûte avancer, fût-ce de quelques pas seulement, en direction d'un lieu muni d'un toit. Je ne voulais pas finir trempé comme une soupe dans un si triste endroit. Marchant d'un bon pas, nous dépassâmes le « sale virage ». Il avait raison, le gardien, ce virage avait je ne sais quoi de mauvais augure. Mon corps eut d'abord le vague pressentiment d'une chose funeste, pressentiment qui alla ensuite toquer quelque part dans ma tête pour l'en avertir. Le genre d'impression que vous avez quand, traversant une rivière, vous enfoncez soudain un pied dans un creux où l'eau n'a plus du tout la même température.

Tout au long des cinq cents mètres de virage, le son de nos pas connut toutes sortes de variations. Des ruissellements d'eau de source serpentaient en tous sens à la surface du chemin.

Le virage franchi, nous ne relâchâmes pas notre allure, le temps de gagner un peu le large. Nous reprîmes notre souffle une demi-heure plus tard, alors que les escarpements étaient devenus moins abrupts, et que, çà et là, un arbre commençait à réapparaître.

Le plus dur était fait. Le chemin était désormais plat, l'hostilité environnante se raréfiait. Le paysage devint peu à peu celui d'un paisible haut plateau, des oiseaux firent leur apparition.

Encore trente minutes, nous avions définitivement quitté l'étrange montagne conique, et nous débouchions sur une vaste terrasse, aussi lisse qu'une table. La terrasse était encerclée de montagnes tombant à pic, donnant l'impression d'un gigantesque volcan dont la moitié supérieure se fût affaissée. Une mer de bouleaux blancs au feuillage doré s'étendait à perte de vue. Entre les bouleaux, c'était un foisonnement de broussailles, d'arbrisseaux aux couleurs éclatantes, et, çà et là, un arbre abattu par le vent dont le tronc bruni achevait de pourrir.

« Ça n'a pas l'air mal comme endroit », dit-elle.

Maintenant que le virage était derrière nous, en effet, ça n'avait pas l'air mal du tout.

Un chemin traversait la mer de bouleaux. Un chemin que la Jeep aurait enfin pu emprunter, et qui filait en une parfaite, insoutenable ligne droite. Pas un virage, pas une pente. Devant moi, tout était comme aspiré par un seul point, au-dessus duquel je voyais fuir les noirs nuages.

Tout était terriblement tranquille. L'immense forêt absorbait jusqu'au bruit du vent. De temps à autre, un oiseau noir surgissait de nulle part, bien droit sur ses pattes et montrant une langue rouge en lançant un cri strident qui déchirait l'air alentour, et, quand il disparaissait, le silence venait colmater le vide, comme une gelée molle. Les feuilles mortes qui recouvraient entièrement le chemin étaient encore gorgées des pluies de l'avant-veille. Rien, sauf les oiseaux, ne venait troubler le silence. La forêt de bouleaux blancs se poursuivait sans fin, comme le chemin. Et les nuages bas qui, l'instant d'avant encore, nous oppressaient, vus cette fois à travers les frondaisons, nous semblaient devenus irréels.

Ayant marché quinze minutes, nous tombâmes sur un ruisseau où coulait une eau claire. Un pont, fait de solides troncs de bouleaux liés ensemble, et muni d'une balustrade, était jeté en travers. Tout autour, une clairière formait une aire de repos. Nous déposâmes nos sacs et descendîmes dans le ruisseau pour nous y abreuver. Je n'avais jamais bu une eau aussi délicieuse, légèrement sucrée, avec une douce odeur de terre, et si froide que nous en avions les mains toutes rougies.

Le ciel restait identique à lui-même, mais le temps semblait tenir bon. Pendant qu'elle renouait les lacets de ses chaussures de montagne, je fumai une cigarette, assis sur la balustrade. Un bruit de cascade montait depuis l'aval. D'après le bruit, ce ne devait pas être une cascade importante. À notre gauche, une brise fantaisiste se mit à souffler, soulevant quelques vaguelettes à la surface du tapis de feuilles mortes, avant de se retirer par la droite.

Au moment d'écraser mon mégot sous mes semelles, je découvris juste à côté un autre mégot. Je le ramassai et l'inspectai minutieusement. C'était une Seven Stars, également écrasée sous un pied. Comme elle ne portait pas de traces d'humidité, j'en conclus qu'elle avait été fumée après les pluies. C'est-à-dire la veille, ou le jour même.

J'essayai de me rappeler la marque de cigarettes que fumait le Rat. En vain. Je ne parvenais même pas à me souvenir s'il fumait ou non. Je n'insistai pas et jetai le mégot dans le ruisseau qui, en un clin d'œil, l'emporta loin en aval.

« Qu'est-ce que tu as ? demanda-t-elle.

— J'ai trouvé un mégot tout frais, dis-je. Il n'y a pas longtemps, quelqu'un s'est assis ici, comme moi, pour fumer une cigarette.

— Tu crois que c'est ton copain ?

— Je sais pas. J'aimerais bien le savoir. »

Elle vint s'asseoir à mes côtés et, relevant des deux mains sa chevelure, pour la première fois depuis si longtemps, elle me montra ses oreilles. Le bruit de la cascade s'éloigna soudainement de moi, puis il revint.

« Tu les aimes encore, mes oreilles ? »

J'allongeai une main en souriant et touchai une oreille du bout des doigts.

« Tu sais bien que oui », dis-je.

Au bout de quinze nouvelles minutes de marche, le chemin s'interrompit brusquement. La mer de bouleaux s'arrêtait également, comme si on l'avait tranchée net à cet endroit. Devant nous s'ouvrait l'étendue d'une prairie, vaste comme un lac.

Des pieux espacés d'environ cinq mètres étaient plantés tout autour de la prairie, reliés par du fil de fer. C'était du vieux fil tout rouillé. Apparemment, nous étions bel et bien arrivés aux pâturages de nos moutons. Je poussai les deux battants d'une barrière hors d'âge et pénétrai à l'intérieur. L'herbe était tendre, la terre noire d'humidité.

De sombres nuages dérivaient au-dessus de la prairie.

Dans la direction qu'ils suivaient, je vis de hautes montagnes escarpées. Je ne les voyais certes pas sous le même angle, mais c'étaient, sans erreur possible, les mêmes montagnes que celles reproduites sur la photo du Rat. Inutile de reprendre le cliché pour le vérifier.

Il n'empêche, c'était vraiment curieux d'avoir là, sous les yeux, ce paysage que j'avais vu des centaines et des centaines de fois à travers une photo. La profondeur me parut totalement artificielle. J'avais moins l'impression d'être réellement parvenu sur le site, que de me trouver en présence d'un paysage fabriqué à la va-vite, avec les moyens du bord, sur le modèle de la photo.

M'adossant à la barrière, je poussai un soupir : ainsi donc, nous avions trouvé ce que nous cherchions. Nous l'avions trouvé, quel que pût être, d'ailleurs, le sens que cela pouvait avoir.

« On y est, hein ? dit-elle en me prenant le bras.

— Oui, on y est », dis-je. Tout autre mot était superflu.

À l'autre bout de la prairie, nous aperçûmes une vieille maison en bois à un étage, dans le style des demeures campagnardes américaines. C'était la maison que le Docteur ès moutons avait construite quarante ans auparavant et que le père du Rat avait rachetée par la suite. À distance, et sans point de comparaison, il était difficile d'en évaluer l'importance, mais elle semblait ramassée sur elle-même et sans atmosphère. Ses murs peints en blanc avaient, sous le ciel de plomb, un éclat terne et sinistre. Au milieu du toit mansardé couleur mi-rouille mi-moutarde, une cheminée en brique montait, toute carrée, vers le ciel. En guise de haie, la maison était entourée d'un vieux bosquet d'arbres à feuilles persistantes dont les branches protégeaient la bâtisse des intempéries. On n'y sentait, presque étrangement, pas la moindre présence humaine. Plus je la regardais, plus cette maison me semblait bizarre. Non qu'elle fût inhospitalière, ni triste, encore moins d'une construction particulièrement saugrenue, ou définitivement vétuste. Non, juste bizarre. Elle faisait plutôt penser à une énorme créature qui aurait vieilli sans jamais avoir réussi à s'exprimer. Sans jamais avoir su, non pas comment s'exprimer, mais quoi exprimer.

Une odeur de pluie flottait partout autour de nous. On avait intérêt à se dépêcher. Nous coupâmes en ligne droite à travers la prairie en direction de la maison. Cette fois, ce n'était plus des masses effilochées, mais de gros nuages chargés de pluie qui s'avançaient de l'ouest.

Cette prairie n'en finissait pas. On avait beau allonger le pas, on avait le sentiment de faire du surplace. Comme si on avait perdu tout sens des distances.

À la réflexion, c'était la première fois que nous marchions sur un terrain aussi vaste et plat. On avait l'impression de pouvoir saisir dans les mains n'importe quelle bourrasque de vent soufflant dans le lointain. Une bande d'oiseaux survola nos têtes et fila vers le nord en jouant à des chassés-croisés avec les nuages.

Les premières gouttes commençaient à tomber au moment où nous échouâmes enfin devant la maison. Elle était bien plus grande et plus délabrée qu'il n'y paraissait de loin. La peinture blanche était d'un bout à l'autre boursouflée comme une croûte sur une vieille plaie, et là où elle s'était écaillée, au fil des ans, le bois avait noirci sous la pluie. Au point que, si l'on avait voulu y mettre une nouvelle couche, il eût fallu décaper entièrement l'ancienne peinture. Rien que d'y penser – et ce n'était pourtant pas mon problème – je faisais la grimace. Une maison inhabitée part irrémédiablement en morceaux ; de toute évidence, celle-ci avait dépassé le point de non-retour.

En revanche, les arbres avaient poussé sans trêve, et n'étaient pas loin d'envelopper la maison comme la cabane dans l'arbre du *Robinson suisse*. Depuis longtemps laissées à elles-mêmes, les branches s'étaient déployées selon leur bon plaisir.

Repensant au chemin escarpé de tout à l'heure, je n'arrivais pas à imaginer comment le Docteur ès moutons avait bien pu, en son temps, transporter les matériaux nécessaires à la construction d'une telle maison. La somme de tous ses efforts et sa fortune entière avaient dû y passer. Je le revoyais confiné dans cette chambre obscure au premier étage d'un hôtel de Sapporo, et mon cœur se serra. S'il y avait des vies injustement récompensées, la sienne devait être le modèle du genre. Debout sous la pluie froide, je levai les yeux vers la demeure.

De près comme de loin, on ne devinait pas la moindre trace d'une présence humaine. Sur les volets des grandes et hautes fenêtres à guillotine, une poussière sablonneuse s'était collée en couches successives, que la pluie avait, chaque fois, fixée en lui imprimant de curieuses formes.

La porte d'entrée comportait un judas carré de dix centimètres de côté, mais un petit rideau fermé à l'intérieur empêchait d'y voir. Quand je posai la main sur la poignée de la porte, la poussière sablonneuse qui en bouchait les motifs vola vers le sol. La poignée en laiton jouait sur son axe comme une molaire qui a fait son temps, mais la porte ne s'ouvrit pas. Avec ses trois épaisses feuilles de chêne, la vieille porte était beaucoup plus robuste qu'il ne me parut d'abord. De mon poing, j'y frappai plusieurs coups, à tout hasard. Pas de réponse, comme prévu. Je n'avais réussi qu'à me faire mal à la main. Un immense chêne s'agita dans le vent au-dessus de ma tête avec un bruit de dune de sable qui s'écroule.

Suivant les indications du gardien, je tâtonnai au fond de la boîte aux lettres, là où la clé pendait à une ferrure. C'était une clé à l'ancienne, en laiton, toute blanche à l'endroit où on la prenait entre les doigts.

« C'est tout de même pas très prudent de laisser une clé dans un endroit pareil, non ? dit-elle.

— Tu connais le voleur qui viendrait jusqu'ici pour repartir avec son butin sur le dos ? »

La clé se coula dans la serrure avec une précision remarquable. Elle tourna dans ma main et, d'un clic bien agréable, elle fit jouer le pêne.

Était-ce parce que les volets avaient été trop longtemps fermés, toujours était-il que l'intérieur de la maison était plongé dans une pénombre suspecte, infiltrant chaque recoin de la pièce. Il fallut un certain temps avant d'y habituer nos yeux.

C'était une grande pièce. Grande et silencieuse, avec une odeur de vieille grange. Une odeur que j'avais respirée dans mon enfance. Une odeur d'heures vieillies que seuls rendent les meubles vermoulus et les tapis mis au rancart. Je fermai la porte derrière mon dos et, à l'instant, le mugissement du vent se tut.

« Bonjour ! criai-je, pour voir. Y a quelqu'un ? »

Cela ne rimait évidemment à rien de crier. Pourquoi aurait-il dû y avoir quelqu'un ? Seul le tic-tac d'une pendule se faisait entendre là où l'on devinait une cheminée.

L'espace de quelques secondes, je fus pris d'une sorte de vertige. Là, dans les ténèbres, le temps s'inversait, plusieurs lieux se superposaient. Des souvenirs oppressants s'écroulèrent comme du sable sec. Mais cela ne dura qu'un instant. Quand je rouvris les yeux tout était revenu à sa place : devant moi s'étendait l'espace grisâtre, sans relief.

« Ça va ? demanda-t-elle d'un ton inquiet.

— Tout va très bien, dis-je. Entrons donc ! »

Pendant qu'elle cherchait l'interrupteur, j'allai jeter un coup d'œil sur la pendule en tâtonnant dans l'ombre. La pendule se remontait au moyen de trois contrepoids pendus à des chaînes. Or les trois contrepoids étaient complètement descendus et la pendule était en train d'épuiser ses dernières forces. À en juger d'après la longueur des chaînes, les contrepoids devaient mettre environ une semaine pour arriver en bas. Autrement dit, quelqu'un s'était trouvé là une semaine auparavant et avait remonté la pendule.

Après avoir ramené les contrepoids tout en haut de leur course, je m'installai sur le canapé et allongeai les jambes. Pour un vieux canapé d'avant la guerre, on y était bien. Ni trop mou ni trop dur, avec une discrète odeur de mains, de paumes de mains.

J'entendis bientôt un léger cliquetis qui amena la lumière, et la vis revenir de la cuisine. Avec des gestes vifs, elle fureta un peu partout dans le salon, puis elle me rejoignit sur le canapé et alluma une menthol. Je fumai moi aussi une menthol. J'avais appris à les aimer depuis que je la fréquentais.

« Il me semble que ton ami se soit préparé à passer l'hiver ici, dit-elle. Il y a largement de quoi tenir un hiver dans la cuisine, en nourriture et en mazout. Un véritable supermarché !

— Il n'y a que lui qui ne soit pas là, quoi.

— Allons voir à l'étage. »

Nous montâmes l'escalier qui se trouvait à côté de la cuisine. À mi-chemin les marches filaient sur le côté selon un angle inattendu. Arrivés en haut, nous eûmes l'impression d'entrer dans une autre couche de l'atmosphère.

« La tête me tourne un peu, dit-elle.

— Tu te sens mal ?

— Hmm. T'inquiète pas. Ça m'arrive quelquefois. »

Il y avait trois chambres à l'étage. Une grande chambre à droite d'un couloir, et deux autres plus petites à gauche. Nous ouvrîmes les portes l'une après l'autre. Toutes étaient vides et sombres, avec le strict minimum de meubles. Dans la plus grande, il y avait un grand lit à deux personnes et une coiffeuse. Du lit il n'y avait que l'armature. Le temps, ici, était mort depuis longtemps.

La petite chambre du fond était la seule où l'on reniflait une présence humaine. Le lit était soigneusement fait et, à côté de l'oreiller, légèrement renfoncé, un pyjama bleu uni était plié. Sur la table de nuit, il y avait une lampe d'un modèle démodé, et un livre. Un roman de Conrad.

Il y avait aussi, à côté du lit, une solide commode en chêne dont les tiroirs étaient remplis de vêtements d'homme : sweaters, chemises, pantalons, chaussettes, linge, tout y était bien rangé. Les sweaters et les chemises étaient de belle qualité, quoique tout élimés et défaits aux coutures. Plusieurs d'entre eux me disaient quelque chose. Je les avais vus sur le Rat. La taille, trente-sept pour les chemises, soixante-treize pour les pantalons, ne laissait aucun doute.

À côté de la fenêtre, il y avait un bureau et une chaise, de vieilles choses mais d'un design dépouillé comme on n'en voit plus aujourd'hui. Dans le tiroir du haut, je trouvai un stylo bon marché, trois boîtes de cartouches, des enveloppes et du papier à lettres dont les feuillets étaient vierges, sans exception. Le deuxième tiroir contenait un tube bien entamé de pastilles contre la toux et d'autres petites choses du même genre. Le tiroir d'en bas était vide. Je ne trouvai ni agenda, ni cahier, ni rien qui ressemblât à un journal. De toute évidence, on avait fait le tri et jeté tout ce qui était inutile. Cette impression d'ordre qui régnait partout ne me plaisait guère. Quand je passai le doigt sur la surface du bureau, il se couvrit de poussière blanche. Pas grand-chose, une fine couche seulement, qui devait, là encore, dater d'une semaine.

J'ouvris la fenêtre à guillotine qui faisait face à la prairie et en rabattis les volets. Les nuages noirs volaient maintenant très bas, et, dans le vent devenu violent, la prairie ondulait avec des mouvements de bête qui se roule par terre. Plus loin on voyait les bouleaux blancs et, tout au fond, la montagne. C'était en tout point le paysage de la photo. Il ne manquait que les moutons.

Nous descendîmes et retournâmes sur le canapé. Après un petit air de carillon, la pendule sonna douze coups. Nous restions muets, attendant que le dernier son s'évanouît complètement dans l'atmosphère.

« Qu'est-ce que tu as l'intention de faire ? me demanda-t-elle.

— Que veux-tu faire d'autre qu'attendre, dis-je. Le Rat était encore ici il y a à peine une semaine. Et il lui reste des affaires. C'est sûr qu'il reviendra.

— Oui, mais si d'ici là il commence à neiger, on risque d'être bloqués ici tout l'hiver, et on arrivera très vite au bout de ton délai d'un mois. »

Bien vu.

« Et tes oreilles, elles ne te disent rien ?

— Non. J'ai mal à la tête dès que je les ouvre.
— Bon, alors on attendra, pépères, le retour du Rat », dis-je.

Ce qui voulait dire que nous n'avions pas d'autre solution.

Pendant qu'elle nous préparait du café dans la cuisine, j'inspectai le vaste salon de fond en comble. Au centre du mur principal se dressait une cheminée. Aucun indice ne laissait supposer un usage récent, mais elle était suffisamment bien entretenue pour qu'on puisse s'en servir à la première envie. Quelques feuilles de chêne, tombées par le conduit, gisaient dans l'âtre. Pour les journées plus douces où l'on ne voulait pas allumer une flambée, un gros poêle à mazout était prévu.

L'aiguille du réservoir indiquait qu'il était plein.

À côté de la cheminée, sur des rayonnages encastrés dans le mur et fermés par des portes vitrées, s'alignaient en rangs serrés un nombre considérable de vieux bouquins. J'en feuilletai quelques-uns : ils dataient tous d'avant la guerre et présentaient peu d'intérêt. C'étaient pour la plupart des livres de géographie, de sciences, d'histoire, de philosophie ou de politique, et je ne voyais pas bien à quoi ils auraient pu servir sinon à une étude sur la culture générale d'un intellectuel moyen d'il y a quarante ans. Il y avait bien un certain nombre de livres datant de l'après-guerre, mais du même acabit pour ce qui est de la valeur. Seuls les *Vies Parallèles* de Plutarque, un recueil de tragédies grecques et quelques autres romans semblaient survivre aux altérations. Encore que tous ces bouquins pussent être d'un précieux secours pour les longues soirées d'hiver. Toujours est-il que c'était la première fois que je voyais autant de livres sans intérêt réunis en un même endroit.

À côté de cette bibliothèque, il y avait une vitrine,

elle aussi encastrée dans le mur, qui abritait une chaîne stéréo – baffles d'étagères, ampli et tourne-disques d'un type en vogue au milieu des années soixante –, ainsi qu'une collection de deux cents disques environ, tous vieux, rayés de toutes parts, mais non sans intérêt. La musique ne s'altère pas comme la pensée. Je tournai le commutateur de l'ampli, choisis un disque au hasard, et posai l'aiguille. C'était la voix de Nat King Cole, dans *South of the Border*. La pièce entière se transporta dans les années cinquante.

Le mur d'en face était percé, à intervalles réguliers, de quatre grandes fenêtres d'un mètre quatre-vingts de hauteur. Au-delà c'était une pluie grise, qui tombait à verse sur la prairie, et voilait au loin les montagnes.

Le sol de la pièce était un plancher de bois au centre duquel, sur un grand tapis de six tatamis environ, était disposé un ensemble de fauteuils de salon et un lampadaire. Une robuste table à manger, couverte de poussière blanche, et quelques chaises étaient poussées dans un coin.

Pour le reste, le vide dominait.

Une porte, à peine visible sur le mur, donnait sur un débarras aux dimensions confortables. S'y entassaient, les uns sur les autres, meubles superflus, tapis, assiettes, clubs de golf, bibelots décoratifs, guitare, matelas, imperméables, chaussures d'alpinisme, vieilles revues, et même quelques manuels d'exercices préparatoires aux examens du collège, et un avion téléguidé. Un méli-mélo de produits allant, pour l'essentiel, des années cinquante au milieu des années soixante.

Le temps coulait dans cette demeure d'une manière aussi insolite que sur la pendule démodée du salon. Il suffisait qu'un quelconque caprice nous incitât à lui remonter ses contrepoids, et le temps coulait, tic tac, en battant la mesure. Mais pour peu qu'on s'en allât et que les poids parvinssent au bout de leur course, le temps s'arrêtait là. Et des amas d'un temps immobile empilaient alors sur le plancher des couches de vie décolorée.

Je revins au salon en emportant quelques vieilles revues de cinéma. J'ouvris celle dont la couverture s'ornait d'une photo d'*Alamo*. Cette première mise en scène de John Wayne jouissait, était-il écrit, du soutien inconditionnel de John Ford. John Wayne déclarait vouloir faire un film qui resterait gravé dans le cœur de tous les Américains. Il n'empêche que sa toque en peau de castor ne lui allait pas du tout.

Elle reparut avec le café que nous bûmes en tête à tête. Des gouttes de pluie intermittente s'écrasaient contre les fenêtres. Le temps s'épaississait. Mêlé à la froide pénombre, il imprégnait peu à peu la pièce. La lumière jaune de la lampe était suspendue dans le vide comme du pollen.

« Fatigué ? me demanda-t-elle.

— Je suppose, dis-je en regardant distraitement le paysage par la fenêtre. Ce doit être de s'arrêter brusquement après avoir couru dans tous les sens. Et puis, arriver après tant d'efforts devant le paysage de la photo et ne trouver ni le Rat ni le mouton…

— Dors un peu. Pendant ce temps-là je vais préparer quelque chose à manger. »

Elle alla chercher une couverture à l'étage et l'étendit sur moi. Elle s'occupa ensuite du poêle à mazout, me glissa une cigarette entre les lèvres et l'alluma.

« Te laisse pas abattre et tout ira bien.

— Merci », dis-je.

Puis elle disparut dans la cuisine.

Laissé à moi-même, je sentis mon corps s'alourdir subitement. Je tirai deux bouffées sur ma cigarette, l'éteignis, m'enfonçai jusqu'au cou sous la couverture et fermai les yeux. Il ne me fallut qu'une poignée de secondes pour sombrer dans le sommeil.

5. Elle quitte la montagne. Je suis assailli par la faim

Je me réveillai sur le canapé aux six coups de la pendule. La lumière était éteinte et la pièce baignait dans l'ombre épaisse du soir. J'étais tout engourdi, de la moelle jusqu'au bout des ongles. J'avais l'impression qu'à travers ma peau, les ténèbres s'étaient coulées en moi comme de l'encre.

La pluie semblait avoir cessé et j'entendais des cris d'oiseaux de nuit. La flamme du poêle projetait sur les murs de vagues ombres étrangement effilées. Je me levai, appuyai sur l'interrupteur du lampadaire, me dirigeai vers la cuisine où je bus deux verres d'eau fraîche. Sur un feu de la cuisinière, il y avait une casserole contenant un ragoût à la crème. La casserole était encore légèrement tiède. Au fond du cendrier, deux mégots de menthol se dressaient encore dans la position que ma *girlfriend* leur avait donnée en les écrasant.

Mon instinct me dit alors qu'elle avait quitté cette maison.

« Elle n'est plus là ! »

Les mains posées sur la table de cuisine, j'essayai de remettre de l'ordre dans mes pensées.

Elle n'était plus là, c'était une certitude. Ni celle d'une hypothèse, ou d'une déduction, mais une certitude de la réalité même. Cet air vide flottant dans la maison me le soufflait. J'avais trop respiré de cet air-là, durant les deux mois qui s'écoulèrent entre le départ de ma femme et ma rencontre avec elle, pour me tromper.

Par pur acquit de conscience, je montai à l'étage, inspectai l'une après l'autre les trois chambres, ouvrant même les placards. Elle n'était nulle part. Son sac à bandoulière et sa veste avaient disparu. De même que ses chaussures de montagne dans le vestibule. Aucun doute ne subsistait. Enfin j'allai voir partout où elle eût pu laisser un message. Rien. Vu l'heure qu'il était, elle était probablement déjà en bas de la montagne.

Sa disparition me restait en travers de la gorge. Sans doute n'étais-je pas encore bien réveillé, mais quand bien même, il était clair que j'étais totalement débordé par les événements, et que donner un sens précis à chacun d'eux excédait toutes mes capacités. Je ne pouvais que m'en remettre au cours des choses.

Je rêvassais ainsi sur le canapé, quand je m'aperçus soudainement que j'étais horriblement affamé. Ce n'était pas une faim normale.

De la cuisine je descendis dans la cave à provisions, j'y débouchai au hasard une bouteille de vin rouge. Il était un peu froid, mais excellent. De retour dans la cuisine, je me coupai plusieurs tranches de pain et pelai une pomme. En attendant que le ragoût réchauffe, je bus trois verres de vin.

Quand ce fut prêt, je transportai mon plat et ma bouteille sur la table du salon, et j'attaquai mon dîner en écoutant le Percy Faith Orchestra interpréter *Perfidia*. Je terminai mon repas en buvant ce qui restait de café au fond d'une casserole, puis je profitai du jeu de cartes que j'avais vu sur la cheminée pour me lancer dans une patience. Je tentai une combinaison inventée en Angleterre au XIXe siècle, et qui avait même connu une petite vogue à l'époque, mais dont la complexité était telle qu'elle était rapidement tombée en désuétude. Un mathématicien avait d'ailleurs calculé que sa probabilité de réussite n'était que d'une fois sur deux cent cinquante mille. J'essayai à trois reprises, sans succès évidemment, débarrassai cartes et assiettes et continuai à boire ma bouteille déjà vidée aux deux tiers.

Dehors, jusque devant les fenêtres, ce n'étaient que ténèbres noires. Je fermai les volets et, vautré sur le canapé, j'écoutai plusieurs autres disques tout grésillants.

Le Rat allait-il revenir ?

Sans doute. Toutes ces réserves de nourriture et de mazout n'étaient-elles pas là pour lui permettre de passer l'hiver ?

Mais ce n'était qu'un « sans doute ». On pouvait aussi bien supposer que, dégoûté de tout, il était revenu dans notre quartier, ou qu'il s'était mis en ménage avec une fille, là-bas, quelque part dans ce bas monde. Il n'y aurait eu là rien d'impossible.

Si tel était le cas, j'allais me retrouver dans une fâcheuse situation. Mon mois de délai allait expirer sans que j'eusse trouvé ni Rat ni mouton, et l'homme en noir allait me traîner par le collet dans son Crépuscule des dieux. Même s'il savait lui-même que cela n'avait pas le moindre sens, il allait m'y traîner. C'était son genre.

J'arrivais très exactement à la moitié de mon délai. Nous étions dans la deuxième semaine d'octobre, la saison où jamais la ville n'était autant elle-même. Si rien de tout cela n'était arrivé, je me serais alors certainement trouvé en train de manger une omelette dans je ne sais quel bar. Les meilleurs moments, quoi, à la plus belle saison, la nuit après la pluie, à croquer des bouts de glace pilée derrière un bout de comptoir bien solide, à couler des heures aussi paisibles que les eaux d'un fleuve tranquille.

Perdu dans ces pensées, j'en vins à croire qu'un autre moi existait en ce monde, qui, en ce moment même, sirotait confortablement son whisky dans je ne sais quel bar. Plus j'y songeais, plus ce moi-là me parut être mon vrai moi. Par une sorte de flou dans la mise au point, mon moi en chair et en os avait perdu toute réalité.

Secouant la tête, je chassai ces chimères.

Dehors un oiseau de nuit continuait de hululer faiblement.

Je montai à l'étage et refis le lit dans la seconde petite chambre. Matelas, draps et couvertures se trouvaient correctement rangés dans un placard situé sur le palier de l'escalier.

La chambre était meublée exactement de la même manière que celle du Rat : une table de nuit, un bureau, une commode, une lampe. De vieux modèles datant de cette époque où l'on faisait dans le robuste et le strictement fonctionnel. Rien de superflu.

La fenêtre près de l'oreiller donnait évidemment sur la prairie. La pluie avait cessé, les épais nuages commençaient à s'effilocher çà et là. Une superbe demi-lune émergeait de temps à autre, qui, de sa lumière, découpait finement les contours du paysage. On eût dit un projecteur explorant des fonds sous-marins.

Je m'enfouis tout habillé dans le lit et contemplai longuement ces éclaircies intermittentes du paysage. Vint s'y fondre l'image de ma *girlfriend* redescendant la montagne à l'endroit du funeste virage. Puis m'apparut le troupeau de moutons, et le Rat en train de les photographier. Mais la lune perçant à nouveau les nuages vint effacer cette vision.

À la lueur de la lampe, je me plongeai dans *Les Aventures de Sherlock Holmes*.

6. Découverte dans le garage. Méditation au milieu de la prairie

Une bande d'oiseaux, d'une espèce que je n'avais jamais vue, gazouillait devant l'entrée, pendue aux branches du grand arbre comme une décoration d'arbre de Noël. Tout était encore détrempé et scintillait dans la lumière du matin.

Je grillai du pain dans un bon vieil appareil manuel, fis fondre du beurre dans une poêle, y cassai un œuf et bus deux verres de jus de raisin que je trouvai dans la glacière. Je me sentais seul sans elle, mais savoir que je pouvais encore éprouver ce sentiment me consolait quelque peu. Cela n'était pas si mal que ça, se sentir seul. Comme l'arbre, une fois déserté par les petits oiseaux.

Ayant lavé mon assiette, j'allai dans la petite salle d'eau enlever le jaune d'œuf qui collait autour de ma bouche. Je me brossai aussi les dents pendant cinq bonnes minutes, et, après moult tergiversations, je décidai de me raser. Il y avait des lames Gillette et un tube de crème à raser quasiment neufs au-dessus du lavabo. Il y avait aussi une brosse à dents, du dentifrice, un savon pour le visage, et même une lotion pour la peau et de l'eau de Cologne. Sur une étagère, une dizaine de serviettes de bain de couleurs différentes étaient soigneusement pliées et empilées. On n'aurait pu trouver la moindre tache sur le miroir et la vasque du lavabo. Une maniaquerie signée le Rat.

Les toilettes et la salle de bains étaient du même acabit. On avait manifestement récuré les joints entre les carreaux de faïence avec une vieille brosse à dents et au détergent. Ils étaient d'une blancheur impeccable. Une véritable œuvre d'art. La petite boîte de désodorisant qui pendait à l'intérieur de la cuvette du W-C embaumait comme un gin-citron servi dans un bar très chic.

Je revins au salon pour y fumer ma cigarette du matin sur le canapé. Il me restait trois paquets de Lark au fond du sac à dos. Après cela, j'allais être condamné au régime. C'est tout à ces pensées que j'allumai une deuxième cigarette. La douceur des rayons du matin, le canapé parfaitement familiarisé avec les formes de mon corps étaient fort agréables. Une heure passa de la sorte sans que je ne m'en rende compte. La pendule sonna neuf coups nonchalants.

Je commençais vaguement à comprendre pourquoi le Rat tenait la maison en si bon ordre, rendant leur blancheur aux joints du carrelage des toilettes, repassant ses chemises et se rasant, alors qu'il n'avait personne à rencontrer. Si l'on ne se maintenait pas constamment en mouvement dans un endroit pareil, on risquait de perdre toute notion du temps.

Je quittai le canapé, et, croisant les bras, je fis un tour de la pièce, pour voir. Aucune idée ne me venait quant à ce que j'allais bien pouvoir faire. Le Rat avait déjà fait le ménage partout où cela s'imposait. Il était allé jusqu'à nettoyer le noir de fumée sur les hauts plafonds.

Une idée me viendrait bien en son temps.

Pour l'heure, je décidai d'aller en promenade autour de la demeure. Le temps était superbe. Des traînées de nuages blancs glissaient dans le ciel, comme peints à la brosse, et les oiseaux chantaient de tous côtés.

Il y avait un grand garage derrière la maison. Un mégot de cigarette gisait par terre devant la vieille porte à deux battants. C'était une Seven Stars. Ce mégot-ci était relativement ancien, le papier en était décollé et le filtre éclaté. Je me souvins alors qu'il n'y avait qu'un seul et antique cendrier dans toute la maison, et qu'il ne semblait pas avoir servi depuis longtemps. Logique, puisque le Rat ne fumait pas ! Je fis rouler le filtre dans le creux de ma main, avant de le laisser retomber à sa place initiale.

J'ôtai la lourde bâcle de la porte, et les battants s'ouvrirent sur un vaste espace au sol en terre noire, que les rayons du soleil filtrant à travers les planches de la paroi hachuraient de stries nettes. Il y régnait une odeur d'essence et de terre.

Une vieille Toyota Land Cruiser était là. Elle ne portait aucune trace de boue, ni sur la carrosserie ni sur les roues. La jauge indiquait quasiment le plein. Je tâtonnai d'une main l'endroit où le Rat avait l'habitude de cacher les clés. Elles y étaient, comme prévu. Quand je tournai la clé dans le contact, le moteur démarra au quart de tour et se mit à ronronner. Sacré Rat ! C'était encore bien lui, ça. Un as pour ce qui était d'entretenir une bagnole. Je coupai le contact, remis les clés à leur place, et, du siège du conducteur, je passai en revue l'intérieur du véhicule. Il n'y avait rien de bien important. Des cartes routières, une serviette, une demi-tablette de chocolat. À l'arrière, une bobine de fil de fer et une paire de grandes tenailles. La banquette était cependant d'une saleté inhabituelle pour le Rat. Ouvrant la portière arrière, j'amassai dans ma main un peu des détritus qui couvraient la banquette et les exposai à un rai de lumière qui filtrait à travers le mur. Cela ressemblait à du rembourrage échappé des coussins. Ou bien à de la laine de mouton. J'enveloppai la chose dans un mouchoir en papier que je rangeai dans la poche de ma chemise.

Je ne parvenais pas à comprendre pourquoi le Rat ne s'était pas servi de la voiture. Que celle-ci se trouvât dans le garage pouvait signifier soit qu'il était descendu à pied de la montagne, soit qu'il n'en était pas descendu du tout, ce qui ne rimait pas à grand-chose. Car il y a trois jours encore, il aurait pu emprunter sans problème le chemin sous la falaise, et je ne le voyais pas non plus abandonner la maison pour aller camper quelque part sur le plateau.

Renonçant à ces spéculations, je refermai la porte du garage et m'aventurai dans la prairie. J'aurais eu beau me creuser la tête, on ne pouvait tirer de conclusion cohérente d'une situation qui ne l'était pas.

Une vapeur montait de la prairie, toujours plus haute, à mesure que le soleil montait lui aussi dans le ciel. L'odeur de l'herbe était sans fin.

Je m'avançai à travers l'herbe mouillée jusqu'au milieu de la prairie. Il y avait là un tas de vieux pneus, dont le caoutchouc craquelé de toutes parts avait blanchi. Je m'assis dessus et scrutai les alentours. De l'endroit où j'étais, la maison avait un air de rocher blanc hérissant le rivage.

Juché sur mon promontoire, je me rappelais les grandes rencontres de natation en mer auxquelles je participais dans mon enfance. Nageant d'une île à l'autre, il m'arrivait de m'arrêter au beau milieu du trajet et de considérer le paysage. Et cela me surprenait toujours. Je trouvais curieux de me trouver à égale distance de deux points, et de voir que là-bas, tout au loin sur la terre, les gens poursuivaient leur train-train quotidien. Mais le plus curieux était de constater que la société fonctionnait très bien sans moi.

Je restai bien un quart d'heure à rêvasser de la sorte, après quoi je rentrai à la maison où je repris ma lecture des *Aventures de Sherlock Holmes*, assis sur le canapé.

À deux heures arriva l'homme-mouton.

7. L'homme-mouton entre en scène

Au moment où la pendule achevait de sonner, j'entendis frapper à la porte. D'abord deux coups, puis, après une pause de deux respirations, trois autres coups.

Il me fallut un certain temps pour comprendre que l'on frappait à la porte. C'était bien la dernière chose à laquelle je m'étais attendu. Si ça avait été le Rat, il serait en effet entré sans frapper – il était chez lui. Le gardien, lui, aurait frappé une seule fois et serait entré immédiatement, sans attendre la réponse. Quant à elle… mais non, elle, c'était impossible. Elle serait rentrée discrètement par la porte de la cuisine et serait déjà en train de boire un café. Frapper à la porte n'était pas son genre.

Quand j'ouvris, un homme-mouton se trouvait là, debout. Il ne manifestait guère d'intérêt ni pour la porte ouverte ni pour moi-même qui venais de l'ouvrir, mais fixait des yeux fascinés sur la boîte aux lettres plantée à deux mètres environ de l'entrée, comme s'il s'agissait d'une chose mystérieuse. Il était à peine plus grand que la boîte aux lettres. Une affaire d'un mètre cinquante, tout au plus. Sans compter qu'il avait le dos rond et les jambes tordues.

À ceci s'ajoutait une différence de niveau de quinze centimètres entre l'endroit où je me trouvais et le sol, si bien que je me retrouvais un peu dans la situation de celui qui regarde quelqu'un de haut de la fenêtre d'un bus. Tourné de profil, il continuait de fixer avidement la boîte aux lettres, comme s'il voulait montrer qu'il ne faisait aucun cas de cette différence décisive. La boîte ne contenait rien, évidemment.

« J'peux entrer ? » bredouilla-t-il à toute vitesse, toujours de profil. C'était dit sur un ton irrité.

« Je t'en prie », dis-je.

Courbant l'échine, il dénoua d'une main agile les lacets de ses chaussures de montagne. Elles étaient couvertes d'une boue durcie, comme une épaisse croûte de pain brioché. Il les prit de ses deux mains et les tapa l'une contre l'autre d'un geste expérimenté. La couche de boue tomba lourdement sur le sol, avec une sorte de résignation. Puis, comme pour dire que la maison n'avait aucun secret pour lui, il enfila des pantoufles et fit glisser ses pas jusqu'au canapé où il s'assit d'un air soulagé.

Une peau de mouton le recouvrait de pied en cap. Le costume seyait d'ailleurs merveilleusement à sa morphologie trapue. Les coudes et les genoux étaient cousus de pièces rapportées, de même que la capuche qui enveloppait sa tête, au sommet de laquelle deux cornes – authentiques, elles – dressaient leurs vrilles. Deux oreilles plates, dont la forme devait être maintenue par du fil de fer, était plantées à l'horizontale de part et d'autre de la tête. Le masque qui dissimulait le haut du visage était du même cuir noir que les gants et les chaussettes. Une fermeture Éclair descendait du cou jusqu'à la cuisse, histoire de faciliter le déshabillage.

Sur la poitrine, une poche, elle aussi munie d'une fermeture Éclair, contenait un paquet de cigarettes et des allumettes. L'homme-mouton porta une Seven Stars à sa bouche, l'alluma et recracha la fumée en soupirant. J'allai laver le cendrier à la cuisine et le lui apportai.

« J'veux boire un coup », dit-il. Retour à la cuisine où je dénichai une bouteille de Four Roses à moitié vide que j'emportai au salon avec deux verres et de la glace.

Nous nous servîmes chacun un *on the rocks* que nous bûmes sans autre forme de procès. Tout le temps qu'il mit à vider son verre, il ne cessa de marmonner entre ses dents. À chaque respiration, les narines de son nez disproportionné par rapport au reste de son corps se déployaient comme deux grandes ailes. Ses yeux inquiets furetaient en tous sens derrière leurs trous percés dans le masque.

Quand il eut vidé son verre, l'homme-mouton sembla s'apaiser quelque peu. Il écrasa sa cigarette et, glissant les deux mains sous son masque, se frotta les yeux.

« Les poils m'entrent dans les yeux », dit-il.

Ne sachant que dire, je me tus.

« T'es arrivé hier matin, pas vrai ? dit-il en continuant de se frotter les yeux. J'ai tout vu ! »

Il reversa du whisky sur les glaçons à moitié fondus au fond de son verre et, sans se donner la peine de remuer, l'avala d'une traite.

« Et la fille est partie l'après-midi.

— Tu as vu ça aussi ?

— Je l'ai pas vu, je l'ai renvoyée.

— Renvoyée ?

— Ouais. Par la porte de la cuisine, j'lui ai dit que ça valait mieux qu'elle parte.

— Pourquoi ? »

L'homme-mouton, l'air de bouder, ne répondit pas. Peut-être n'était-ce pas la meilleure façon de lui poser la question. Mais, tandis que j'en préparais une nouvelle, je vis ses yeux se mettre à luire d'un autre éclat.

« Elle est rentrée à l'Hôtel du Dauphin, dit-il.

— Qu'est-ce qu'elle t'a dit ?

— Elle a rien dit. Mais elle est quand même rentrée à l'Hôtel du Dauphin.

— Comment sais-tu ça ? »

L'homme-mouton se taisait. Les mains posées sur ses genoux, il fixait son verre sur la table.

« Donc elle est rentrée à l'Hôtel du Dauphin ?

— Hmm. C'est un bon hôtel, l'Hôtel du Dauphin. Ça sent le mouton là-bas. »

Nouveau silence. À y regarder de plus près, sa peau

de mouton était horriblement sale. De la graisse séchée avait partout raidi le poil.

« Elle n'a laissé aucun message à mon intention au moment de partir ?

— Non, non, fit-il en hochant la tête. Elle n'a rien dit et j'ai rien demandé.

— Quand tu lui as dit qu'elle ferait mieux de partir, elle s'en est allée sans se faire prier, c'est bien ça ?

— Parfaitement, c'est parce qu'elle avait envie de partir que je lui ai dit ça.

— Pourtant, si elle était là, c'est qu'elle le voulait bien, non ?

— Faux ! hurla-t-il. Elle voulait s'en aller ! Seulement tout se brouillait dans sa tête. Alors je l'ai renvoyée chez elle. C'est ta faute si tout s'embrouillait dans sa tête ! » dit-il, et se levant il donna un grand coup du plat de la main sur la table. Les verres firent un bond d'au moins cinq centimètres.

L'homme-mouton demeura un bon moment dans cette position, puis, ses yeux perdirent leur éclat et il se rassit sur le canapé, comme si ses forces l'abandonnaient.

« C'est ta faute si tout se brouillait dans sa tête, répéta-t-il calmement cette fois. C'est très mal, ça. Tu comprends rien du tout. Tu penses qu'à toi.

— Tu veux dire qu'elle n'aurait pas dû venir ici ?

— Parfaitement, elle aurait pas dû. Tu penses qu'à toi. »

Calé au fond du canapé, je sirotais mon whisky.

« Enfin, bref. Tout ça, c'est fini maintenant, dit l'homme-mouton.

— Fini ?

— Tu la reverras plus.

— Parce que je ne pensais qu'à moi ?

— Parfaitement. Parce que tu pensais qu'à toi. C'est ta punition ! »

Il se redressa, s'approcha d'une fenêtre dont il souleva d'une seule main le lourd châssis, et emplit ses poumons d'air frais. Il était d'une force impressionnante.

« Faut ouvrir les fenêtres quand il fait si beau », dit-il. Il commença à tourner autour de la pièce mais, à mi-chemin, il s'arrêta devant les rayons de la bibliothèque. Bras croisés, il regardait les tranches de livres. Vu ainsi, de dos, il ressemblait, à s'y méprendre, à un vrai mouton dressé sur ses pattes arrière.

« Je suis à la recherche d'un ami, dis-je.

— Ah ? fit-il négligemment en me tournant toujours le dos.

— Il vivait ici. Jusqu'à la semaine dernière.

— Connais pas. »

Debout devant la cheminée, il battait les cartes à jouer qu'il avait prises sur l'étagère.

« Je cherche également un mouton qui porte une marque en forme d'étoile sur le dos, dis-je.

— Jamais vu ça », dit-il.

Il était clair qu'il savait quelque chose à propos du Rat et du mouton. Son indifférence était trop calculée pour être vraie. Il avait mis trop d'empressement à répondre et son ton était affecté.

Changeant de tactique, je feignis de me désintéresser de lui, me mis à bâiller, à tourner les pages d'un livre. L'homme-mouton, légèrement agité, revint alors vers le canapé et m'observa un moment sans rien dire.

« C'est amusant, les livres ? questionna-t-il.

— Hmm », fis-je laconiquement.

Il continuait à hésiter. Sans y prêter attention, je poursuivais ma lecture.

« Désolé d'avoir élevé la voix tout à l'heure, dit-il

d'une voix faible. Parfois, heu..., le mouton et l'homme font mauvais ménage et voilà ce que ça donne. J'pensais vraiment pas à mal. Et puis faut dire que tu m'as un peu bousculé.

— Oublions ça.

— J'suis désolé aussi que tu puisses plus la revoir, la fille, mais c'est pas ma faute.

— Hmm. »

Je pris mes trois paquets de Lark dans la poche de mon sac à dos et les donnai à l'homme-mouton.

« Merci. J'en ai jamais fumé des pareilles. T'es sûr que t'en as pas besoin ?

— J'ai arrêté de fumer, dis-je.

— Ça, tu fais bien, approuva-t-il d'un ton sérieux. Ça vaut vraiment rien pour la santé. »

L'homme-mouton plaça soigneusement les trois paquets dans une poche cousue sur son bras. Ce qui lui fit une bosse toute carrée à cet endroit.

« Il faut absolument que je voie mon ami. Je suis venu de très très loin pour ça. »

Il opina de la tête.

« Ça vaut aussi pour le mouton. »

Il opinait toujours de la tête.

« Mais tu n'es pas au courant, n'est-ce pas ? »

Cette fois l'homme-mouton secoua la tête d'un air triste. Ses fausses oreilles dodelinèrent de concert. La négation était cependant beaucoup moins catégorique que précédemment.

« C'est un endroit superbe ici, dit-il, changeant de sujet. Le paysage est splendide, l'air est pur, ça te plaira sûrement.

— L'endroit est superbe, en effet, dis-je.

— Et c'est encore mieux l'hiver. Rien que de la

neige partout, tout qui gèle, les animaux qui dorment, et pas un homme.

— Tu vas rester dans ce coin-ci ?

— Ouais. »

Je décidai de ne pas l'interroger davantage. L'homme-mouton était comme un animal. Si j'approchais, il reculait. Si au contraire je reculais, c'est lui qui approchait. Puisqu'il restait dans les parages, c'était pas la peine de se presser. J'arriverais à mes fins en prenant mon temps.

De sa main gauche, il tira sur le gant qui enveloppait sa main droite, un doigt après l'autre, en commençant par le majeur. Après plusieurs petites tractions, le gant se dégagea, découvrant une main noirâtre, à la peau desséchée. La main était petite mais bien en chair, avec, sur le dos, la trace d'une vieille brûlure qui s'étendait jusqu'à la base du majeur.

L'homme-mouton considéra longuement le dos de cette main, puis la retourna et regarda cette fois la paume. Le Rat avait exactement le même geste. Mais l'homme-mouton ne pouvait pas être le Rat. La différence de taille, vingt centimètres au moins, était trop grande.

« Tu vas rester ici ? demanda-t-il.

— Non. Dès que j'aurai trouvé mon ami, ou le mouton, je m'en irai. Je ne suis venu pour rien d'autre.

— C'est bien ici, l'hiver, insista-t-il. Tout est blanc, tout brille, tout est complètement gelé. »

Il gloussait tout seul en faisant gonfler ses grandes narines. Sa bouche laissa entrevoir des dents encrassées, dont deux manquaient à l'avant. La pensée de l'homme-mouton procédait d'une sorte de rythme sautillant qui donnait l'impression de dilater, ou, à d'autres moments, de contracter l'atmosphère de la pièce.

« J'vais y aller, dit-il subitement. Merci pour les cigarettes. »

Je me contentai de faire un signe de tête.

« J'espère que tu trouveras vite ton ami et ton mouton.

— Hmm, dis-je. Si tu apprenais quelque chose, viens me le dire. »

L'homme-mouton, visiblement embarrassé, tenta de bafouiller quelque chose. « Heu, oui, j'te dirai. »

Je dus me retenir de rire. Il n'avait, de toute évidence, aucun talent pour mentir.

Ayant enfilé ses gants, il se leva. « Je repasserai. J'peux pas te dire quand, dans quelques jours peut-être, mais je repasserai. » Puis, avec un regard qui s'assombrit, il ajouta : « Ça te dérange pas ?

— Tu plaisantes ? me récriai-je en secouant la tête. Je tiens absolument à te revoir.

— À bientôt alors », dit-il, et il claqua la porte derrière lui. Il s'en fallut de peu qu'il ne se pinçât la queue.

Épiant son départ à travers l'embrasure des volets, je le vis qui regardait fixement cette boîte aux lettres à la peinture blanche tout écaillée, exactement comme il l'avait fait à son arrivée. Puis, se tortillant dans son costume de mouton comme pour le réajuster, il fila à grandes enjambées à travers la prairie, droit vers les bois, à l'est. Ses oreilles suspendues à l'horizontale remuaient comme deux plongeoirs au-dessus d'une piscine. Dans le lointain, il se transforma peu à peu en un point grisâtre bientôt happé par la forêt de bouleaux blancs.

Longtemps après qu'il eut disparu, j'étais encore à regarder la prairie et les bois de bouleaux. Plus je les regardais, moins j'avais la certitude que cet homme-mouton avait existé là, dans cette pièce, quelques instants auparavant.

Pourtant, la bouteille de whisky, les mégots de Seven Stars étaient bien là sur la table, et des poils de mouton traînaient sur le canapé. Je comparai ceux-ci avec les poils que j'avais ramassés sur la banquette arrière de la Land Cruiser : c'étaient les mêmes.

Après son départ, et pour me remettre les idées en place, je me préparai un hamburger. Pendant que les oignons finement émincés blondissaient dans la poêle, je dégelai un morceau de bœuf choisi dans le congélateur et le hachai à la machine en réglant le couteau sur la position médiane.

Pour une cuisine de style plutôt simple, elle était très bien pourvue en ustensiles et en condiments. Il eût suffi d'améliorer le revêtement de la route pour ouvrir dans la maison un petit restaurant montagnard. Ce ne pouvait être désagréable de prendre son repas, toutes fenêtres ouvertes, avec un troupeau de moutons et du ciel bleu à contempler. Les gens venus en famille pourraient même aller batifoler avec les moutons dans la prairie, tandis que les amoureux auraient tous les bois de bouleaux pour la promenade. Un succès assuré.

Le Rat en gérant, et moi aux fourneaux. Il ne restait pas difficile non plus de trouver un petit emploi pour l'homme-mouton. Dans le décor ambiant, son costume extravagant passerait parfaitement inaperçu. Le gardien de la ferme d'élevage nous aurait également rejoints comme berger dans les pâturages. Un personnage réaliste n'aurait pas été superflu. J'aurais vu encore quelques chiens. Nul doute qu'on aurait eu la visite du Docteur ès moutons.

Voilà à quoi je rêvassais en touillant mes oignons avec ma cuillère en bois.

La pensée survint, lestant de son poids mes rêveries, que j'avais peut-être perdu à jamais ma *girlfriend* aux si belles oreilles. L'homme-mouton avait sans doute raison. J'aurais dû venir tout seul dans cet endroit. Sans elle aurais-je… Je secouai la tête et décidai de revenir à mes réflexions sur le restaurant.

Il était sûr que la participation de J. arrangerait bien des choses. Tout devrait en fait graviter autour de lui. Autour de la tolérance, de la compassion et de l'acceptation.

Pendant que mes oignons refroidissaient, je m'assis à la fenêtre et contemplai à nouveau la prairie.

8. L'itinéraire privilégié du vent

Les trois jours suivants se déroulèrent dans un total désœuvrement. Rien n'arriva. L'homme-mouton ne se montra pas. Je me faisais la cuisine, mangeais, lisais et, à la tombée du jour, buvais du whisky et m'endormais. Je me levais à six heures, courais en décrivant une demi-lune dans la prairie, prenais ensuite une douche et me rasais.

Le fond de l'air au petit matin était toujours plus froid. L'éclatant feuillage doré des bouleaux se clairsemait de jour en jour, et les premières bourrasques d'hiver, qui se faufilaient entre les branches déjà nues, balayaient le plateau, avant de s'évanouir au sud-est. Quand, à mi-chemin de mon footing, je m'arrêtais au milieu de la prairie, je pouvais très clairement les entendre : « On ne revient pas en arrière », soufflaient les bourrasques. Le court automne s'en était déjà allé.

Faute d'exercice et de cigarettes, je pris deux kilos en trois jours, deux kilos qui se réduisirent finalement à un, grâce au footing. C'était assez pénible de se passer de fumer, mais sans un seul bureau de tabac à trente kilomètres à la ronde, j'étais bien obligé d'endurer l'épreuve. Chaque fois que l'envie de fumer me prenait, je repensais à elle, à ses oreilles. Et je me disais qu'à côté de tout ce que j'avais perdu, la cigarette n'était vraiment qu'une broutille. C'était la stricte vérité.

Tout à mon loisir, je m'essayai à diverses préparations culinaires. Il m'arriva, notamment, d'allumer le four pour faire un rosbif. Ou, dégelant légèrement un saumon et le découpant en tranches, de concocter une marinade. Les légumes frais faisant défaut, j'allais dans la prairie choisir quelques herbes d'apparence comestible et les cuisais à l'eau avec de la bonite séchée et râpée. Je mis aussi du chou dans la saumure, histoire de faire un très simple *tsukemono*. Dans la perspective d'une visite de l'homme-mouton, je préparai plusieurs sortes d'amuse-gueules pour accompagner le verre que je lui offrirais. Mais il ne venait pas.

Je passai la plus grande partie de mes après-midi à contempler la prairie. À force d'avoir constamment le regard fixé sur elle, je finissais par voir surgir quelqu'un d'entre les bouleaux, quelqu'un qui se dirigeait ensuite vers moi en coupant à travers la prairie. C'était en général l'homme-mouton, mais parfois aussi le Rat, ou ma *girlfriend*. Une fois ce fut même le mouton à l'étoile.

Or personne n'apparut. Sauf le vent qui battait la prairie. À croire que pour lui cette prairie constituait un itinéraire privilégié. Il y passait sans se retourner, comme s'il courait s'acquitter d'une importante mission.

Le septième jour, à compter de mon arrivée sur les lieux, j'assistai à la première chute de neige. Ce jour-là, chose rare, le vent ne souffla guère le matin, de lourds nuages couvrirent le ciel d'une couche de plomb. J'étais en train d'écouter un disque en sirotant un café, après mon footing et ma douche, quand il se mit à neiger. Il tombait des flocons durs et biscornus qui venaient heurter bruyamment les vitres. Une brise légère se leva et la neige commença à courir vers le sol à vive allure, hachurant l'espace de traits inclinés à trente degrés. Clairsemées au début, ces hachures auraient pu être celles d'un quelconque motif reproduit sur le papier d'emballage d'un grand magasin, mais quand il se mit à neiger sérieusement, tout se voila de blanc au-dehors, et montagnes et forêts devinrent invisibles. C'était une vraie giboulée du nord, rien à voir avec les premières chutes de neige tranquilles que l'on connaît occasionnellement à Tokyo. Cette neige-là enveloppait tout, gelait la terre jusqu'à la moelle.

Elle ne supportait pas non plus qu'on la regardât très longtemps, aussi avais-je déjà mal aux yeux. Je baissai les rideaux, pris un livre que je lus à côté du poêle à mazout. Quand, parvenu au bout du disque, le bras automatique revint au repos, tout autour de moi tomba dans un terrible silence. Un silence de mort, littéralement. Je posai mon livre et, sans raison précise, je fis un tour méthodique de mon domaine. Du salon j'allai à la cuisine, vérifiai le débarras, la salle de bains, le cabinet de toilette, la cave, ouvris l'une après l'autre les portes à l'étage. Il n'y avait personne. Le silence s'était coulé comme de l'huile dans les moindres recoins. Tout au plus résonnait-il différemment de pièce en pièce.

J'étais seul, comme jamais je ne l'avais été dans ma vie. Jamais, non plus, je n'eus aussi violemment envie de fumer que durant ces deux jours-là. J'échangeai donc le tabac contre le whisky sec. Si je devais passer l'hiver à ce rythme-là, il était à craindre que je ne finisse alcoolique. Quoique la réserve d'alcool de la maison n'y eût pas suffi. Trois bouteilles de whisky, une de brandy, douze cageots de canettes de bière, c'était tout ce qu'il y avait. Le Rat avait dû avoir la même idée que moi.

Et mon partenaire ? Continuait-il, lui, de boire ? Avait-il réorganisé la société, l'avait-il ramenée à ce qu'elle était, un petit bureau de traduction, comme on le souhaitait ? Sans doute s'y était-il décidé. Sans doute se débrouillait-il finalement assez bien sans moi. De toute façon, nous étions tous deux arrivés au terme d'une étape. On avait mis six ans pour revenir à la case départ.

La neige cessa de tomber au début de l'après-midi. Aussi soudainement qu'elle avait commencé. L'épaisse masse nuageuse se déchirait çà et là comme une terre argileuse, et des trouées du ciel tombaient de grandioses colonnes de lumière qui glissaient d'un endroit à l'autre sur la prairie. C'était magnifique.

Une neige dure jonchait partout le sol, comme si l'on avait saupoudré la terre de petits gâteaux de sucre. On eût dit que chaque flocon se serrait solidement sur lui-même, dans un refus obstiné de fondre. Mais, sur le coup de trois heures, la neige s'était quasi volatilisée. La terre était détrempée et le soleil déclinant baignait la prairie d'une lumière tendre. Les oiseaux, comme libérés, se mirent à chanter.

Après le dîner, je m'installai sur le canapé avec deux bouquins que j'étais allé prendre dans la chambre du Rat : un roman de Conrad et un autre, *La Cuisson du pain*. J'étais arrivé au tiers du roman quand je tombai sur une coupure de journal de dix centimètres de côté, que le Rat avait probablement glissée entre les pages en guise de signet. La date n'y figurait pas mais, d'après la couleur du papier, il devait s'agir d'un journal relativement récent. Y figuraient des informations locales.

Un symposium sur le vieillissement de la société allait se tenir dans un hôtel de Sapporo, une grande course de relais était organisée près d'Asahikawa. Une conférence sur la crise du Moyen-Orient était également mentionnée. Il n'y avait là rien qui pût intéresser le Rat ni moi-même. Au verso, c'étaient des petites annonces. Je refermai le livre en bâillant, et allai réchauffer le reste de café dans la cuisine.

À la vue de cette coupure de journal, je me rendis compte que cela faisait juste une semaine que je me trouvais coupé du monde. Sans radio, ni télévision, ni journaux, ni revues. À cet instant précis, Tokyo eût été anéanti par un missile atomique, une épidémie se fût propagée en ce bas monde, les Martiens eussent occupé l'Australie, que je n'en aurais rien su. Certes, il m'eût sans doute suffi d'aller dans le garage écouter l'auto radio de la Land Cruiser, mais à vrai dire, l'envie ne m'en venait même pas. Si je m'en passais si bien, quelle nécessité y avait-il à savoir ? D'ailleurs, j'étais déjà largement comblé avec mon lot de soucis.

Quelque chose cependant me chiffonnait. Comme si un élément était entré dans mon champ visuel et que, perdu dans mes pensées, cela m'avait échappé. Le souvenir inconscient de cette chose s'était imprimé sur ma rétine. Je plongeai ma tasse au fond de l'évier, retournai dans le salon et repris en main la coupure de journal. Ce que je cherchais se trouvait au verso.

Au Rat.
Demande contact. Urgent.
Dolphin Hotel, chambre 406.

Je replaçai le bout de papier à sa place et me coulai sur le canapé.

Le Rat savait donc que j'étais sur ses traces. Question : Comment s'était-il procuré cette coupure ? Peut-être par hasard, un jour qu'il était descendu de la montagne. À moins qu'étant lui-même à la recherche de quelque chose, il eût passé en revue la presse datant de plusieurs semaines.

Reste qu'il ne m'avait pas contacté. (Il était aussi probable que nous ne fussions plus à l'Hôtel du Dauphin lorsqu'il prit connaissance de l'annonce, ou que son téléphone fût déjà mort.)

Mais non, pas du tout. Si le Rat ne m'avait pas contacté, ce n'était pas parce qu'il n'avait pas pu, mais parce qu'il n'avait pas voulu. Il avait dû se douter que, parvenu à l'Hôtel du Dauphin, je ne tarderais pas à venir jusqu'à lui. Et, s'il avait voulu me voir, il m'aurait attendu, ou m'aurait au moins laissé un message.

Autrement dit, pour une raison que j'ignorais, le Rat ne souhaitait pas cette rencontre. Mais il ne s'y opposait pas non plus. Car s'il m'avait trouvé indésirable, il aurait eu mille moyens à sa disposition pour me défendre sa porte. Il était tout de même chez lui.

Me débattant avec ces deux propositions, je regardai la petite aiguille de l'horloge exécuter un tour complet du cadran. Au bout de ce tour, je ne m'étais pas approché d'un pouce du noyau de mes deux propositions.

L'homme-mouton savait quelque chose. C'était là une certitude. Quelqu'un qui avait repéré mon arrivée en ces lieux au premier coup d'œil ne pouvait pas ne pas connaître le Rat qui y vivait depuis près de six mois.

Plus j'y pensais, plus le comportement de l'homme-mouton me semblait correspondre à une volonté du Rat. L'homme-mouton avait chassé ma *girlfriend* de la montagne pour me laisser seul. Son entrée en scène était sans nul doute le signe avant-coureur d'autre chose qui était en train de se tramer derrière mon dos. On avait fait place nette autour de moi, et cette autre chose n'allait plus tarder à se produire.

Éteignant la lumière, je montai rejoindre mon lit d'où je contemplai la lune, la neige et la prairie. Un froid scintillement d'étoiles trouait les nuages. J'ouvris la fenêtre et humai la nuit. Au milieu du bruissement des feuillages, je perçus une sorte de cri dans le lointain. Un cri étrange, ni tout à fait celui d'un oiseau, ni tout à fait celui d'une bête sauvage.

Ainsi s'acheva mon septième jour dans la montagne.

À mon lever, je courus dans la prairie et me douchai avant de prendre mon petit déjeuner. Un matin comme un autre. Le ciel était vaguement couvert comme la veille, mais la température s'était quelque peu adoucie. Il n'y avait guère de chance qu'il se mît à neiger.

Vêtu d'un jean et de mon sweater, au-dessus desquels j'avais passé un blouson, et chaussé de légères baskets, je traversai la prairie. Je pénétrai dans les bois, du côté est, là où j'avais vu l'homme-mouton disparaître, et m'aventurai parmi les arbres. Je ne trouvai rien qui ressemblât à un sentier, ni aux traces du passage d'un homme. Par endroits, un vieux tronc gisait à terre. Le terrain était plat, mais je vis en plusieurs endroits une sorte de fossé large d'un mètre, comme un lit de ruisseau à sec, ou le vestige d'une tranchée. Le fossé, tantôt profond, tantôt moins, et au fond duquel on s'enfonçait jusqu'aux chevilles dans les feuilles mortes, serpentait sur des kilomètres à travers les bois. Me laissant guider par ce fossé, j'aboutis bientôt à un très étroit sentier de crête séparant deux vallons secs aux pentes douces. Avec un léger froufroutement, un oiseau au plumage d'automne sautilla en travers du sentier et disparut parmi les fourrés en contrebas. Çà et là, de grandes azalées incrustaient les bois de flambées écarlates.

Déambulant de la sorte depuis une heure, j'étais bel et bien désorienté. Il n'était plus question de chercher l'homme-mouton. Je décidai de suivre un des vallons jusqu'à ce que j'entendisse un bruit d'eau. Je tombai enfin sur un ruisseau, que je me mis à suivre vers l'aval. Si ma mémoire ne me jouait pas de mauvais tour, je devais ainsi déboucher sur le torrent et trouver non loin de là la route que nous avions empruntée à notre arrivée.

Au bout de dix minutes de marche, j'entendis le torrent. Rebondissant contre la roche, changeant à tout instant de direction, le ruisseau abandonnait parfois dans un coude de glaciales eaux stagnantes. Pas un poisson en vue, mais quelques feuilles mortes qui décrivaient des cercles lents à la surface de ces eaux immobiles. Sautant de rocher en rocher, je dévalai le torrent, puis, escaladant la pente glissante de la rive, je me retrouvai sur le chemin que je connaissais.

Assis sur le bord du pont, l'homme-mouton m'observait. Il portait à l'épaule un grand sac en coutil bourré de bûches.

« Tu vas finir par tomber sur un ours à rôder comme ça, dit-il. Y en a justement un qui s'est perdu dans les parages. J'ai trouvé des traces hier après-midi. Si tu tiens tant que ça à te promener, faut que t'accroches des clochettes à ta taille, comme moi. »

L'homme-mouton fit tinter les grelots qui tenaient à sa hanche avec une épingle de nourrice.

« Je te cherchais, dis-je après avoir repris mon souffle.

— J'sais bien, dit-il. Je t'ai vu.

— Pourquoi ne m'as-tu pas appelé alors ?

— J'pensais que tu voulais me trouver tout seul. Alors j'ai rien dit. »

Il sortit une cigarette de sa poche, et en tira une bouffée, l'air de savourer.

« Tu habites ici ?

— Hmm, fit-il. Mais il faut pas le dire. Y a personne qui le sait.

— Pourtant, mon ami, il te connaît, non ? »

Silence.

« C'est très important ce que j'ai à te dire. » Silence.

« Si tu es ami avec mon ami, alors nous aussi on est amis, non ?

— Oui, dit-il prudemment. Ça devrait.

— Si on est amis, tu ne peux pas me mentir, hein ?

— Hmm, fit-il embarrassé.

— Parlons donc entre amis, d'accord ? »

L'homme-mouton passa la langue sur ses lèvres gercées.

« Je peux rien dire. Désolé, mais je peux pas. J'ai pas le droit.

— Qui t'empêche de parler ? »

Il se referma comme un mollusque. Le vent sifflait entre les arbres nus.

« Personne ne nous écoute, tu sais », lui soufflai-je.

Il me regarda droit dans les yeux. « Tu ne sais pas où on est ici, on dirait.

— Non, je sais pas.

— Alors sache que ce n'est pas du tout un endroit comme les autres. Retiens bien ça.

— Tu ne disais pas, l'autre jour, que c'était superbe ici ?

— Pour moi, oui, dit-il. Parce que c'est le seul endroit où je peux vivre. Si on me chassait d'ici, je saurais pas où aller. »

Il retomba dans le silence. Je compris que je ne

pourrais en tirer davantage. Mon regard se posa sur son sac en coutil bourré de bûches.

« C'est avec ça que tu te chauffes en hiver ? »

Il fit oui de la tête.

« Je n'ai pas vu de fumée, pourtant.

— Parce que je ne fais pas encore de feu, tiens. Pas tant qu'il y a pas de neige en tout cas. Mais même si j'en faisais, tu verrais rien. Y a une technique pour ça, dit-il avec un petit rire satisfait.

— À partir de quand la neige va commencer à tenir ? »

Il leva les yeux vers le ciel.

« Cette année, ce sera plus tôt que d'habitude. Dans une dizaine de jours, j'dirais.

— Dans dix jours, donc, la route sera gelée ?

— Peut-être bien. Plus personne ne pourra monter jusqu'ici, plus personne ne pourra redescendre. La belle saison, quoi.

— Ça fait longtemps que tu vis ici ?

— Longtemps, oui. Très longtemps.

— Mais qu'est-ce que tu manges ?

— Des tubercules, des fougères, des fruits, des oiseaux. Je pêche aussi des petits poissons et des crabes.

— Et tu n'as pas froid ?

— L'hiver c'est forcément froid.

— Si tu manques de quelque chose, n'hésite pas, je crois que j'ai de quoi partager à la maison.

— Merci. Mais pour l'instant ça va. »

Il se leva subitement et se mit à marcher sur la route en direction de la prairie. Je le rattrapai.

« Pourquoi vis-tu caché ici ?

— Tu vas rire si j'te dis.

— Je vois pas pourquoi, non », dis-je. Je ne voyais vraiment pas ce qui aurait pu me faire rire.

« Tu le diras à personne, hein ?

— Non, je te jure.

— Parce que j'veux pas partir à la guerre. »

Nous restâmes ensuite un bon moment à marcher côte à côte sans rien nous dire. Sa tête ballottait tout près de mon épaule.

« La guerre avec qui ? demandai-je.

— Ça, j'en sais rien, dit-il en toussant légèrement. Mais j'veux pas y aller. C'est pour ça que je reste en mouton. Et en mouton, j'peux pas bouger d'ici.

— Tu es de Jūnitaki ?

— Hmm. Mais ne le dis à personne, hein ?

— Bien sûr que non, dis-je. Tu n'aimes pas la ville ?

— Quelle ville ? Celle d'en bas ?

— Oui.

— Sûr que je ne l'aime pas. C'est plein de soldats, là-bas, dit-il, repris par sa toux. Toi, d'où c'est que tu viens ?

— De Tokyo.

— Et qu'est-ce qu'on dit de la guerre ?

— Rien. »

Là-dessus, l'homme-mouton sembla avoir perdu tout intérêt pour moi. Jusqu'à ce que nous arrivâmes au bord de la prairie, nous ne prononçâmes plus un mot.

« Tu ne passes pas à la maison ? lui proposai-je.

— J'ai des préparatifs à faire pour l'hiver, dit-il. Je suis très occupé. Ce sera pour une autre fois.

— J'voudrais voir mon ami, dis-je. Il faut absolument que je le voie avant une semaine. »

Il eut à nouveau ce triste hochement de tête, accompagné d'un léger battement des oreilles. « Désolé, mais comme je t'ai déjà dit, j'peux rien faire.

— Si tu pouvais le lui dire, ce serait déjà bien.

— Hmm, fit-il.

— Merci beaucoup. »

Et nous nous séparâmes. Au moment de nous quitter, il ajouta : « N'oublie surtout pas tes clochettes si tu te promènes. »

Tandis que je filais tout droit vers la maison, il disparut dans les bois, du même côté est que la fois précédente. La verte et muette prairie, assombrie par l'hiver, s'interposait entre nous.

L'après-midi de ce jour-là, je fis cuire du pain. *La Cuisson du pain*, ce livre que j'avais trouvé dans la chambre du Rat, était un ouvrage plein d'attentions pour le lecteur. Ainsi était-il écrit sur la couverture : « Pour autant que vous ne soyez pas illettré, vous pouvez cuire vous-même votre pain. » Cela se révéla parfaitement exact. Je fabriquai un pain très simple en suivant scrupuleusement les indications du livre. Une suave odeur de pain parfumait et emplissait de sa chaleur la maison entière. Le goût de mon œuvre, pour être celle d'un débutant, n'était pas si mal réussi. La cuisine regorgeant de farine et de levure, il n'y avait aucune inquiétude à se faire de ce côté-là, au cas où je serais condamné à passer l'hiver sur place. Les réserves de riz et de spaghettis s'entassaient d'ailleurs à vous en dégoûter.

Ce soir-là, je dînai de pain, d'une salade, d'œufs au bacon et, en guise de dessert, j'ouvris une boîte de pêches.

Le lendemain matin, je fis cuire du riz et me concoctai un pilaf avec du saumon en boîte, des algues et des champignons.

À midi, je mangeai un gâteau au fromage en surgelé et bus un thé au lait bien fort.

À trois heures, je pris une glace à la noisette que j'arrosai d'un peu de Cointreau.

Le soir, je mis du poulet à rôtir et ouvris une boîte de soupe Campbell's.

Je me remettais à grossir.

Au début de l'après-midi du neuvième jour, alors que mon regard s'attardait sur les rayonnages de la bibliothèque, je découvris un livre qui présentait les signes d'une lecture très récente. Il dépassait légèrement de l'alignement, et le dessus était vierge de poussière.

Je le sortis du rayonnage et, m'installant sur le canapé, entrepris de le parcourir. Le livre avait paru pendant la guerre et s'intitulait : *Généalogie du panasiatisme*. Le papier était d'une qualité affreuse, et les pages que je tournais m'envoyaient à chaque fois une bouffée empestant la moisissure. Le contenu, d'une naïveté et d'une monotonie assez conformes au style de l'époque, était d'un ennui qui m'arrachait un bâillement toutes les trois pages, ce qui n'empêchait pas que le texte eut été caviardé par-ci par-là. Je ne trouvai pas une ligne sur l'« incident du 26 février[1] ».

Feuilletant vers l'avant, sans plus guère m'attarder à lire, je remarquai une feuille de bloc-notes glissée entre les dernières pages. Après toutes ces vieilles pages jaunies, ce bout de papier tout blanc avait l'allure d'un miracle. Le mot *addendum* y était inscrit en haut. Y figurait les nom, date de naissance et domicile de « panasiatistes » plus ou moins notoires. Les parcourant l'un après l'autre, je tombai, à peu près vers le milieu de la liste, sur le nom du Maître. Le Maître

1. Tentative ratée de coup d'État organisée le 26 février 1936 par de jeunes officiers extrémistes réclamant une « restauration » du pouvoir impérial, en particulier à la tête des armées.

au fameux mouton qui m'avait entraîné jusqu'ici, dans cette maison. Son domicile : Hokkaidō, Jūnitaki.

Je restai un moment frappé d'hébétude, mon livre posé sur les genoux. Il fallut un bon bout de temps avant que les mots reprissent corps à l'intérieur de ma tête. J'avais l'impression d'avoir encaissé un fameux coup dans la nuque.

Comment donc cela avait-il pu m'échapper ? Dès le début j'aurais dû m'en apercevoir. Dès le moment où l'on m'avait dit que le Maître était né dans une famille de pauvres paysans de Hokkaidō, j'aurais dû aller vérifier. Quelle qu'eût été l'ingéniosité avec laquelle le Maître avait effacé les traces de son passé, il devait toujours y avoir un moyen d'en apprendre davantage. Le secrétaire vêtu de noir, par exemple. Il aurait tout de suite accepté de m'aider.

Non, pas si sûr.

Je secouai la tête.

Que l'homme en noir n'eût pas déjà fait son enquête lui-même était évidemment improbable. Il était incapable d'une telle négligence. Bien au contraire, il devait avoir examiné toutes les possibilités, fût-ce la plus infime. De la même manière qu'il avait étudié mes réactions et mon comportement en envisageant toutes les éventualités.

L'homme en noir savait déjà tout, en fait !

Il était impensable qu'il en fût autrement. Mais pourquoi alors s'être fatigué à me convaincre, à me menacer, pour m'envoyer jusqu'ici. Si c'était pour y faire quelque chose de précis, il y serait parvenu bien plus habilement que moi. Ou bien alors avait-il été obligé de se servir de moi, pour Dieu seul sait quelle raison, mais dans ce cas pourquoi ne pas m'avoir indiqué directement l'endroit où je devais me rendre ?

Après la confusion, ce fut la colère qui s'empara de moi. Tout m'apparut comme une fausse, une grotesque comédie. Le Rat savait quelque chose, l'homme en noir aussi. Et moi, sans bien comprendre ce qui m'arrivait, on m'avait placé entre les deux. Toutes mes spéculations portaient à faux, tous mes actes manquaient leur but. Sans doute, ma vie tout entière était de cette farine-là. Et, à ce titre, je ne pouvais accuser personne. Mais tout de même, cela ne leur donnait pas le droit de m'utiliser comme ils le faisaient. De se servir de moi jusqu'au trognon, de me presser comme un citron jusqu'à la dernière, la toute dernière goutte qu'il restait de moi-même.

Sur le moment, j'étais prêt à tout laisser tomber et à redescendre illico de cette fichue montagne. Mais aurais-je pu me satisfaire de cela ? J'étais déjà trop impliqué dans cette histoire. Le plus simple eût été de pleurer une bonne fois, mais même cela je ne le pouvais pas. Il y avait une autre chose sur laquelle j'aurais dû verser de vraies larmes depuis longtemps.

J'allai dans la cuisine prendre un verre et la bouteille de whisky et m'en versai cinq doigts que je bus d'une traite. C'était la seule idée qui m'était venue.

9. Le visible et l'invisible dans le miroir

Le matin du dixième jour, je décidai de tout oublier. Ce que je devais perdre, je l'avais déjà perdu, après tout.

Au beau milieu de mon footing matinal, il se mit à neiger pour la deuxième fois. Un grésil à vous tremper jusqu'aux os d'abord, qui se métamorphosa en gros et durs grêlons, puis en flocons transparents. Ce n'était plus la giboulée désinvolte de l'autre jour, mais une neige tenace qui ne vous lâchait pas d'une semelle. Coupant court à mon footing, je rentrai à la maison et me fis couler un bain. Pendant que l'eau chauffait dans la baignoire, je restai assis tout contre le poêle. Un froid humide me glaçait jusqu'aux os, et je n'arrivais pas à me réchauffer. Longtemps après avoir ôté mes gants, mes doigts restèrent raides, et mes oreilles me brûlaient tant que je me demandais si elles n'allaient pas se détacher de ma tête. Partout ma peau était rugueuse comme du carton bon marché.

Après une trempette de trente minutes dans un bain brûlant et un thé chaud amélioré au brandy, mon corps était enfin revenu à un état normal, mais durant deux heures encore je fus saisi de frissons intermittents. C'était donc ça, l'hiver dans la montagne.

La neige tomba sans trêve jusqu'à la fin du jour, couvrant de blanc la prairie tout entière. Elle cessa à l'heure où les ténèbres prirent possession des alentours, et le silence revint alors, épais comme un brouillard. Un silence profond, contre lequel je ne pouvais me défendre. Je sélectionnai le mode auto-repeat du tourne-disque et écoutai le *White Christmas* de Bing Crosby vingt-six fois d'affilée.

Bien sûr, cette neige n'était pas destinée à rester. Ainsi que l'homme-mouton l'avait prédit, il faudrait encore attendre quelque peu avant que la terre ne gelât. Le lendemain, le temps se mit au beau sec, et, sous un soleil que l'on n'avait vu de longtemps, la neige se mit à fondre lentement, s'éparpillant peu à peu sur la prairie en plaques qui réverbéraient une aveuglante lumière. Le long des pentes du toit mansardé glissaient des paquets de neige qui se désintégraient sur le sol avec un bruit sourd. De l'eau ruisselait de partout et dégouttait devant les fenêtres. Tout était d'une netteté étincelante. Sur les chênes voisins, chaque feuille retenait suspendu à sa pointe le scintillement d'une petite goutte d'eau.

Les mains dans les poches, je me tenais debout devant une fenêtre du salon et contemplais le paysage. Tout se déroulait sans se soucier de moi. Avec une superbe indifférence à l'égard de mon existence – à l'égard de l'existence de qui que ce soit, d'ailleurs – tout allait son cours. La neige était tombée, la neige avait fondu.

J'entrepris de faire le ménage de la maison dans ce décor de bruits de neige qui fond et dégringole. Je commençais à me rouiller faute de ne pouvoir sortir, et comme de surcroît j'étais là en intrus, formellement au moins, un peu de nettoyage ne pouvait faire de tort. Au reste, cela ne me rebutait pas plus que de faire la cuisine.

Un ménage en règle d'une aussi vaste maison s'avéra néanmoins être un labeur beaucoup plus dur que je ne l'avais imaginé. Un footing de dix kilomètres eût été plus reposant. Après avoir épousseté tous les recoins du salon au plumeau, je passai avec un gros aspirateur pour enlever la poussière. Je donnai ensuite un coup de torchon légèrement humide sur tout le parquet, avant de m'accroupir à quatre pattes pour le cirer. À mi-chemin, je fus essoufflé. C'était un essoufflement plutôt agréable, grâce au fait que j'avais arrêté de fumer. Sans aucune sensation pénible d'étranglement dans la gorge. Je repris haleine en buvant un verre de jus de raisin froid dans la cuisine, après quoi je liquidai le reste du parquet d'une traite, avant midi. Avec tous les volets ouverts, c'était la pièce entière qui rutilait dans l'éclat de la cire, dont l'odeur se mêlait doucement à celle de la terre mouillée.

Une fois lavées les six serpillières qui m'avaient servi à cirer et mises à sécher dehors, je fis cuire des spaghettis dans une casserole d'eau bouillante. Je les agrémentai d'une bonne dose de beurre, d'œufs de morue, d'un filet de vin blanc et de sauce de soja. De longtemps je n'avais savouré un déjeuner aussi tranquille. Le chant d'un pic-vert me parvenait d'un bosquet tout proche.

Mon assiette vidée et ma vaisselle faite, je retournai à mon nettoyage. J'attaquai successivement la baignoire, le lavabo, la cuvette des waters, les meubles. Grâce aux soins attentifs du Rat rien n'était vraiment sale, et un simple coup de spray sur les meubles suffit à les faire briller. Je déroulai ensuite un long tuyau d'arrosage jusqu'au-dehors, et fis tomber au jet d'eau la poussière accrochée aux fenêtres et sur les volets. Il n'en fallut pas davantage pour redonner un peu de fraîcheur à l'ensemble du bâtiment. Mon nettoyage s'acheva avec un coup d'éponge sur les vitres du côté intérieur. J'occupai les deux dernières heures de l'après-midi à écouter des disques.

Le soir venu, je me dirigeai vers la chambre du Rat pour lui emprunter d'autres livres, quand mon attention fut attirée au bas de l'escalier par une grande psyché affreusement sale. Je repris mon torchon et mon spray pour les vitres, mais j'eus beau frotter, la crasse ne partait pas. Je ne comprenais pas comment le Rat avait pu laisser cette psyché dans un tel état. J'allai remplir un seau d'eau chaude, et armé d'une brosse de nylon, je décapai la graisse qui collait au miroir, avant de le polir au chiffon sec. À la fin de l'opération l'eau de mon seau était devenue parfaitement noire.

À voir le châssis de bois très ouvragé, il devait s'agir d'une antiquité d'assez grande valeur, et au demeurant de belle qualité, car mon polissage ne laissa aucun endroit terni. Je m'y reflétais de pied en cap sans une déformation, sans une égratignure. Je me regardai ainsi quelque temps dans la glace. Il n'y avait rien que de bien normal. C'était moi, avec cette expression peu reluisante que j'ai toujours sur le visage. Je trouvais seulement que mon image était d'une netteté inhabituelle. Il manquait cette impression de mise à plat spécifique aux miroirs. On eût dit que ce n'était pas moi qui regardais mon image dans la glace, mais que c'était cette image, laquelle me représentait, qui regardait ce moi de chair et d'os. Je levai mon bras droit vers le visage et me frottai la bouche du revers de la main. Mon image dans le miroir fit exactement le même geste. Mais ce pouvait être moi, tout aussi bien, qui avais imité ce que j'avais fait dans le miroir. Je n'aurais pu affirmer avec certitude que je m'étais frotté la bouche du revers de la main de par le seul effet de mon libre arbitre.

Tout en gardant cette expression de « libre arbitre » dans un coin de la tête, je me pinçai cette fois l'oreille entre le majeur et l'index de ma main gauche. Mon image fit exactement la même chose. Selon toute vraisemblance, elle avait elle aussi gardé cette expression de « libre arbitre » dans un coin de sa tête.

Découragé, je m'éloignai du miroir. Elle aussi d'ailleurs.

Le dixième jour, la neige tomba pour la troisième fois. Elle tombait déjà quand je m'éveillai. C'était une neige extrêmement silencieuse, ni dure ni complètement moite. Elle descendait du ciel en dansant tranquillement, et fondait avant que le flocon suivant ne vienne se superposer au premier. C'était une neige aussi discrète que des yeux qui se ferment sans bruit.

Je sortis du débarras une vieille guitare que j'eus un mal fou à accorder, et jouai quelques vieux morceaux. Midi sonna tandis que je m'exerçais en écoutant Benny

Goodman dans *Air Mail Special.* Je glissai une épaisse tranche de jambon dans mon pain artisanal qui avait déjà durci et ouvris une canette de bière.

Cela faisait bien une demi-heure que je m'entraînais à la guitare quand je vis arriver l'homme-mouton. La neige tombait toujours aussi calmement.

« J'repasse plus tard si je tombe mal, dit l'homme-mouton par la porte entrouverte.

— Non, non, au contraire. Je m'ennuyais », dis-je en posant la guitare sur le plancher.

Comme il l'avait fait la fois précédente, il se déchaussa et secoua la boue de ses chaussures avant d'entrer. Avec la neige, son épaisse toison semblait lui tomber mieux encore sur le corps. Il s'installa sur le canapé en face de moi, mains posées sur les accoudoirs. De temps à autre, il remuait à l'intérieur de son costume.

« Elle tiendra pas non plus, celle-là ? questionnai-je.

— Ça tiendra pas, répondit-il. Y a deux sortes de neige, celle qui tient et celle qui tient pas. Celle-là, elle tient pas.

— Hmm…

— Celle qui tient sera pour la semaine prochaine.

— Tu prends une bière ?

— Merci. À vrai dire, j'préférerais un brandy. »

J'allai à la cuisine lui chercher son brandy et ma bière, et je portai le tout au salon, avec des sandwiches au fromage.

« Tu jouais de la guitare, dit-il, l'air admiratif. Moi aussi j'aime la musique, quoique je ne sache pas jouer d'instrument.

— Moi non plus en fait. Ça fait bien dix ans que je n'ai plus eu de guitare en main.

— Ça fait rien. Joue-moi quand même quelque chose. »

Je ne voulais pas gâcher sa belle humeur, aussi lui jouai-je la mélodie de *Air Mail Special* avant d'improviser un chorus, mais je m'embrouillai très vite dans le compte des mesures et j'en restai là.

« Ce que tu joues bien ! fit-il d'un ton sincèrement élogieux. Ça doit être gai de pouvoir jouer d'un instrument, hein ?

— À condition de savoir jouer. Mais, pour devenir bon, il faut avoir de l'oreille, et quand on a de l'oreille, on en a vite marre de s'entendre jouer.

— C'est vrai ? » fit-il.

Il se versa du brandy qu'il se mit à siroter à toutes petites gorgées, tandis que je buvais ma bière à même la canette.

« J'ai pas pu transmettre ton message », dit l'homme-mouton.

J'acquiesçai sans rien dire.

« J'étais venu te le dire. »

Je jetai un coup d'œil sur le calendrier accroché au mur. Jusqu'au chiffre que j'avais marqué au feutre rouge, il restait trois jours. Mais au point où j'en étais, quelle importance ?

« Les choses ont changé, dis-je. Je suis fâché, extrêmement fâché. Comme je ne l'ai jamais été de ma vie ! »

L'homme-mouton se taisait, son verre de brandy à la main.

Je m'emparai de la guitare et la fracassai contre les briques de la cheminée. Avec un énorme bruit dissonant, la caisse de l'instrument vola en éclats. L'homme-mouton bondit hors du canapé. Ses oreilles tremblaient.

« Moi aussi j'ai le droit de me mettre en colère ! » dis-je. Je me parlais surtout à moi-même. Oui, j'avais le droit de me mettre en colère.

« J'suis vraiment désolé de ne rien pouvoir faire pour toi. Mais faut que tu comprennes. Je t'aime bien, moi. »

Nous regardâmes un moment la neige tomber. Une neige quasi immobile, comme si un nuage déchiré en mille morceaux était tombé du ciel.

Je retournai dans la cuisine pour prendre une autre bière. En passant sous l'escalier, je vis le miroir. Et un autre moi qui allait également prendre une autre bière. Nous nous regardâmes dans les yeux, nous poussâmes un profond soupir. Chacun dans son propre monde, nous avions les mêmes pensées. Un peu comme Groucho et Harpo Marx dans *Duck Soup*.

Derrière moi se reflétait le salon. À moins que ce ne fût le salon qui se trouvât derrière lui. Toujours est-il que le salon derrière moi et le salon derrière lui se ressemblaient comme deux gouttes d'eau. Le canapé, le tapis, la pendule, les cadres, les étagères, tout était identique. Le bon goût ne régnait peut-être pas en maître, mais on ne devait pas s'y sentir mal. Il y avait cependant comme une erreur. Enfin, c'était mon impression.

Je sortis une autre canette bleue de Löwenbräu de la glacière et, ma bière à la main, je m'arrêtai à nouveau devant le salon qui s'étendait dans le miroir. Je me retournai ensuite vers le vrai salon, où l'homme-mouton était toujours assis sur le canapé à contempler rêveusement la neige. Puis je revins au miroir pour y constater la présence de l'homme-mouton. L'homme-mouton ne s'y trouvait pas ! Le salon était bien là, avec le canapé et les autres fauteuils, mais pour le reste, pas âme qui vive ! Le salon était désert. Dans l'univers du miroir, je me retrouvais seul au monde. J'entendis ma colonne vertébrale émettre un grincement.

« T'es pâle, tu sais », me dit l'homme-mouton.

Je m'assis sur le canapé et, sans mot dire, je débouchai ma bière.

« T'as dû attraper un rhume. L'hiver est froid ici quand on est pas habitué. L'air est humide aussi. Tu ferais bien de te coucher tôt ce soir.

— Non, dis-je. Je n'irai pas me coucher. Ce soir, j'attends mon ami.

— Il va venir ? Tu le sais ?

— Oui, il vient ici ce soir, à dix heures. »

L'homme-mouton me regardait, bouche bée. Ses yeux, au fond de leurs trous percés dans le masque, avaient perdu toute expression.

« Je fais mes bagages cette nuit, et demain j'aurai évacué les lieux. Tu peux le lui dire, si tu le vois. Encore que ce ne soit même plus la peine. »

L'homme-mouton hocha la tête, comme pour dire qu'il avait compris.

« Ce sera triste sans toi. Mais j'comprends qu'on peut rien y faire… À propos, j'peux prendre le sandwich au fromage ?

— Bien sûr. »

Il roula le sandwich dans une serviette en papier, l'empocha, puis il enfila ses gants.

« J'espère qu'on se reverra, dit-il au moment de me quitter.

— On se reverra bien, va », dis-je.

Et il s'en fut dans la prairie, en direction de l'est. Bientôt la neige l'enveloppa dans ses voiles. Il ne resta plus que le silence.

Dans le verre de l'homme-mouton, je me versai deux doigts de brandy que je bus cul sec. La gorge me brûla, puis l'estomac. Trente secondes plus tard, mon corps avait cessé de trembler. Le tic-tac de la pendule continuait seul à me marteler le cerveau. Dormir était ce qui me restait de mieux à faire.

Je descendis une couverture de l'étage et m'allongeai sur le canapé. J'étais aussi exténué qu'un enfant qui eût erré trois jours durant au milieu de la forêt. Je fermai les paupières et, l'instant d'après, je dormais déjà.

Je fis un rêve horrible. Un rêve trop horrible pour que je pusse m'en souvenir.

10. Et le temps s'en fut

Comme une coulée d'huile, les ténèbres firent intrusion en moi par mes oreilles. Quelqu'un s'efforçait de briser le globe gelé de la Terre avec un immense marteau. Il y donna très précisément huit coups. La Terre ne se brisa pas. C'est à peine si elle se fêla très légèrement.

Huit heures. Huit heures du soir.

Je remuai la tête et m'éveillai. J'étais complètement engourdi et la tête m'élançait. Comme si l'on m'avait mis dans un shaker avec de la glace et qu'on eût secoué le tout pour voir ce qui en sortirait. Rien n'est plus désagréable que de se réveiller dans une totale obscurité. On a l'impression que tout est à recommencer depuis le début. D'abord on ouvre les yeux, et l'on se croit dans la peau d'un autre. Il faut ensuite un temps considérable avant que cette peau-là ne vienne coïncider avec la sienne propre. Étrange impression que de regarder sa vie comme s'il s'agissait de celle d'un autre. Le fait qu'un tel individu puisse exister semble déjà si incompréhensible.

J'allai me laver la figure au robinet de la cuisine et

en profitai pour boire deux verres d'eau. L'eau avait beau être glaciale, j'avais toujours le visage en feu. Je revins m'asseoir sur le canapé, et là, au milieu des ténèbres et du silence, je rassemblai l'un après l'autre les morceaux de mon existence. La récolte fut plutôt maigre, mais enfin, c'était mon existence. Ainsi, en y mettant le temps, je redevins moi-même. Si l'on m'avait demandé pourquoi c'était bien moi-même, j'aurais eu un mal fou à l'expliquer. Au reste, cela n'eût intéressé personne.

J'eus le vague sentiment qu'on m'observait, mais je n'y accordai guère d'importance. On éprouve aisément ce genre de sentiment à rester seul au milieu d'une vaste pièce.

Je pensais aux cellules. Celles dont ma femme me disait qu'on finissait par les perdre toutes, jusqu'à la dernière. On finissait même par se perdre soi-même. J'appliquai la paume d'une main contre mon visage, pour voir. Je ne parvenais pas, au sein de l'obscurité, à me faire à l'idée que ce que je sentais dans le creux de ma main était mon visage. C'était le visage d'un autre, avec les formes du mien. Mais ma mémoire n'était plus très sûre. Le nom de toutes choses était en train de se dissoudre, d'être absorbé par la nuit.

La demie fit tinter les ténèbres. Il avait cessé de neiger, mais le ciel était toujours couvert d'épais nuages. On n'y voyait strictement rien. Je restai longtemps enfoui au fond du canapé, à me ronger l'ongle d'un pouce. C'était à peine si je distinguais les contours de ma main. Le poêle était éteint, il faisait un froid de canard dans le salon. Je m'emmitouflai dans ma couverture, laissant vaguer mon regard dans le noir. Je me croyais blotti au fond d'un interminable puits.

Le temps passait. Les particules de ténèbres

dessinaient d'étranges figures sur ma rétine. Au bout d'un moment, ces figures s'écroulaient sans bruit, puis d'autres se formaient. Dans l'espace immobile comme du mercure, seule bougeait la nuit.

Je renonçai à penser et abandonnai le temps à son cours. Et le temps m'emporta. Et de nouvelles ténèbres tracèrent de nouvelles figures.

Neuf heures sonnèrent à la pendule. À l'instant où le neuvième coup s'évanouit dans l'ombre, le silence s'engouffra.

« On peut causer ? dit le Rat.

— Sûr », dis-je.

11. Les habitants des ténèbres

« Sûr, dis-je.

— Je suis en avance d'une heure sur l'horaire, dit le Rat d'un ton navré.

— Je t'en prie. Tu vois bien, je n'ai vraiment pas grand-chose à faire. »

Il eut un petit rire gracieux. J'entendis sa voix derrière moi. Nous étions assis pour ainsi dire dos à dos.

« Comme au bon vieux temps, hein ? dit-il.

— À croire qu'on ne peut se parler en toute sincérité que quand on ne sait pas quoi faire de notre temps, dis-je.

— Ça en a tout l'air. »

Il souriait. On avait beau se montrer le dos dans une nuit d'ébène, je savais qu'il souriait. Un climat, un tout petit courant d'air peuvent nous enseigner bien des choses. Nous étions amis autrefois. Un autrefois si lointain que je ne m'en souvenais qu'à peine.

« Je ne sais plus qui disait que l'ami avec qui on tue son temps est un véritable ami, dit le Rat.

— Sans blague. C'est toi qui disais ça, non ?

— Je vois que t'as rien perdu de ton inspiration. »

Je soupirai. « Encore que dans cette énorme bouffonnerie, mon inspiration, comme tu dis, a plutôt laissé à désirer. Au point que j'aurais presque préféré y laisser ma peau. Et pourtant, combien de perches ne m'avez-vous pas tendues !

— Que voulais-tu y faire ? Tu t'en es plutôt pas mal tiré, tu sais. »

Il y eut un silence. À l'évidence, il était encore en train de regarder sa main.

« Je t'ai causé beaucoup de soucis, dit le Rat. Sache que je le regrette bien sincèrement. Mais je n'avais pas le choix. Il n'y avait que toi à qui je pouvais faire appel. Je te l'ai dit dans ma lettre.

— J'aimerais bien que tu m'en parles, justement. Tu penses bien qu'il y a des choses qui me sont difficiles à avaler.

— Bien sûr, dit-il. Je vais te raconter. Mais, avant ça, on va se prendre une bière. »

Je me redressai déjà, quand le Rat m'arrêta.

« J'y vais, dit-il. C'est quand même chez moi ici. »

Marchant d'un pas assuré dans l'obscurité, il se dirigea vers la cuisine et je l'entendis sortir une brassée de canettes de bière du réfrigérateur. Je l'écoutais évoluer, fermant puis ouvrant alternativement les yeux. Les ténèbres de la pièce et les ténèbres sous mes paupières étaient de couleurs légèrement différentes.

Quand il revint, il posa plusieurs bières sur la table. À tâtons, je m'emparai d'une canette, en fis sauter le couvercle et la vidai à moitié.

« Dans le noir, ça n'a plus tellement le goût de la bière, dis-je.

— Désolé, mais il faudra qu'on reste comme ça, dans le noir. »

Nous continuâmes à boire sans dire un mot.

« Bon », fit-il en s'éclaircissant la voix. Je posai ma canette vide sur la table, et, toujours emmitouflé dans ma couverture, je guettais, sans bouger, le moment où il allait commencer à parler. La suite de sa phrase ne venait pas. Je l'entendais seulement qui agitait sa canette pour jauger la quantité de liquide qui y restait. Une vieille manie à lui.

« Bon », répéta-t-il. Sur ce, il vida sa bière d'une traite et posa d'un coup sec le récipient sur la table. « D'abord, comment se fait-il que je me trouve ici ? On commence par là, d'accord ? »

Je ne répondis pas. Comprenant que je n'avais pas envie de répondre, il poursuivit.

« J'avais cinq ans, en 1953, quand mon père a acheté cet endroit. Pourquoi donc avoir acheté un terrain dans un coin perdu comme celui-ci ? Je me le demande encore, mais je suppose que, par le biais d'une relation dans l'armée américaine, il a dû l'avoir pour une bouchée de pain. Tu as dû t'apercevoir que les communications sont affreuses, et qu'en hiver, pour peu qu'il se mette à neiger, elles sont même tout à fait impraticables. Les armées d'occupation avaient le projet d'aménager la route et d'y installer une station de radars ou quelque chose de ce genre, mais en voyant ce que ça leur coûterait en efforts et en argent, elles ont renoncé à leur projet. Ne parlons pas de la ville, bien trop pauvre pour pouvoir s'offrir le luxe d'améliorer une route dont l'inutilité était garantie. Résultat : l'endroit a été jeté aux oubliettes.

— Et le Docteur ès moutons ? Il ne voulait pas revenir ici, lui ?

— Il y a belle lurette que le Docteur ès moutons vit dans ses souvenirs et qu'il n'a plus envie de revenir nulle part.

— Possible.

— Allons, bois encore un coup ! » dit-il.

Je lui dis que je n'en voulais plus. Avec ce poêle que j'avais moi-même éteint, j'étais littéralement frigorifié. Il se resservit tout seul et continua à boire.

« Mon père a eu le coup de foudre pour cet endroit, et il s'est occupé lui-même d'améliorer la route et de restaurer la maison. Ça lui a coûté drôlement cher, je crois. N'empêche que, grâce à cela, la maison est devenue parfaitement habitable, l'été tout au moins, à condition d'être véhiculé. C'est lui qui a installé le chauffage, la salle de bains, les toilettes, la douche, le téléphone, le générateur de secours, tout quoi. À se demander vraiment dans quelles conditions le Docteur ès moutons vivait ici auparavant. »

Le Rat émit un son entre le rot et le soupir.

« Entre 1955 et 1963, on venait ici chaque été. On, c'est-à-dire mes parents, ma grande sœur, la bonne et moi. Quand j'y pense, c'était sans doute la période la plus honnête de ma vie. Comme on prêtait les pâturages à la commune, et c'est toujours le cas d'ailleurs, c'était plein de moutons ici, l'été. Vraiment, tu ne voyais que ça : des moutons. Au point que tous mes souvenirs d'été en ont été marqués par ces moutons. »

J'avais du mal à imaginer ce que cela représentait d'avoir une maison de campagne, soupçonnant déjà que je n'y arriverais jamais au cours de cette vie.

« Mais à partir du milieu des années soixante, la famille n'y venait plus que très rarement. Un peu parce que mon père avait acheté une seconde maison de campagne plus proche et que ma sœur s'était mariée entre-temps, un peu aussi parce que la société de mon père a battu de l'aile à un moment donné, et qu'entre ma famille et moi ça n'allait plus très fort. Toujours est-il que la propriété est retombée à l'abandon. La dernière fois que je suis venu ici, c'était en 1967. J'étais seul et j'y suis resté un mois. »

Le Rat s'interrompit un instant, comme si un souvenir lui était revenu.

« Seul ici, ça doit être un peu triste, non ?

— Penses-tu ! J'aurais même voulu y rester plus longtemps. Mais ce n'était pas possible. J'étais chez mon père, ici, et je ne voulais pas lui devoir ça.

— Et maintenant alors, c'est différent ?

— Non, dit-il. C'est bien pour cela que je voulais surtout éviter de venir ici. Mais quand je suis tombé par hasard sur cette photo accrochée dans le hall de l'Hôtel du Dauphin, une envie terrible m'a pris de revenir jeter un coup d'œil dans les parages. Bref, rien que de très sentimental. Tu connais ça, hein ?

— Hmm… », fis-je. Je revoyais la mer enfouie sous les terres de remblai.

« C'est là que j'ai appris l'histoire du Docteur ès moutons, poursuivit-il. Cette histoire d'un mouton qui lui était apparu en rêve et qui était marqué d'une étoile sur le dos. Tu as entendu parler de ça, non ?

— Bien sûr.

— Je te résume la suite, continua-t-il. Quand j'ai entendu cette histoire, j'ai eu tout à coup envie de passer un hiver ici. C'était vraiment plus fort que moi. Au point que mes rapports avec mon père ne comptaient même plus dans l'affaire. Alors, j'ai rassemblé l'équipement nécessaire et je suis arrivé ici. Comme si l'on m'avait attiré dans un piège.

— Et c'est là que tu as rencontré le fameux mouton…

— Comme tu dis. Il m'est très pénible de te raconter ce qui est arrivé ensuite, dit le Rat. Je ne crois pas que tu puisses vraiment comprendre combien ça m'est pénible. »

Il comprima la canette vide de sa deuxième bière entre ses doigts.

« Je préférerais que tu me poses des questions. Pas mal de choses sont déjà claires pour toi, n'est-ce pas ? »

J'acquiesçai d'un signe de la tête. « Je pose mes questions comme elles me viennent, en désordre, si tu veux bien.

— Ça m'est tout à fait égal.

— Tu es d'ores et déjà mort, n'est-ce pas ? »

Un temps affreusement long s'écoula avant que le Rat ne me donne sa réponse. Un temps qui s'épuisa peut-être en une poignée de secondes, mais qui me parut durer une éternité. L'intérieur de ma bouche était littéralement à sec.

« Oui, dit-il paisiblement. Je suis mort. »

12. Le Rat remonte la pendule

« Je me suis pendu à une poutre dans la cuisine. L'homme-mouton m'a enterré ensuite à côté du garage. Si c'est ça qui te chagrine, sache que ça n'a pas été très douloureux. Mais tout ça est vraiment sans importance.

— Quand ?

— Une semaine avant que tu n'arrives.

— C'est à ce moment-là que tu as remonté la pendule, non ? »

Il pouffa de rire. « C'est un truc curieux, ça. C'est le moins qu'on puisse dire. La dernière, la toute dernière chose qu'il m'est venu à l'idée de faire, au bout de trente ans d'existence, c'était de remonter une pendule ! Tu te rends compte ? C'est à se demander, non ? Remonter une pendule alors qu'on va mourir… Drôle d'idée… »

Au moment où il se tut, les alentours retombèrent dans un profond silence que scandait le tic-tac de l'horloge. La neige étouffait tous les autres bruits. Nous étions comme deux survivants perdus dans l'espace.

« Et si…

— Oh, arrête ! me coupa-t-il. Il n'y a plus de si qui compte. Tu sais quand même ça, non ? »

Je secouai la tête. Non, je ne savais pas.

« Si t'étais venu une semaine plus tôt, je serais aussi mort que maintenant. Peut-être bien qu'on se serait vus dans des circonstances, disons moins obscures et plus chaleureuses… Mais ça n'aurait strictement rien changé au fait que je devais mourir. Ç'aurait même été beaucoup plus pénible. Et je ne crois pas que j'aurais pu le supporter.

— Pourquoi devais-tu mourir ? »

J'entendis un bruit de mains frottées l'une contre l'autre.

« J'ai pas trop envie de te parler de ça. J'aurais l'air de faire mon apologie. Et quoi de plus ridicule qu'un mort faisant sa propre apologie ?

— Comment veux-tu que je comprenne si tu ne m'expliques pas ?

— Prends donc encore une bière.

— J'ai trop froid, dis-je.

— Il ne fait pas si froid pourtant. »

D'une main tremblante, je tirai sur l'anneau d'une

canette et bus une gorgée. Quand la bière coula en moi, je lui donnai raison : il ne faisait plus si froid.

« Je vais te le dire, à condition que tu me promettes de ne le répéter à personne.

— Dis-moi donc qui croira un seul mot de ce que je raconterais.

— Okay, t'as gagné, dit-il en riant. Qui irait croire une histoire aussi loufoque, hein ? »

La pendule sonna la demie.

« Si ça ne te dérange pas, je vais arrêter cette horloge, dit-il. Ce tic-tac me rend fou.

— À ton aise, c'est ton horloge. »

Il alla ouvrir la porte de la pendule et immobilisa le balancier. Avec lui, le son et le temps se figèrent et disparurent de cette face de la Terre.

« Pour aller vite, reprit le Rat, je suis mort avec le mouton à l'intérieur de moi. J'ai attendu qu'il soit profondément endormi pour aller me pendre avec une corde dans la cuisine. Il n'a pas eu le temps de s'enfuir, le gaillard.

— Tu étais vraiment obligé de faire ça ?

— J'étais vraiment obligé de faire ça, comme tu dis. Encore un peu et le mouton avait une totale emprise sur moi. C'était ma dernière chance. »

Il se frotta à nouveau les mains. « J'aurais préféré te retrouver alors que j'étais encore vraiment moi-même. Moi-même, avec mes souvenirs à moi, mes faiblesses à moi. C'est pour ça que je t'ai envoyé cette sorte de message codé qu'était la photo. Je me disais que si le hasard pouvait t'entraîner par ici, eh bien, ça me sauverait.

— Et ça t'a sauvé ?

— Oui, dit le Rat calmement. Ça m'a sauvé. »

« Le point essentiel, c'est la faiblesse justement, dit-il. C'est par là que tout a commencé. Tu comprends ce que je veux dire ?

— Tout le monde est faible, mon vieux.

— Ça, ce n'est qu'une généralité, dit-il en faisant claquer plusieurs fois ses doigts. Personne ne va nulle part en alignant des généralités. Moi, je te parle de quelque chose de très personnel. La faiblesse, c'est ce qui te pourrit du dedans. Une espèce de gangrène. J'ai commencé à sentir ça quand j'avais à peu près quinze ans. Depuis, j'ai toujours été à cran à cause de ça. Avoir quelque chose qui te pourrit du dedans, et en avoir constamment conscience, tu imagines ce que c'est ? »

Roulé dans ma couverture, je restai muet.

« Je ne crois pas que tu puisses comprendre, continua-t-il. Tu n'es pas de ce bord-là, toi. Mais c'est pourtant comme ça, la faiblesse. C'est une maladie congénitale. Tu as beau le savoir, tu ne peux pas t'en guérir. Et il ne faut pas espérer que ça s'en aille un beau matin pour l'une ou l'autre raison. Au contraire, ça ne fait qu'empirer de jour en jour.

— Ça a rapport à quoi, ta faiblesse ?

— Ça a rapport à tout. C'est une faiblesse morale, une faiblesse de la conscience, une faiblesse de l'existence elle-même. »

J'éclatai de rire. Cela m'était venu facilement cette fois.

« À ce compte-là, qui n'est pas faible, dis-moi ?

— Assez de ces généralités. Je te l'ai dit tout à l'heure. Bien sûr que tout le monde a des faiblesses. Mais moi je te parle d'une véritable faiblesse, qui est aussi rare qu'une véritable force. C'est parce que tu ne sais pas ce que c'est, cette faiblesse qui t'entraîne tous les jours un peu plus dans les ténèbres. Tu ne sais pas que ça existe dans ce monde. On ne peut pas tout réduire à des généralités, tu sais. »

Je ne répondis pas.

« C'est bien pour ça d'ailleurs que j'ai quitté notre ville. Je ne voulais pas donner à voir un affaissement plus grand encore de moi-même. À toi y compris. En me promenant tout seul dans des endroits que je ne connaissais pas, au moins je ne dérangeais personne. Et finalement… » Son ton s'assombrit et il demeura muet quelques instants. « Finalement, reprit-il, si je n'ai pas pu échapper à l'influence du mouton, c'est encore à cause de cette faiblesse. J'étais absolument incapable de réagir. À supposer que tu sois venu immédiatement, ça n'aurait rien changé. Pas plus que si je m'étais décidé à descendre de cette montagne. Je serais forcément remonté. Tu vois, c'est ça la faiblesse.

— Mais qu'est-ce qu'il te voulait, ce mouton ?

— Tout. Il voulait tout, le meilleur et le pire. Mon corps, ma mémoire, mes contradictions, ma faiblesse même… Il raffole de ce genre de choses. Il a toutes sortes de tentacules, le salaud, et il te suce tout, il t'enfonce des pailles dans les trous de nez et des oreilles pour ne pas te laisser la moindre goutte. J'en ai encore la chair de poule, rien que d'y penser.

— Il y avait une contrepartie, non ?

— Et comment ! Quelque chose de fabuleux. Beaucoup trop beau pour un type comme moi. Quoique le mouton ne m'ait jamais rien signifié de façon précise, et que je n'en aie entrevu qu'une toute petite partie. N'empêche… »

Le Rat s'interrompit à nouveau.

« N'empêche, j'étais parfaitement subjugué. Plus que je n'oserais le confesser. Je ne peux pas t'expliquer ça avec des mots. Imagine le cratère incandescent d'une forge qui aspirerait et dissoudrait absolument tout. C'était exactement ça. D'une beauté à défaillir, et en même temps d'une monstruosité diabolique. Pour peu que tu jettes ton corps là-dedans, tout fiche le camp. La conscience, les valeurs, l'émotion, la douleur. Tout. Si tu veux, ça avait quelque chose du dynamisme de toutes les énergies primitives de la vie au moment où elles ont surgi en un seul point de l'univers.

— Mais tu as trouvé le moyen d'y résister.

— Oui. Tout a été enseveli avec mon corps. Encore une opération et tout sera enseveli pour l'éternité.

— Une opération !?

— Une opération, oui. Et c'est toi qui vas t'en charger. Mais laissons ça pour l'instant. »

Nous avalâmes tous les deux une lampée de bière. Je commençais à me réchauffer.

« Et la tumeur ? demandais-je. Une cravache, en quelque sorte, avec laquelle le mouton manœuvrait son hôte, non ?

— Exactement. Une fois qu'on en arrive à la tumeur, on ne peut plus échapper au mouton.

— Au fond, qu'est-ce qu'il visait, ce Maître ?

— Un cinglé, celui-là. Il n'a pas pu résister au spectacle de la forge. Le mouton s'est servi de lui pour bâtir un gigantesque organe de pouvoir. Il est donc entré en lui, mais pour s'en débarrasser quand il n'en a plus eu besoin. Sur le plan de la pensée, c'était une nullité sans nom, ce type-là.

— Et après la mort du Maître, tu aurais dû servir à ton tour au mouton pour étendre l'organisation.

— Je le crains, oui.

— Mais à quoi tout cela devait-il aboutir ?

— À un royaume fondé sur le concept d'une anarchie absolue. Où toutes les oppositions étaient convoquées pour former un grand Tout. Et moi, je me serais trouvé au centre, avec le mouton.

— Pourquoi as-tu refusé ? »

Le temps expira. Par-dessus, la neige s'accumulait sans bruit.

« Ma faiblesse m'est trop chère. Mes souffrances, mes peines aussi. J'aime trop la lumière de l'été, l'odeur du vent et le chant des cigales. J'aime beaucoup trop ça. Comme boire une bière avec toi, ou… » Il ravala ses mots. « Non, je ne sais pas. »

Les mots, moi, m'avaient abandonné. Serré dans la couverture, je fixais le fond des ténèbres.

« On dirait vraiment qu'à partir des mêmes ingrédients on a donné des choses radicalement différentes, nous deux, dit le Rat. Tu crois que le monde va devenir meilleur, toi ?

— Qui peut dire ce qui est bien et ce qui est mal ? »

Il éclata de rire. « Ah, je te jure ! Tu ferais un roi magnifique au royaume de la généralité !

— Et sans mouton, tiens !

— Chiche, sans mouton ! » Il avala d'un trait une troisième canette de bière qu'il posa sèchement sur la table.

« Tu ferais bien de redescendre avant qu'il ne soit trop tard. Sinon tu vas te retrouver bloqué par la neige. Je suppose que tu n'as pas envie de passer l'hiver ici ? Dans quatre ou cinq jours la neige va commencer à s'entasser, et quand le chemin sera gelé, tu ne vas pas t'amuser.

— Et toi, qu'est-ce que tu vas faire maintenant ? »

Au fond de l'obscurité je l'entendis partir d'un rire allègre. « Il n'y a plus vraiment de "maintenant" qui compte pour moi, tu sais. Je vais passer l'hiver à disparaître, c'est tout. Je n'ai aucune idée du temps qu'il va durer, cet hiver, mais pour moi ce sera un hiver. Je suis content de t'avoir vu. Même si j'aurais préféré que ce soit dans la lumière et bien au chaud…

— Tu as le bonjour de J.

— Tu lui donneras le mien, d'accord ?

— Elle aussi, je l'ai vue.

— Comment ça allait ?

— Pas mal. Elle travaille toujours pour la même boîte.

— Toujours pas mariée, quoi.

— Hmm, répondis-je. Elle aurait voulu que tu lui dises si c'est fini ou non.

— Évidemment que c'est fini, dit-il. Peut-être que j'ai pas été capable de mettre le point final moi-même, mais c'est fini. Ma vie n'a jamais eu le moindre sens. Mais, bien sûr, si tu me permettais de t'emprunter ton discours de généraliste, j'ajouterais que de toute façon aucune vie n'a de sens. Juste ?

— Parfaitement, dis-je. J'ai encore deux questions.

— Okay.

— D'abord à propos de l'homme-mouton.

— Ça, c'est un chouette type.

— Le jour de notre arrivée ici, l'homme-mouton c'était toi, je me trompe ? »

Le Rat fit craquer son cou en roulant sa tête en arrière. « En effet. J'avais pris sa forme. Tu avais donc compris ?

— Pas au début, dis-je. Je m'en suis aperçu en cours de route.

— Pour être honnête, tu m'as bien surpris en cassant la guitare. Je t'avais jamais vu dans une telle colère, et en plus c'est ma toute première guitare qui en faisait les frais. Elle ne m'avait pas coûté très cher, rassure-toi.

— Désolé, m'excusai-je. Je voulais seulement te secouer un peu pour que tu te déclares.

— Bah, de toute façon, rien de tout cela ne restera demain, dit-il amèrement. Ta deuxième question concerne ta *girlfriend*, j'imagine ?

— Effectivement. »

Le Rat s'enferma dans un long silence. Je l'entendis se frotter les mains et soupirer. « J'aurais préféré ne pas devoir parler d'elle. C'était un facteur imprévu.

— Un facteur imprévu ?

— Hmm. Pour moi, ce devait être une petite fête entre nous. Mais elle était là. On n'aurait pas dû l'entraîner là-dedans. Tu le sais mieux que moi, cette fille a un don merveilleux. Le don d'attirer les choses à elle. Reste que ce n'était pas sa place ici. Cet endroit dépasse de très loin ses pouvoirs.

— Mais qu'est-ce qu'elle est devenue ?

— T'inquiète pas pour elle, elle se porte bien, dit-il. Cela dit, tu ne lui trouveras plus jamais rien de séduisant. C'est triste, mais c'est comme ça.

— Pourquoi ?

— Parce qu'elle a perdu quelque chose, tiens. Quelque chose en elle a disparu. »

Je restai muet.

« Je sais ce que tu ressens, poursuivit-il. Mais cela devait arriver tôt ou tard. De la même manière que chez toi, chez moi, chez d'innombrables autres filles, quelque chose disparaît un jour. »

J'acquiesçai.

« Il faut que j'y aille, dit-il. Je peux pas rester très longtemps. On se reverra un jour, ailleurs.

— Sûrement, dis-je.

— Dans un endroit plus clair, de préférence l'été, dit le Rat. Encore une chose. Demain à neuf heures, tu remettras la pendule à l'heure, et tu connecteras les fils que tu verras derrière la cage. Le vert avec le vert, le rouge avec le rouge. Puis tu t'en iras à neuf heures et demie et tu redescendras de la montagne. J'invite quelques intimes à boire le thé demain à midi. Okay ?

— Compte sur moi.

— Content de t'avoir revu, mon vieux. »

Un bref silence nous enveloppa.

« Salut, dit le Rat.

— À bientôt », dis-je.

Sans quitter ma couverture, je fermai les yeux et tendis l'oreille. Le bruit sec de ses pas traversa la pièce, et je l'entendis ensuite ouvrir la porte. Une masse d'air glacé se coula dans la maison, s'insinuant pesamment, sans un souffle. Debout dans l'embrasure de l'entrée, le Rat semblait fixer quelque chose du regard, qui n'était ni le paysage au-dehors, ni l'intérieur de la pièce, ni moi-même. Peut-être la serrure, ou la pointe de ses chaussures. Puis, comme s'il eût refermé les portes du temps, la porte se rabattit avec un faible déclic.

Demeurait le silence, rien d'autre.

13. Fil vert, fil rouge et mouette gelée

Peu après sa disparition, je fus pris d'un frisson insoutenable. Je me précipitai plusieurs fois vers le lavabo avec l'envie de vomir, mais je n'expulsai rien qu'un râle rauque.

Je montai à l'étage, ôtai mon sweater et m'enfouis au fond de mon lit. Tremblements et accès de fièvre me harcelaient à tour de rôle. Chaque fois, je voyais la chambre doubler de volume autour de moi, puis rapetisser dangereusement. Dans mes sous-vêtements et sous ma couverture, tout imprégnés de sueur glacée, je me sentais étranglé par le froid.

« À neuf heures tu remonteras la pendule, me murmura quelqu'un à l'oreille. Le fil vert avec le fil vert… Le fil rouge avec le fil rouge… À neuf heures et demie, tu partiras d'ici… »

« T'inquiète pas, dit l'homme-mouton. Tout se passera bien. »

« Les cellules du corps se renouvellent d'elles-mêmes, tu sais », dit ma femme. Elle tenait une culotte en dentelle blanche dans la main droite.

Ma tête remuait inconsciemment de gauche à droite.

Le rouge avec le rouge… Le vert avec le vert…

« On dirait vraiment que tu ne comprends rien à rien », disait ma *girlfriend*. Non, je n'avais rien compris.

Un bruit de vagues me parvint. De lourdes vagues d'hiver. Une mer de plomb, hérissée de vagues au teint blanc d'une nuque de femme. Une mouette gelée.

Je me trouvais dans la salle entièrement close de l'aquarium. Des pénis de baleine s'alignaient en rang d'oignons, dans une chaleur étouffante. Qu'attendait-on pour ouvrir une fenêtre ?

« C'est impossible, dit le chauffeur. Une fois qu'elle est ouverte, on ne peut plus la refermer. On mourrait tous, sinon. »

Quelqu'un ouvrit la fenêtre. Il fit un froid terrible. On entendit un cri de mouette. Un cri strident qui me déchira la peau.

« Vous souvenez-vous du nom de votre chat ?

— Sardine, répondis-je.

— Non, ce n'est pas Sardine, dit le chauffeur. Son nom a changé. Les noms changent tout le temps. D'ailleurs, savez-vous seulement votre nom ? »

Toujours ce froid terrible. Et des mouettes, beaucoup trop de mouettes.

« La médiocrité a un long chemin à faire, dit l'homme en noir. Un fil vert est un fil rouge, un fil rouge est un fil vert. »

« Qu'est-ce qu'on dit de la guerre ? » me demanda l'homme-mouton.

Le Benny Goodman Orchestra entonna *Air Mail Special*. Charlie Christian entreprit un long solo. Il portait un chapeau mou, couleur crème. Ce fut la dernière image dont je me souvins.

14. Nouvelle visite au virage de mauvais augure

Les oiseaux chantaient.

Les rayons filtrant à travers les volets zébraient la surface de mon lit. Sept heures trente-cinq, pouvais-je lire sur ma montre-bracelet tombée par terre. Ma couverture et ma chemise étaient aussi mouillées que si j'avais versé un plein seau d'eau dessus.

Mon cerveau errait encore dans la grisaille, mais je n'avais plus de fièvre. Dehors, c'était un parfait paysage de neige. La prairie brillait d'un éclat argenté dans la nouvelle lumière du matin. Le froid me serrait agréablement la peau.

Je descendis l'escalier et pris une douche brûlante. J'avais une mine de déterré, le teint horriblement livide et des joues que la nuit avait creusées. Je me rasai méticuleusement, selon mon habitude, en me barbouillant d'une triple couche de mousse. Puis j'urinai avec une abondance qui me sidéra.

Ce pipi m'avait tellement épuisé que j'allai m'écrouler

sur le sofa pour y rester, enveloppé dans mon peignoir, durant un bon quart d'heure. Les oiseaux chantaient de plus belle. La neige commençait à fondre et l'eau dégouttait déjà du toit. Parfois un son strident cinglait l'air dans le lointain.

Quand il fut huit heures et demie, je bus deux verres de jus de raisin et croquai une pomme. Je rassemblai ensuite mes bagages et descendis à la cave prendre une bouteille de vin blanc, une grande tablette de chocolat Hershey's et deux pommes.

Mon bagage prêt, un air de désolation flottait dans la maison. Tout s'acheminait vers la fin.

Quand ma montre marqua neuf heures, je remontai les trois contrepoids de la pendule, positionnai les aiguilles, puis, déplaçant la lourde cage, je connectai les fils qui dépassaient derrière. Le vert avec le vert, le rouge avec le rouge.

Par groupe de deux, un dans le haut et un dans le bas, les fils sortaient de quatre trous percés au foret dans la planche fermant le dos de la cage. Ils étaient solidement fixés avec du fil de fer, le même que celui que j'avais vu dans la Jeep. Ayant remis la pendule en place, je m'arrêtai devant le miroir pour un ultime adieu à moi-même.

« Espérons que tout ira bien, dis-je.

— Espérons que tout ira bien », dit mon interlocuteur.

Je coupai par le milieu de la prairie, comme à l'aller. La neige crissait sous mes pas. Devant moi la prairie s'étendait, lisse, vierge de toute empreinte, comme la surface argentée d'un lac de cratère. Me retournant, je vis mes traces qui s'étiraient jusqu'à la maison, selon une ligne étonnamment courbe. Il n'est pas facile de marcher tout droit.

De loin, la maison avait l'allure d'une créature vivante. Elle se sentait à l'étroit, se tortillait, s'ébrouait. La neige craquait sur les pentes du toit mansardé, glissait par paquets qui volaient en éclats en s'écrasant sur le sol.

J'allai jusqu'au bout de la prairie, puis traversai l'interminable forêt de bouleaux, passai sur le pont, tournai autour de la montagne conique, jusqu'au moment où je débouchai sur l'infect virage.

Fort heureusement, la neige n'y était pas encore durcie. Mais j'avais beau assurer fermement chacun de mes pas au fond de la neige, l'horrible pressentiment que j'allais être précipité dans l'abîme me tenait en haleine. J'avançais, me cramponnant à la paroi qui s'effritait entre mes mains. Des torrents de sueur coulaient sous mes aisselles. Un vrai cauchemar, comme j'en avais dans mon enfance.

J'aperçus bientôt la plaine sur ma droite. Elle aussi ensevelie sous la neige. Au beau milieu, la rivière de Jūnitaki brillait d'un éclat aveuglant. Je crus entendre le sifflet d'un train dans le lointain. Il faisait un temps superbe.

Rechargeant mon sac à dos après un instant de pause, je me laissai descendre le long d'une pente plus douce. À la sortie du virage suivant, une Jeep que je ne connaissais pas était à l'arrêt. Devant elle, se tenait, debout, l'homme en noir.

15. Le thé à Jūnitaki

« Tu te fais attendre ! dit-il. Quoique, vingt minutes, ce n'est pas grand-chose…

— Comment ? Vous étiez au courant ?
— Tu veux dire : l'endroit ou l'horaire ?
— L'horaire, tiens, dis-je en déposant mon sac.
— Pourquoi crois-tu que je sois devenu le secrétaire du Maître ? Parce que j'étais travailleur ? Débrouillard ? Que j'avais un bon QI ? Non, j'étais doué, c'est tout. J'avais l'inspiration, comme vous dites, vous. »

Il portait une veste de sport beige sur un pantalon de ski et des Ray-Ban vertes sur le nez.

« Le Maître et moi, nous avions des points communs. En particulier pour tout ce qui échappe à la raison, à la logique et à la morale.
— Vous "aviez" ?
— Le Maître est mort il y a une semaine. Les funérailles ont été magnifiques. En ce moment, tout Tokyo est sens dessus dessous pour lui trouver un successeur. Et les plus médiocres ne sont pas les moins nombreux à s'agiter comme des puces. Qu'est-ce qu'il ne faut pas voir… »

Je poussai un soupir. L'homme sortit une cigarette sans filtre de son étui en argent et l'alluma.

« Tu en veux une ?
— Merci, dis-je.
— Il faut dire que tu as rondement mené cette affaire. Je ne m'y attendais pas, et je t'avouerai même que j'en suis assez surpris. Moi qui croyais que j'allais devoir te donner des pistes chaque fois que tu tomberais dans une impasse… Cette rencontre avec le Docteur ès moutons était un pur trait de génie ! Si je pouvais, je te demanderais presque de travailler avec moi.
— Vous connaissiez donc cet endroit dès le début, n'est-ce pas ?
— C'est l'évidence même, non ? Vraiment, qui crois-tu que je sois ?

— Je peux poser une question ?

— À ton aise, fit-il de bonne grâce. Mais sois bref.

— Pourquoi ne m'avez-vous pas indiqué cet endroit dès le départ ?

— C'est que je voulais que tu viennes ici spontanément, sous l'effet de ton libre arbitre. Et que tu le tires ensuite hors de son antre.

— De son antre ?

— Son antre mental. Quelqu'un qui est possédé par le mouton passe momentanément par un état de stupeur. Une crise de psychose traumatique, en quelque sorte. Ton rôle, c'était de le tirer de cet état. Mais pour que la confiance s'installe entre lui et toi, il fallait que tu sois pur comme une feuille vierge. Voilà, tout bête, non ?

— Assez.

— Une fois qu'on connaît le truc, rien ne paraît très compliqué. Mais, quand il s'agit de programmer l'affaire, c'est une autre paire de manches. Parce que, vois-tu, un ordinateur ne peut pas prendre en compte les "bougés" du sentiment. Il faut que ce soit fait main. Et sache qu'il n'y a pas de plus grande joie que de voir le programme qu'on s'est échiné à concevoir aboutir exactement comme prévu. »

J'eus un haussement d'épaules.

« Enfin, continua-t-il, notre sauvage course au mouton touche à son terme. Grâce à l'union de mes calculs et de ta naïveté. Je vais mettre la main dessus au moment voulu, pas vrai ?

— C'en a l'air, dis-je. Il vous attend là-haut. À ce qu'il m'a dit, il reçoit des amis pour le thé à midi tapant. »

Nous consultâmes nos montres au même instant. Il était dix heures quarante.

« Bon, il faut que j'y aille, dit l'homme. Je ne

voudrais pas le faire attendre. Fais-toi reconduire en Jeep jusqu'en bas. Une dernière chose : tes émoluments. »

Il sortit un chèque de la poche de sa veste et me le remit. Je l'empochai sans même en regarder le montant.

« Tu ne vérifies pas ?

— C'est nécessaire ? »

Il rit, l'air amusé. « C'était un vrai plaisir de travailler avec toi. Ah oui, j'oubliais. Ton partenaire a fermé boutique. C'est bien dommage. Vous aviez pourtant un brillant avenir en perspective. Et la publicité est un secteur qui va encore monter. Tu devrais t'y mettre seul.

— Vous êtes fou, dis-je.

— À un de ces jours, j'espère », dit l'homme. Et il s'éloigna à pied le long du virage, dans la direction du plateau.

« Sardine est en pleine forme, déclara le chauffeur au volant de la Jeep. Vous verrez, il est tout beau tout gras. »

J'étais assis à ses côtés. Ce n'était pour ainsi dire pas le même homme que celui que j'avais vu au volant de la monstrueuse voiture. Il me parla longuement des funérailles du Maître et des soins qu'il avait donnés à mon chat, mais je l'écoutais à peine.

Il était onze heures et demie quand la Jeep arriva devant la gare. Le calme régnait, à croire que la ville entière était morte. Je ne vis qu'un vieillard qui déblayait à la pelle la neige du rond-point. Un chien efflanqué était assis à côté de lui, la queue toute frétillante.

« Un grand merci, dis-je au chauffeur.

— Il n'y a pas de quoi, dit-il. À propos, vous avez essayé le numéro de téléphone de Dieu ?

— Non, faute de temps.

— Depuis que le Maître est décédé, je ne parviens

plus à obtenir la ligne. Je me demande bien ce qu'il se passe.

— Il doit être débordé en ce moment, dis-je.

— C'est possible, dit le chauffeur. Bon, soignez-vous bien !

— Au revoir », dis-je.

Un train partait à midi juste. Les quais étaient déserts, et je ne comptai guère que quatre voyageurs, moi y compris, dans le train. Je me sentais cependant soulagé de voir des silhouettes humaines. J'étais bien revenu dans le monde des vivants. Dans mon monde à moi, fût-il d'une banalité et d'un ennui suprêmes. La sonnerie annonçant le départ retentit alors que je croquais ma tablette de chocolat. Le train cahota et, à cet instant, j'entendis le bruit d'une explosion au loin. Je soulevai la fenêtre d'un geste énergique et passai la tête en dehors. Une seconde explosion se fit entendre dix secondes après la première. Le train s'élançait déjà.

Environ trois minutes plus tard, je vis s'élever une colonne de fumée noire du côté de la montagne conique.

Et pendant trente bonnes minutes, jusqu'à ce que le train virât à droite, je ne quittai pas cette fumée noire des yeux.

ÉPILOGUE

« Tout est fini, dit le Docteur ès moutons. Tout est bien fini.

— Oui, c'est fini, dis-je.

— Je crois bien que je dois te remercier.

— J'y ai laissé pas mal de choses.

— Pas tant que ça, fit-il, hochant la tête. Tu viens à peine de commencer à vivre ?

— Vous avez raison », dis-je.

Quand je sortis de sa chambre, le Docteur ès moutons était couché sur son bureau et sanglotait, étouffant ses pleurs. Je venais de le dépouiller de ses années perdues. Avais-je eu raison ? Je me le demande encore.

« Elle est partie, me dit tristement le propriétaire de l'Hôtel du Dauphin. Elle n'a pas dit où elle allait. Vous n'avez pas l'air d'aller très bien.

— Si, si », dis-je.

Je récupérai mes bagages et m'installai dans la même chambre. La fenêtre donnait toujours sur les locaux de cette énigmatique compagnie. Je n'y vis pas la silhouette de la fille aux gros seins, mais deux employés qui travaillaient à leur bureau en fumant. L'un lisait des chiffres que l'autre reportait sur un immense graphique en traçant une ligne brisée à la règle. Ce n'était plus du tout la même compagnie, eût-on dit, sans doute à cause de l'absence de la fille aux gros seins. Rien n'était identique, sinon que je ne savais toujours pas à quoi l'on s'y occupait. À six heures, les employés partirent et l'immeuble fut plongé dans l'obscurité.

J'allumai la télévision et regardai les informations. Aucune nouvelle ne fit état d'une quelconque explosion dans la montagne. Évidemment ! Puisque c'était hier qu'elle avait eu lieu, cette explosion, non ? Qu'avais-je donc fait pendant toute la journée ? Où étais-je passé ? Ma mémoire me torturait.

Toujours est-il qu'une journée s'était écoulée.

Ainsi m'éloignerais-je de jour en jour de mes souvenirs. Jusqu'au moment où, de nouveau, j'entendrai une voix lointaine au fond d'une nuit d'ébène.

J'éteignis la télé et m'allongeai sur le lit sans défaire mes souliers. Je regardai en solitaire les innombrables taches du plafond. Elles me rappelèrent ces gens morts il y a très longtemps et dont personne ne se souvenait.

Des néons teintaient l'intérieur de la chambre de plusieurs couleurs. Ma montre tictaquait tout près de mon oreille. J'en débouclai le bracelet et la jetai par terre. Les klaxons des voitures mélangeaient doucement leurs timbres. Je voulais dormir, mais je ne pus. En proie à l'inexprimable, qui pourrait s'endormir ?

J'enfilai mon sweater, sortis dans la rue, entrai dans la première discothèque venue, où je bus trois doubles *on the rocks* en écoutant un flux ininterrompu de *soul music*. Je me sentis quelque peu requinqué. Il fallait bien que je me requinque. Tout le monde n'attendait que cela.

Quand je rentrai à l'Hôtel du Dauphin, je trouvai le

propriétaire aux trois doigts calé sur le canapé, en train de regarder les dernières informations à la télé.

« Je partirai demain matin à neuf heures, dis-je.

— Vous rentrez à Tokyo ?

— Non, répondis-je. Je dois passer ailleurs avant ça. Pouvez-vous me réveiller à huit heures ?

— Mais naturellement, fit-il.

— Merci pour tout, en tout cas.

— Il n'y a vraiment pas de quoi. » Il poussa ensuite un profond soupir. « Mon père ne mange plus. Si ça continue, il finira par mourir.

— Il a reçu un choc terrible, vous savez.

— Je sais, dit-il d'un ton affligé. Mais il ne m'a rien dit.

— Tout ira beaucoup mieux maintenant, dis-je. Avec le temps… »

Le lendemain, je déjeunai dans l'avion. On fit escale à Haneda, avant de s'envoler à nouveau. Sur la gauche, la mer miroitait, sans fin.

J. pelait des pommes de terre, comme toujours. La fille, qui lui donnait un coup de main le soir, changeait l'eau des vases et essuyait les tables. Je revenais de Hokkaidō dans mon quartier d'autrefois et je retrouvais l'automne. Les montagnes que l'on voyait des fenêtres du J's Bar flamboyaient. Seul au comptoir, le bar étant encore fermé, je buvais une bière. Les cacahuètes craquaient avec un bruit délicieux sous mes doigts.

« Ça n'en a pas l'air, mais rien que pour trouver des cacahuètes qui craquent aussi agréablement, c'est toute une affaire, dit J.

— Oh ? fis-je en grignotant.

— T'as repris des vacances ?

— J'ai laissé tomber.

— Laissé tomber ?

— C'est une trop longue histoire. »

Quand il eut fini de peler ses pommes de terre, il les lava dans un grand panier en bambou et les égoutta. « Et qu'est-ce que tu vas faire maintenant ?

— Pas la moindre idée. Mon indemnisation de fin d'emploi et ma part sur la vente de la société devraient me procurer un peu d'argent. Rien de mirobolant en fait. Et puis j'ai aussi ceci. »

Je sortis le chèque de ma poche et le lui remis, sans en regarder le montant. À sa vue, J. eut un mouvement de tête.

« C'est une somme incroyable, ça. M'a tout l'air d'être louche, cette affaire.

— On ne saurait mieux dire.

— Je suppose que c'est trop long à expliquer ? »

J'éclatai de rire. « Tiens, je te le donne en garde, ce chèque. Tu le mettras dans le coffre de la boutique.

— Où tu vois un coffre, toi ?

— Ou dans la caisse, si tu veux.

— Je vais te le mettre dans un coffre à la banque, dit-il d'un air inquiet. Mais qu'est-ce que tu vas faire de tout ça ?

— Dis-moi, J., ça a dû te coûter cher de déménager ici, non ?

— Pas mal, oui.

— T'as emprunté ?

— Comme il se doit.

— Le chèque suffirait à éponger tes dettes ?

— Je te rendrai même la monnaie, mais…

— Écoute, je te propose ceci : que le Rat et moi nous devenions tes associés à concurrence de ce montant. On ne te demanderait ni dividende ni intérêts, simplement que nos noms soient associés, rien de plus. Okay ?

— Je peux pas, c'est trop.

— Discute pas. En échange, tu nous ouvriras ta porte chaque fois que le Rat ou moi on sera dans le pétrin.

— C'est pas ça que j'ai fait jusqu'ici ? »

Mon verre à la main, je le regardai en face. « Je sais bien, J. Mais je voudrais que ce soit comme je te dis. »

Il rigola et fourra le chèque dans la poche de son tablier. « Tu sais, je me souviens encore de ta première cuite. Ça remonte à combien de temps encore ?

— Treize ans.

— Quoi ? Tant que ça ? »

Une fois n'était pas coutume chez lui, il me parla bien une demi-heure de nos histoires du passé. Quand les premiers clients commencèrent à arriver en ordre dispersé, je fis le geste de me lever.

« Mais tu viens à peine d'arriver ! dit J.

— Un enfant bien élevé ne s'attarde jamais.

— Je parie que t'as vu le Rat ? »

Les mains sur le comptoir, je pris une profonde inspiration : « Oui, je l'ai vu.

— Ça aussi c'est une trop longue histoire, je suppose ?

— Plus longue que tout ce que tu as pu entendre jusqu'à ce jour.

— Tu peux pas résumer ?

— Si je résume, ça n'aurait plus aucun sens.

— Et il allait bien ?

— Assez, oui. Il aurait bien aimé te voir.

— Et on le verra un jour ?

— Sûr. Il est tout de même ton associé. Ce fric-là, on l'a gagné à deux, le Rat et moi.

— Alors là, ça me fait très plaisir. »

Je descendis de mon tabouret et pris à pleins poumons une grande bouffée de l'air de ce bon vieux bar.

« À propos, en tant qu'associé, j'aimerais bien avoir un billard électrique et un juke-box dans la maison.

— Ils seront là pour ton prochain passage », dit-il.

Je longeai la rivière jusqu'à l'embouchure. J'allai m'asseoir quelque part sur les cinquante derniers mètres de plage, et là je fondis en larmes. Je n'avais jamais tant pleuré de ma vie. Au bout de deux heures passées à sangloter de la sorte, je pus enfin me relever. Je ne savais pas où aller, mais je me relevai tout de même et époussetai le sable qui collait à mon pantalon.

Le jour s'était complètement obscurci et, quand je me remis à marcher, j'entendis un faible bruit de vagues dans mon dos.

TABLE DES MATIÈRES

MIXTE
Papier issu de
sources responsables
FSC® C003309

L'éditeur de cet ouvrage s'engage dans une démarche de certification FSC® qui contribue à la préservation des forêts pour les générations futures.

Pour en savoir plus :
www.editis.com/engagement-rse/

10/18 – 92 avenue de France, 75013 PARIS

Imprimé en France par CPI

N° d'impression : 3048293
X07653/02